天《あま》離《さか》り果つる国 上

宮本昌孝

PHP

天離《あまさか》り果つる国（上）目次

下巻　目次

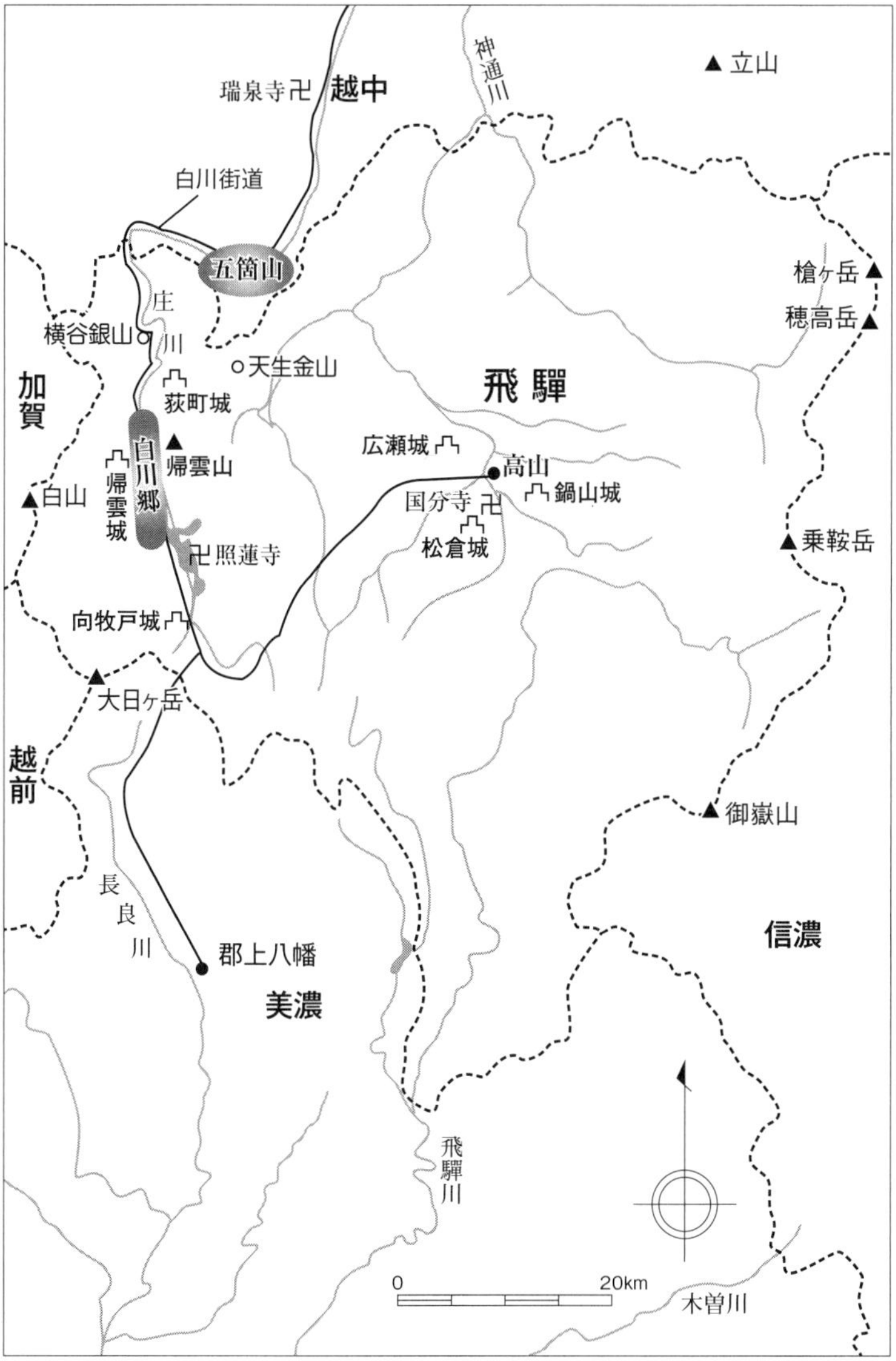
立山
瑞泉寺
越中
神通川
白川街道
五箇山
槍ヶ岳
穂高岳
庄川
横谷銀山
天生金山
加賀
荻町城
飛驒
白川郷
帰雲山
帰雲城
広瀬城
高山
白山
国分寺
鍋山城
松倉城
照蓮寺
乗鞍岳
向牧戸城
大日ヶ岳
越前
御嶽山
長良川
郡上八幡
信濃
美濃
飛驒川
0
20km
木曽川

装幀——芦澤泰偉
装画——大竹彩奈

天離《あまさか》り果つる国（上）

飛《ひ》天《てん》の城《しろ》

近き山々の淡碧《たんぺき》よりも、遠く高き連峰の斑消《むらぎ》ゆの雪が、春を感じさせる。

霞《かすみ》がかった空から飛来し、崖際《がけぎわ》に生《は》える松の木の梢《こずえ》にとまったのは、鷹《たか》である。鋭い視線で下界を眺め下ろす。

深い峡谷《きようこく》。

その急斜面の途中に、草を食《は》む氈鹿《かもしか》が見える。きわめて狭小《きようしよう》な岩を足がかりに、器用に立っている。

峡谷の底では、川が蛇行《だこう》する。水は清いが、轟然《ごうぜん》と吼《ほ》え立て、水煙を濛々《もうもう》と舞い上げる奔流《ほんりゆう》であった。

人は歩けそうもない川岸の狭い岩場で、ちょこちょこと跳《は》ねる小さな動物がいる。

頭胴《とうどう》の長さ六、七寸。尾の長さもわずか二、三寸ばかり。つぶらな瞳《ひとみ》の持ち主で、冬の間は黒い尾の先をのぞけば全身白い毛が、春も深まったいまは、体の上面が褐色《かつしよく》に変じて濃くなりつつある。

見た目は可愛《かわい》くとも肉食のオコジョは、野ネズミをくわえている。頭上が陰ったことに気づくや、襲ってきた猛禽《もうきん》の鋭利な鉤爪《かぎづめ》を、間一髪《かんいつぱつ》の差で、横っ飛びに躱《かわ》した。

「やあっ、お見事」

明るい声が撥《は》ねて、響いた。

オコジョの獲物《えもの》を横奪《よこど》りしそこねた鷹は、川面《かわも》すれすれから一気に上昇する。

その飛翔を、空中の籠《かご》の中より、綾藺笠《あやいがさ》の端《つま》を摘《つま》み上げながら見送ったのは、やさしげな面差《おもざ》しの若き美男である。

「さすが、神使《しんし》だなあ……」

ヤマイタチともよばれるオコジョだが、畑を荒らすネズミを捕らえるので、信州あたりでは山神の使い女《め》と親しまれた。岩場の小さな洞穴《どうけつ》に難を避けたその益獣《えきじゅう》へ、美男はにこやかに手を振る。

「和子《わこ》。のんびりしすぎにございますぞ」

屛風《びょうぶ》を立てたような切岸《きりぎし》の縁《ふち》に立つ者が、菅笠《すげがさ》を揺らしながら呼ばわった。

逞《たくま》しい体軀《たいく》と腰の大小の据《す》わりのよさが、武芸上手を想《おも》わせる。籠の中の美男を和子と敬称するからには、その従者であろう。

対岸の安全と、ひとりしか乗れぬ籠の強度とをたしかめるため、主人に先行して渡り了《お》えたのである。

鳥の巣に似た形の籠は、欅《けやき》の板などを組んで、藤蔓《ふじづる》や黒文字《くろもじ》の皮などで結《ゆ》って作る。これを、川を跨《また》いで空中高く張り渡した太綱《ふとづな》より吊《つ》るし、太綱に打ちかけた細綱を籠中《こちゅう》の人みずからが手繰《たぐ》って動かす。

手繰るには腕力を必要とするので、老人・婦女子にはきつい。強い風が吹けば、男でも萎《な》える。

痩身《そうしん》で非力《ひりき》そうな美男だが、細綱を拍子《ひょうし》もよろしく巧《たく》みに手繰って、籠を進めた。腕力というより、何やらつむりを使って計算通りに動かしているように見える。知恵者なのかもしれない。

「十助《じゅうすけ》。この籠の渡しは面白い。帰ったら、作ってみよう」

切岸の縁に到着し、籠から下りながら、美男が言った。

「ご領内を流れる川に、さまで険阻《けんそ》なところはござらぬ。浅瀬を徒渉《としょう》いたすか、ゆるやかな流れのところを泳ぎ渉《わた》れば済むこと」

真面目《まじめ》にこたえる十助である。

「人や荷を運ぶのではない。宙にたゆたいながら月を愛《め》でる。どうだ、一興《いっきょう》と思わぬか」

「それがしは、和子のように風流《ふりゅう》を解《かい》せませぬでな」

「風流とは、解するものではない。感じるものだ」

微笑《ほほえ》むと、どこか稚《おさな》さも垣間見《かいまみ》える十六歳なのに、老成したことを言う美男であった。

「さようで」

こんなやりとりに慣れている十助は、素《そ》っ気《け》ない。

太古からの巨木が林立する薄暗い山路《やまじ》に、美男は気持ちよさそうに足を送り、十助は若いあるじの歩速に合わせて息も乱さず随行《ずいこう》する。

「どのような城だろうなあ……」

美男が、澄んだ山の気をたっぷり吸ってから、期待感に満ちた一言を、一緒に吐き出した。

「かような天離《あまさか》る鄙《ひな》の地に、まことに城など築かれているのでござろうか」

十助の言う〝天離る鄙の地〟とは、空の彼方《かなた》に遠く離れた辺境の地という意である。

「天離ると申して、五箇山《ごかやま》によう似た景色ではないか」

と美男は意に介《かい》さない。

「五箇山は、北国《ほっこく》の一向《いっこう》宗徒の本拠のひとつゆえ、深山幽谷《しんざんゆうこく》であっても、大層な聚落《しゅうらく》があるのも当然と思いましてござる。なれど、この白川郷《しらかわごう》と申すところは、鳥獣《ちょうじゅう》しか棲《す》まぬ人跡未踏《じんせきみとう》の秘境としか……」

「あの籠の渡しを作ったのは、熊や鹿ではあるまい。それに、五箇山も白川郷も、庄《しょう》川の急流に穿《うが》たれた白川谷の内だ」

白川谷の越中《えっちゅう》側を五箇山、飛騨《ひだ》側を白川郷というが、総称して白川郷とよばれることもあり、同一の文化圏なのである。

「隣同士で往古より行き来する五箇山の衆も申したのだ。必ずあるさ……」

ひと呼吸置いてから、美男は言った。

「帰雲《かえりぐも》城は」

雲があたって帰されてしまうほどの高山に築かれた城というので、その名が付けられたらしい。空を飛行する天人《てんにん》が休息することから、異称を飛天の城、とも。また、そこは山紫水明《さんしすいめい》の地であるそうな。

廻国《かいこく》修行中の美男は、越中入り後は信濃《しなの》へ向かうつもりでいた。が、その風流な城の名を知って強く惹《ひ》かれ、五箇山から飛騨へ南下したのである。

主従は、九十九折《つづらお》りの山路にひたすら歩を進め、やがて、片側が崖の隘路《あいろ》に入ると、無惨《むざん》な光景を目《ま》の当《あ》たりにした。

「これは……」

立ち止まった十助は、道が失《う》せていることに茫然《ぼうぜん》とする。地滑《じすべ》りであろう。急激な雪解《ゆきど》けや豪雨の後など、水をたっぷり吸った地の表土層は滑りやすくなる。数日前、越中では大雨が降ったが、このあたりも同じであったとすれば、地滑りや山崩れが起こっても不思議ではない。

もとより、まったく不案内の土地である。

「和子。引き返しましょうぞ」

「つまらぬことを申すな。あのような籠の渡しがあったのだから、必ず近くに人が住んでいよう」

「さようであったとしても、われらが思う近くと、秘境の者が思う近くとは、よほど距《へだ》たりがあると存ずる」

「険《けん》を冒《おか》してこその修行旅だ」

「あっ……」

美男がいきなり崖を下り始めたので、十助は慌《あわ》てる。

崖には木々が鬱蒼《うつそう》と生え、足がかり手がかりは多いものの、傾斜は急である。ちょっと踏み外《はず》したり、手を滑らせたりすれば、転落を免《まぬか》れない。

「これ、半兵衛《はんべえ》さま」

わがままなあるじに腹を立てた十助が、ついに怒鳴《どな》って、名をよんだ。

それでも半兵衛がどこ吹く風で崖を下りてゆくので、仕方なく十助もつづく。

「どうやら迷うたみたいだ」

口にしたことばとは裏腹に、半兵衛の表情は明るい。

「どうやらって……いまお気づきか」

十助は呆《あき》れる。

あたりは、とうに薄暗い。

最初に崖を下ってから、あとは山中で上り下りを繰り返している。

拓《ひら》けたところへは一度も出られていない。時折は庄川が見えても、川岸へ下りて歩くことはできなかった。水辺からいきなり懸崖《けんがい》が聳《そび》えるところばかりなのである。

「これほど山深きところがあるとは、やはり天下は広いなあ……」

「ようござりましたな、面白《おもしろ》き修行がおできになられて」

皮肉を言ったつもりの十助だが、冒険に心を躍《おど》らせる若きあるじにはまったく通じないので、眼《まなこ》を輝かせる半兵衛である。

「十助もさように思うか」

(冬なら死んでおり申すぞ)

と付け足すつもりであったのを、やめた。

「和子。今夜は野宿いたすほかござらぬ」

「いいや、屋根の下で寝られるやもしれぬ」

頭《かぶり》を振った半兵衛が、しゃがんで、そこに流れる水へ手を伸ばした。沢である。

拾い上げたのは、小さな笹舟《ささぶね》であった。人の手で折り組まれたことは疑いない。

主従は、沢に沿って、木々に手をかけ、下生《したば》えを踏んで、その上流へと緩《ゆる》やかな斜面を上っていった。

唐突に、拓けたところへ出た。

思いの外《ほか》に、明るい。濃い樹冠《じゅかん》の下は暗かったので、太陽は沈んでしまったかと思ったのだが、まだ山の端《は》にかかっていた。

そこだけ、木が伐《き》られたのか、自然の造形なのか、十五間《けん》四方ほどであろう、平らな土地が広がり、その真ん中に家が一軒、建っている。

「山家《やまが》とは思えませぬな……」

十助が目をまるくし、

「京《みやこ》ふうの山居《さんきょ》だ」

と半兵衛も驚く。

この修行旅では、上洛《じょうらく》を果たした半兵衛だが、京で流行《はや》っているもののひとつに、それがあった。洛中《らくちゅう》にあえて山里の景趣《けいしゅ》を取り込んだ家を建てたり、庭を作ったりして、上流の人々が愉《たの》しんでいた。つまり、本物の山家ではなく、遊ぶための山荘というもので、風雅な造りなのである。

それと似たものを、飛騨の山奥で再見するなど、夢想だにしなかった。

「あれは……」

三方は木々に遮《さえぎ》られているが、南側だけ眺望が拓けて、遠方を見霽《みはる》かすことができる。

その外れまで足早に進んだ半兵衛は、そう遠くない山上に、城砦《じょうさい》とおぼしい建物を発見した。

「きっと帰雲城にござる」

十助が、少し昂奮《こうふん》する。

「違う。帰雲の名に相応《ふさわ》しい趣《おもむき》ではない。あれは、おそらく荻町《おぎまち》城であろう」

越中寄りのところに帰雲城の支城の荻町城がある、と五箇山で半兵衛は聞いている。

「してみると、この屋敷は、荻町城主の別邸やもしれませぬな」

「どうかな……」

「ともかく訪《おとな》いを入れてみましょうぞ」

十助は、山荘の木戸門を入り、玄関前に立った。が、突然、背後へ片手を伸ばし、ついてきた半兵衛を制して留《とど》まらせた。

「血が匂《にお》うてござる」

と囁《ささや》くように十助は言う。

入口の戸が半《なか》ば開いている。

主従は、息を殺し、山荘内の気配を窺《うかが》った。

呻《うめ》き声が聞こえた。

「和子。退《の》いて、物陰に隠れていなされ」

前を向いたままで言いながら、十助は、菅笠を脱《ぬ》ぐや、差料《さしりょう》の下緒《さげお》を外し、それで両袖《りょうそで》を手早くたすきがけに括《くく》りとめた。

「あっ……和子、何をなさる」

半兵衛が前へ出て、先に山荘内へ入ってしまったではないか。同じく、綾藺笠《あやいがさ》を脱ぎ、両袖をたすきがけに括っている。

もはや十助も止めない。若きあるじの武芸が並々のものでないことを、よく知っているからである。

主従は、土間でいったん立ち止まり、上下左右へ素早く視線を走らせた。屋内の造りをみるのと、不意の襲撃を警戒するためである。いつでも抜き討てる構えであった。

半兵衛のほうは、太刀《たち》を腰に佩《は》いている。脇指《わきざし》は主従ともに帯《お》びる。

「御免」

半兵衛があえて大音《だいおん》に訪いを入れた。それで殺気が湧《わ》くや否《いな》やをたしかめたのである。

しかし、人けはあるものの、殺気は迫ってこなかった。

また呻き声が届いた。奥のほうからである。ひどく苦しげで、最初のより弱々しい。

「ひと息にまいるぞ」

半兵衛は、十助にそう告げると、佩刀《はいとう》ではなく脇指を抜き、土間を蹴《け》って内廊下へ上がった。屋内では、刃渡《はわた》りの短い刀のほうが扱いやすい。

あっという間に、奥座敷へ達した。

汚《けが》れのない双眸《そうぼう》に見上げられた。畳《たたみ》にちょこんと座っている赤子《あかご》であった。

白綾亀甲文様《しらあやきっこうもんよう》の盤領《まるえり》の細長《ほそなが》を着けている。脇あけの水干《すいかん》に似た細長は、公家《くげ》の幼児服である。

赤子のまわりには、三人の女が倒れており、いずれも白装束《しろしょうぞく》を血で紅《くれない》に染め、息絶えているとみえた。刃こぼれした短刀も転《ころ》がっている。

「ここは産所にあてられていたようだ」

室内を見回しながら、半兵衛が言う。

白の几帳《きちょう》、白木《しらき》の屏風、白縁《しろふち》の畳など、装飾調度がすべて白というのは、産所の証《あかし》であった。

「なれど、和子。この子は生まれたばかりとも思われませぬが……」

依然、主従を仰《あお》ぎ見ている赤子は、生後一年余りは経《た》っていそうである。

一方の壁に飾られている掛軸《かけじく》に、半兵衛は目をとめた。片側が浮き上がっている。

「この、子を……」

女のひとりに、まだ息があった。

「十助。あの掛軸の後ろをたしかめよ」

命じながら、半兵衛は、折り敷くと、その女の半身《はんしん》を抱いて仰向《あおむ》けに起こさせた。

おもてにかかっていた長い黒髪が、はらりと顔の両側へ流れ落ちる。

半兵衛は、息をするのを忘れた。

（なんという……）

これほど美しい顔容《かんばせ》は見たことがない。

女の唇が顫《ふる》えた。何か訴えようとしている。

半兵衛は、おのが耳を、女の唇へ寄せた。そのまま、しばらく、途切れ途切れの掠《かす》れ声を聞きつづける。

このとき、十助のほうは、掛軸の後ろの壁に細長い扉を発見している。開ききって、中を覗《のぞ》いてみると、そこは小部屋になっており、天井には明かり採《と》りの窓もついていた。

「和子。これを」

半兵衛が女の顔へ傾けていた耳を離したところで、十助は、掛軸を巻き上げながら告げた。

「この赤子の命を刺客《しかく》から護《まも》るために設けた隠し間《ま》に相違ない。襲われたとき、赤子は中で眠っていたのやもしれぬな。その後、みずから這《は》い出てまいったのであろう」

「母親にござったか」

言いながら、半兵衛は、ついに事《こと》切《き》れた女の体をゆっくりと横たえさせた。

十助が半兵衛にたしかめようとしたそのとき、戸外から人声が聞こえた。何やら怒鳴り合っている。

「再度、よくよく探すんじゃ。赤子をふたりとも逃がしたとあっては、褒美《ほうび》は貰《もら》えんぞ」

「分かっておるわ」

「じゃから、昨夜のうちか明け方に襲えばよかったんじゃ」

「赤子殺しは踏ん切りがつかんて、ぐずぐずしておったんは誰か」

「おれだけではないわ」

「こんなことなら、あの女ども、殺《や》る前に手籠《てご》めにするんじゃった」

「おんしら、たいがいにせい。早《はよ》う、来い」

女たちを斬殺《ざんさつ》した刺客たちであることは間違いない。標的の赤子を発見できず、周辺を探しまわった揚《あ》げ句《く》、再捜索のために襲撃現場へ戻ってきたと思われる。

「六、七人といったところではないかと存ずる」

と十助が推量する。

「わたしは後ろへ回り込む」

赤子に笹舟を差し出して微笑みかけながら、半兵衛は挟撃策《きょうげきさく》を口にした。

「ふぅ」

愛らしい声を洩《も》らして、赤子は小さな手で笹舟を摑《つか》んだ。ふね、と言ったのであろう。

半兵衛は、赤子を抱き上げると、隠し間に運び入れた。

「決して泣いてはならぬ」

やさしく言い聞かせて、おのが小指を赤子のそれにちょんと触れさせた。

「げ、ん、ま、ん」

ゆっくりと言うその半兵衛の口許《くちもと》を見つめていた赤子が、思いの外に、はっきりと繰り返した。

「げ、ん……ま、ん」

聡《さと》い子だ。早熟するかもしれない。

この間に、十助は、奥座敷を出て内廊下を伝い、玄関のほうへ向かっている。

いったん外へ出た半兵衛は、鳥肌が立つのをおぼえた。空にうっすらと春の残光は感じられるものの、陽《ひ》が没すれば奥山は急激に冷える。

屋内から怒号と争闘音が聞こえてきた。十助が斬《き》り合いを始めたのである。

半兵衛が玄関へ達したとき、中からひとり、後退しながら出てきた。

蓬髪《ほうはつ》、小素襖《こすおう》、脛巾《はばき》に薄汚れた長羽織《ながばおり》という、いくさには程遠い装《なり》である。偸盗《ちゅうとう》、山賊のような手合《てあ》いが刺客を請《う》け負ったと思われる。

半兵衛にとっては闘《たたか》いやすい。軍装の敵を制するのは手数も時間《とき》もかかるが、物の具を着けていない対手《あいて》には、兵法《ひょうほう》の手錬者《てだれ》でない限り、思い切りよく踏み込んで初太刀《しょだち》をつけることができれば、勝てる。

「まいる」

半兵衛は、つつっと前進しながら、声をかけた。

蓬髪がぎょっとして振り向く。そこへ、右足を深く踏み込ませざま、逆袈裟《ぎゃくげさ》に右胴から斬り上げた。存分の手応《てごた》えである。

次に出てきた者が、倒れかかる仲間を、驚きながら抱きとめる。その脳天へ、半兵衛は振り下ろしの一撃を見舞った。

「ぎゃっ……」

斬られたふたりは、玄関口に折り重なって倒れる。その山に、三人目が足をひっかけ、転がり出てきた。

地へうつ伏せとなった三人目が、起き上がろうとする前に、半兵衛はその背を上から左膝《ひだりひざ》で押さえつけて動きを制し、首へ刃《やいば》をつけた。その形のまま、太刀の棟《むね》に左手を添え、へし斬った。

「ひいいいっ……」

虎落笛《もがりぶえ》の音のような悲鳴が洩《も》れた。

「和子。大事ござらぬか」

玄関の土間に立った十助は、血刀《ちがたな》を手に、わずかに肩を喘《あえ》がせている。

「そちこそ、手傷《てきず》は」

「柱に頭をぶつけたぐらいにて」

「逃げた者は」

「残らず討ち果たし申した」

四人を斬り捨てた十助である。

「白川郷というは、存外、物騒《ぶっそう》なところだな。帰雲城は諦《あきら》めて、引き返すほかあるまい」

死体を見下ろしながら、半兵衛は溜《た》め息《いき》をついた。

「険を冒してこその修行旅ではありませなんだか」

「わたしとそちだけならばな」

半兵衛が、視線を十助の顔から、その足許《あしもと》へ下げて、おもてを少し綻《ほころ》ばせる。

十助も、おのれの右側の間近《まぢか》から見上げている瞳に気づき、血刀を背へ回し、しゃがんで、赤子と対《むか》い合った。

小さな体では支えきれない頭をぐらつかせ、よちよちと覚束《おぼつか》ない足どりで、赤子が寄ってくる。

十助は、両腕を伸ばして抱き上げた。

赤子が、ひたいや頬《ほお》や鼻や口を、十助の顔にすりつけてくる。なんとも柔らかく、乳の匂いがする。

「この喜多村《きたむら》十助の子になるか」

紅菊《べにぎく》の女《ひと》

遠くの山々がくっきりと見えて、川の水も澄む秋景色である。

「父上。あれが稲葉山《いなばやま》城にございますね」

前髪立《まえがみだち》の男の子が、秀麗《しゅうれい》な眉目《びもく》を嬉《うれ》しそうに綻ばせて、前方を指さしてから、騎乗の大柄《おおがら》な武士を見上げた。

「もはや稲葉山ではない。城も町も、織田《おだ》さまが名を岐阜《ぎふ》と改められた」

と喜多村十助はこたえる。

「さようでした。永く美濃《みの》守護家にあられた土岐《とき》氏の山阜《さんぷ》の意」

「これ、七龍太《しちろうた》。それを誰に聞いた」

倅《せがれ》を叱《しか》りつける十助である。

「殿《との》よりご教授いただきました」

十助のすぐ前を往《ゆ》く騎乗者の背へ、七龍太が視線をあてる。

鞍上《あんじょう》からちらりと振り返り、微笑んだ顔は、竹中《たけなか》半兵衛重治《しげはる》のものである。廻国修行から帰国した翌年、父の重元《しげちか》が没したので、家督《かとく》を嗣《つ》いだ。いまや二十四歳となった。

「殿っ」

咎《とが》めるような十助の呼びかけに、

「正しいことを教えたまでだ」

半兵衛は、意に介さない。

「正しければ、何でも口に出してよいというものではござらぬ。織田さまは、周《しゅう》の武王《ぶおう》が岐山《きざん》に拠《よ》って殷《いん》を滅ぼし、天下をひとつに定めたという故事に因《ちな》んで、岐阜と命名されたと仰せ出《いだ》されておられるのですぞ」

「父上。それは牽強《けんきょう》と申すもの」

「よう憶《おぼ》えておるな、十助。そちにしてはたいしたものだ」

半兵衛に似た口調で、七龍太が言った。

「なんじゃ、その、けんきょうとやらは」

「無理に引きつける。道理に合わぬ。さような意にございます」

とても十歳の童子《どうじ》の申しようではない。七龍太に対して、武芸、狩猟《しゅりょう》、農事などの実践で鍛《きた》えるのは十助だが、兵法《へいほう》兵術《へいじゅつ》の理《ことわり》も含め、学問はすべて半兵衛の仕込みである。

（なんとも、幼少期の殿をみているようじゃ……）

何もかも呑《の》み込みが早く、おぼえてしまうと独自に工夫し始めるところも、師匠の半兵衛譲りであった。

「よいか、七龍太。美濃はいまや織田さまのご領国。そなたが織田さまのことを悪《あ》しざまに申せば、お咎めをうけるのは殿なのだぞ。そこのところを、よくよく弁《わきま》えよ」

「さりとも悪しざまには聞こえじ」

そっぽを向く七龍太である。

「何を申しておる。父が分かるように申せ」

「先夜に読んだ『総角《あげまき》』の中の一文を思い出しただけにございます」

「ええい、七龍太。父を愚弄《ぐろう》いたすか。鎧《よろい》の飾《かざ》り紐《ひも》がどうしたというのだ」

癇癪《かんしゃく》を起こした十助は、思わず両の鐙《あぶみ》で馬腹《ばふく》を強く蹴ってしまう。

「わあっ……」

乗馬《じょうめ》が、にわかに、ぐいっと首を伸ばして走りだし、十助は慌てて手綱《たづな》を引き寄せた。そのまま、主君を追い越して先へ行くのをとめられない。

「総角はよかったな、七龍太」

半兵衛が声を立てて笑いだす。

総角といえば、武辺者《ぶへんもの》の十助の頭に浮かぶのは、鎧の背の逆板《さかいた》に打ちつける鐶《かん》に通して結ぶ飾り紐のこと。だが、七龍太が言ったのは、源氏物語の『総角』のことであり、むろん半兵衛には分かっている。

突然に先行した十助の鞍上の動きがどこか滑稽《こっけい》なので、わけの分からぬ後続の供衆《ともしゅう》もくすくす笑う。

「七龍太どの。お父上は馬の背で糞《くそ》でも洩らされたか」

誰かがそんな冗談を言ったために、どっと哄笑《こうしょう》が起こる。

七龍太ばかりは、おかしいやら、恥ずかしいやら、父にちょっとすまない思いやらで、あははっ、と笑顔を引《ひ》き攣《つ》らせていた。

織田信長《のぶなが》が斎藤龍興《さいとうたつおき》を逐《お》い、美濃稲葉山城を陥落《かんらく》せしめて入城を果たしたのは、この永禄《えいろく》十年の、通説では秋とされる。が、隣国飛驒の三木《みつき》氏が、夏の間に越後《えちご》の上杉《うえすぎ》氏へ宛《あ》てた書状の中で、濃州《のうしゅう》は信長の支配が行き渡ったと記している。

北伊勢《いせ》侵入や、北近江《おうみ》の浅井《あざい》氏との折衝《せっしょう》など、秋以降の信長の素早い対外的な動きをみると、遅くとも、晩夏には美濃平定を了《お》えていたとみるべきであろう。

斎藤氏放逐《ほうちく》の直後、美濃の諸将は秋風の吹く前に争うようにして岐阜へ参上し、信長へ臣従《しんじゅう》を誓った。

そういう中、ただひとり、信長のほうから礼を尽くして招こうとしたのが、竹中半兵衛である。関ケ原《せきがはら》に近い不破《ふわ》郡岩手《いわで》の菩提山《ぼだいさん》城の若き城主は、稀《まれ》にみる俊髦《しゅんぼう》といわれる。

父が出陣中で不在の城の守将をつとめたのが初陣《ういじん》だが、押し寄せる敵を寡兵《かへい》で撃退したこのとき、わずか十三歳であった。

武名を近隣諸国に鳴り響かせたのは、二十名にも満たない手勢《てぜい》のみで稲葉山城を乗っ取ってみせた永禄七年の事件である。追従者《ついしょうもの》ばかりを側近《そっきん》とし、政務を疎《おろそ》かにして遊興三昧《ゆうきょうざんまい》の国主・斎藤龍興を諫《いさ》めるのが、その目的であった。奸臣《かんしん》は斬り捨てた。

龍興が改心を約束すると、半年後に城を返して、国外退去している。というのも、忠諫《ちゅうかん》の行動であったと龍興には感謝され赦《ゆる》されたものの、半兵衛自身は、刃をふるって主君の居城を奪った逆臣であるとして、みずから奉公《ほうこう》を辞したのである。

近江坂田《さかた》郡の樋口《ひぐち》氏のもとに寄食《きしょく》していた半兵衛だが、やがて、やむなく故国へ戻ることになる。龍興がまた懶惰《らんだ》な日々に戻ってしまい、以前よりさらに人心が離れているので、再度諫めてほしい、と斎藤氏の老臣たちから火急の要請があったのである。その矢先の信長による稲葉山城攻略であった。

竹中家の領地内の栗原山《くりはらやま》に隠棲《いんせい》した半兵衛のもとへ、舅《しゅうと》の安藤守就《あんどうもりなり》が信長の意をうけて出仕を促しにやってきた。晴耕雨読《せいこううどく》の生活を望む半兵衛は、自身は病弱のため家督を弟の彦作《ひこさく》に譲ったので、信長への奉公は彦作が仕《つかまつ》ると返辞をした。

信長は、彦作を馬廻《うままわり》衆に加えたものの、どうしても半兵衛を諦めきれず、説得の使者として、こんどは新参の口八丁手八丁の家臣を栗原山へ送り込んだ。

「やあ、やあ、やあ」

半兵衛の一行が岐阜城の山麓《さんろく》の曲輪《くるわ》の入り口に到着すると、貧相な体つきの武士が、両手を大きく広げながら、満面の笑みで馳《は》せ寄ってきた。顔つきも走り方も猿そっくりではないか。

「また、あの御仁《ごじん》だ……」

この木下藤吉郎《きのしたとうきちろう》という男を、七龍太は鬱陶《うっとう》しいと思っている。

秋口から栗原山へ押しかけてきた藤吉郎だが、それも二、三日おきか、長く間が空《あ》いても五日おきというしつこさであった。

信長の命令であることは誰にでも分かるのに、なぜかそのことは一切《いっさい》口にせず、半兵衛どのにはそれがしの師になっていただきたい、と身をよじるようにして懇願《こんがん》した。そして、伝え聞く半兵衛の武略を、本人の前でまるで見てきたように臨場感たっぷりに語っては、感激のあまり涙を流すという、騒々《そうぞう》しさでもあった。

また、訪問のたび、竹中家の家族にも奉公人ひとりひとりにも土産《みやげ》を持参し、誰にでも笑顔で声をかけては冗談を言い、主君信長の虎《とら》の威《い》を借る言動も決してみせないので、女子衆《おなごしゅ》にはすっかり気に入られた。

やがて半兵衛は、母にも妻にも妹にも、藤吉郎どののご面目《めんぼく》を立てて差し上げてはと勧められ、とうとう折れて、岐阜へ参上する運びとなったものである。

ただ、岐阜参上を承諾したとき、半兵衛は条件を出している。

「織田さまにではなく、藤吉郎どのにお仕《つか》えいたす」

藤吉郎の懇願を容《い》れたのだから、当然そうなる、というのが半兵衛の譲れぬところであった。それを藤吉郎と自分の前で信長が許さぬのであれば、この先も隠遁者《いんとんしゃ》として暮らすばかり、と。

実は、信長が許すはずのない条件を出したというのが半兵衛の本音《ほんね》である。

尾張《おわり》・美濃二ヶ国の支配者となった信長が、美濃じゅうの諸将が靡《なび》く中、唯一《ゆいいつ》、挨拶《あいさつ》の使者すら寄越《よこ》さず、自分を恐れもしないのに、招聘《しょうへい》してでも仕えさせたいのが竹中半兵衛であった。織田家では新参の家臣で、ようやく奉行人《ぶぎょうにん》のひとりとなったにすぎない藤吉郎へ、下げ渡すはずがないのである。

「ああ、まことに来て下されたのじゃな。よう来て下された、よう来て下された」

半兵衛が下馬するなり、いまにも泣き出さんばかりの表情で、その両手をとって振りたくる藤吉郎であった。

「おお、半兵衛どの随一のご忠臣・十助どのも、京の公達《きんだち》も逃げ出す可愛《かわゆ》さの七龍太どのも」

歯の浮くような世辞を、あたり憚《はばか》ることのない大声で言うのも、栗原山訪問のときと変わらない。

「七龍太どの。ほれ」

と藤吉郎が、寄ってきて、差し出した。

竹製の唐独楽《とうごま》である。回すと唸《うな》りを生じてなかなかに面白《おもしろ》い。だが、子ども扱いされることは面白くない七龍太である。

「かたじけのう……存じます」

硬《かた》い口調で礼を言いながら、唐独楽を手に受けた。

「なんの、なんの、礼には及ばぬ」

それから、藤吉郎は、半兵衛と十助だけを伴って、山麓の御殿《ごてん》へ入っていった。

人工の滝を設《しつら》えた庭園付きの四階建ての豪奢《ごうしゃ》な造りに見とれるばかりで、入れてもらえずに残念な七龍太である。供衆は、藤吉郎の弟だという小一郎《こいちろう》に案内されて木下屋敷へ向かう。

その途次《とじ》、往来で、華やかな一行に出遇《であ》った。

野で摘《つ》んできたものか、菊の花束をたくさん抱《かか》えた女房衆である。ほとんど白菊《しらぎく》だが、黄菊も混じり、わずかに紅菊も見えた。

警固《けいご》の侍《さむらい》衆が付いている。

「皆々、路傍《ろぼう》へ退《しりぞ》いて、それがしがよいと申すまで、おもてを伏せていよ」

と小一郎が命じた。

女房衆の中に身分の高いひとがいるのに違いない。七龍太ら、竹中家の供衆は、命ぜられた通りにし、一行の通過を待った。

「皆、とどまれ。姫がご所用である」

という女の声に、一行が一斉《いっせい》に足をとめる。

七龍太は、自分のほうへ誰かが近づいてくる気配を感じた。

よい匂いがすると思ったとき、伏せているおもてを下から覗き込まれた。

中腰になって、上体を少し右へ傾け、顔を隠す被衣《かずき》をちょっと持ち上げている女人《にょにん》である。

目が合った。女人の顔もたしかに見え、途端に七龍太の鼓動《こどう》は速まる。

（天女《てんによ》さま……）

比喩《ひゆ》ではなく、本気でそう思った。

「なんと端正《きらきら》しきかな……」

感じ入ったように、女人が吐息《といき》まじりに言った。

自分の容姿のことを指摘されたのだが、どぎまぎしている七龍太は気づかない。

「どなたのお子か」

その声も天界から降ってきたように思えた。体じゅうが熱く、しかし、頭は真っ白になってしまい、押し黙ってしまう七龍太である。

「そこな、童《わらし》。姫君《ひめぎみ》がお訊《たず》ねあそばしたのじゃ。いずれの家の者か、申せ」

お付きの女房に叱りつけられた。

「そうじゃ、早《はよ》う申せ」

「早う」

ほかの女房たちにも急《せ》かされて、にわかに腹立たしくなった七龍太は、少し醒《さ》めた。

「畏《おそ》れながら……」

声に顫《ふる》えを帯びるのが分かったが、七龍太はつづけた。

「ひとに名を申せと仰せになる前に、まずは御身《おんみ》から名乗られるのが礼儀と存ずる」

「無礼者《ぶれいもの》っ」

「童だからというて、赦さぬぞ」

怒号をとばした女房衆だが、

「鎮《しず》まりなされ」

姫君の鶴の一声に、頭を下げて退く。

「そなたの申した通り、わたくしが礼儀知らずでした。あらためて名乗るゆえ、おもてを上げてくりゃれ。このままでは、わたくしの腰がもたぬ」

姫君が微笑みかけてくれた。

「あ……申し訳ありませぬ」

慌てて顔を上げた七龍太である。

姫君も、中腰の恰好《かっこう》から背を伸ばすと、

「わたくしは、あのお城の城主……」

と山上の岐阜城を指さした。

「織田尾張守《かみ》の妹にて、名を市《いち》と申す」

信長の妹であるとは、七龍太には思いもよらなかった。

「わ……わたしは、栗原山の住人、竹中半兵衛が家来・喜多村十助の倅《せがれ》にて七龍太と申します」

「しちろうた」

「はい。七に龍《りゅう》と書いて、七龍にございます」

「まあ、強そうなこと」

「わが殿、竹中半兵衛さまに付けていただきました」

しぜんと誇らしい気持ちが湧いて、七龍太は声を張った。

「礼儀知らずなわたくしと、よく嫌《いや》がらずに話してくれました」

「さような……」

幾度も左右に頭《かぶり》を振る七龍太であった。

「礼を受け取っておくれ」

帯にたばさんでいた菊一輪を、市が差し出す。紅菊である。

「きょう摘んだ菊の中で、いちばん姿のよかったものですよ」

「ありがとう存じます。なれど……」

なぜか躊躇《ためら》って、七龍太は手を出さない。

「いかがしました。男子《おのこ》ゆえ、花なんぞはお嫌いか」

「不相応《ふそうおう》にございます」

「わたくしが七龍太どのに貰《もろ》うてほしいのじゃ」

「南蛮《なんばん》の国では……」

と七龍太は言った。

唐突な話なので、市は一瞬、きょとんとする。

「ひとつひとつの花に意味があると信じられているそうにございます。それは、形や色や香りや、その花にまつわる故事などに由来するのです」

主君の半兵衛は、近江に流寓《りゅうぐう》中、伴天連《バテレン》が上洛したという噂《うわさ》が伝わると、見物に出かけて、かれらに接し、ことばの通じない対手《あいて》といかにして意を通じ合えたものか、南蛮の知識を仕入れてきた。後世の日本でも言うところの花詞《はなことば》は、そのひとつであった。

「なんと、七龍太どのは物知人《ものしりびと》じゃな。して紅菊はいかなる意をもつ」

興味を惹かれた市が、急《せ》くようにして、こたえを求めた。

「紅菊は……」

「遠慮は要《い》らぬ。申しなされ」

ついに七龍太は意を決して言った。

「わたしは愛する」

驚き、何やらうろたえて、頬を赧《あから》めたのは女房衆である。

七龍太は、拳《こぶし》を強く握り、唇を一文字《いちもんじ》に引き結んで、市を見つめている。自身のそういうおかしな姿にまるで気づいていない少年へ、天女がふたたび微笑みかけた。

宝玉《ほうぎょく》でさえ色褪《いろあ》せるであろうその婉然一笑《えんぜんいっしょう》に、七龍太の体じゅうの力はうっとりと奪われてしまう。

「花の意をもっと知りたい。必ずまた教えてたもれ、七龍太どの」

市は、紅菊を優雅な手つきで七龍太の衿《えり》の間に挿《さ》すと、被衣を目深《まぶか》にして、ゆっくりと離れてゆく。

市の頭上でくるりと旋回した色鳥《いろどり》が一羽、路傍へ舞い降り、放心の七龍太を仰ぎ見て、訝《いぶか》しげに首を傾《かし》げた。


「あのとき、ばさら者を口説《くど》くことができず、美濃斬り取りが三年も遅れたわ」

引見を賜《たまわ》るなり、織田信長にそう吐き捨てられた。が、腹を立てているのでないことは察せられる。信長の口許には笑みが刷《は》かれていた。

ばさら者が自分をさすことも、半兵衛には分かっている。

永禄七年にわずかな手勢で稲葉山城を乗っ取ったとき、尾張の信長の急使から、ただちに城を引き渡してくれれば美濃半国を与えるという条件を提示された。

それに対する半兵衛の返答は、信長にすれば人を食ったものであったろう。

「城で、右兵衛大夫《うひょうえのたいふ》と鬼ごっこを愉しんでいるにすぎ申さず。倦《う》んだら、下城いたす」

右兵衛大夫とは、当時の美濃国主・斎藤龍興のことである。

「織田さまなら、あの内乱を好機と捉《とら》えて、ただちに攻め寄せてまいられると、わたしはひやひやしており申した」

「吐《ぬ》かすな。そのほう、事を起こす前に、舅の安藤伊賀守《いがのかみ》を通じて、美濃の主立《おもだ》つ将へはひそかにわれらの侵攻に備えさせていたであろう。美濃は内乱で統制がとれぬと、織田が油断して攻めれば、逆に散々にやられたに相違ない」

「お買い被《かぶ》りにあられる」

「まあよい。こたびは、この三年の遅れを取り返して御覧《ごらん》に入れるという、そのほうの大言《たいげん》を信じてやる」

「わたしの大言……」

何のことか、半兵衛には分からぬ。

「ありがたき幸せに存じ奉《たてまつ》る」

並んで座す藤吉郎が、半兵衛の耳が痛くなるほどの大声を発し、床《ゆか》にひたいをすりつけたではないか。

「先般も申し上げましたが、竹中半兵衛は、お屋形《やかた》の天下布武《ふぶ》のお志《こころざし》に涙を流すほど感服いたしたのでござる。それならば、自分がこの藤吉郎めとふたりで、お屋形を二、三年の内には京へ上らせて織田の旗を立て、将軍家を輔《たす》けて天下に号令あそばされんことを、必ず成し遂《と》げてみせる、と。それゆえ、畏れながら、お屋形には、いまこの場にて、竹中半兵衛を木下藤吉郎の寄騎《よりき》といたす、と御言質《げんち》を賜ることができますれば、藤吉郎めは天にも昇る夢見心地にて、今後もお屋形の御《おん》為《ため》ひとすじに、一層、粉骨砕身《ふんこつさいしん》仕《つかまつ》る所存。この儀、八百万《やおよろず》の神仏にお誓い申し上げる」

一挙にまくしたてた藤吉郎である。

床と対面している猿顔の半面が、わずかに半兵衛のほうへ持ち上げられ、唇だけ盛んに動いていた。むろん、声は出さないが、何を言っているのか、半兵衛には分かった。

(すまぬ、すまぬ、すまぬ、すまぬ……)

とひたすら繰り返している。

ここで半兵衛が、寝耳に水の話であると本当のことを信長に告げれば、藤吉郎はどうなるか。即刻、手討ちにされるであろう。

そのとき藤吉郎が言い訳せずに潔《いさぎよ》く観念する姿が、すんなりと半兵衛の心に浮かんだ。

(この御仁は騒々しいが、ひょっとしたら大人物になるやもしれぬ……)

そう思ったら、にわかに愉しくなった。

「藤吉郎。それは半兵衛の返答次第よ」

信長の怜悧《れいり》な眼差《まなざ》しが向けられる。

「わしを上洛させるのは二、三年の内と申したようだが、二年の内か、三年の内か、いずれか、しかと約束いたせ」

「……」

半兵衛は、藤吉郎のほうへ、ちらっと視線を落とした。

(二年、二年、二年)

と猿の唇が顫えている。

「いかに、半兵衛」

焦《じ》れた信長が迫る。

半兵衛は、ゆったりと笑みを返した。

「藤吉郎どのが寄親《よりおや》となって、それがしを率《ひき》いていただけるのなら、織田さまは一年後には八坂《やさか》ノ塔《とう》を御覧《ごろう》じられましょう」

げえっ、と奇態《きたい》な声を発して、藤吉郎が飛び上がり、そして、仰《あお》のけにひっくり返った。

東から上洛する者が真っ先に目にする、京を代表する高層建築物が八坂ノ塔である。

「一年後。さよう申したな、半兵衛」

信長は念を押す。

「御意《ぎょい》」

「一年後、わしが京の土を踏んでおらぬときは……半兵衛、そのほうの首を、わが手で刎《は》ねてやる」

「織田さまおんみずからとは、名誉と存ずる」

「あの……お屋形、それがしは……」

と藤吉郎が、恐る恐る訊ねる。

「汝《うぬ》は鋸《のこぎり》引《び》きじゃ」

「ひゃあ……」

両手でおのが首を挟み、泣きだしそうな藤吉郎へ、半兵衛は向き直り、辞儀《じぎ》を低くする。

「木下藤吉郎どの。この竹中半兵衛をご存分にお使い下され」

すると、藤吉郎が本当に男泣きに泣きだした。

この後、半兵衛は、控えの間で待っていた十助を伴い、御殿を退《さ》がって木下屋敷へ入り、竹中家の供衆と合流した。今夜は半兵衛歓迎の宴《うたげ》が藤吉郎によって開かれるので、泊まりになる。

宴までの休憩中、信長の若い近習《きんじゅう》がひとり、木下屋敷へやってきて、七龍太を呼びつけた。

「お屋形のご下命である」

と言われて、七龍太は威儀《いぎ》を正す。

「そのほうを、市姫さま付きの御小姓《おこしょう》といたす。支度《したく》を調《ととの》え、月が替わり次第、出仕いたすように。しかと申しつけたぞ」

近習が去ったあとも、しばらくは放心の態《てい》で、口もきけぬ七龍太であった。

「どういうことか……」

倅と姫君が往来で出遇《であ》ったことをまだ聞いていない十助には、意味不明で、突然すぎる信長の命令であった。

だが、半兵衛のほうは、さもありなん、と合点《がてん》がゆく。

「どこぞで見初《みそ》められたのであろう。七龍太ほどの凜々《りり》しき見目《みめ》は稀ゆえな」

やがて、自分なりに事態を呑み込んだ七龍太は、心の臓《しんぞう》が高鳴ってどうしようもなく、眩暈《めまい》すらおぼえた。

（わたしが、お市さまのおそばに……）

庭先の色鳥が、菊日和《きくびより》の空へ飛び立った。

覇者《はしゃ》の手《て》

冴《さ》え渡った晴天だが、空は低い。雪嶺《せつれい》は太陽に触れそうである。

小鳥が囀《さえず》った。

雪晴れの白無垢《しろむく》の山間地では、その鳴き声は澄明《ちょうめい》で、遥《はる》か彼方《かなた》まで届く。

「ひゃはははは、うっほっほぉいっ」

奇声が混ざった。

白銀の山の斜面に、雪煙《ゆきけむり》を舞い上げながら、うねうねと曲線を描いて滑降《かっこう》するものが見える。

一瞬、巨大な蛇《へび》に見えたが、そうではない。たくさんの茅《かや》を縄《なわ》で括《くく》って束《たば》にし、その束を三つ繋《つな》いだものである。

真ん中の束に、人が跨《また》がっている。橇《そり》とよぶには、あまりに危険な乗物と言わねばならない。

藁沓《わらぐつ》の底を突き出し、蓑《みの》に風を孕《はら》んで、禿《かぶろ》の髪を靡《なび》かせ、奇声を発しているのは、童女であった。まるで山猿《やまざる》である。

下手《へた》をすれば大怪我《おおけが》を負いかねないのに、満面の笑《え》みではないか。本物の山猿でもこんな無謀《むぼう》なことはしないであろう。

「姫えっ」

「紗雪《さゆき》姫さまあっ」

「おやめ下されいっ」

上方から、慌てふためき、雪深い斜面を転がり落ちてくる者らがいる。

冬は豪雪に見舞われるこの地では、家々の屋根を葺《ふ》く茅を、秋に山で刈り取り、そのまま放っておく。厳寒期を越え、春になって降雪量も減ったところで、雪中に埋もれた茅を掘り出し、幾つもの束にして繋げ、これを滑《すべ》らせて一気に山下へ運ぶのである。

紗雪は、地下《じげ》の衆が三束一繋《ひとつな》ぎの茅橇《かやぞり》を作るや、熟練の乗り手の男を突き飛ばし、みずから跨がって滑降を開始したのであった。

下方に、川の流れが見える。冬涸《ふゆが》れで、ところどころ洲《す》が現れていても、水量は豊かであった。

三束すべて舞い上がるほど高く弾《はず》んだ茅橇が、着雪《ちゃくせつ》すると、後尾が急激に右へ流れた。その反動で、前部は左へ大きく向きを変える。紗雪は、振り落とされぬよう、括り縄を強く摑《つか》んで、茅束にへばりついた。

鋭角な斜面を、茅橇は滑降し始める。

深い峡谷が口をあけて待っている。その死地めがけて、にわかに速度を増し、まっしぐらであった。

大変なじゃじゃ馬とみえる紗雪でも、笑みが失《う》せ、おもてを凍《こお》りつかせる。

それでも、すぐに思い切った。括り縄から手を離し、転がるようにして飛び下りたのである。

しかし、摑まって、滑落をとめられる木も岩も何もない。童女の小さな体は、急斜面を雪まみれの毬《まり》となって転がり落ちてゆく。

「おおさびぃぃ」

喉《のど》も裂《さ》けよとばかりに、紗雪は叫んだ。助けをよんだのか。

雪の懸崖《けんがい》から、茅橇が空中へ放り出され、峡谷の川面《かわも》へ向かって、ゆっくりと落下してゆく。

次に転落するのは紗雪である。崖っぷちが目の前だ。

ふわっ、と体が宙《ちゅう》に浮いた。

眼下で、轟然《ごうぜん》たる音を立て、高く水柱《みずばしら》が上がった。茅橇は川へ突っ込んだのである。

括り縄は切れ、ばらばらになった茅が水しぶきと共に飛散する。

紗雪は、空中で、はっとして振り仰ぐ。助《たす》け人《びと》の気配《けはい》を感じたのである。

崖っぷちから、しゃっ、と雪を切って、一本橇が飛び出してきた。

一本橇というのは、龍骨《りゅうこつ》と二本の肋骨《ろっこつ》だけの小さな舟といった形状のもので、積荷《つみに》受けとする湾曲させた肋骨が舵《かじ》の役目も果たす。

飛び出してきた一本橇の荷は、人であった。

「おおさび」

紗雪は両腕を突き出した。

おおさびとよばれた男は、露頂《ろちょう》が当たり前となったこの時代に、折烏帽子《おりえぼし》をつけている。被《かぶ》ったままの形を紙で張り固めて黒漆塗《くろうるしぬ》りしたものだが、そのさいにできる皺《しわ》を、意匠《いしょう》として大きく粗《あら》くしたそれを大皺《おおさび》、細かいのを小皺《こさび》と称す。

ひとりで眠るとき以外は、大皺の折烏帽子を決して脱《ぬ》がないこの男を、紗雪は赤子《あかご》の頃からおおさびとよんでいる。

おおさびは、小太りなのに、動きはしなやかで、舵も巧《たく》みに操《あやつ》りながら、落下する一本橇を紗雪のほうへ寄せていった。素生《すじょう》は戸《と》隠《がくし》流《りゅう》忍《しの》びなのである。

空中で追い越しざまに、おおさびは、紗雪の体を掬《すく》うようにして抱きとった。

そのまま、一本橇を台木《だいぎ》から川へ着水させる。激しく前後左右に揺られ、いったん腰のあたりまで沈み込んだが、浮き上がるや、川面を滑らせ、岸寄りの洲へ乗り上げた。

「おおさび、大儀。望みがあれば申せ。褒美《ほうび》として叶《かな》えてつかわす」

首を振って髪から水しぶきを飛ばす紗雪である。おのれの自由奔放《ほんぽう》が招いた災難にまったく悪びれないどころか、冒険心が満たされて愉《たの》しくて仕方ないというようすであった。

「ありがたき仕合《しあ》わせ。されば……」

おおさびは、いきなり、おのが膝《ひざ》の上に、紗雪の体をうつ伏せにして押さえつけ、蓑の裾《すそ》を捲《まく》り上げた。

「あ……やめよ、おおさび。痛《いた》っ」

おおさびが平手《ひらて》で紗雪の尻《しり》を打つ音が、峡谷に響き渡った。

「痛いっ……首を刎《は》ねるぞ、痛いっ」

一度ではない。幾度も。

その高い打擲《ちょうちゃく》音と悲鳴が届くところに建ち並ぶ家々は、白い小山の連峰《れんぽう》と見紛《みまが》うばかりである。雪の積もった切妻《きりづま》の屋根が、急勾配《きゅうこうばい》に地面までくっついているためであろう。柱がなく、まだ養蚕《ようさん》業を興《おこ》していないので、広い屋根裏部屋も持たないが、後世に合掌造《がっしょうづく》りとよばれるものの縮小型といえる。天に近いせいか、三百に及ぶ全戸《ぜんこ》が、頭上の神々に向かって掌《て》を合わせ、祈りを捧《ささ》げているようにも見える。

天空の城下町と形容すべきか。

南から北へ流れる庄川の西岸の段丘に形成された町を見下ろす、さらに西へ上がった高台に、その城は築かれている。

石垣も土塀《どべい》も門も櫓《やぐら》も、城郭の背後を守る山毛欅《ぶな》の原生林も、いまはすべて雪を被っているせいか、戦国の山城《やまじろ》のいかめしさは伝わらない。むしろ、冠雪《かんせつ》の城は美しい。

城下町から城の大手《おおて》にあたる巽門《たつみもん》めざして、雪面を踏み上る五人ばかりの武家の一行がいる。

「帰雲山《かえりぐもさん》の猿が騒《さわ》がしいようだ……」

一行のあるじである川尻九左衛門《かわじりきゅうざえもん》が、門前に立ってから振り返った。

足許より下に城下町。それが尽きるところに雪に埋《う》もれた川原と庄川の流れ。流れの向こうには、高き山並み。最も近しい峻峰《しゅんぽう》が帰雲山である。

白川街道沿いに築かれ、その帰雲山を東に望む城が帰雲城であった。

九左衛門みずから大音に名乗りを上げ、一行は城内へ招き入れられた。

「これは備中《びっちゅう》どの。雪消《ゆきげ》もいまだしと申すに、わざわざのお運びとは……」

出迎えた和田松右衛門《わだまつえもん》が、驚きの表情を隠さない。九左衛門は備中守を称す。

南北に長い山路の道程十八里《り》とも、十九里ともいわれる白川郷には、領主・内《うち》ケ《が》嶋氏理《しまうじまさ》の居城の帰雲城のほかに、幾つか城砦がある。うち、最も重要な支城は、荻町城と向牧戸《むかいまきど》城であった。

越中と国境を接する北部の押さえとして築かれたのが、荻町城。

南の守りが、東西交通の結節点を扼《やく》す向牧戸城で、そこから東の道は飛騨高山《たかやま》へ、西の道は越前《えちぜん》と美濃へ通じる。内ケ嶋氏の三家老のひとり川尻九左衛門は、この要衝《ようしょう》の城主である。

向牧戸城と帰雲城とを隔《へだ》てる五里の山路は、きわめて険阻《けんそ》で、慣れた者でも十全《じゅうぜん》の体力と注意力が欠かせない。まして、雪道ともなると、遭難《そうなん》の危険を免れぬ。だから九左衛門は、積雪期の登《と》城《じょう》無用を許されており、年頭の挨拶も雪解け後にする。

といって、白川郷の道にようやく土が見え始めるのは、春の半ばあたりから。それが、道もいまだ白魔《はくま》に覆《おお》い尽くされている時季の九左衛門の登城であった。内ケ嶋氏理の近習の松右衛門が驚いたのも当然であろう。

「火急の用向きなのだ、松右衛門。早々にお屋形へ取り次いでもらいたい」

お屋形とは、氏理をさす。将軍家の許可を得た守護大名が特権として称するのが屋形号だが、いずこの武家でも、身内の間で私的に用いられることはめずらしくなかった。

「お屋形は冬の初めから荻町城で過ごしておられる」

と松右衛門が、すまなさそうに頭を掻《か》いた。

「さようか……」

松右衛門のようすから、九左衛門は事情を察して、溜め息をつく。

氏理と正室の茶之《ちゃの》は、永《なが》く不仲である。当初は互いに熱して不満をぶつけ合ったが、いつの頃からか、冷えきった関係となった。雪に閉ざされて外出のままならないほぼ半年もの間、同じ城内に居つづけることを、氏理のほうが避《さ》けたのであろう。主君夫婦のこうした別居は、初めてのことではない。

「松右衛門。おぬしはなぜ随従《ずいじゅう》せなんだ」

「それもお察し下され」

「……そうであったな」

夫婦以上に不和であるのが母とむすめで、茶之と紗雪はまったく相容《あいい》れない。

しかし、帰雲城下の人々と交流する、というか遊ぶのが好きな紗雪は、ここを離れたがらないため、母娘《おやこ》衝突の緩衝材《かんしょうざい》となる者が必要であった。その任を普段から氏理より仰せつかっているのが、松右衛門である。

「いかがなさる、備中どの。このまま荻町へ往《ゆ》かれるか」

「いや。明日にいたす」

ようやく帰雲城へ到着したと安心したところである。それに、日本海の水分を充分に吸収しているこの地方の雪は重いので、一歩一歩に力を要する。ここからまた、ただちに荻町まで二里余りも往くのは辛《つら》い。

「奥方様は」

と九左衛門が松右衛門に訊ねる。

「月宮楼《げっきゅうろう》にて、女房衆《にょうぼうしゅう》と雪見の歌会を催《もよお》しておられます」

城内の最も高きところに築かれた本丸の二階が、月宮楼と称《よ》ばれている。

「されば、奥方さまへの挨拶はあとにして、まずは備前《びぜん》どのに会おう」

帰雲城に城主不在の折は、三家老の筆頭の尾神《おがみ》備前守氏綱《うじつな》が城代《じょうだい》をつとめる。

ほどなく、会所において、九左衛門は備前守と対面した。

冬季の寒さが尋常《じんじょう》でないので、床に囲炉裏《いろり》をきってある。いまは春だが、雪解けまでは薪《まき》を燃やす。

九左衛門が、懐中《かいちゅう》より書状を取り出し、囲炉裏端《ばた》の主人の座である横座《よこざ》の備前守へ手渡した。

「岐阜からの触状《ふれじょう》にござる」

辺境の地である白川郷へ、他国より遣《つか》わされる使者は、北方からは荻町城まで、南方からなら向牧戸城までしか来ない。帰雲城へ案内しようとしても、さらに奥深い地へ赴《おもむ》くなど、使者のほうがいやがるのであった。

それで、書状を受け取った両城の者が帰雲城へ届ける。今回は、事が重大なので、九左衛門みずから持参した。

「では、城代として披見《ひけん》いたす」

一言ことわってから、老齢の備前守がゆったりとした動作で書状を披《ひら》いた。

禁中《きんちゅう》御《ご》修理《しゅうり》、武家御用、その外《ほか》、天下いよいよ静謐《せいひつ》のために、来《きた》る中旬参洛《さんらく》すべく候《そうろう》の条《じょう》、各々《おのおの》も上洛ありて御礼を申し上げられ、馳走肝要《ちそうかんよう》に候。御延引《ごえんいん》あるべからず候。

織田弾正忠《だんじょうのちゅう》信長

織田信長は、永禄十一年の秋、版図《はんと》に収めた尾張・美濃・北伊勢の兵と、同盟者徳川家康《とくがわいえやす》の三河《みかわ》の援兵《えんぺい》、合して六万の大軍を率い、足利義昭《あしかがよしあき》を奉じて上洛を果たした。途次の近江では、妹の市を嫁《とつ》がせた浅井長政《ながまさ》の協力を得ている。これは、竹中半兵衛が信長に初めて拝謁《はいえつ》した一年後のことで、半兵衛と木下藤吉郎の首をかけた約束は見事に履行《りこう》されたのである。

悲願の将軍の座に就《つ》かせてもらって感激した義昭から、御父《おんちち》とまで敬愛され、副将軍でも管領《かんれい》でも望みのままにと勧《すす》められた信長だが、いずれも辞退する。それでも、実権が手のうちにあることは変わりない。

信長が幕府の職に就かないからには、安堵状《あんどじょう》の発給を幕府と織田両方が行うなど、常に衝突の危険を孕《はら》む二重政権となった。しかも、信長が室町幕府殿中掟《でんちゅうおきて》を制定して、義昭と奉公衆に掣《せい》肘《ちゅう》を加えたので、一年も経《た》たないうちに対立が始まってしまう。むろん、対立といっても、実力なき義昭のほうは陰で画策《かくさく》するばかりであったが。

伊勢一国も平定し、畿内《きない》・近国の支配圏拡大をつづける信長は、この永禄十三年に入るや、織田政権の伸張を加速させるべく、五ヶ条の条書を義昭に送りつけ、承認させた。その主眼を要約すれば、将軍の権限のほとんどを信長に委任するというものである。

将軍就任《しゅうにん》、御所《ごしょ》の造営、日常の安全などすべて信長の力に頼っている義昭が、これを突っぱねることなど到底できなかった。

したがって、いまの信長からの触状は、将軍の公的文書である御内書《ごないしょ》に等しい。

信長は皇居修理、幕府御用ほか、天下静謐のために来月中旬に参洛するので、おのおの方も上洛して天皇と将軍に礼を尽くして奔走するように、というのが触状の内容である。末尾《まつび》で、上洛が遅れぬように、と釘《くぎ》を刺している。

畿内・近国二十一ヶ国の大名・国衆《くにしゅう》へ送られたこの触状の日付は一月二十三日。つまり二月中旬の上洛要請である。

「はて……」

読み了《お》えた尾神備前守が、何か思い出そうとするように、虚空《こくう》へ目をやった。

「いま、その二月の中旬ではなかったかの……」

「さようにござる。三木《みつき》の使者は、飛騨の雪と険路《けんろ》に難儀したと申し、向牧戸城への到着が随分《ずいぶん》と遅れたという次第にて」

「三木とな……織田の使者ではないのか」

と苦々《にがにが》しげにおもてをしかめながら、九左衛門が明かした。

「織田弾正忠からご当家との取次《とりつ》ぎを任《まか》された、と」

「困ったものじゃ、えせ国司《こくし》には」

飛騨は、北飛《ほくひ》の吉城《よしき》、中飛《ちゅうひ》の大野《おおの》、南飛《なんひ》の益田《ました》という三郡で一国を成す。吉城郡では地生《じば》えの江馬《えま》氏の力が強く、益田郡はもとは飛騨守護・京極《きょうごく》氏の被官であった三木氏の支配下にある。いまでは、大野郡へも進出した三木氏が、飛騨国司・姉小路《あねがこうじ》氏の名跡《みょうせき》を嗣《つ》いで最大勢力となった。

三木氏の現当主の良頼《よしより》は、京の権門勢家《けんもんせいか》への莫大な贈賄《ぞうわい》など、強引な手段を用いて、朝廷と幕府に姉小路氏の名跡継承を承認させている。国司家などとうに有名無実でも、飛騨国内で三木氏が起こすことは、国司の名の下《もと》に行われるという大義名分が具《そな》わるので、正当化される。だからこそ、いまは江馬氏も、三木氏打倒の機会を窺いながら、表向きは協調姿勢をみせているのである。

「三木の者なら、飛騨路を往来するに不慣れということはありえ申さず。昔から、ご当家を軽《かろ》んじているのでござる」

九左衛門が怒りを滲《にじ》ませた。

大野郡の北西部に位置する白川郷の内ケ嶋氏だけが、争乱や暗闘《あんとう》とはほとんど無縁といってよい。飛騨一国が高き山脈に囲まれて他国とは分断された国だが、その中でさらにまた山嶺《さんれい》によって閉ざされているのが白川郷である。まして、米もろくに穫《と》れぬ土地だから、侵攻したところで、労《ろう》多くして益《えき》少なし、と三木氏からも江馬氏からも軽視されているのは、事実であった。

「まあ、三木の使者が早《はよ》う着いたところで、ご当家は雪消まで出陣などできぬ。放っておけばよいのではないか」

「いや、ご城代。伝え聞く織田弾正忠の言行から察するに、雪で動けぬなどという言い訳を、聞き容《い》れる男ではないと存ずる」

「雪には勝てぬ。仕方あるまいよ」

「弾正忠は雪に勝ち申した」

昨年の初頭、足利義昭が宿所としていた本圀寺《ほんこくじ》が三好《みよし》三人衆に攻撃されたとき、信長はわずかな供廻《ともまわ》りでただちに岐阜を出陣し、大雪の中を京までわずか二日で踏破《とうは》するや、その後、主君を追って必死に馳《は》せつけてきた数万の大軍を指揮し、三好勢を撃退《げきたい》したのである。

　それを聞いて、備前守は、あははと笑った。

「九左《きゅうざ》よ。おぬしに申すまでもないが、岐阜から京への道と、山深い飛騨路とでは、雪の降り方、積もり方がまるで違う。それくらいのことは、むこうでも察すると思うがの」

「であるとしても、放っておくわけにはまいらぬ。いま将軍家の名代《みょうだい》という立場を得ている織田に、何の返答もせぬのでは、後難《こうなん》が降りかかりましょう」

　九左衛門は、織田信長には、過去に名を馳せた戦国武将がもたぬ異能《いのう》というものを、なんとなく感じている。そういう空気が、岐阜や京から伝わってくるのである。だが、具体的に説《と》けないので、もどかしかった。

「後難を案ずる必要があるかのう……」

　ぽりぽりと小鼻《こばな》の脇を掻く備前守である。

「これまでも、足利将軍家の血筋《ちすじ》を担《かつ》いで執政《しっせい》となった者は少のうないが、永続きしたためしがない。同じような者に取って代わられる、その繰り返しじゃ。織田もいまの立場をいつまで保《たも》てるか分かるまいよ。いまこのとき、弾正忠が闇討《やみう》ちされていないとも限らぬ。そういう世の中なのじゃ。ここまで攻め込んでくる者などおるまいし、知らぬ顔をきめこんでおれば、そのうち事はうやむやになる。そうやって百年もの間、平穏《へいおん》無事に生きてまいったのがご当家である」

　最後のことばを、備前守は何やら誇《ほこ》らしげに言った。

（やはり、井蛙《せいあ》どのだ……）

対外的な有事に関してはいつも、備前守と距《へだ》たりを感じる九左衛門であった。

内ケ嶋氏初代の為氏《ためうじ》が白川郷に入部したのは、およそ百年前のことだが、初めから争乱がなかったわけではない。それ以前より白川谷に沿って根を下ろしていた人々が、挙げて一向宗（浄土真《じょうどしん》宗《しゅう》）の信徒で、武家権力の介入を拒《こば》んだのである。そのため、門徒衆団結の中心であった正蓮寺《しょうれんじ》と、為氏は激しく戦った。最終的には、両者は和睦《わぼく》して婚姻関係を結び、以後の白川郷においては、武門の内ケ嶋氏と宗門の正蓮寺改め照蓮寺《しょうれんじ》とが、政教一致で治める体制に落ち着いた。

それからの郷内は、備前守の誇ったように、たしかに平穏無事ではある。しかし、一向宗と強固に結ばれたことで、一向一揆《いっき》が北国の守護や守護代、あるいは他宗門と戦うときは、総本山たる本《ほん》願寺《がんじ》の要請に応じ、内ケ嶋氏にしかできない協力をしてきた。三家老のひとりで、荻町城の城主・山下大和守《やましたやまとのかみ》家などは、代々、幾度も越前・越中・越後へ出兵している。向牧戸城の川尻備中守家にしても、南からの脅威《きょうい》への警戒と、京や他国の情報蒐集《しゅうしゅう》を怠《おこた》らない。また、九左衛門自身は、氏理の北国への出陣に従軍したこともあれば、主君の名代で石山《いしやま》本願寺の警備についた経験も有《ゆう》す。

代々、帰雲城の城代をつとめる尾神備前守家ばかりは、郷内においてなすべきことは能《よ》く行っているものの、他国の敵とは、戦うどころか、遭遇《そうぐう》したことすら一度もない。外界をまったく知らないのである。

それで九左衛門と、当代の山下大和守は、尾神氏綱のことを、井の中の蛙《かわず》、つまり、井蛙どの、とひそかに揶揄《やゆ》していた。実際、顔も蛙に似ている。

「わざわざ難儀な雪道を冒《おか》してやってくるほどの大事ではなかったのではないか。まあ、しばらくようすをみるがよかろう」

なんの屈託もなさそうに、井蛙どのは言った。

「なれど、念のため、それがしは明日、荻町城へまいり、ご城代のご異見《いけん》も含めて、お屋形に子細《しさい》を言上《ごんじょう》仕《つかまつ》る」

「九左。要《い》らざることで、お屋形のお心を煩《わずら》わせてはなるまい」

内ケ嶋三家老の筆頭で最年長というだけでなく、主君の姉婿《あねむこ》でもあり、氏理に最も永く仕えて、信頼も厚い尾神備前守のことばである。

「されば……ご城代の仰せの通りに」

不安と不満を押し隠して、やむなく九左衛門は従った。

「九左衛門」

耳障《みみざわ》りな高い声を発しながら、いきなり戸をあけて、会所へ入ってきた者がいる。侍女《じじょ》を幾人も引き連れた上臈《じょうろう》である。

「これは奥方さま」

九左衛門が向き直って辞儀をし、備前守のほうは横座をあける。

「登城したというに、なにゆえ妾《わらわ》へ挨拶にまいらぬ」

当然のごとく横座を占めて、茶之は詰《なじ》った。狐《きつね》のように眦《まなじり》の吊り上がった眼《まなこ》の奥に、微《かす》かな狂気が揺曳《ようえい》するのは、いつもの通りである。

「雪見の歌会のさなかと聞き及びましたので、お愉しみのところ、水を差してはなるまいと存じ……」

「ふん。妾の顔を見とうないだけであろう」

「滅相《めっそう》もないことにござる」

「して、何用か」

「それはいま、ご城代に」

「申せ、備前」

と茶之が尾神備前守に命ずる。

氏理が在城ならば、茶之の政事《せいじ》への容喙《ようかい》を許さない。しかし、その不在時は、茶之は城代の備前守をさしおいて、女城主として振る舞うのが常である。それを、備前守も強く退けることはできかねた。

越中礪波《となみ》郡井波《いなみ》の瑞泉寺《ずいせんじ》は、北国の一向一揆の重要拠点だが、その六世証心《しょうしん》の息女が茶之であった。一向宗とは共存共栄を旨《むね》とする内ケ嶋氏において、氏理の正室というだけでなく、さらに格別の存在なのである。

「さしたることではござらぬ」

本気でそう思っている口調で、備前守は言った。

「よいから、申せ」

「岐阜の織田のことはご存じにあられましょう」

「新たに将軍家を奉じ、京を制した成り上がりであろう」

「さようにござる。その織田から、ご当家に上洛せよとの触状が届き申した」

「見せよ」

「これに」

命じる茶之にも、安易に書状を差し出す備前守にも、九左衛門はちょっと眉《まゆ》を顰《ひそ》めた。

読みすすむうち、茶之は顫《ふる》えだした。明らかに、怒りのためである。

「僭上《せんしょう》なっ」

金切《かなき》り声を上げるや、書状を引き裂いた。

「あっ……」

思わず腰を浮かせた九左衛門だが、手後《ておく》れである。茶之は、幾度も引き裂いてから、こんどはくしゃくしゃに丸めると、それを叩《たた》きつけるようにして囲炉裏へ投げ入れた。

灰が舞い立った。紙屑《かみくず》となった書状は、ぱっと燃え上がる。

座を蹴った茶之は、九左衛門の前に立って、怒号《どごう》をぶつけた。

「九左衛門。そのほう、織田信長が弟と公言して憚《はばか》らぬ同盟者、三河の徳川家康を知らぬはずはあるまい。先年、われら真宗の門徒衆を虐殺《ぎゃくさつ》したばかりか、剰《あまつさ》え、偽《いつわ》りの和議を結んで真宗の寺院を悉《ことごと》く破却《はきゃく》せしめた。その徳川の致《いた》し様《よう》を、織田は大いに褒《ほ》めそやした。こやつらは、憎んでも余りある極悪《ごくあく》非道《ひどう》の法敵《ほうてき》ぞ」

徳川家康が半年間に及ぶ激戦の末、三河国から一向一揆を一掃したのは、永禄七年春のことである。当時、白川郷でも門徒衆が憤《いきどお》っていたので、むろん九左衛門も知っている。

その後家康が三河平定を加速させ、さらには遠江《とおとうみ》斬り取りにも乗り出すことのできた現実をみれば、九左衛門にとっては、一向宗がいかに武家政権の妨《さまた》げになっているかを、あらためて思い知る事件であった。実は、主君の氏理も同様で、本願寺の顔色を窺いながら領地を治めていては、いつまでたっても戦国武将として自立できぬ、というのが本音なのである。

（織田と徳川は、一向宗にとって敵でも、ご当家にとってはそうではない）

本当は茶之にそう反駁《はんばく》したい九左衛門だが、ここは黙って怒りの矛先《ほこさき》をうけた。

「身の程《ほど》知らずの織田の触状などわざわざ届けおって。恥を知れ、川尻備中」

甲高《かんだか》い打擲音が、冷えきった会所内に響き渡った。茶之が九左衛門の頰を平手で強く打ったのである。

　せめてもの意地で、九左衛門は茶之を睨《にら》み上げた。

「なんじゃ、その目は」

　茶之の右手がふたたび上げられる。

「堪《こら》えることはないぞ、九左」

　会所へ躍り込んできて、九左衛門の背後に立った者が、はきと言った。

「姫……」

　備前守がたちまち困り顔になる。

　九左衛門も声の主《ぬし》へ振り向いた。

「武士が理不尽《りふじん》に面体《めんてい》を打たれたのじゃ。対手《あいて》が主君の妻だからというて、怯《ひる》むことやある。即《そっ》刻《こく》、討ち果たせ」

　過激なことを言い放ったのは、童女の紗雪である。

　座している九左衛門を挟《はさ》んで、母とむすめが立ったまま睨み合う。

「無礼者っ」

　茶之が怒鳴りつけた。

「なんという形《なり》じゃ。場を弁《わきま》えよ」

　紗雪は、頭に日陰蔓《ひかげかずら》を廂《ひさし》のようにして巻き、ひたいには二本の副子《そえご》を引き違いに挿している。着衣も、下は小袴《こばかま》に尻敷《しりしき》と撓革《いためがわ》の軽い臑当《すねあて》という、どう見ても城持ちの領主の姫君とは思えぬ独特の装《よそお》いであった。

「皆、聞いたな。その女、おらちゃのことを無礼者と言いおった」

自分のことを、紗雪はおらちゃと称す。もっと幼かった頃、毎日のように一緒に遊んだ川漁師《かわりょうし》の子がそう称していたので、自然と馴染《なじ》んだ。

くるり、と紗雪は茶之に背中を向けた。

小袖の背の意匠は、二本松。内ケ嶋氏の家紋《かもん》であった。

「ととが無礼者か」

ととは、父。氏理のことである。

家紋を見せつけてから、紗雪はまた茶之へ向き直った。どうだと言わんばかりに、顎《あご》を上げ、小鼻を蠢《うごめ》かしている。

「憎らしや……」

茶之が、九左衛門の頭上越しに、紗雪の日陰蔓へ右腕を伸ばした。

「御免《ごめん》」

その腕を、下から九左衛門が摑んだ。

「血迷うたか、備中」

「紗雪さまは、ご当家の大事な姫君。どなたであれ、手をあげることは、家臣たるそれがしが許し申さず」

「妾は汝《うぬ》が主君の正室ぞ。どちらが大事か」

「大事なるは、お屋形の血をひくお子」

「なに……」

「無礼仕った」

九左衛門は、茶之の右腕を離して、その場で深く頭を下げた。

「お屋形の血をひく子を産んだのは……」

そこで、なぜか微《かす》かな躊躇《ためら》いをみせたあと茶之は言った。

「妾であるぞ」

御意、と九左衛門もうなずく。

「血をひくと申して、紗雪は所詮《しょせん》、女児《にょじ》。まことに大事なる子は夜叉熊《やしゃくま》じゃ」

目の前のわが子を明らかにいたぶる茶之の言い方であった。

氏理との間に儲《もう》けたふたりの男子を、茶之は、紗雪に対するのとはうってかわり、溺愛《できあい》している。長子が夜叉熊である。次子は亀千代《かめちよ》という。

「夜叉熊は、ととの幼名《ようみょう》」

と紗雪が言う。

「おかしなつむりでも存じておったか、紗雪。そうじゃ、あの子がお屋形のご幼名を受け継いだというのは、すなわち、いずれ内ケ嶋の家督を嗣ぐということぞ」

「嗣げるものか、あの愚《おろ》かな愚者熊《ぐしゃくま》に」

愚者を憎体《にくてい》に強調して、けらけらと紗雪は笑った。

「紗雪。悪口雑言《あっこうぞうごん》にも限りがあると知れっ」

茶之の右手が、懐剣《かいけん》の柄《つか》にかかった。

「いや、いや、いや、いや、これにおわしたか」

このとき、連呼《れんこ》しながら会所に走り入ってきたのは、和田松右衛門である。

茶之の侍女たちが、ぷっと吹き出す。

松右衛門の顔には、墨《すみ》で落書きがされていた。目のまわりを円形に塗《ぬ》られ、鼻の両側からひげが幾本も伸び、まるで狸《たぬき》ではないか。ひたいには、あほう、と記されている。

「姫。それがしの転《うた》た寝《ね》の隙《すき》をつき、かような狼藉《ろうぜき》をなさるとは、もはやきょうこそは勘弁《かんべん》なりませぬぞ」

「なんじゃ、わだまつ。おらちゃは何も、あっ……放せ、このあほう」

和田松右衛門のことを、紗雪は、わだまつとよぶ。

「それ、御覧なされ。あほうと仰せられた」

左の腕《かいな》で紗雪の体を抱え込んだ松右衛門は、右手の指でおのがひたいを指し示す。

「放せ、わだまつ、あほまつ、ばかまつ」

暴《あば》れる紗雪だが、松右衛門の膂力《りょりょく》はなかなかのもので、逃《のが》れられない。

「皆さま、無礼をご容赦《ようしゃ》」

言い置いて、松右衛門は、紗雪をひっ抱えて走り出ていった。茶之に名をよばれても聞こえぬふりをして。

（さすがに慣れたものだ……）

九左衛門は、誰にも息をつかせぬ松右衛門のひと芝居《しばい》に感心した。顔の落書きも、とっさの機転で、みずから描いたものに相違ない。

「あれは、けものじゃ」

茶之が吐《は》き捨てた。

織田信長の上洛は、二月の中旬ではなく三十日のことだ。触状を受け取った諸将のようすを見るため、故意に後《おく》らせたのである。

翌《あく》る三月一日、禁裏《きんり》に参内《さんだい》した。将軍義昭の随行ではなく、単独の正式参賀であり、事実上、信長が天皇より天下布武の執行権を与えられた日といえよう。

触状に応じて、多くの名ある武将が参上してきた。初上洛の徳川家康を筆頭に、伊勢国司家の北《きた》畠《ばたけ》具房《ともふさ》、梟雄《きょうゆう》として知られる松永久秀《まつながひさひで》、いちどは京畿《けいき》を制圧した亡き三好長慶《ながよし》の後継者・三好義《よし》継《つぐ》らである。

飛騨の三木氏からは、良頼の嫡男《ちゃくなん》・自綱《よりつな》が姉小路中納言《ちゅうなごん》を称して参じている。

使者や書状を遣わし、諸事情で上洛できない旨を釈明する者もいた。

何の返答もしなかった者は少ないものの、越前守護・朝倉義景《あさくらよしかげ》がそのひとりである。だが、義景というのは、信長に奉じられる前の足利義昭を厚遇《こうぐう》しており、義昭自身から忠節を感謝されている。また、信長の妹・市の婚家、江北《こうほく》の浅井氏とも昵懇《じっこん》であった。この頃はまだ信長をさほど恐れてもいない朝倉氏は、結果的に触状を黙殺《もくさつ》することとなった。

信長は、触状を無視した若狭《わかさ》の武藤《むとう》氏を討つと天皇に奏上し、勅命《ちょくめい》を得る。公家衆の従軍も決まった。

そして、諸将に対しては、出陣の期日を追って通告するという触状を出した。三月十八日のことである。

この信長の触状は、ふたたび三木氏を通じて、白川郷の向牧戸城にも届いた。

寒気はやわらぎ、雪も日毎《ひごと》に解け、道の土も随分と露《あら》わになっている。内ケ嶋氏も、その気になれば出陣できる。

川尻九左衛門は、新年の挨拶を兼ね、二度目の触状を持って、帰雲城に登城した。主君がようやく荻町から帰城したという報も、入っている。

荻町城主の山下大和守もやってきて、内ケ嶋氏理の御前《ごぜん》に、三家老が揃《そろ》った。

「いちど知らぬ顔をしたのじゃ。こたびも放っておけばよい」

と尾神備前守が、九左衛門に言った。

「なれど、織田弾正忠が、武藤某《なにがし》のような弱小の国人《こくじん》をみずから討つと申しておるからには、触状に応じなかった者を悉《ことごと》く罰するつもりではないかと存ずる。次に怒りの矛先を向けられるのが、ご当家であっても、いささかもおかしくはござらぬ」

武藤などというのは、若狭武田氏の家老のひとりで、わずか佐分利郷《さぶりごう》十七ヶ村を領するにすぎぬ小物《こもの》。それをみずから討伐《とうばつ》しようというのだから、自分を蔑《ないがし》ろにした者への信長の怒りは尋常ではない。そう九左衛門は恐れるのである。

「九左の異見に否《いな》とは申せぬが……」

山下大和守が、前置きしてから、語を継ぐ。

「織田のこたびの出陣には、別の目的があるようなのだ」

「別の目的とは、大和どの」

「これは本願寺の見方だが、織田は武藤を討つとみせて越前へ乱入し、実は朝倉を滅《ほろ》ぼすつもりではないのか、と……」

「まことであろうか」

「まことかどうか、それがしには分からぬ。あくまで本願寺のみるところ、だ」

越中の一向宗の僧や門徒が荻町までくることが多く、しぜんと大和守の耳には北国の武将たちに絡《から》む情報も入ってくる。

「それなら、ご当家にとっては好都合じゃ」

備前守が言ったので、あとの二家老は、なにゆえに、と問う視線を向ける。

「朝倉には宗滴《そうてき》がおろう。織田弾正忠がどれほどの者か知らぬが、いくさで宗滴には勝てまい」

「備前どの。朝倉宗滴なら、十五年も前に往生《おうじょう》しており申す」

溜め息まじりに、九左衛門がこたえた。

越前守護の座を斯波《しば》氏より奪った朝倉孝景《たかかげ》の末子で、五代義景の初政《しょせい》まで仕え、数々の合戦《かっせん》で武功を樹《た》て、その領国経営に安定をもたらした朝倉氏稀代《きたい》の名将が、宗滴である。

「そうであったかの……なれど、子はおろう」

「すでに孫の代になっているはず」

「まあ、子でも孫でも、朝倉は北国の雄《ゆう》じゃ。織田に負けるとは思えぬ」

「弾正忠の真意がどうあれ、台命《たいめい》のみならず、こたびは勅命《ちょくめい》をも奉戴《ほうたい》いたす陣触《じんぶれ》に、ご当家が応ずる応ぜぬは、それとは別儀。それがしは応ずるべきと存ずる」

「さようすべきやもしれぬが……」

大和守が、鬚《あごひげ》を撫《な》でながら、吐息をつく。

「先の触状に何の返答もせなんだのだ。せめて書状の一通も送っておくべきであった。それが、こんどはにわかに応ずるとなれば、ただの遅参《ちさん》では済まぬ。織田を納得《なっとく》させる言い訳が立つまい。下手をすれば、お屋形も随従の兵も京で斬り捨てられかねぬ」

「それゆえ、放っておけと申しておる」

と備前守は一点張りである。

「されば、先にそれがしが使者として上洛し、申し開きをいたす」

命を懸《か》ける覚悟を、九左衛門が表明すると、

「それこそ、殺されようぞ」

頭《かぶり》を振る大和守であった。

「いましばらくようすをみる。そういうことでよいではないか」

ひとり危機感の乏《とぼ》しい備前守が、結論のように言った。

「それでよろしゅうございますな、お屋形」

三家老の視線が、一斉に主君の氏理へ注《そそ》がれる。

その色白の整ったおもては、たよりなさげだが、困っているようには見えない。氏理には存外、やさしげな風貌《ふうぼう》からは想像できぬ剛毅《ごうき》なところがある、と九左衛門などは思っている。

「籠城《ろうじょう》して、織田と戦うという道もある」

気負いもせずに、氏理が言った。

九左衛門と大和守は目を剝《む》く。

「お屋形、何を仰せか。戯《ざ》れ言《ごと》にもほどがござる」

ひとり備前守だけがうろたえた。

「本気で申した」

「畏《おそ》れながら、勝ち目は万に一つもござるまいと存ずる」

「大和もさように思うか」

「さて、それは……体験がござらぬゆえ……」

戸惑う大和守である。

「白川郷へ大軍が入ってくるのは至難ぞ。われらは、勝手知ったる地を利し、冬と春は雪を味方といたせば、思うさま敵を疲れさせ、恐れさせることができる。どうかな、備中」

「その昔、ご当家は三木氏の軍を散々《さんざん》に打ち破っており申す」

初代為氏の頃、内ケ嶋氏に数倍する兵力の三木軍に、白川郷を侵《おか》され、帰雲城まで迫られたことがある。それを、深山の険《けわ》しい地形と庄川の激流と、濃霧《のうむ》や雪などの自然現象を利して撃退し、圧勝をおさめた。以後の白川郷は、領外の敵から攻撃をうけたことがない。

「九左。お屋形を煽《あお》り立てるようなことを申すな」

備前守が九左衛門を叱りつける。

「お屋形も、戦国乱世の武将にあられる。かくまでのご壮気《そうき》を、われら家臣はむしろ大いに歓《よろこ》ぶべしと存ずる」

「ご壮気を云々《うんぬん》しているのではない」

「そのへんで」

と二ノ家老の大和守が、筆頭家老と三ノ家老を鎮《しず》める。

「備前の年の功を尊重《そんちょう》いたそう。織田に返答はせぬ」

そう言って、氏理は徐《おもむろ》に立ち上がった。

「あ、いや……」

「いかがした、備前」

「よくよく考えれば、こたびは、九左が申したように、使者だけでも遣わしたほうがよいやもしれ申さぬ」

主君が戦うなどと言い出したために、備前守がにわかに怖《こわ》くなったことは、その顔つきから明らかであった。

「使者は殺されるのではなかったか」

「そうとは限り申さず」

「合戦でもないのに、家臣を殺されとうはない。こたびの触状にもわれらが知らぬ顔をしたことで、織田から糾問使《きゆうもんし》でもまいったら、わが首を差し出して詫《わ》びとすればよい」

「お屋形、そのようなこと……」

絶句する備前守である。九左衛門と大和守も驚く。

「跡目《あとめ》は夜叉熊か亀千代に嗣がせるか、両人が凡庸《ぼんよう》ならば、よき武人を紗雪の婿《むこ》に迎えて嗣がせるか、いずれかにいたせ」

歩きだしかけて、氏理はとまり、ちょっと考えた。

「紗雪に婿は要らぬか。きっと、いちばんの城主になる」

呟《つぶや》くように言って、微笑《ほほえ》んだ。茶之と違い、むすめ紗雪を愛する父なのである。

三家老は、一様に、ひやりとした。いまの氏理の一言が、冗談《じょうだん》であったとしても、茶之に聞かれたら、ひと騒動持ち上がる。

「味噌甚《みそじん》の氷味《ひみ》どぶを呑みにまいるぞ」

敷居《しきい》ぎわに控《ひか》える和田松右衛門ら近習たちに声をかけ、氏理は足早に会所を出ていった。

白川郷では、どぶろくを、どこの家でも造る。永い寒冷期に、身体を芯《しん》から温める酒は必須《ひっす》なのである。

米麹《こめこうじ》に稗《ひえ》や粟《あわ》を混ぜて発酵《はっこう》させる。蒸《む》し米《ごめ》は、貴重なので、加えない。城下の味噌屋の甚平《じんぺい》は、このどぶろく造りの上手《じょうず》で、晩秋にできたそれの一部を、冬の間、雪中に埋めて凍らせ、雪解けの最後の頃に開ける。溶《と》けかけた氷のどぶろくの意で、氷味どぶと通称されていた。そのなんともいえぬ冷たい舌触《したざわ》りと味を、囲炉裏端で暖まりながら愉しむのが、氏理のこの時季の恒例《こうれい》であった。

「九左。お屋形はあのように仰せだが、そのほうではなく、誰かを使者に立ててはどうじゃ」

「備前どの。一切返答せぬというのが、主命《しゅめい》にござる」

両人が、ちらりと大和守を見る。

「本願寺の見当を信じてみようぞ。朝倉と戦うのなら、織田も痛手《いたで》を負うであろうし、そうなれば、諸将は離反《りはん》いたすやもしれぬ」

心許《こころもと》ない結論だが、いまはそれを期待するほかなさそうである。対立していた九左衛門と備前守もうなずき合った。


四月二十日。織田信長は、上洛中の諸将を率いて京を出陣した。

兵力三万。弱小の武藤氏を攻めるには、いかにも過剰《かじょう》と言わねばならない。

琵琶湖《びわこ》西岸より北上して若狭入りした信長は、佐柿《さがき》まで軍を進めて留まった。武藤の領地の佐分利郷は、そこから西にある。

この間の同月二十三日、朝廷では年号を永禄から元亀《げんき》に改元している。天下静謐を祈念してのことであろう。

二日後の二十五日、信長は東へ先鋒《せんぽう》を繰り出した。若狭と越前の国境方面である。

織田勢の先鋒は、その日のうちに国境を越えて、越前敦賀《つるが》の天筒山《てづつやま》城を陥《おとしい》れ、千三百余の首級《しゅきゅう》を挙げた。翌日には、金ケ崎《かねがさき》城、疋田《ひきた》城も開城せしめ、わずか二日間で敦賀一郡を手中にするという、電光石火《でんこうせっか》の戦いぶりをみせつけた。

京と北国をつなぐ要衝の金ヶ崎城を本陣とした信長は、朝倉氏の本拠一乗谷《いちじょうだに》めがけ、木ノ芽峠《きのめとうげ》越えで一挙に進撃するつもりでいた。

その矢先、信長ほどの者でもまったく予期できなかった異変が起こる。江北の小谷《おだに》城を居城とする妹婿・浅井長政に裏切られたのである。長政離反の報が一乗谷へ伝われば、俄然《がぜん》、朝倉氏は活気づき、浅井氏と謀《はか》って信長挟撃《きょうげき》策をとることは考えるまでもない。

一転して窮地に立たされた信長は、木下藤吉郎、明智光秀《あけちみつひで》らを金ヶ崎城に殿軍《しんがり》として残すと、二十八日夜、わずかな馬廻衆を従え、死に物狂いの退却を開始した。世にいう「金ヶ崎の退口《のきぐち》」である。

信長が敗走ともいえる撤退をしたことは、数日後に白川郷へ伝わった。

内ケ嶋氏にとってのこの吉報《きっぽう》を、山下大和守は越中より、川尻九左衛門は越前より、それぞれ得て、帰雲城へ急報した。

「やはり、織田の触状になんぞ、知らぬ顔をして正しかったであろう」

尾神備前守が、年下の家老ふたりに向かって、まるで自分の手柄《てがら》であるかのように得意げな顔をしてみせた。

「織田弾正忠は今頃、近江のどこぞで討たれ、無惨な屍《しかばね》を曝《さら》していようぞ。次の報《しら》せが愉しみじゃて」

上機嫌の備前守である。大和守もひとまずは安心というようすであった。

（それがしは織田信長を見誤《みあやま》ったのか……）

九左衛門ひとり、もやもやした思いを湧かせた。会ったことのない信長だが、こんなところで表舞台から消えてしまう男なのであろうか。何やら釈然《しゃくぜん》としない。

いまこのときの九左衛門の知るところではないが、すでに信長は安全を確保している。朝倉氏の追撃や土一揆《どいっき》の襲撃《しゅうげき》から逃れ、近江の浅井・六角《ろっかく》両氏による交通遮断《しゃだん》もすり抜け、刺客《しかく》の忍びの狙撃弾《そげきだん》までも躱《かわ》して、四月三十日の深夜に京へ生還した。

織田・徳川連合軍が、近江の姉川《あねがわ》河原において、浅井・朝倉連合軍に大勝するのは、金ヶ崎の退口からわずか二ヶ月後のことである。大いなる復讐《ふくしゅう》戦で、信長は素早く復活を果たした。

内ケ嶋氏の三家老は、この結果を七月の初旬に知る。

「だから、あのとき、使者を立てておくべきと申したのだ」

非難の視線を備前守から向けられた九左衛門だが、言い返しはしなかった。いまさら責め合ったところで不毛である。

受け容れねばならない現実の恐怖は、天離《あまさか》る地の名もなき侍《さむらい》たちが、乱世の覇者となるかもしれない織田信長を、完全に敵にまわしたということであった。

政教《せいきょう》の鎛《ひびき》

その年、白川郷の短い夏が終わり、川辺の和草《にこぐさ》が涼風《すずかぜ》に靡《なび》く頃、帰雲《かえりぐも》城をふたりの僧侶が示し合わせて訪れた。

郷内の中野《なかの》村の照蓮寺から、明了《みょうりょう》。越中国礪波《となみ》郡井波の瑞泉寺《ずいせんじ》からは、茶之《ちゃの》の弟・顕秀《けんしゅう》。両僧とも、在地の一向宗の最高指導者である。照蓮寺は、帰雲城と向牧戸《むかいまきど》城のちょうど中間あたりの白川街道沿いに建つ。

両僧から重大事が告げられるというので、内ケ嶋の三家老も会所に列《つら》なった。

明了のその宣言をうけて、顕秀が懐中より書状を取り出し、恭《うやうや》しく掲《かか》げ、

「真宗は、挙げて、織田信長と戦う」

「これは、御門跡《ごもんぜき》の御檄《おんげき》。近々、諸国のすべての門徒に届けられる」

と前置きしてから、披《ひら》いてみせた。

寺格の最高位たる門跡となることを永く望んできた本願寺は、永禄二年に念願の勅許《ちょっきょ》を得て、以来、法主《ほっす》の顕如《けんにょ》は御門跡とも敬称される。また、檄というのは、招集あるいは説諭《せつゆ》のための文書をいう。

各々身命《おのおのしんみょう》を顧《かえり》みず、
忠節を抽《ぬき》んぜらるべく候事《そうろうこと》

右の一節で後世に有名な一斉蜂起《ほうき》を命ずるこの檄文を、要約すればこうなる。

「阿弥陀如来《あみだにょらい》、開山親鸞上人《しんらんしょうにん》の御恩に報《むく》い、仏法興隆のために起《た》て。命を抛《なげう》って法敵織田信長と戦い、本願寺を死守せよ。これに応じない者は永遠に破門とする」

寝耳に水とは、このことである。内ケ嶋氏理《うじまさ》と三家老の尾神備前守、山下大和守、川尻九左衛門は声を失ってしまう。

一向宗が法敵と血を流して戦うのは、いまに始まったことではないが、宗門《しゅうもん》の総力を挙げて、しかも門徒衆すべてに死か破門かの二者択一《にしゃたくいつ》を迫るなど、前代未聞《ぜんだいみもん》のことと言わねばならない。そうなれば、一向宗と一体で領地を治める内ケ嶋氏も、全面支援を強《し》いられる。

「いかなるお心変わりであろうか」

ようやく、備前守が口を挟んだ。

「顕如どのは、先々代法主のお考えを第一とされているはず」

九世法主の実如《じつにょ》は、武家と敵対しない、所領の争いをしない、王法を守り仏法を専一《せんいつ》にする、という三ヶ条を遺言《ゆいごん》とした。

だが、十世法主証如《しょうにょ》は、同族間の権力争いや武門との戦いに明け暮れ、宗門の中興の祖・蓮如《れんにょ》が建立《こんりゅう》した山科《やましな》本願寺を戦火で焼亡せしめるという最悪の結果を招いてしまう。そのあとを継いで十一世法主となった顕如は、別院であったのが新たな本願寺と定められた石山坊舎《ぼうしゃ》を本山《ほんざん》として、実如の遺言に忠実たらんとつとめてきた。

「宗門の聖境《せいきょう》が侵されようとしているいま、御門跡の決起は当然のこと」

と若い顕秀が気負《きお》い込んで言った。

蓮如は、大坂《おおざか》に坊舎を建立するさい、礎石《そせき》として用意されていたかのように、土中よりたくさんの石が出てきたことを奇瑞《きずい》とし、この地を石山と名付けた。ここを立ち退《の》け、と顕如は信長から迫られているのである。

そのことは、内ケ嶋氏の者らも知っている。しかし、開祖親鸞の廟堂《びょうどう》を建てた京の大谷《おおたに》を起源とし、越前国の吉崎《よしざき》、山城《やましろ》国の山科、そして摂津《せっつ》国大坂の石山、と本山を幾度も移してきた本願寺ではないか。いまさら、石山は聖境だから死守すると宣言されても、かれらには違和感を拭《ぬぐ》えない。

（もしやして、一昨年の密命が露見《ろけん》したので、先手を打つということか……）

ひとり、それと推察したのは九左衛門である。

信長が足利義昭を奉じた上洛戦において、南近江の六角氏を攻めたとき、顕如は近江の門徒衆へ密命を発し、織田勢の進軍を妨害させている。ところが、信長はわずか三日で近江を手中にするという、想像を超える強さと迅《はや》さであった。本願寺では、近江の門徒衆が勝手にやったことで、法主の与《あずか》り知らぬことと言い抜け、幕府再興の名目で信長より課せられた矢銭《やせん》五千貫《がん》を供出《きょうしゅつ》した。それを潔白《けっぱく》の証《あかし》としたのである。

もし密命の出された事実が、書状なり証人なりによっていまになって発覚したとすれば、信長の報復を覚悟せねばならない。その場合、一向宗にとって絶対に欠かせぬ強力な対抗手段が石山本願寺そのものであった。摂津随一《ずいいち》の要塞《ようさい》なのである。信長に明け渡すなど、できぬ相談といえよう。

「よって、兵庫頭《ひょうごのかみ》どのには、従前通りでは足らぬとお心得《こころえ》なさり、成《な》せる最大のお力添えをお約束いただきたい」

姉婿に向かって、義弟《おとうと》の顕秀が頭を下げた。氏理は兵庫頭を称す。

「兵は一人《いちにん》も出さぬ」

と氏理はこたえた。

列座は一様に驚きの表情をみせる。明了と顕秀ばかりか、三家老にも思いもよらぬ主君の返辞だったのである。

「それは、いかなるご存念か」

顕秀が気色《けしき》ばむ。

「桶狭間《おけはざま》合戦、尾張・美濃の平定戦、上洛戦から畿内平定戦、そして姉川合戦。織田勢は大いくさにおそろしく強い。それに比して、誇れるほどのいくさをやったことのない当家は、戦いかたを知らぬ。皆、腰が引けて逃げ出すのが関の山」

少し頭《かぶり》を振りながら、氏理はこたえた。

「何を言われるかと思えば……」

呆《あき》れたように笑ったのは、明了である。

「ご当家のお侍衆はともかく、足軽《あしがる》となる者は大半が真宗の門徒ではござらぬか。敵がいかなる強《つわ》者《もの》であろうと、身命を抛って戦ってくれ申そう」

「それこそが困ったこと」

「兵庫頭どの。何を言わんと……」

「白川郷に住む者の多くは、真宗の門徒であると同時に、わが領民である。かれらをいくさで死なせては、鄙《ひな》の地ゆえに、当家の政《まつりごと》も領民の生業《なりわい》も衰《おとろ》えゆき、白川郷はたちまち絶え果てるやもしれぬ」

「領民の数が減ったならば、北国の門徒を幾らでも白川郷へ入部させ申そう」

「別して、ご当地に縁者の多い五箇山《ごかやま》の門徒衆ならば、何の障《さわ》りもござるまい」

と顕秀も付け加えた。

内ケ嶋氏初代の為氏《ためうじ》の頃は、白川郷より北も、越中礪波平野の南部の一隅《いちぐう》まで領していたので、とくに五箇山とは通婚が盛んであった。その後は本願寺の押領《おうりょう》地となったが、交流はつづいている。

「北国の衆も五箇山の衆も過激。同じ真宗門徒でも、白川郷の民《たみ》は穏《おだ》やかにござる。にわかに混ざり合うのは、不和のもと」

それこそ穏やかな口調で、氏理が言った。

が、顕秀は激する。

「よもや、織田と密約でも結ばれたか」

「顕秀どの。無礼であろう」

九左衛門も色をなす。

明了が顕秀を、大和守が九左衛門をそれぞれ落ち着かせて、話し合いは再開した。

「兵は出さぬが、力添えをせぬとは申しておらぬ」

氏理が語を継いだ。

「そちらが欲する間は、忍冬《すいかずら》は決して枯《か》れさせぬし、薬玉《くすだま》も季節を問わず飾り立てつづけ申そう」

ことば通りならば、忍冬は夏の花、薬玉は端午《たんご》の節供《せっく》の邪気払《じゃきばら》い。だが、内ケ嶋氏と白川谷一帯の真宗教団にとっては、いずれも隠語であり、よそに知られてはならぬ秘事をさす。

「両の儀に馴《な》れた白川郷の民を、いくさ場《ば》へ出して死なせては、どちらも滞《とどこお》ることは必定《ひつじょう》。それは、本願寺にとってもよきこととは思えぬが、どうであろう」

氏理は、明了と顕秀を、ゆっくり交互に見やった。

「つまり、ご当家と領民は、唐国《からくに》で申すところの輜重《しちょう》のみを担《にな》うと言われるか」

と明了が氏理の意をたしかめる。

「さよう。むろんのこと、成せる最大の力をもって」

戦場で必要な衣類、食糧、武器などの軍需品《ぐんじゅひん》を輜重という。または、それらを運ぶ人や道具もそう称する。人の場合、原則として合戦には参加しない。

両僧は顔を見合わせた。瑞泉寺七世となって日の浅い血気盛んな顕秀は、不満げである。が、それでも、年長の明了に委《ゆだ》ねる意思を示した。

「されば、兵庫頭どの。ひとつ条件を受け容《い》れていただければ、われらも、そちらの望みに応じ申そう」

「条件とは」

「いまご秘蔵の忍冬を、一輪《いちりん》も余さず、すべて御門跡へ進上して貰《もら》いたい」

「無体《むたい》な」

即座に九左衛門が声を荒《あら》らげる。

「そうじゃ、条件にも程《ほど》というものがある」

山下大和守も同僚と意を同じくした。

備前守はおもてをしかめるばかりである。

ところが、氏理は微笑《ほほえ》んだ。

「相分《あいわ》かり申した。一輪も余さず進上いたそう」

「お屋形っ」

三家老の驚号《きょうごう》が揃った。それにかまわず、氏理は明了へ言う。

「なれど、お分かりであろうが、さようなことをいたせば、われらとて、決して枯れさせぬという約束は守れぬ。また新たに摘んで蓄《たくわ》えるまで、いささか永い時間《とき》がかかる。それでよろしければ」

「よろしゅうござる。こちらには天下に味方が多い。織田とのいくさが長引くことは決してないゆえ」

明了は納得し、顕秀もうなずいた。

「畏れながら、お屋形。これはあまりに……」

思い止《とど》まるよう諫言《かんげん》しかけた九左衛門を、氏理が手を挙げて制する。

「花の命も惜《お》しいが、人の命はもっと大事ぞ」

それから、氏理は、顎《あご》を上げると、会所の戸口のほうへ向かって声を張った。戸は開《あ》け放たれている。

「そなたも、さよう思わぬか」

敷居際《しきいぎわ》にも廊下にも近習が端座《たんざ》しているが、氏理の視線はかれらに向けられていない。

それでも、廊下に座す近習は困惑《こんわく》の色を浮かべた。この者だけが、戸の陰で盗《ぬす》み聞きをするひとを、視界に捉えている。

誰もが耳を澄ます中、衣擦《きぬず》れの音がした。なるべく控えめにという配慮などまったくしないその音は、遠ざかってゆく。

言わずもがなである。氏理以外の列座の者も皆、茶之と察した。

信長によって畿内から駆逐《くちく》され、本国阿波《あわ》に退いていた三好三人衆が、渡海して、摂津の野田《のだ》・

福島《ふくしま》に城砦を築いた。石山本願寺の近くである。

かれらと結んだ石山本願寺の寺内《じない》町より、ひそかに出陣した門徒衆が、織田陣へ鉄炮《てっぽう》の一斉射撃を浴びせたのは、元亀《げんき》元年九月十二日夜半のことであった。文字通り、本願寺と織田信長の戦いの火蓋《ひぶた》が切られたのである

顕如は、各地の門徒衆を一斉蜂起させるにあたり、事前に朝倉・浅井とも通謀《つうぼう》し、遠くは甲斐《かい》の武田《たけだ》、安芸《あき》の毛利《もうり》との友好も深め、何より、表向きは信長を支援する将軍足利義昭と裏で通じていた。加えて、石山本願寺のさらなる要塞化もひそかに進めてきた。つまり、万全の態勢を調《ととの》えてからの開戦だったのである。

織田とのいくさが長引くことはない、と明了が氏理にちらつかせた自信の根拠《こんきょ》は、こういうところにあった。

まずは、本願寺勢と三好三人衆とで摂津に信長を釘付けにしておいて、近江の一向一揆が、朝倉・浅井と連合し、江南《こうなん》の宇佐山《うさやま》城に籠《こ》もる信長の弟・信治《のぶはる》と、織田の部将《ぶしょう》中きっての猛将・森《もり》可成《よしなり》を討ち取ってしまう。

次いで、信長が摂津陣を払って近江坂本《さかもと》へ移陣すると、朝倉・浅井勢は比叡山《ひえいざん》に立て籠もり、睨み合いに入った。その間に、伊勢長島《ながしま》の一向一揆が、信長の弟・信興《のぶおき》を尾張小木江《こきえ》城に攻めて自害に追い込んだ。

救援に馳せつけることもできず、弟ふたりを相次《あいつ》いで失った信長は、この上の滞陣《たいじん》は離反者を続出せしめると危惧《きぐ》し、天皇と将軍を動かして、朝倉・浅井との和睦《わぼく》へと策を転じた。

北国はとうに雪が降っており、別して朝倉氏にとっては、あまり深い積雪に至れば、帰国路に難儀する。兵糧《ひょうろう》も尽きかけていたので、朝倉・浅井勢も早々に和睦を受け容れた。

本願寺は地団駄《じだんだ》を踏んだ。朝倉・浅井勢が最初から比叡山に立て籠もらず、一向一揆を率《ひき》いて決戦を挑《いど》んでいれば、畿内の反信長勢力も一斉に救援に回り、信長を必ず追い詰めることができたはずなのである。

信長は、十二月十七日に岐阜へ帰陣し、この大いなる危機を脱した。

それでも、翌元亀二年の前半までは反信長勢力が優勢であった。

五月に、浅井長政が、木下藤吉郎と竹中半兵衛の守る近江横山《よこやま》城を攻撃し、落とすまでには至らなかったが、痛打《つうだ》を与えた。

同月、伊勢長島の一向一揆は、拠点の願証寺《がんしょうじ》を攻めてきた織田勢を撃退し、美濃三人衆のひとり氏家卜全《うじいえぼくぜん》ら名ある将を多数討つという戦果も挙げている。信長の家老・柴田勝家《しばたかついえ》も負傷させた。

これらの戦果が白川郷にも伝わり、瑞泉寺顕秀の姉で、自身も真宗の狂的ともいえる信者の茶之などは、上機嫌《じょうきげん》になった。

「正義が勝つということじゃ」

王法《おうぼう》を守る武門の領主の妻であっても、茶之にとっては仏法《ぶっぽう》こそが正義なのである。

だが、本願寺を中核とする反信長勢力は、織田信長という男を甘くみていたというほかない。

「天魔《てんま》の所為《しょい》」

「仏法破滅《はめつ》」

公家の日記にそう記された驚天動地《きょうてんどうち》の事件を、信長は元亀二年九月十二日に起こした。

比叡山焼討《やきう》ちである。

前年、中立を守らず、朝倉・浅井勢に味方した仏門への報復であった。

比叡山は、延暦寺《えんりゃくじ》・根本中堂《こんぽんちゅうどう》をはじめ山王《さんのう》二十一社を悉《ことごと》く焼亡せしめられ、僧俗男女数千人が虐殺されて、三昼夜も燃えつづけた。

本願寺が延暦寺の二の舞となることを恐れた顕如は、元亀三年が明けて早々、将軍義昭ともども、甲斐の武田信玄《しんげん》へ上洛を促した。これと連動するように、畿内では松永久秀と三好義継《よしつぐ》が信長に叛旗《はんき》を翻《ひるがえ》す。

西上の途《と》についた信玄の武田軍が、遠江《とおとうみ》三方ヶ原《みかたがはら》で徳川家康軍に大勝したのは、その年の十二月二十二日のことである。反信長勢力の星というべき武田信玄の威名《いめい》は、天下に轟《とどろ》き、信長を圧倒した。

本願寺と諸国の一向一揆も快哉《かいさい》を叫《さけ》んだ。これで近々に信長を討つことができ、仏法は守られる、と。そして、足利義昭もついに、公然と打倒信長の旗を掲げたのである。

絶体絶命の窮地《きゅうち》に立たされた信長に、しかし、天は味方する。

遠江の刑部《おさかべ》で越年した武田軍は、三河に入ると、わずか数百の兵で守る野田《のだ》城の攻略に一ヶ月も費《つい》やしたばかりか、その後、にわかに帰国の途についた。信玄が重病に陥《おちい》ったからである。

武田信玄の帰郷は叶わなかった。元亀四年四月十二日、信濃駒場《しなのこまんば》において五十三歳の生涯を畢《お》えた。

ここから、織田信長の大反撃が始まる。

七月、義昭の籠もる宇治槙島《うじまきしま》城を落として、その身を追放し、事実上、足利幕府を滅ぼすと、朝廷に改元の儀を奏請《そうせい》した。

同月二十八日、年号は元亀四年から天正《てんしょう》元年と改元された。

早くも、その翌月、信長は朝倉・浅井討伐の軍を興し、越前で朝倉義景を、近江では浅井久政《ひさまさ》・長政父子を、いずれも自刃《じじん》せしめたのである。

「忍冬の花も随分と摘まれたことにござろう」

照蓮寺明了が、内ケ嶋氏理へ、探るような目を向ける。

「なかなか」

と氏理はこたえた。

「なかなか、とは」

「なかなかは、なかなかにござる」

肯定と否定、両方の意味をもつことばであった。

「いずれにせよ、兵庫頭どの。ひきつづきお力添えを賜りたい」

と頭を下げたのは、瑞泉寺顕秀である。

帰雲城の会所における鳩首《きゅうしゅ》協議であった。内ケ嶋の三家老も列なっている。

「ひきつづきとは、異《い》なことを承《うけたまわ》る」

氏理の許しを得て、川尻九左衛門が口を挟んだ。

「織田とのいくさが長引くことは決してないと言われたのは、そちら。なればこそ、お屋形は無体な申し出も受け容れられた。にもかかわらず、あれから三年。いまだ織田を討つどころか、形勢はいよいよもって本願寺に不利とみるのは、われらだけではないと存ずるが」

「いくさに思いがけぬ事体《じたい》はつきものであろう」

不測の事態、ということである。それくらい分からぬのか、とでも言いたげな顕秀であった。

「これは、無礼を申した。して、御坊《ごぼう》がさような体験をなされたは、いずこのいくさ場《ば》においてであろう。後学のために、ぜひともお聞かせ願いたい」

「衆生《しゆじよう》に仏法を説き、導《みちび》くのが僧のつとめである」

居直《いなお》る顕秀であった。

一向一揆において、実際に命懸《いのちが》けで弓矢刀槍《ゆみやとうそう》をふるうのは、農村武士の国人《こくじん》と門徒農民である。僧は戦闘に参加しない。

「兵庫頭どの。過ぎたことを論《あげつら》ったところで何の益もござらぬ」

と明了が言った。

「織田の力が越前まで及んだいま、万一にも本願寺が敗れしときは、白川郷もただでは済まぬとお分かりであろう。ご当家はわれら真宗と相携《あいたずさ》えて織田と戦いつづけるしか、生き残る術《すべ》はありませぬぞ」

「御仏《みほとけ》にお仕えの御坊が、武家を恫喝《どうかつ》なさるか」

氏理の返答は、口調は穏やかでも、反発心がこめられている。

「切なるお願いを申し上げたのだが、兵庫頭どのがさように思われたのなら、これは拙僧《せつそう》の不徳のいたすところ、お詫びいたす」

慇懃《いんぎん》無礼というほかない明了の態度であった。

「明了どの。顕秀どの」

尾神備前守が初めて口を開いた。

「申すまでもござらぬが、われらは常に、要《もと》められるままに薬玉を差し出しており申す。また、すべて本願寺に献上した忍冬も、再びそれなりに蓄えができてはおり申す。なれど、それは、この三年、白川郷の民が働きづめであればこそ」

内ケ嶋領内の治政に関しては、備前守が統括《とうかつ》している。

「それが、いつ果てるとも知れぬいくさのためとあっては、ご当家は悪政の誹《そし》りを免れぬ。民に身を削《けず》らせるにも限りというものがござる」

九左衛門も大和守も、年長の筆頭家老をちょっとまぶしい目で見た。外交にもいくさにも疎《うと》い〝井蛙《せいあ》どの〟だが、領民を大切にする心は厚い。備前守が氏理から信頼されるいちばんの理由が、これである。

「門徒は、本願寺の御為とあらば、働きづめで命を落とすことこそ本望《ほんもう》」

冷然と顕秀が言った。

「思い違いなさるな、顕秀どの。白川郷の民は、ご当家、内ケ嶋の領民であることが、あえて仏語で申すが、第一義」

最上真実の道理を、第一義という。分かりやすく言えば、いちばん大切で根本とすべきことである。

「笑止《しょうし》」

ことば通り、顕秀が嗤笑《ししょう》した。

「もともと真宗の門徒が郷邑《むらさと》としていた白川の地を、内ケ嶋が侵して押領したのではないか」

「されば、真宗はいずこの地でも押領などしたことがないと言わるるか」

「われらは、各地に仏法を根付かせようとしておるのだ。押領とは違う」

「武家も王法を根付かせたい。そして、ご当家は、王法と仏法を領内を治める両輪とすべく、意を尽くしてきた。そちらのように一方的ではない」

「では、領民に選ばせればよろしい。仏法をとるか、王法をとるか」

「御坊は白川郷に内乱を起こさせるおつもりか」

「顕秀どの」

とうとう九左衛門が膝を立てる。

「ことわっておくが、それがしには御坊を敬《うやま》う気持ちは微塵《みじん》もない。お屋形のご正室の弟御《おとうとご》でなければ、とうに斬《き》り捨て、わが身はその場にて切腹し果てている」

「御仏に仕える身を剣で威《おど》すとは、織田弾正忠と同じではないか」

「そちらが先にお屋形を威した」

一触即発《いつしよくそくはつ》である。

「九左。控えよ」

「顕秀も」

大和守と明了が、口論のふたりを、それぞれ叱りつけた。

「相分かった」

少し溜め息まじりに、氏理がうなずいた。

「ひきつづきの力添えをいたそう」

主君のこの決断には、九左衛門が驚いて何か言いかけたが、また大和守に制される。

「感謝いたす」

明了が深々と頭を下げ、顕秀も倣《なら》う。

「但《ただ》し、こたびは、期限を設《もう》けさせていただく」

条件を、氏理が付け加えた。

「向こう二年間のうちに、織田と結着をつけて貰いたい。織田を滅ぼせばよし、もしくは和議を結んでもよし。そのいずれも本願寺が成せなんだときは、以後、当家と白川郷は独立《どくりゆう》の道を歩む」

備前守と大和守は唖然《あぜん》としたが、九左衛門だけは、得たりや、と膝を打ちたい思いを湧かせた。

「兵庫頭どのは、時を百年前に戻すおつもりか」

この詰問《きつもん》は、明了ではなく、顕秀のものである。およそ百年前、内ケ嶋氏の初代為氏が白川郷に入部した当時、同氏と郷内の一向一揆は敵対し、干戈《かんか》を交《まじ》えた。

「戻すのではない。進むのだ。そこには、真宗との敵対はない。当然、郷民が南無阿弥陀仏《なむあみだぶつ》の名《みょう》号《ごう》を唱《とな》えるのを止めることもない。ただ、当家と白川郷は、本願寺のいくさには一切関《かか》わらぬ。それを独立と申した」

「さようなことが……」

顕秀が怒りで身を震《ふる》わせながら言いかけたとき、

「貴僧ら」

氏理は、声音《こわね》を変え、大喝《だいかつ》した。

「門徒に人殺しをさせるのが真宗の仏法か」

明了も顕秀も、一瞬、怯《おび》えた。自分たちに対して声を荒らげたことなど一度もなかった氏理から、初めてみせつけられた夜叉《やしゃ》のような形相《ぎょうそう》だったからである。

「いかに、ご両所」

殺生《せっしょう》、偸盗《ちゅうとう》、邪淫《じゃいん》、妄語《もうご》、飲酒《おんじゅ》という仏教が戒《いまし》める五悪のうち、してはならぬ第一は殺生。にもかかわらず、仏法守護のためなら、その排撃者の殺害を、無学な門徒に容認、どころか奨励《しょうれい》しているととられても仕方ないのが、当時の真宗教団の教えであったといえよう。

南無阿弥陀仏と唱えていさえすれば、来世では必ず仏になれる。この単純明快な教えも、門徒から殺人への罪悪感を拭うためのまやかしにすぎぬ。一向一揆に悩まされる武家の領主層では、そう忌《い》み嫌う者が多かった。

「兵庫頭どの。いま、前言を翻すと申されるのなら、われらは聞かなかったことといたす。本願寺が織田に勝利したあかつき、兵庫頭どのにはきょうのことを終生後悔《こうかい》していただきたくないゆえ」

怯えから立ち直った明了が、暗に謝罪を要求するような言い方をした。またしても恫喝まじりである。

「貴僧らのご苦衷《くちゅう》は察して余りある」

一転して、いつもの穏やかな氏理に戻った。

「ご坊官《ほうかん》衆に無理難題を押しつけられておられるのであろう」

途端に、明了と顕秀のおもては強張《こわば》った。

法皇御所や門跡寺院に仕える在家《ざいけ》の法師を、坊官という。剃髪《ていはつ》・僧衣《そうい》だが、白袴《しろばかま》を着け、帯刀《たいとう》も肉食妻帯も許されている。多分に俗人といってよい。

諸国の真宗寺院へ派遣される本願寺坊官の任は、在地の真宗僧侶に法主の意を伝え、指令を出すことである。が、中央から乗り込んでくる半俗の坊官と、土地の民情にも領主の政治にも精通する在地僧侶とでは、おのずから温度差があった。いくさなどしたくないのに、虎《とら》の威《い》を借る坊官の強権に屈して、心ならずも門徒を死地へ赴かせる僧侶も少なくないはず。明了と顕秀とて、嬉々《きき》として門徒にいくさを強《し》いるとは、到底思えぬ氏理なのである。

「ご領主といえども、われら真宗の内々の儀までお口出しは無用」

若い顕秀が突っぱねた。

「これは僭越《せんえつ》であったな。なれど、独立の意は変わらぬ。ご坊官、いや直《じか》に本願寺法主へお伝え願おう」

氏理の決意が固いことは、揺らぎのない目色から明らかである。

「まいるぞ、顕秀」

明了が座を立つと、すぐにつづいた顕秀だが、戸口で振り返り、捨てぜりふを残した。

「仏法の力を侮《あなど》るな。目に物見せてくれる」

両僧の去る足音が聞こえなくなったところで、三家老はあらためて主君を注視する。

「身勝手なことをした。すまぬ」

と氏理は謝《あやま》った。

「何を仰《おお》せられる。それがしは永年の気鬱《きうつ》を散じた思い」

九左衛門が全面的に主君を支持したが、大和守は沈思《ちんし》し、備前守は困《こう》じ顔である。

「もしこの先、いかにしても明了らに抗《こう》し難《がた》くなったときは、三年前にわしが申した通りにいたせ。対手《あいて》が織田から本願寺にかわるだけのことだ」

三年前、信長の触状《ふれじょう》に応じなかった氏理は、もしその後に織田から責めをうけたときは、詫びとして自分の首を差し出すように、と三家老へ命じている。

「そのときは……そのときのこと」

なかば泣きだしそうな筆頭家老の備前守が、吐息と一緒に洩らし、

「のう、大和」

と二ノ家老へ同意を求めた。

「織田と本願寺、どちらも敵に回したのは、天下にご当家だけにございましょうな」

冗談とも絶望ともつかぬ一言を、大和守が口にしたので、備前守は慌てて、強く頭《かぶり》を振り、

「本願寺はまだ敵に回したわけではない。お屋形は、織田との結着まで二年と限られただけのこと

ぞ。それまでお力添えをなさるのじゃから。九左もさよう解しておろう」

　こんどは三ノ家老に縋《すが》った。

「二年後、どうなるにせよ、それまでわれらは、白川郷の民の一層の慰撫《いぶ》につとめることが肝要《かんよう》と存ずる」

　この九左衛門の異見には、氏理が大きくうなずいた。

「領民には、真宗の教えに殉《じゅん》じるよりも、当家のもとで生きるのが仕合《しあ》わせ、と信じてもらわねばならぬゆえな。頼みとしておるぞ、備前、大和、備中」

「はは」

　三家老は揃って深い辞儀を返した。

　だが、備前守と大和守は、主君の期待に応《こた》えたいのはやまやまなれど、あまりに至難《しなん》のことと不安を抱《いだ》かざるをえない。

　領民の一層の慰撫こそ肝要と進言した九左衛門だけが、まったく別のことを考えていた。

（万一に備え、ご当家に一流の兵法家《へいほうか》が欲しいものだ、織田の竹中半兵衛のような……）


　信長は、朝倉義景を討って、越前国を掌握《しょうあく》したあと、実際の支配は朝倉氏の旧臣団に委《ゆだ》ねた。かれらは、同国内の事情はもとより、北国の一向一揆の動きにも通じているからである。

　ところが、天正二年に年が改まるや、たちまち旧臣同士の対立が始まり、不満を抱く府中《ふちゅう》城の富田長繁《とだながしげ》が、守護代《しゅごだい》と旧重臣を殺害するという暴挙を起こしてしまう。背後に、本願寺の策動《さくどう》があったことは言うまでもない。

　この混乱に乗じ、顕如は、加賀《かが》の一向一揆を大挙、越前へ乱入させた。当時の加賀国は、天下で唯一の一向一揆による「百姓の持ちたる国」である。応じて、越前の門徒衆が国内各地で一斉蜂起し、利用した富田長繁を殺すと、次いで、朝倉旧臣中の最高位にあった朝倉景鏡《かげあきら》も平泉寺《へいせんじ》に滅ぼした。結果、越前も一揆持ちの国となったのである。

越前の門徒衆は信長の電光石火の反撃に備えたが、意外にも織田軍はやってこなかった。越前からの使者の戦捷《せんしょう》報告を受けた瑞泉寺顕秀と照蓮寺明了は、どちらも昂《たか》ぶった思いを抱いた。

「天魔信長をも尻込みさせる真宗の力。内ケ嶋も思い知ったことであろう」

次に会見するときは完全に上に立てる、と両僧とも北叟笑《ほくそえ》んだ。

しかし、織田信長というのは、迅《はや》さを第一として攻め立てつづけるばかりではない。引いて、深《しん》慮《りょ》し、時機《とき》が訪《おとず》れるまで堪《た》えて待つこともできる大将であった。越前の一向一揆に対しては、そうすることが最終勝利に繋がる。その流れを、頭の中に明確に描いていたのである。

真宗は、そういう信長の異能を分かっていなかった。というより、武門と永く互角《ごかく》以上に渡り合ってきた戦う教団ゆえに、その自信から、信長も過去の対手とさして変わらぬ、とまだ侮っていたのかもしれない。

この年の七月、信長は、みずから指揮して伊勢長島一向一揆の殲滅《せんめつ》戦に乗り出した。二ヶ月半の籠城《ろうじょう》へ追い込んで、敵に餓死者《がししゃ》を続出せしめたあげく、助命を条件に降伏《こうふく》・開城した一揆勢を騙《だま》し討ちにしたのである。それで死に狂いの抵抗にあって、兄弟、叔父《おじ》、従兄弟《いとこ》らを失うと、激怒した信長は、一揆勢を幾重《いくえ》にも巡《めぐ》らせた柵内の砦《とりで》へ追い込み、四方から一斉に火をかけて焼き殺した。

信長に虐殺《ぎゃくさつ》された伊勢長島の真宗の門徒農民は、その数、男女合わせて二万人を超えたという。

次いで、翌年の天正三年五月、織田信長と徳川家康の連合軍が、三河の設楽原《したらがはら》において、大量に保有する鉄炮と弾薬《だんやく》を存分に用い、武田軍に対して圧倒的勝利を収めた。長篠《ながしの》合戦である。

信玄以来の名だたる部将の大半が屍《しかばね》を曝し、新当主たる勝頼《かつより》は、わずかな供衆に守られ、命からがら甲州《こうしゅう》へ逃げ帰った。この大敗により、武田は事実上、再起不能に陥ったといえる。

信玄亡きあとも、名門武田に一縷《いちる》の望みを託してきた本願寺は動揺した。それは、当然ながら、諸国の真宗寺院と門徒衆にも伝わった。

もともと真宗の在地僧侶は、本願寺より派遣《はけん》の坊官を快《こころよ》く思っていない。門徒農民にしても、命令するばかりで、自身は実際に武器をとって戦わない僧衆《そうしゅ》には、不満をもっている。武家の強圧的な支配に対して心をひとつに立ち向かっている間は、どうということもない。が、実は、武家に敗れたあとよりも、勝利したあと、時が経つにつれ、それぞれの利益を思って、反目《はんもく》が始まりやすい。武家勢力を追い出し、真宗王国となって一年半近い越前国の一向一揆は、あきらかにそういう綻《ほころ》びをみせていた。伊勢長島の同胞《どうほう》の惨劇《さんげき》と武田の惨敗《ざんぱい》が、そこに拍車《はくしゃ》をかけた。

信長がすぐには越前奪回戦を起こさなかったのは、この時機《とき》を待っていたからである。

信長は、越前各地の門徒武士などに調略《ちょうりゃく》の手を伸ばしながら、着々と軍備を整え、若狭・但馬《たじま》の水軍数百艘《そう》も参じさせ、ゆうに五万を超える大軍で越前へ進攻した。八月十五日のことである。制圧には、わずか数日を要したのみであった。一揆勢の死傷者は、三万とも四万ともいわれる。

内ケ嶋氏理は、白川郷内の中野村・照蓮寺へみずから赴き、向牧戸城から先着していた川尻九左衛門の出迎えをうけて、客殿で明了との会談をもった。

「互いに何かくどくどと申すのは、やめにいたそう。本日は、ただ、通達しにまいった。向後《こうご》、わが内ケ嶋氏と白川郷の領民は、独立の道を歩む。あらためて、ご了承いただきたい」

二年のうちに、本願寺が織田を滅ぼすか、和議を結ぶか、いずれも成し得なかったときは、その後は内ケ嶋氏と領民は本願寺のいくさには一切関わらぬ。その二年が過ぎ、本願寺はどちらも成せなかったどころか、いまや信長の前に教団壊滅《かいめつ》の危機に直面していると言わねばなるまい。

しかし、この件に関して、本願寺は返辞を濁《にご》してきた。

「独立と称し、その実、織田に仕えるか」

これは明了ではない。会見場に入ってきたばかりの剃髪《ていはつ》、白袴の者の言である。

「頼蛇《らいじゃ》どの。控えておられよと申したはず」

明了がおもてをしかめた。

本願寺坊官の下間《しもつま》頼蛇である。

「無礼なっ」

とっさに、九左衛門は、氏理の体を守る位置へ身を移した。頼蛇が剣を肩に担《かつ》いでいたからである。鞘《さや》に収まってはいるが、かなり長い直刀《ちょくとう》である。

一方、九左衛門のほうは、腰に小刀《しょうとう》しか帯びていない。大刀《だいとう》は別棟《べつむね》に控える供衆《ともしゅう》に預けてある。

頼蛇が大股《おおまた》に寄ってくる。

九左衛門は、小刀の柄《つか》に手をかけた。が、頼蛇の動きが恐ろしく迅い。抜く前に頸《くび》を蹴られ、横転させられた。

そのときには早くも、頼蛇は右手に抜き身を持ち、鞘は後ろへ放り捨てていた。

氏理の脳天めがけて、直刀が振り下ろされる。

「お屋形っ」

客殿内に九左衛門の悲鳴が響き渡る。

直刀は寸止《すんど》めされた。

「ほう……」

頼蛇は感嘆の声を洩らす。氏理が微動《びどう》だにせず、自分を睨み上げていたからである。

「鄙《ひな》の名もなき繊弱者《ひよわもの》に相違ないと思うていたが、存外よ。独立を宣したは、つまらぬ駆け引きではなかったということか」

「推参者《すいさんもの》っ」

片膝立ちになった九左衛門は、頼蛇に躍りかかるべく、床を蹴ろうとしたが、

「やめよ、九左」

と主君に制せられた。

「殺すつもりはないわ……」

頼蛇は、直刀を引いて、背を向けると、戸口まで戻ってから振り返った。

「いまはまだ、な」

ふっ、と笑ったその顔が、無気味《ぶきみ》である。左の耳の下から唇の端《はし》にかけて目立つ、深い刀痕《とうこん》のせいであろう。

「石山《せきざん》の毒蛇《どくじゃ》に慈悲《じひ》の心があったとは」

そう氏理が言った。

「愚禿《ぐとく》を知っているのか」

「味方ですら震え上がると聞いておる」

「本願寺を裏切ろうとする心を微かでも抱く輩《やから》が、愚禿を恐れるのだ」

愚禿の一語を強調する頼蛇に、明了が一層おもてをしかめる。

僧が自身を遜《へりくだ》るとき、拙僧、愚僧、愚禿などと称するが、真宗にとって愚禿だけは特別な語であ

った。開祖親鸞が、北国へ流されたあと、禿を姓《かばね》として称したのを始まりとするからである。畏れ多いので、明了などは決して用いない。

愚禿と称して以後、非僧非俗として生きることを信条とした宗門の開祖に、自分も倣っているのだと嘯《うそぶ》く頼蛇だけが、平然と口にする。

「頼蛇どの。そこもとがいては要《い》らざる争いを招く。この場は辞していただきたい」

明了が、宣告した。視線を合わせたくないのか、目は伏せている。

「端《はな》から長居《ながい》するつもりはない。内ケ嶋兵庫頭なる者を見にきただけだ。少しは張り合いのある対手らしい」

頼蛇は、足許に落ちている鞘を、抜き身の切っ先で掬《すく》いざまに廊下へ出ると、それを宙高く飛ばした。それから、口を下にして落下してくる鞘めがけて、直刀を突き上げ、鮮《あざ》やかに鞘へ収め、そのまま肩に担いで、去っていった。

「明了どの」

と九左衛門が詰《なじ》る。

「本願寺坊官による当地ご領主への狼藉《ろうぜき》は、貴僧の寺の内で起こったこと。いかに詫びられるおつもりか」

「まことに申し訳のないことにござった」

明了は、氏理へ向き直り、床にひたいをすりつけた。

「よもや、その心ないご一言《いちごん》で済ますおつもりではござるまいな」

怒りの収まらぬ九左衛門である。

「もうよい、九左。明了どのが苦心されていることは、そちとて存じておろう」

「それとこれとは……」

別儀と言いかけて、九左衛門は思い止まった。主君が事を荒立てるのを望まぬ以上、引き下がるほかない。

実は、氏理が独立を宣言したあと、九左衛門は明了の動きをそれとなく探りつづけた。

すると、一向一揆によって氏理を攻め滅ぼし、白川郷を押領するというのが、本願寺の対内ケ嶋氏の最終決定となりかけたことがある。それを、時期的によろしくない、と覆《くつがえ》させたのが明了であった。

折しも、長島一向一揆大虐殺の直後のことで、真宗を嫌う諸国の領主層は信長のやり方に必ずしも否定的ではなかった。もし白川郷の門徒衆が内ケ嶋氏を攻めれば、窮した氏理は岐阜に助けを求め、美濃の織田勢を領内へ引き入れてもおかしくはない。そうなれば、織田勢に白川街道から越中へ乱入される危険も伴《ともな》う。

北国の門徒衆が在地を逐《お》われたときに、逃げのびる先が、越中の山野には五箇山をはじめとして多数ある。それらを守るためにも、織田の力が強まったいまは、真宗が内ケ嶋氏を追い詰めるべきではない。

明了のその異見の中には、口にできない別の思惑もあった。永年、武門と宗門が持ちつ持たれつで平和を保ってきた白川郷で、なかば同族のような関係となった両者が殺し合いをするなど、想像しただけでおぞましかった。しかし、そんなことを口にすれば、仏法への裏切りとして、本願寺から厳罰《げんばつ》に処せられるであろう。

そしてまた、自身のそういう苦悩を察している氏理その人だけは、殺したくない明了なのである。

「兵庫頭どの。これは、貴殿《きでん》の友として申すが……」

「どうぞ」

「内ケ嶋氏が本願寺のいくさに関わらぬのはよきことと存ずる」

「まことのお心の内を明かしていただき、嬉しゅうござる」

「なれど、真宗の僧としては容認できぬ」

「さもあり申そう」

「とすれば、まことの独立の道を歩んでいただきたい。本願寺のいくさに関わらぬと同時に、織田のいくさにも関わらぬ道を」

「いまこのときならば、その道を進むと申せる。なれど、いずれ織田の手が伸びてきたとき、同じことを申せる自信はござらぬ」

「正直なことを……」

明了がちょっと笑った。

「幾年ぶりにござろう、明了どのの笑顔を見たのは」

「幾年も笑《わろ》うておらぬとは、拙僧はよほどつまらぬ人生を歩んでおるのじゃな」

「衆生を導くという尊《たっと》き生き方が、つまらぬはずはござらぬ」

「人々を導くなど、不遜《ふそん》ではないかと思うことがござる」

「それこそ尊き思い」

「坊主が武士に説教されるとは……」

こんどは声を立てて笑う明了であった。

「兵庫頭どの。自信がないと申せば、拙僧にもない。こたび本願寺より遣わされたあの下間頼蛇を御《ぎょ》すことなど……」

「明了どのは、これまで通り、門徒衆のためにお働きなされよ。それがしも、どうかして領民を仕合わせにしたい」

「どこまでできるか……」

「先の読めぬ戦国乱世。その時々でおのれが最善と思うたことをいたすほかござるまい」

ふいに、秋気を引き裂く気合声《きあいごえ》が聞こえた。

獣《けもの》の啼《な》き声《ごえ》がつづいた。胸をしめつけるような悲痛さであった。

「また頼蛇の殺生じゃ……」

明了の声は暗く沈んだ。

信長《のぶなが》の使《つかい》

梢《こずえ》が重なり合ってできた濃い緑の冠《かんむり》の隙間《すきま》より、幾筋《いくすじ》もの光が射《さ》し込んでいる。

その低きところでは、枝葉を巧みに避けながら、木々の間の、獣道《けものみち》であろう狭い急坂を軽《かろ》やかに下る者。

綾藺笠《あやいがさ》を被《かぶ》り、俯《うつむ》き加減なので、顔かたちははっきりと見えないが、姿と動きに潑剌《はつらつ》たる若々しさが感じられる。

時折、腰の大刀《だいとう》の鐔《つば》が光を弾《はじ》く。

金象嵌《きんぞうがん》の意匠は永楽通宝《えいらくつうほう》であった。もしや織田信長の〝負けずの鐔〟を模《も》したものであろうか。

信長は、桶狭間合戦の出陣にさいし、熱田《あつた》神宮で戦捷《せんしょう》祈願をした。そのとき、無造作《むぞうさ》に投げ上げたひと握りの永楽通宝の銭貨が、地上へ落ちると、すべて表向きになっていた。今川義元《いまがわよしもと》を討って大勝利後、この奇瑞《きずい》を生涯わがものとすべく、愛刀の鐔に銀象嵌で永楽通宝を幾枚もちりばめたのである。その後の信長は負け知らずといってよく、いつしか世人から負けずの鐔とよばれるようになった。

この若者は、あやからんとして模したのであろうか。もし信長の許しも得ずに用いているとすれば、織田に露見したとき、ただでは済むまい。

何か叩《たた》きつける音が聞こえてきた。

甲高《かんだか》いが、それでいて重そうな……。そして、くぐもっている。

若者の動きが慎重《しんちょう》なものになった。警戒し始めたのである。

生《お》い茂《しげ》る灌木《かんぼく》の陰に折《お》り敷《し》くと、端《つま》を持って笠を少し上げ、葉叢《はむら》の向こうを眺めやった。

谷川の流れが見える。対岸には石ころだらけの川原が広がり、その尽きるところから岩山が聳《そび》える。

岩山の裾の一部が黒い。

洞穴《ほらあな》である。が、自然の造作《ぞうさく》によるものではない。明らかに人工的に穿《うが》たれた形であった。

音は、その洞穴の中から洩れ出ている。かなり奥まで掘削《くっさく》されているようだ。

人が出てきた。ぞろぞろと、十数人。

男だけではない。女もいる。老いも若きもであった。

かれらは皆、土砂の盛られた箕《み》を抱えている。

箕とは、楮《こうぞ》の皮と小竹を縦横《たてよこ》に編んで作る農具で、これで穀類《こくるい》をふるいにかけて、殻《から》やごみを取り去る。しかし、かれらの箕は、農具のそれより目が細《こま》かい。

男女は、一様に、箕を谷川の流れへ浸《つ》け、土砂を洗い流し始めた。慣れているが、泥を取り除く手指の動きは繊細《せんさい》である。大事に、大事に、というようすであった。

箕から泥がほとんど失《う》せると、その底に残った無数の粒《つぶ》が、きらきら、と光を放ちだしたではないか。黄金の輝きである。

「……」

若者は視線を感じた。

しかし、急激に動けば、こちらが勘づいたと知られてしまい、にわかの襲撃をうける恐れなしとは言えない。

徐《おもむろ》にその場を離れてから、獣道へ戻り、ここでも急がずに上ってゆく。

視線もゆっくりとついてくる。こちらをじっくり観察しているということにほかならぬ。尋常《じんじょう》の者ではない。

「桜に……」

と若者は言った。

呟《つぶや》きではない。大きな声である。

「山の桜に惹《ひ》かれた。それだけのこと」

赤みがかった若葉も美しい桜木は、其処此処《そこここ》で爛漫《らんまん》と花を咲かせている。

返答は期待していない。気配がどう変わるかである。

稍《やや》あって、視線が失せた。

だが、いったん油断させるため、ということもある。若者は、警戒心を解《と》かずに、獣道を上りきった。

尾根道《おねみち》へ出た。樫《かし》、杉、山毛欅《ぶな》などの高木が一帯に広がっていて、日中でも少し薄暗く、春というのに、ひんやりする。

頭上で枝葉の揺れる音がした。

振り仰ぐと、脳天めがけて何かが振り下ろされる瞬間であった。

こうしたとき、竦《すく》みもせず、俊敏《しゅんびん》に身を躱《かわ》すことのできるのは、常日頃、武芸鍛錬《たんれん》を怠らぬ人間である。間一髪《かんいっぱつ》、地へ五体を投げ出した若者は、一回転したあと、片膝《かたひざ》立《だ》ちになって、抜き討ちの構えをとった。

右手に鏨《たがね》を持って、仁王立《におうだ》ちでこちらを睨みつけている襲撃者の姿に、若者は目を奪《うば》われた。

（山猿《やまざる》……）

顔が浅黒いので、一瞬、人の装《なり》をした山猿かと思いかけた。

だが、人であった。

浅葱水玉《あさぎみずたま》の上衣の下に着籠《きごみ》が覗き、小袴《こばかま》に尻敷《しりしき》と撓革《いためがわ》の臑当《すねあて》という出で立《い》ちで、髪を頭頂部で無造作に一髻《いっけい》に束《たば》ねて簪《かんざし》でとめ、そこに日陰蔓《ひかげかずら》を巻いて二本の副子《そえご》を引き違いに挿《さ》している。なんとも奇異な恰好《かっこう》である。

若年《じゃくねん》に見えるものの、男か女かは判別がつかない。

「何を見た」

という殺気だった問いかけの声が、女のそれと聞こえた。

「その前に、こちらも訊《たず》ねるが、返答次第では、またそれをお使いになる、と」

若者は、鏨をちらりと見た。鑿《のみ》に似た工具で、鎚《つち》などで叩いて石や金属を破砕《はさい》するのに用いるのが鏨であり、こんなものを頭に食らえば命はあるまい。

「ぶち割る」

山猿のような女のこたえには、躊躇《ためら》いがなかった。

（先ほどの者とは違う……）

獣道で感じた視線の主《ぬし》は、眼前の女ではない。この女ならば、獣道で襲《おそ》ってきたであろう。

「困ったな……」

と若者は、差料《さしりょう》の栗形《くりかた》から左手を離し、小鼻の脇を掻《か》きながら、ゆっくり立ち上がった。

女が、警戒し、一歩退《さ》がって、鏨を構える。

「そこもとは、わたしが何を申したところで信じるつもりはないように見える」

「信じて貰いたければ、腰のものを捨てよ」

「それはご勘弁願いたい」

「ふん。怖いのか」

「そこもとを見て、怖がらぬ者がおらぬとは思えないなア……」

「なにっ」

「ほら、それにござる」

「それとは何じゃ」

「お顔が怖い」

「い、い、おらちゃを愚弄《ぐろう》するか」

紗雪《さゆき》の自称がおらちゃであることを、内ケ嶋領内の者なら誰でも知っているが、余所者《よそもの》には分からない。

「おらちゃ……面白くもあり、可愛らしくもあるめずらしいお名だ」

「汝《うぬ》があっ」

にわかの問答無用である。紗雪が激怒、突進して、若者に向かって鏨を突き出した。

若者は、紗雪の腕を巻き込んで、ひねり上げ、武器を取り上げてから、その身を突き除《の》けると、

「待て。害意はない」

そう言って、奪った鏨を高く抛り上げた。

鏨は落ちてこない。樹上の人に左手で摑《つか》みとられたからである。

折烏帽子《おりえぼし》のその人は、右手に棒手裏剣《ぼうしゅりけん》を持っていた。

「おおさび。なぜ殺さぬ」

紗雪の怒号が響き渡る。

「悪いお人ではござらぬ」

紗雪の警固人《けいごにん》である忍びのおおさびは、無表情で言った。

「こやつは、きっと、どこぞの間者《かんじゃ》じゃ。早《はよ》う殺せ」

「そこのお人。早《はや》、お逃げ下され。あるじに叛《そむ》きつづけるのも限りがござるゆえ」

「かたじけない」

綾藺笠のつばを上げて、おおさびに礼を言ってから、紗雪にも頭を下げた若者は、

「おさらば、おらちゃどの」

それを別辞として、背を向け、走りだした。

「おのれ、また愚弄いたしおった。逃がすものか」

追いかけようとした紗雪だが、樹上からふわりと飛び下りてきたおおさびに、後ろから帯を摑まれ、その場でじたばたするばかりであった。

「手討《てうち》じゃ、おおさび。おのれなんぞ、首刎《くびは》ねてくれる」

「平《ひら》にお赦《ゆる》しを」

反省のようすもなく、おおさびの口先だけの詫びに、

「不忠者っ」

怒りの収まらぬ紗雪であった。

太陽は山の端《は》の向こうに隠れたが、薄絹《うすぎぬ》をかけたような薄明《はくめい》に、帰雲城《かえりぐも》も町も被《おお》われている。庄川に接する山裾は、霞《かすみ》がかかって、夢幻《むげん》の中の風景と錯覚《さっかく》しそうである。この地は、春の夕べもまた美しい。

「ううっ……」

人々も家に帰り、ほとんど人けのない城下町の往来で、しゃがみ込み、腹を押さえて苦しんでいる者がいる。

紗雪とひと悶着《もんちゃく》起こした、くだんの若者である。

「どうしんさった」

家路を急いでいた男が、立ち止まって声をかけた。籠を背負った農夫である。

「腹下《はらくだ》しにござる」

という若者の綾藺笠の下の顔を、農夫は覗き込んだ。

「見慣れんお侍《さむらい》だな……」

警戒の色が、表情に滲《にじ》む。

「もしや、三木《みつき》の先乗りのご家来か」

飛騨国司を自称する三木自綱《よりつな》が、織田信長の使者として帰雲城に内ケ嶋氏理《うじまさ》を訪れることは、城下の人々にも知れ渡っている。

「何のことでござろう。わたしは、東国よりまいった廻国修行の者……この地には飛天の城とよばれる美しき城があると聞き及び、一目《ひとめ》見たいと思い、くっ……」

若者のひたいから脂汗《あぶらあせ》が噴き出ていた。

「それは、あの帰雲城のことだけんど……」

白川街道のほうを仰ぎ見た農夫だが、若者はそれどころではない。

「うちの厠《かわや》へ寄っていけ。すぐそこだ」

「ご親切、痛み入る」

百助《ひゃくすけ》と名乗った農夫の肩をかりて、若者は縺《もつ》れるような足取りで、その家をめざす。

「わたしは、相州者《そうしゅうもの》にて、大友宗次郎《おおともそうじろう》と申す」

短い会話を交わしただけで、百助の家に着いた。厠は母屋《おもや》とは離れた小さな別棟《べつむね》である。

宗次郎が厠の中で唸《うな》りつづけているうちに、薄明の時は過ぎ、昏《くら》くなってしまった。

心配した百助が呼びにきて、ようやく宗次郎は厠を出た。

「だいぶよくなり申した。まことにかたじけないことにござった。この御恩は終生、忘れ申さぬ」

「厠を借りたくらいで、おおげさな」

「いや。廻国修行をしていると、どこへまいっても余所者ゆえ、百助どののように情け深いお人には、滅多《めった》に出遇《であ》えるものではござらぬ。重ねて礼を申す」
二、三歩退《さ》がってから、深く辞儀をした宗次郎は、さればこれにて、と踵《きびす》を返そうとする。
「待ちんされ」

百助のおもてには好意が満ちている。

「こんな山深きところで、それも夜中《やちゅう》だ。崖から落ちるか、獣にでも襲われるかが関の山ぞ。泊まっていくがええ」

「この上の迷惑はかけられぬ。ご家族にもご不快と存ずる」

「あんたは礼儀を弁《わきま》えたお人だ。放り出すことなんぞ、できるわけがねえ。さあ、おいでなされ」

すっかり宗次郎を気に入ったようすの百助である。

母屋へ入ると、玄関土間《どま》の上《あ》がり框《かまち》のところに小便器があった。

春とはいえ、飛騨の奥山では、日が落ちればまだまだ肌寒《はだざむ》い。居間《いま》の囲炉裏《いろり》の火は、暖をとるのと、屋内の明かりと、ふたつの役を果たす。

その居間に座す家族へ、百助が宗次郎を一泊させることを告げると、子らは恥ずかしがったり、笑顔をみせたり、目を丸くしたりした。が、おとなたちは、会釈《えしゃく》を返すものの歓迎という顔つきではない。

台所が、宗次郎の視界に入った。女房が調理をし、食事もするところなのに、厠が隣接している。

「驚かれたかの、お侍」

「めずらしい造りと思うたのでござる」

「白川郷の冬は寒気が厳しいから、皆、小便が近い。ところが、雪が深く積もって、外へ一歩も出られん日も多い。だから、家ン中に厠を幾つも作るのは、このあたりでは当たり前のことだ」

「なるほど。人の暮らしというものは、土地《ところ》によってこうも違うのでござるなア」

宗次郎がなかば感服したように言ったので、百助は満面の笑みをみせる。

宗次郎は客間に通された。客間といっても、莚《むしろ》を敷いただけの狭い板の間である。

「早《はよ》う体を息《やす》めるがええ」

百助の女房が運んできた夜具《やぐ》を敷いて、宗次郎は就寝した。

（ひどくにおう……）

床下からの臭気《しゅうき》が尋常ではない。小便臭《くさ》いのである。

それなのに、百助と家族が気にしているようすはまったくなかった。馴《な》れ、であるに相違ない。とすれば、例《たと》えば子らなどにすれば、生まれついてから、これが家のにおいというものなのであろう。

（あれを作るには、相当量の屎《しと》が下肥《しもごえ》として必要だからな……）

眠れそうにないなどと思いながら、いつしか寝入ってしまう宗次郎であった。飄々《ひょうひょう》として図太《ずぶと》い若者といえよう。


「飛騨国司・姉小路《あねがこうじ》中納言《ちゅうなごん》さまにあらせられる」

帰雲城の会所では、上座についた朝服《ちょうふく》姿で、置眉《おきまゆ》の男が、従者に恭《うやうや》しく紹介され、見るからに尊大そうにうなずいた。

実体は、三木自綱という。

父の三木良頼《よしより》が、飛騨守護であった主家・京極《きょうごく》氏の権益を簒奪《さんだつ》してのし上がり、没落の姉小路氏をも滅ぼして、朝廷に莫大な賄賂《わいろ》を贈り、中納言家である同氏を嗣《つ》ぐ黙許《もっきょ》を得た。要するに僭《せん》称《しょう》だが、戦国乱世では実力がものを言う。いま三木氏が飛騨国の最大勢力であることは事実であった。

すでに没した良頼だが、表向きは病死でも、真相は異なる。倅《せがれ》に暗殺されたという。

自綱もまた父譲りの梟雄《きょうゆう》であった。

「畏《おそ》れながら、大事の会見の場に女子衆《おなごしゅ》が同席いたすは、いかがなものにござろう」

内ケ嶋主従は、自綱に対面する形で座している。その中から、川尻九左衛門がたしなめる声を上げた。

自綱は左右にひとりずつ女を侍《はべ》らせているのである。三木の家臣たちはそれぞれの下座に居流れる。

女は、どちらも、困惑げにおもてを伏せてしまう。不本意でも、自綱の命《めい》には叛けないので、ここにいるという風情《ふぜい》であった。

「女のひとりやふたり、いたところで、どうということもあるまい。話し合うことなど何もないのだからな」

ふんっ、と鼻で嗤《わら》う自綱である。唇《くちびる》の間から覗いた歯は、鉄漿《かね》染めされている。

「話し合うことが何もないとは、いかなる意か」

腹が立ち、思わず物言いの荒くなった九左衛門だが、筆頭家老の尾神備前守に、小声で叱《しか》りつけられた。

二ノ家老の山下大和守も、無言で九左衛門に頭《かぶり》を振ってみせる。

飛騨国司だの中納言だのというだけなら、三木自綱など怖くない。対手《あいて》は、旭日昇天《きょくじつしょうてん》の織田信長の使者なのである。粗相《そそう》があってはならない。

「内ケ嶋兵庫頭《ひょうごのかみ》」

自綱が帰雲城主の氏理を呼び捨てにした。

「織田右大将《うだいしょう》さまに臣従《しんじゅう》するか、せぬか。そのほうが返答いたす儀は、それのみである」

信長は、三河長篠で武田軍に大勝し、越前では一向一揆を撫斬《なでぎ》りにした昨年の天正三年、その冬に朝廷より従三位《じゅさんみ》権大納言《ごんのだいなごん》、次いで右大将に任じられた。征夷大将軍《せいいたいしょうぐん》への道が拓《ひら》けた叙任《じょにん》といえる。

「ことばを替えてやろう。内ケ嶋が滅ぶか、生き残るか、ということよ」

言われるまでもないことを、自綱にねっとりと言われて、内ケ嶋の三家老は口惜《くちお》しさに唇を噛《か》んだ。

「生き残りたいときは、これは申すまでもないが、一向一揆とは躊躇いなく戦ってもらう。いかに、兵庫頭」

自綱は氏理を真正面から見据《みす》えた。内ケ嶋領の白川郷に真宗の仏法が浸透《しんとう》していることを、承知の発言である。

「織田さまに臣従いたしたく存ずる」

氏理の返答の声に乱れはない。とうに覚悟していた。

「殊勝《しゅしょう》である、兵庫頭」

大音《だいおん》に言って、自綱は内ケ嶋主従をゆっくり眺め渡す。せねばならぬことがあろう、とその目は語っている。

「ははあっ」

氏理が床にひたいをすりつけ、家老たちもすぐに倣《なら》った。

「なれど、兵庫頭。易々《やすやす》とはまいらぬぞ。右大将さまは難しい御方《おかた》ゆえな」

と自綱が底意のある言いかたをした。

「と仰せられると……」

「そのほう、先年、二度にわたって右大将さまの御触状《おんふれじょう》を蔑《ないがし》ろにいたしたこと、よもや忘れたとは言わさぬ」

「非礼を承知で申し上げるが……」

背筋を伸ばす氏理である。

「触状を出されたときは、織田さまは大納言でも右大将でもなく、将軍家の援助をなされていたにすぎず、われら他国の武士に号令する兵馬《へいば》の権をおもちではなかった。有体《ありてい》に申せば、当方には織田さまに馳走《ちそう》せねばならぬ理由がござらなんだ。蔑ろにしたと誹《そし》られるは、むしろ心外にござる。それが、こたびは畏《かしこ》くも天皇側近の武官の長官《かみ》たる右大将さまの御意《ぎょい》ゆえ、おのずから当方の返答も異なり申す。さよう解《かい》していただきたい」

勇気ある堂々たる反論といえよう。

「こやつ……」

黒い歯を剥《む》き、座を蹴りかけた自綱だが、氏理が一転、神妙になったので、思い止まる。

「なれど、二度とも、ここにおる家老どもには反対され申した。にもかかわらず、それがしの世間知らずの考えを皆に押しつけたのでござる。これは、鄙《ひな》の侍の不明と申すほかなし」

三家老が声を上げそうになる。信長の触状に応じなかった責任はすべて自分たちにあった。が、氏理の一瞥《いちべつ》に制せられ、黙る。

「織田さまのお怒りが鎮《しず》まらぬのであれば、それがしの首を差し出し申す。つまらぬ首にてはござるが、それをもって当家と家臣たちは罰せられぬよう、姉小路卿《きょう》より右大将さまへおとりなしを願い上げ奉《たてまつ》る」

「そうよな。躬《み》が頼めば、右大将さまもお聞き届けくだされよう。われらは相婿《あいむこ》ゆえな」

信長の正室の帰蝶《きちょう》は、かつて美濃の蝮《まむし》と恐れられた斎藤道三《さいとうどうさん》が正室・小見ノ方《おみのかた》に産ませた愛娘《まなむすめ》である。自綱の妻は、道三の名もなき側妾《そばめ》たちが産んだ数多いむすめのひとりにすぎない。それでも自綱は、信長の相婿であることを、ことあるごとに喧伝《けんでん》していた。

「躬のとりなしようによっては、兵庫頭、そのほうもお咎《とが》めなしで済ますことができるやもしれぬ」

「まことにござろうや」

と身を乗り出したのは、備前守である。

九左衛門と大和守はいやな予感がした。

「この帰雲城には、飛山天女《ひさんてんにょ》なる幻《まぼろし》の美女が住むそうだな」

無関係なことを自綱が言い出したので、備前守は戸惑う。

「仰せの通り、幻にござる」

氏理が即座に否定した。

「根も葉もなき噂にござって、さような美女はどこにもおり申さず」

「偽りを申すな。誰にも会わせたくないほどの美女ということであろう。朝はまだ明けぬうちに城外へ出て山野に遊び、夕べは薄暗くなってから帰城する。さよう行商《ぎょうしょう》の者から伝え聞いておるのだぞ」

「諸国を経巡《へめぐ》る行商人は、行った先々で物を売るために、他国のどんな些細《ささい》な話も面白おかしく尾ひれをつけるのが常。姉小路卿を信じさせるとは、よほどの語り上手《じょうず》にござるな」

感心したように、頭《かぶり》を振る氏理である。

「兵庫頭。そのほうのことを右大将さまにとりなすや否やは、躬の逗留《とうりゅう》中に、飛山天女をわが前へ連れてまいるかどうかにかかっている。さよう心得ることだ」

あからさまに私欲の充足を条件にする自綱である。

(好色者《すきもの》めがっ)

九左衛門は、心中で自綱を罵倒《ばとう》した。

本来の姉小路氏は美女の家系である。三木良頼が飛騨国司家と戦ったのも、実はその美女たちをわがものにしたい、という漁色《りょうしょく》がいちばんの動機であった。姉小路氏を滅ぼすと、望み通り、幼女から年増《としま》まで大勢の美女を手に入れ、おのが周囲に侍《はべ》らせた。

倅の自綱は、それに輪をかけた好色《こうしょく》で、父の側妾たちにも平然と手を出した。暗殺劇の原因も美女の奪い合いであったといわれる。

同じ頃合い、帰雲城の巽門《たつみもん》の近くで、路傍《ろぼう》の岩の上に腰を下ろし、大あくびをかいている者がいた。

頭巾《ずきん》の上に揉烏帽子《なええぼし》を被り、腰蓑《こしみの》を巻き、笹を背負った陽に灼《や》けた男である。漆《うるし》で塗り固めず、やわらかいのが揉烏帽子。

手には、長さ六、七寸ぐらいの筒竹《つつだけ》を二本持っている。これは小切子《こきりこ》といい、打ち合わせて音を出す。

放下師《ほうかし》に違いない。小切子を打ちながら、歌舞、曲芸、手妻《てづま》などをみせる大道芸人である。貴賤《きせん》、職種を問わず、帯刀が当たり前の時代だから、この放下師も腰に一刀を差している。

「やあ、兵内《へいない》。案じたか」

放下師に声をかけながら、綾藺笠の下で笑顔を弾《はじ》けさせ、歩み寄ってきたのは、大友宗次郎である。

兵内は、岩から下りて、軽く頭を下げた。

「いつものことゆえ、案じておりませぬ」

「そうよな」

あはは、と宗次郎は屈託なく笑った。

どうやら主従のようである。

「さて、役儀にとりかかるといたそう」

「かように胡乱《うろん》なわれらが、城内に招いて貰えるとは、到底思われませぬが……」

「ならば、忍び込もう」

「おやめ下され。あっ……」

兵内が止める暇《いとま》もなく、早くも城の石垣へ飛びつく宗次郎である。

やむをえず、兵内も、背負っていた笹を投げ捨ててから、あるじにつづいた。


「無礼を仕《つかまつ》る」

廊下を走ってきた和田松右衛門が、会所の敷居際に折り敷いた。

「ただいま、城内へ忍び入りし曲者《くせもの》を二名、捕らえましてござる」

「場所柄を弁《わきま》えよ。捕らえたのなら、子細はあとで聴《き》く」

城代の尾神備前守が、松右衛門を叱った。

「それとも、ほかに、逃がした曲者がいるとでも申すか」

それならば、会所の人々も警戒し、信長の使者である自綱には安全な場所へ避難してもらわねばならない。

「捕らえた二名だけにござるが、それが……」

「何じゃ。早《はよ》う申せ、松右衛門」

「そのひとりが、自分は織田右大将さまの使者である、と」

「たわけを申すな。何か盗みに入って捕らえられたので、とっさについた嘘《うそ》であろう。そうにきまっておる。斬り捨ててしまえ」

「待て」

氏理が松右衛門を見た。

「その者の名は」

「たしか、津田《つだ》某《なにがし》と……」

その姓に反応したのは、九左衛門である。

「津田とな……」

信長についてはいささか探りを入れてきたので、ひとり、織田氏のことに詳しい。

「いかがした、九左」

氏理が訊《き》く。

「織田氏では、宗家《そうけ》とそのお子らは織田を姓とし、一族、一門の庶子《しょし》家は津田を称すると聞いており申す」

会所内では、しかし、九左衛門よりも強い反応を示した者がいる。ようすの一変した上座を、氏理はちらりと見やった。

自綱が目の下の肉をひくつかせている。

「その者らを、これへ引っ立ててまいれ」

氏理が松右衛門に命じると、自綱はそわそわし始めた。

「姉小路卿、いかがなされた。どこかお体がすぐれませぬかな」

「宿所に案内せよ」

こんどは不機嫌そうに言って、自綱は早くも立ち上がっている。

「それはようござるが、その前に、卿には、右大将さまのお使者の騙《かた》り者《もの》を検《あらた》めていただきとう存ずる。織田さまの敵の間者ということもありうるゆえ」

「躬は織田の者ではない。検めたところで、正体は分からぬ」

「これは異なことを承《うけたまわ》る。織田右大将さまの相婿にあられる卿は、立派に織田さまのお身内ではござらぬか」

「それは、そうではあるが……」

口ごもる自綱であった。

「ともかく、宿所へまいる」

歩きだした自綱だが、会所を出ようとしたところで、足が止まった。

女と三木の家臣たちも、浮かせかけた腰をそのままに、主君の前へ立った人に釘付けとなる。わけても、女ふたりは頬を赧《あから》めた。

気品の匂い立つような若き美男であった。

大友宗次郎である。

「これは副使どの。お早いご到着」

宗次郎は、自綱に微笑《ほほえ》みかけた。

「副使とな……」

と三家老が訝《いぶか》って、互いに顔を見合わす。

「正使のお手前が数日遅《おく》れると岐阜より報せがあったゆえ……」

少し伏目《ふしめ》がちに、自綱はこたえた。

「こちらの迎えの準備が万端《ばんたん》や否やたしかめておこうと、先にまいった次第」

「それは、嬉しきお心遣い。感謝申し上げる」

「さしたることでは……」

「されば、あとはわたしにお任せ下され。姉小路どのは、白川郷の景色などをゆるりと愛《め》でられてはいかが。よき温泉《ゆ》もあるようにござる」

「いや。実は国元で早急にやらねばならぬことが山積《さんせき》ゆえ、正使どののお許しをいただければ、このまま帰りとう存ずるが……」

「飛騨国司どのにはいろいろとご教授いただきたいこともござったが、わたしが遅れたのが悪い。さような事情ではお引き留めもできませぬな。どうぞ、ご随意《ずいい》に」

「かたじけない。されば、これにて」

自綱は、宗次郎から離れて、廊下へ出た。

「上様は」

宗次郎は、去りゆく者へ背を向けたまま言った。その一言は、自綱の足を、ぎくりと止めてしまう。

上様とは、信長をさす。

「抜け駆けをお嫌いだが、副使の役儀の逸脱《いつだつ》を言上するつもりはござらぬ」

自分が遅れると伝えれば、自綱は先に帰雲城へ乗り込み、勝手に氏理と交渉して、信長の歓心《かんしん》を買うような成果を挙げ、手柄を独《ひと》り占《じ》めにする。もともと正使を若造と侮っていた不遜の男だから、それくらいはしかねない。

そんなふうに、とうに察していた宗次郎なのである。

自綱と随従の者らは、そそくさと会所をあとにした。

「お疑いが解けたのなら、これも解いていただけまいか」

宗次郎は、肩ごしに、おのが後《うし》ろ手《で》を見た。縛《ばく》されているのである。

「松右衛門、右大将さまのご正使に何という無礼かっ」

備前守が、怒鳴りつけながら、松右衛門とともに、慌てて宗次郎の縄を解いた。

兵内の縄も、氏理の近習たちが、平にご容赦を、と謝りながら解く。

「ご正使、こちらへ」

大和守が横座へ誘《いざな》おうとする。

「そこはご城主の座。わたしは、ここで」

帰雲城の会所には囲炉裏《いろり》が切られている。その客座に、宗次郎は胡座《あぐら》を組んだ。後ろに、兵内が控える。

いまの双方の立場を考えれば、右大将・織田信長の正使が横座を占めるのは何の問題もない。それをしない宗次郎を、氏理も三家老も好もしく思った。

「されば、わしは……」

氏理も、囲炉裏端の主人の座である横座ではなく、客座と対《むか》い合う嬶座《かかざ》に落ち着いた。

「畏れながら、お差料をお返し申し上げる」

と松右衛門が、宗次郎の大小を捧《ささ》げるようにして持ってきた。捕らえたときに取り上げたのである。

「かえって面倒をかけた。相すまぬ」

謝罪して受け取る宗次郎に、松右衛門は文字通り恐縮する。

「面倒などと滅相《めっそう》もない。それがしこそ、取り返しのつかぬ無礼を働き申した。お手討《てう》ちは庭先にて賜《たまわ》りとう存ずる」

宗次郎と兵内の捕縛《ほばく》に関わった余の者らも、庭先に折り敷いて、神妙にしている。

「主君の城へ忍び入った賊を捕らえた忠義の者らを、誰が手討ちになどいたそう」

「お赦しいただけるのでござりましょうや」

「皆さま、よき手際《てぎわ》であったと存ずる」

「畏れ入り奉る」

松右衛門も庭先の者らも、感激し、勢いよく平伏《へいふく》した。

（もしや、わざと捕らえられたのでは……）

宗次郎が自身の右側に置いた大小を、ちらりと見やりながら、氏理はそう思った。

「あらためて名乗らせていただく」

宗次郎が、はきとした声で告げた。

「わたしは、織田右大将が家臣、津田七龍太《しちろうた》と申す。こたび、右大将より、ご当家への使者の任を仰せつかり申した。以後、お見知りおき下され」

大友宗次郎とは変名だったのである。

「内ケ嶋兵庫頭にござる。ご正使には遠路をお越しいただき、まことにありがたく存ずる」

「兵庫どの。ご正使は堅苦《かたくる》しい。七龍太でよろしゅうござる」

「されば、七龍太どのとおよびいたす」

「かたじけない」

自然と七龍太は頭を下げる。

「畏れながら、ご正使……」

と九左衛門が両手をついた。

「皆さまも、七龍太でよい。畏れ入るのも、ご無用。だいいち、わたしは、皆さまより随分と年下の小僧《こぞう》」

「小僧などと……いましがたの副使どのへの対し方は、なまなかのお人ではできぬことと見受け仕った」

「買い被《かぶ》りにござる。して、何か訊ねたき儀がおありか」

「津田を姓となさるからには、織田右大将さまのご一門にあられようか」

「端《はし》に加えていただいたが、血はつながっており申さぬ。もとの姓は喜多村にござる。子細あって、上様より津田を称することを許され申した」

「それは、大層なこと」

と氏理が眼《まなこ》を剝く。

「子細とは、間違いなく武功にあられよう。織田右大将さまのご愛刀の鐔は、永楽通宝の意匠と聞いたことがござるが、そのお差料の意匠も同じものと見受け申した。とすれば、七龍太どのの抜群の武功への右大将さまからのご褒美《ほうび》と推察いたす。お差し支えなくば、どのようなお手柄か、お聞かせ願えまいか」

「武功自慢は見苦しきこと。ご容赦を」

また七龍太は叩頭《こうとう》した。

むしろ大いに武功自慢をして、おのれの価値を知らしめたいのが、武士というものであり、べつだん見苦しいことではない。

氏理は、七龍太の謙虚《けんきょ》さと廉恥心《れんちしん》を思い、胸をうたれた。

（天性でもあろうが、父親か誰か、よほど見事な師に導かれたに相違ない……）

三家老も七龍太を眩《まぶ》しげに見ている。内ケ嶋主従は、この若者に魅了された。

「まずは、使者の役目を果たさねばなり申さぬ」

七龍太は、居住《いず》まいを正した。

内ケ嶋主従も、身を引き締める。

「ご存じのように、加賀の一向一揆の力はなかなか衰え申さぬ。そこで近々、柴田修理亮《しゅりのすけ》ら越前仕《し》置《お》きの織田衆が加賀討ち入りをいたす。となれば、越前の一向一揆の生き残りの者らが、織田衆留守中の各地を襲うは必定《ひつじょう》。よって、ご当家には越前へ出陣していただきたい。最初のこのお働きがよろしければ、織田右大将は、過去のことはすべて不問に付し、ご当家の本領安堵をお約束いたす。その後のことは、さらなるお働き次第と、いまはさよう申し上げるほかありませぬ。よき条件を示すことができず、心苦しゅうござるが、お聞き届けいただけまいか」

命令ではなく、頼み入るというようすをみせる七龍太に、氏理は感謝の念を湧かせる。

「御触状に二度までも返答いたさなんだわれらに、この上なきご寛容《かんよう》のお申し出と存ずる。委細、拝命仕った」

三家老にしても、内ケ嶋氏を弱小の田舎武士と侮らず、礼を尽くしてくれる七龍太の態度は、大いに満足のゆくものであった。主君氏理ともども、若い使者に向かって、躊躇いなく辞儀を返した。

「ご復命をお急ぎではあろうが、七龍太どのの時間《とき》の許す限り、ご逗留願いたい」

氏理が申し出て、三家老も是非にと勧める。

「白川郷のご領主家、ご領民とも、まことに侮り難しと概《おおむ》ね分かり申したが、さらに明日一日ぐらいはご領内を見て回りたいと存ずる」

その七龍太の言いかたを、氏理は訝った。

「侮り難しとは……」

「ご当家は、よき兵法家《へいほうか》を得れば、敵が大軍でも充分に戦えましょう。何と申しても、天険の地。加えて、金銀、塩硝《えんしょう》も豊かに貯《たくわ》えておられるゆえ、それらをうまく用いれば、長陣《ながじん》にも堪《た》えられる」

氏理と三家老は、一様に、声を失い、膚《はだ》に粟粒《あわつぶ》を生じさせた。

白川郷には金山、銀山が複数存在するが、それは永い間守られてきた秘事であるため、隠語を用いている。すなわち、忍冬《すいかずら》。その別名の金銀花、つまり金銀の意であった。

また、鉄炮に必要な黒色火薬の原料となる塩硝も、白川郷では密造している。これの隠語は、薬《くす》玉《だま》であった。

どちらも、大半を、本願寺と諸国の一向一揆に、永年、供給してきた内ケ嶋氏なのである。

「いかがなされた、皆さま。わたしは何かお気に障《さわ》ることでも申したのであろうか」

内ケ嶋主従が揃って身を強張《こわば》らせたことで、困惑《こんわく》する七龍太であった。

その七龍太のようすに、内ケ嶋主従のほうも戸惑いを隠せない。

「七龍太どの。その……」

九左衛門の喉仏《のどぼとけ》が、ごくり、と上下する。

「白川領内の金銀、塩硝のこと、なにゆえご存じなのか」

「こちらへまいるとき幾度も道に迷い、偶然に見申《みもう》した、ご当家の領民が楽しげに砂金《さきん》採《と》りをしているところを。銀山も同様。また、塩硝については、わたしの想像にござる」

七龍太はちょっと含羞《はにか》んだ。

「ご想像とは……」

「越中五箇山《ごかやま》の一向宗の民が、各戸の床下で塩硝造りをしていることは、前から知られており申した。その五箇山の家々と、こちらのご城下の家々、どちらも造作《ぞうさく》がよう似ており申す。わけても厠の数の多さなど。とすれば、やはり一向宗の土地柄である白川郷でも同じことが行われているのではないか、と」

「さようにござったか……」

　三家老は、互いにそれぞれの表情を窺ってしまう。とてものこと悪意や謀《はかりごと》を隠しているようには見えない七龍太に、あっさりと秘事を暴かれてしまい、いかに対処すればよいのか、誰ひとり思いつかないのである。

　氏理もまた、同様の顔つきをしていた。

「七龍太さま」

　初めて兵内が口を開いた。

「慣れぬ土地へまいられ、お疲れのごようす、とそれがしには見え申す。少しお息《やす》みになってから、あらためて内ケ嶋の方々と会見なさるのがよろしいと存ずる」

「わたしなら大事ない」

「あるじの体を、あるじより知っておるのが近侍者《きんじしゃ》というもの」

「この口うるさき者は、宮地《みやじ》兵内と申す」

　苦笑いしながら、七龍太が紹介した。

「言うことを聞かぬと、あとで長々と説教されるゆえ、申し訳ござらぬが、ちと息ませて貰えまいか」

「こちらこそ、白湯《さゆ》の一碗《ひとわん》も出さず、まことに不調法《ぶちょうほう》にござった」

　氏理が謝った。

「すぐに客間へ案内《あない》させましょうぞ。鄙の地なれば、さしたるもてなしもできぬが、のちほど本丸の望楼《ぼうろう》に酒肴《しゅこう》を用意してお待ち申し上げる。そのとき、お疲れでなければ、ご出座願いたい」

「必ず参上仕る」

　松右衛門が案内に立ち、七龍太と兵内は会所を辞した。

「肝《きも》を冷やした」

備前守が、ほうっと息をつく。

「あの若き御仁は、さわやかなる見目《みめ》、挙措《きよそ》、話しぶりからすれば、ありえぬように思えるが、あるいは大変な策士やもしれぬ」

これは大和守の感想であった。

「われらの本心を探らんとして、金銀と塩硝のことを、わざわざ口にした。大和どのはさように勘《かん》繰《ぐ》られたのであろうか」

ちょっと眉を顰《ひそ》めたのは、九左衛門である。

「うむ。織田に従うとみせて、裏で一向宗とつながり、金銀と玉薬《たまぐすり》をひそかに供するつもりや否や。もしわれらがさような素振《そぶ》りひとつでも見せたら、織田右大将はご当家を滅ぼす。そう匂わせたとは考えられぬか」

「恐ろしいことを申すな」

備前守がおのが両耳を手で塞《ふさ》いだ。

「お屋形は七龍太どのをどうみられた」

九左衛門が訊ねた。

「わしは、心のうちも、あの見た目通りのお人とみた」

「それがしも、仰せの通りと……」

「七龍太どののおかげで、一向宗とは完全に断交する覚悟が固まった」

実は、昨秋、氏理が照蓮寺に明了《みようりよう》を訪《たず》ね、独立《どくりゆう》を告げたあと、織田と本願寺はいったん和議を結んだ。そのとき、井波の瑞泉寺《ずいせんじ》顕秀《けんしゆう》が帰雲城に来て、真宗と内ケ嶋氏の関係を以前の通りに復するよう、氏理に迫《せま》った。

迷った氏理だが、そのわずか半年後に和議は破れた。ただ、迷いは残った。

七龍太のことばの真意が、信長の思惑を含んだ恫喝にあるのなら、もはや迷いは払拭《ふっしょく》せねばならない。全身全霊をもって信長に尽くす。それが、内ケ嶋氏の生き残る唯一の道であろう。

「情《なさ》けなやっ」

庭から上がってきた女人《にょにん》が、斬りつけるように言った。茶之《ちゃの》である。

「小僧っ子ひとりに振り回されるとは」

「無礼を申すな。右大将さまのお使者ぞ」

氏理も怒鳴り返す。

「仏法を信ぜぬ者らは頼りにならぬ。妾《わらわ》が目に物見せてくれよう」

裾を翻《ひるがえ》して、茶之は廊下を去っていった。

　　進者往生極楽《おうじょうごくらく》　退者無間《むげん》地獄《じごく》

　　南無阿弥陀仏　南無阿弥陀仏

唱える女声が、内ケ嶋主従の耳に届く。

「あれは何かしでかすやもしれぬ」

溜め息をつく氏理であった。

恋風《こいかぜ》の起《おこり》

「幾歳《いくさい》になったか知らぬが、いつでも男と交合《まぐわ》える体ではあろう」

母の右手が、むすめの胸へと伸ばされる。

「何をする。汚《けが》らわしい」

紗雪《さゆき》は茶之《ちゃの》の手を払《はら》いのけた。

「処女《ぼぼ》じゃのう」

茶之がせせら笑う。

「おらちゃは、嫁ぐつもりはない」

縁談と勝手に察し、怒号にのせて拒否の意思を吐《は》き出す紗雪であった。

奇異な恰好《かっこう》で、毎日、山野を飛び回り、痩《や》せて浅黒い膚《はだ》の紗雪は、物言《ものい》いや仕種《しぐさ》の乱暴さもあって、とてもそうは見えないが、とうに嫁いでいるのが当たり前の十八歳の女性《にょしょう》なのである。

「人か獣《けもの》かも分からぬようなそなたに、婚姻話など持ち上がるはずがなかろう」

「ならば、何のつもりか。母親なら何を言ってもかまわぬなどと思うな」

「いま、お城に織田の使者が来ておる」

「それがどうした……。よもや、そやつと交合えとでも言うのか」

「そういう覚悟で、織田の真意を探れということじゃ」

「どうしておらちゃが、そんなことをせねばならん」

「当家を守るためじゃ。そなたとて、内ケ嶋の女であろう」

「真意と申して、織田に従えという以外、何がある」

「織田は一向宗嫌い。いずれ必ず当家に無理難題を押しつけてくる」

「とともおらちゃも、門徒じゃない」

父である内ケ嶋氏理《うじまさ》を、紗雪は、とと、と称《よ》ぶ。

「日頃、そなたが遊んでおる城下の者らは皆、門徒ぞ。伊勢長島と越前の一向一揆がどのような酷《むご》い目にあわされたか、からっぽのつむりでも憶《おぼ》えていよう」

「それなら、織田に従わず、戦えばよいじゃろう」

「いまや織田は強大じゃ。当家なんぞ、真っ向から戦えば、ひと揉《も》みで滅ぼされるであろうぞ」

「いくさは、やってみなければ分からん。ととがそう言うた」

「ふん。小競《こぜ》り合いぐらいしかやったことのない者がよう申したわ」

「ととを侮《あなど》るか」

紗雪は、片膝を立てた。

「姫。お控えなされ」

茶之付きの老女で泉尚侍《いずみのしょうし》と称する者が叱りつけた。侍女《じじょ》らも進み出て、あるじを庇《かば》おうとする。

「よい」

茶之は、皆を制した。

「ととの言いつけは守るむすめじゃ」

どんなに腹が立っても、母親に斬りつけたり、手を上げたりしてはならぬ、と氏理に釘を刺されている紗雪なのである。

紗雪が物心《ものごころ》ついた頃、すでに氏理と茶之の夫婦仲は冷えきっていた。子細は聞かされていない。そして、父からの愛情が深ければ深いほど、母には疎《うと》まれてきた紗雪なのである。

一方で、茶之が嫡男《ちゃくなん》の夜叉熊《やしゃくま》と次男の亀千代を溺愛《できあい》するので、紗雪は自分は腹違いの子なのだと疑った。が、和田松右衛門から、

「天地神明《てんちしんめい》にかけて、姫のご生母は茶之さまにあられる」

と告げられたので、いやでも信じるほかなかった。警固人のおおさびを除けば、氏理の家臣の中で、何があっても最後は必ず味方してくれる唯一の存在が、松右衛門だからである。

それゆえ、母に気に入られようと精一杯可憐《かれん》な姫さまらしく振る舞った時期もある。すると、茶之の態度は、以前にも増して冷酷《れいこく》になった。心より憎《にく》まれていると思い知った。

以後の母娘は、決して相容《あいい》れない怨敵《おんてき》同士というほかない関係となったのである。

「そなたの大好きなととも、本心では織田に服するのは不安なのじゃ。むすめならば、その不安を取り除いてやりたいとは思わぬか」

「どうせ何かよからぬ魂胆《こんたん》あってのことじゃろう。そんな手にのるものか」

紗雪は、座を立つと、辞儀をするでもなく、一、二歩後退するでもなく、その場でくるっと茶之へ尻を向けた。

「姫。お母上に無礼でありましょう」

また泉尚侍が叱声《しっせい》を飛ばす。

「うるさい婆《ばば》じゃ」

紗雪の右手が素早《すばや》く動いた。

かつんっ……。

「ひいいっ」

おのが膝前の床に小《ちい》さ刀《がたな》が突き立ったのを見て、泉尚侍は白目《しろめ》を剝《む》いてのけぞった。

紗雪は、頭の日陰鬘《ひかげかづら》に挿している副子《そえご》を抜いて投げたのである。

「尚侍どの」

「誰か、医者《くすし》を」

侍女らが慌てふためき、室内は騒然となる。

紗雪は、一瞥《いちべつ》もくれずに、大股《おおまた》に出ていった。

その夜、本丸の月宮楼《げつきゆうろう》で氏理の心尽くしの歓待《かんたい》をうけた織田の使者が、家来をひとり従え、城内の客殿へ引き揚げていくところを、紗雪は偶然、庭から目にとめた。

月は朧《おぼろ》だが、案内をつとめる和田松右衛門の手燭《てしょく》の明かりで、その顔をはっきりと見ることができた。

（あやつは……）

昨日、金山の近くの尾根道《おねみち》で闘った若造《わかぞう》ではないか。

紗雪は、案内を了《お》えて客殿から出てきた松右衛門を、渡殿《わたどの》で待ち伏せ、音も立てずに背後に立って、いきなり呼びかけた。

「わだまつ」

わあっ、と松右衛門は驚《おどろ》き、ひっくり返ってしまう。

「無様《ぶざま》なやつじゃ」

舌打ちをする紗雪である。

「ひ……姫……心の臓がとまるかと思いましたぞ」

「いまそちが客殿へ案内したのが、織田の使者じゃな」

「さようにござる。ご姓名を津田七龍太《しちろうた》どのと」

従者は宮地兵内どの、と松右衛門はつづけた。

「つだしちろうた、と申すのか」

「姫」

紗雪の語尾に被《かぶ》せるように、急いで松右衛門が言った。

「かまえて、無礼を働いてはなりませぬぞ」

「ととの客に無礼は働かぬわ」

「嘘《うそ》偽《いつわ》りはござりませぬな」

「おらちゃが信じられぬのか」

明らかに紗雪を疑っている顔つきである。

「どの口でさようなことを仰せられる」

「もう寝る」

ぷいっ、と紗雪は背を向けた。

「それがよろしゅうござる」

だが、それからしばらく後、紗雪は城下の機織師《はたおりし》〈さかいや〉を訪ねていた。

「あら、姫さま」

女主人のたきは、領主の姫君の夜分の訪問に驚かない。紗雪のこうした奔放な行動は、めずらしくないからである。

「すぐにしのをよんでまいりましょう」

たきのむすめのしのと、紗雪とは幼い頃から仲良しであった。

「よい。たきに頼みがあって、来たのじゃ」

「おやまあ、何でございましょう」

「うん……」

なぜか頬を赧《あから》めた紗雪である。


七龍太は、酒の酔《よ》いも手伝って、深い睡《ねむ》りに落ちていた。

ひとりならば五官を完全に休ませることはないが、控えの間に兵内がいる。安心して睡魔《すいま》に身を委《ゆだ》ねられた。

首がひんやりとしたので、覚醒《かくせい》した。

寝床に仰向けのまま目を開《あ》けると、そこに自分を見下ろす人がいた。

掛具《かけぐ》の胸のあたりに跨《また》がられ、首には短刀の刃《やいば》をあてられていることも分かった。

火を消したはずの燈台《とうだい》が灯《とも》っており、枕許《まくらもと》に置かれた手燭《てしょく》の炎《ほのお》もゆらめいているので、対手《あいて》の姿がよく見える。

垂髪《たれがみ》の女であった。

命が危険にさらされているのに、七龍太は一瞬、見とれた。

（なんという可愛らしさか……）

白粉《おしろい》はいささか濃いようだが、それを拭ったときの素顔を想像できた。信長の妹である市《いち》の側近《そば》くに数年間仕《つか》え、日常的に多くの女たちと接する機会をもったおかげで、そういう感覚が自然に磨《みが》かれたのである。

「兵内をどうした」

七龍太は、声も乱さず訊《き》いた。

控えの間の兵内が、あるじの寝所《しんじょ》への侵入者に気づかぬはずはない。この状況でも飛び込んでこないのだから、すでに殺されたと思うほかなかった。

「知らん」

と女はこたえた。

（聞き憶えが……）

訝《いぶか》る七龍太である。

「本願寺の刺客《しかく》か」

質問を変えた。

「なぜそう思うのじゃ」

「内ケ嶋兵庫頭《ひょうごのかみ》どのも家老衆も、かようなことをするお人たちではあるまい。あるいは、わたしにそう思わせるよう、かれらに欺《あざむ》かれたとも考えられるが、だとすれば、見事としか言いようがない。だが、かれらでないとするなら、織田と内ケ嶋が結ぶことを喜ばぬ者らの仕業《しわざ》と断じるのが自然」

「ふうん……」

およそ刺客らしくない女の反応であった。

「いまひとつ考えられるのは、三木《みつき》」

と七龍太はつづけた。

「えせ国司のことか」

「帰雲城《かえりぐも》内で使者が殺されたとなれば、織田はただちに内ケ嶋討伐《とうばつ》の軍を起こす。そのさい先鋒《せんぽう》を命ぜられるは飛騨国司の三木。戦後、内ケ嶋の旧領もきっと三木に与えられる。それと見越しての謀略《ぼうりやく》」

「汝《うぬ》はつむりがよいのじゃな」

感心したようすの女である。

「したが、どれもはずれじゃ。おらちゃは刺客なんぞではない」

そう言われて、七龍太は、数度、目を瞬《しばた》かせたあと、あらためて女をまじまじと見つめた。おらちゃという、おかしな名を忘れるものではない。

「あっ……」

七龍太のその驚きの一声に、気づかれたと分かった紗雪は、うろたえる。

その瞬間、七龍太は、紗雪の短刀を持つ右の手首を摑み、上体をひねって、掛具を間にしたまま、ともに転《ころ》がった。

立場は逆転し、七龍太が紗雪の胸に跨がった。

「おらちゃどのであったか。なぜ、このお城にいる」

「おらちゃじゃない。紗雪じゃ」

紗雪が怒鳴り返す。

「紗雪……そなた、兵庫どののご息女なのか」

月宮楼での宴《うたげ》のさい、いちどその名が出たのである。ただ、どんな姫君なのか、誰も話そうとはしなかったが。

「退《の》け。おらちゃの上から、退け」

歯を剝く紗雪であった。

「襲《おそ》わぬと約束していただけるか」

「怖いのか」

「昨日も申したが、そこもとを見て怖がらぬ者がいるとは思えぬ」

「ぶっ殺す」

「お口も悪すぎ、うっ……」

七龍太は、押さえつけていた紗雪の右手から手を放してしまう。嚙《か》みつかれたからである。

紗雪が、七龍太をはねのけ、立ち上がる。

七龍太も、一回転してから、膝立ちに身構《みがま》えた。

そのとき、控えの間との仕切戸《しきりど》が、向こう側より開かれた。

両人の視線が捉えたのは、敷居際に並んで端座《たんざ》する兵内とおおさびである。

「七龍太さま。申し訳ござらぬ。この御仁《ごじん》としばし睨み合《お》うていたので、助けられませなんだ。唇ひとつでも動かせば、相討《あいう》ちになるほかござらなんだゆえ」

と兵内があるじに頭を下げた。

その兵内に、ちょっとすまなさそうに会釈《えしゃく》をしてから、おおさびが紗雪を見た。

「姫。いたずらはそれくらいにして、お使者に謝罪なされ」

「もともと、当家の領内を野良犬《のらいぬ》のように嗅《か》ぎ回っていたこやつが悪い。謝るのは、こやつのほうじゃ」

「野良犬はひどい」

言われた七龍太が、思わず、あはは、と笑ってしまった。

「されば、姫。相持《あいもち》ということにして貰えまいか」

相持とは、じゃんけんで言う相子《あいこ》と同じで、互いに勝ち負けなしという意味である。

「この通り」

と両掌《りょうて》を合わせて請《こ》い願う仕種までする七龍太に、

「な……なんじゃ、汝は……」

紗雪はかえってたじろいだ。これほど明るく鷹揚《おうよう》な人間を見たことがない。

その紗雪のようすに、おおさびが、めずらしく口許をちょっと歪《ゆが》める。微笑《ほほえ》んだのである。

「じゃあ……それでよい」

そっぽを向きながら、紗雪は応じた。

「それでよい、とは」

七龍太が、紗雪の顔を覗き込みながら、念押しするように訊く。弾《はず》んだ声で。

「相持でよいと言ったのじゃ」

「やあ、嬉しや。ありがとう存ずる、紗雪どの」

にこっ、と七龍太は笑った。

「馴れ馴れしゅう、呼ぶでない」

怒ったように言った紗雪だが、おのれの息が荒いので驚いた。にわかに鼓動《こどう》が速まり、止めようがないのである。

十八歳の姫に、なんとも言えぬ思いが湧いた。生まれて初めて味わう感情である。

叡山《えいざん》の怨《えん》

翌日、七龍太《しちろうた》は、氏理《うじまさ》に同道して、中野村の照蓮寺へ向かった。

内ケ嶋氏が織田に対して麾下《きか》となることを正式に了承したからには、それを、真宗門徒の領民を統《す》べる照蓮寺明了《みょうりょう》へ、あらためて伝えておくべき。それが仁義、と氏理が覚悟《かくご》を示したからである。

警固には、氏理の馬廻衆《うままわりしゅう》と、向牧戸《むかいまきど》城へ帰城する川尻備中守九左衛門とその兵がついた。一行の総勢三十名ほどである。

「七龍太どの。いまいちどお願い申す。いまからでも帰雲《かえりぐも》城へお戻りいただけまいか」

馬を並べて往《ゆ》く道すがら、氏理が七龍太へ頼んだ。

「さきほども申し上げた通りにござる。兵庫どのを危《あや》うきにさらして、わたしひとり安きところに身を置くは、卑怯《ひきょう》」

「七龍太どのは織田のお使者にあられる。御身《おんみ》に万一のことがあっては、われらは右大将さまに申し開きができ申さぬ」

「それゆえ、兵内を帰雲城に留《とど》まらせました。わたしに何が起こっても、内ケ嶋の方々には一切、越度《おちど》はなかったと、あの者が上様に復命いたす」

「お若いのに、頑固《がんこ》なお人だ」

「兵庫どののご誠実な思いは必ず伝わる。わたしはそう信じており申す」

屈託なさそうに言う七龍太であった。

氏理は、明了に、ある提案をするつもりなのである。

白川郷の金銀採掘と塩硝《えんしょう》造りは、領民の手によるものだが、本願寺の主導ではなく、あくまで内ケ嶋氏の奉行《ぶぎょう》の下で行われてきた。どちらも、最終決定権は領主たる内ケ嶋氏当主にある。

現当主の氏理は、その金銀と塩硝を、本願寺に求められるまま一向一揆に供給してきた。が、今後は本願寺と敵対する信長の属将となる以上、それをつづけることは到底できない。つづけるのは、信長への裏切りである。

といって、内ケ嶋氏だけが手を引けばよいというものでもない。真宗門徒である領民がそれらの仕事をつづけて、以前と変わらず本願寺と諸方の一向一揆に協力するのでは、これはこれで内ケ嶋氏の重大な失態となる。領民を統制できないという程度ではなく、やはり信長への裏切りと言わねばならない。

それなら、白川郷の民《たみ》に、これからは織田麾下の内ケ嶋氏の領民として、金銀も塩硝も間接的に織田のために生産し、供給するよう命じるのはどうか。これこそ不可能というほかない。本願寺が猛然《もうぜん》と反対し、白川郷の領民を煽動《せんどう》して、領主権力に叛《そむ》かせることは火を見るより明らかである。それで領内が乱れれば、敵はおそらく、本願寺だけではなくなる。かねて越中・飛騨にまで手を伸ばしている上杉、長篠の大敗から巻き返しを図《はか》る武田、さらには飛騨一国の掌握を狙う三木《みつき》も、白川郷奪取《だっしゅ》の機会を窺うであろう。そのとき、織田の力をかりて戦うことができたとしても、内ケ嶋氏自体は滅亡の危機に瀕《ひん》するに違いない。

白川郷において、内ケ嶋氏と真宗の領民が、これまで通り、ともに平穏無事のまま過ごすためには、双方が金銀採掘と塩硝造りの停止《ちょうじ》に同意すること。

それが、氏理の結論であった。

秘密の生産であったとはいえ、そのおかげで、内ケ嶋氏も領民も経済的にはいささか潤《うるお》ってきたから、停止は痛手である。が、両損は、別の見方をすれば、平等といえよう。

これが、もし決裂《けつれつ》して戦うことにでもなったら、内ケ嶋氏も領民も多くの血を流し、下手《へた》をするとどちらも滅んでしまうやもしれず、損得どころではなくなる。

乱世の武門でありながら、氏理に和戦両様の考えはなかった。内ケ嶋氏と白川郷領民の平和のみを模索《もさく》した挙げ句の結論なのである。

そういう氏理に、七龍太も共感した。

むろん、氏理の道のりはあまりに険《けわ》しい。まずは明了の、次いで領民の承諾《しょうだく》、最後に本願寺の理解を得なければならない。

さらには、氏理が真宗を説《と》き伏《ふ》せるのに成功したとして、七龍太にはそれ以上の大仕事が待っている。すなわち、真宗を憎む信長の説得である。

白川郷が金銀と塩硝の宝庫と知れば、当然、信長はそれらを要求する。停止ではなく、織田のために稼働《かどう》させつづけようとするであろう。

七龍太にとって、信長というのは、主君だが、全身全霊を捧《ささ》げるには躊躇《ためら》いをおぼえる人と言わねばならない。

「人を殺しすぎる」

というのが竹中半兵衛の信長評であり、七龍太もそう思っている。半兵衛こそが、七龍太にとって、心より敬愛し、私淑《ししゅく》する至上《しじょう》の師であった。

信長の標榜《ひょうぼう》する天下布武が達成されたとき、四海平穏が訪れる。七龍太もその期待を抱いてはいるが、だからといって、そのためならばどんなに多数の犠牲もやむなし、とまでは到底《とうてい》思えなかった。

信長は敵対勢力を殺戮《さつりく》するだけではない。永年の家臣であっても、言動にいささかでも叛意《はんい》ありと信長自身が感じれば、容赦せず処刑する。また、譜代《ふだい》、新参《しんざん》とも、常に成果を挙げつづけなければ、怠慢《たいまん》と断じる。主君のその厳烈《げんれつ》さがあればこそ、織田は強いといえるのだが、天下布武が成るまで落伍《らくご》せずに付き従っていける者は、そう多くはあるまい。その意味で、織田に属す条件として、信長にではなく、木下藤吉郎に仕えることを信長その人に容認させた半兵衛は、慧眼《けいがん》であったといえよう。藤吉郎はいまや羽柴筑前守《はしばちくぜんのかみ》と称し、半兵衛の抜群の働きのおかげで、織田随一の出《しゅっ》頭人《とうにん》へとのしあがった。

七龍太は、自分の立ち回り方次第で、しばらくの間は白川郷の秘事を信長に知られずに済む、と踏んではいる。これればかりは、余所者《よそもの》の出入りがほとんどなく、他国へ確かな情報の伝わらぬ秘境の利点といえよう。それでも、いずれは露見する。その前に手を打たなければならない。

（手荒《てあら》だけれど……）

期していることが七龍太にはあった。ただ、これはまだ氏理にも誰にも明かしてはいないが。

一方、氏理の当面の不安は、明了との会見が物別れに終わったとき、織田の使者である七龍太が襲われるのではないか、ということであった。

白川郷の領民は、真宗門徒であっても穏やかな者が多いので、激して闇雲《やみくも》に七龍太を害するという危惧《きぐ》は、氏理も抱いていない。警戒すべきは本願寺坊官の下間頼蛇《しもつまらいじゃ》。

越中や越前に派遣の坊官衆と連絡を取り合ったり、摂津石山の本願寺へ報告に戻ったりと、忙しく飛び回っているようだが、頼蛇が現在の拠点《きょてん》としているのは、白川郷中野村の照蓮寺であった。

ところが、帰雲城を出立《しゅったつ》する前、照蓮寺には危険な坊官がいると氏理が明かすと、七龍太はかえって興味を湧かせ、ぜひ会ってみたいと言い出す始末《しまつ》だったのである。

「お屋形」

照蓮寺まであと半里ばかりというところで、九左衛門が氏理のもとへ馬を寄せてきた。少し案じ顔である。

「いかがした」

「佐田《さだ》らの戻りが遅すぎ申す」

「そう申せば、そのようだな」

にわかの訪問を事前に明了へ告げるため、氏理は近習の佐田文助《ぶんすけ》・桑野《くわの》一蔵《いちぞう》の両名を、先に照蓮寺へ遣わしている。氏理一行の出立より随分前の明け方のことだから、返り申しの文助らと、とうにこの白川街道上で出会っていなければならぬ。もし明了が不在で、本日中の会見が不可であれば、氏理の一行は帰雲城へ引き返さねばならない。

自然の脅威《きょうい》を畏怖《いふ》せねばならぬ土地ではあるが、いまは穏やかな時季で、雪も雨も風も吹きつけておらず、春日がのどかで心地よい。もし両名の身に何か起こったのなら、それはたんにおのれの不注意によるものか、もしくは、他者から何かしらの強制をうけたか、いずれかであろう。

「よもや、あの下間頼蛇に……」

九左衛門が悪い予感を口にしたが、氏理は頭《かぶり》を振る。

「さようなことは明了どのが許さぬ。それに、いかに本願寺坊官とて、子細も分からぬのに狼藉《ろうぜき》を働きはすまい」

氏理の訪問理由を、文助らは知らない。大事の用向きとだけ、明了に伝えるよう申し渡してある。

すると、七龍太が手綱《たづな》を引き寄せ、おのが乗馬《じょうめ》の脚《あし》を停《と》めて、下馬した。

「いかがなされた」

訝《いぶか》った氏理も、乗馬の脚送りを停める。

それを見て、九左衛門が手を挙げ、一行を停止させた。

人馬のざわめきが途切れたので、道の左方より上がってくる川音が、にわかに大きくなる。

路傍《ろぼう》にしゃがんだ七龍太は、草の中に転がっていたものを手にして、振り返った。

力革《ちからがわ》が付いたままの鐙《あぶみ》である。

「文助らのものであろうか」

急ぎ下馬した氏理が、七龍太より受け取って眺める。九左衛門も、氏理の馬廻衆も一斉に鞍《くら》より降り立つ。

七龍太は、道の谷側のぎりぎりまで進んで、下方を覗き込んだ。

灌木《かんぼく》と雑草に被《おお》われた高き懸崖《けんがい》である。その底に流れる庄川の川面《かわも》まで、十丈《じょう》の余はあろう。

「備中どの」

七龍太の切迫《せっぱく》した声に、九左衛門も崖縁《がけふち》まで寄った。

懸崖の途中の灌木にひっかかっている者がひとり、川面から突き出した岩の上に仰向けに倒れている者がひとり。どちらも、まったく動かない。

「文助。一蔵」

崖縁から身を乗り出さんばかりにして、悲鳴のように両人の名を呼んだのは氏理であった。

「危のうござる」

すかさず、七龍太が氏理の腰を支える。

「縄《なわ》をもて」

九左衛門が下知《げち》すると、兵たちは、荷駄《にだ》の中から馴《な》れた動きで縄を二筋《ふたすじ》持ち出してくる。険しい山地の白川郷では、高低差の激しい場所が多いため、かれらは万一に備えて、長縄を携行《けいこう》している。

「両人とも落馬したのだな」

「馬はどこにいる。見当たらぬぞ」

「下流に流されたのであろう」

「いや、馬は崖下には落ちず、どこぞへ走り去ったのではないか」

氏理の馬廻衆が当て推量をし始める。

二筋の縄が懸崖へ垂《た》らされると、九左衛門は、身軽な者をふたり、指名し、それぞれの縄で伝《つた》い下りるよう命じた。

「三五郎《さんごろう》。翠溪《すいけい》を連れてまいれ」

氏理が馬廻衆の矢野《やの》三五郎に命じた。領内唯一の医者である翠溪という者が、帰雲城下に住む。

(奇態な……)

と七龍太は疑った。

このあたりは、見るからに危険な道である。白川郷の地理をよく識《し》るはずの内ケ嶋武士が、視界のきかぬ悪天候ならまだしも、晴天の下で誤《あやま》って転落などするであろうか。

山側を、七龍太は仰ぎ見た。

鬱蒼《うつそう》たる原生林が迫っている。

「慌てるな。足がかりをたしかめながら下りよ」

九左衛門が、縄を伝い下り始めたふたりに、大音《だいおん》に注意を与えた。

余の者の大半は、降下者を支えるため、二筋の縄を摑《つか》んで踏ん張る。残りは、心配そうに眺め下ろしている。

三五郎が鞍に跨《また》がり、来た道のほうへ馬首を転じようとしたとき、ちょっと日が翳《かげ》って、颪《おろし》が吹いた。山地などの高きから低きへ吹く風を颪という。このあたりでは、春であっても、少しでも空気が冷えれば起こる。

（鉄炮……）

火縄《ひなわ》の匂いを嗅いだ七龍太は、氏理の腰を引き寄せざま、ともに地へ身を投げ出した。

銃声が轟《とどろ》き、一瞬前に七龍太と氏理が並んでいたあたりの地面で、ぱっと小さな土埃《つちぼこり》が立った。

「皆、ご主君を守れ」

言い置いて、七龍太は、原生林の中へ躍り込むや、急斜面を駆け上がった。火縄銃の煙が舞ったあたりは、見当がついている。二弾目を装塡《そうてん》される前に、銃手を討ち取りたい。

「備中、七龍太どのを警固せよ」

主命《しゅめい》をうけた九左衛門は、ふたりの降下者へ灌木にしがみつくよう命じてから、おのが兵を率いて七龍太を追った。

縄から離れた馬廻衆が、氏理の周囲を固める。

このときには、原生林の中から、幾筋もの矢が飛び出してきている。

「ぐあっ」

その一筋が、鞍上の三五郎の肩を捉え、落馬させた。

ほかにも、幾人かが矢を浴びた。

何者とも知れぬ敵は、氏理の馬廻衆と九左衛門の兵の手が、文助と一蔵の救助に使われるよう仕向けてから、急襲《きゅうしゅう》してきた。周到な待ち伏せというべきであろう。

（あの鐙で気づくべきだった）

枝葉に顔を打たれながら、七龍太は悔《く》やんでいた。

見落とすには鐙は目立ちすぎる。敵が文助・一蔵殺しを隠したいのなら、間違いなく処分したはず。氏理一行の動きを停《と》めたいから、目にとまるよう路傍に転《ころ》がしておいたのである。そして、鐙以外に何も置かなかったのは、散乱という形では氏理一行に警戒心を起こさせてしまう、と危惧したからに相違ない。

七龍太は、銃手を発見した。

裹頭《かとう》姿の人である。僧侶が袈裟《けさ》で頭を包み、目だけ出した装いを裹頭という。その袈裟が真っ赤であった。

（よもや白川郷にまで現れるとは……）

七龍太は驚いた。

その接近する姿に気づいた銃手が、銃口を向けてくる。二弾目を装塡《そうてん》し了《お》えたところらしい。

刀の抜き討ちのほうが迅《はや》かった。引鉄《ひきがね》を絞《しぼ》られる前に、七龍太は切《き》っ先《さき》を対手《あいて》の喉頸《のどくび》へ突き入れた。

周辺の木々の間では、九左衛門の兵と敵とが斬り結び始めている。

「七龍太どの、大事ござらぬか」

馳《は》せ寄ってきた九左衛門が、安否をたしかめる。

「ござらぬ」

返辞をしながら、鉄炮を拾い上げた七龍太は、構えて、樹間《じゅかん》から街道上へ照星《めあて》を向けた。

原生林より次々と躍り出ていく敵のひとりが、氏理へ斬りつけようとしている。

七龍太は発炮した。

盆《ぼん》の窪《くぼ》に銃弾を浴びた敵は、突んのめって崖縁より転落する。

「こやつら、血裏頭衆《ちかとうしゅう》」

と七龍太が言った。

「ちかとうしゅう……何者にござろう」

九左衛門は初めて耳にする。

「いまは兵庫どのを守るのが先」

血裏頭衆は、仲間のひとりが鉄炮で射殺されたことで勢いを削《そ》がれ、急ぎ三方に分かれて撤退を始めた。山を駆《か》け登る者、白川街道を北へ去る者と南へ逃げる者とである。

「追うてはなりませぬぞ。それより、崖下《がけした》の衆を助けられよ」

街道上へ出た七龍太が、皆の昂奮《こうふん》を鎮《しず》めるように言い、最優先事に気づかせた。

皆が、ふたたび長縄を手にする。半数ほどは負傷したが、幸い死者は出ていない。

すると、敵の中で最後まで戦っていたひとりが、ひどく刃毀《はこぼ》れのした薙刀《なぎなた》を投げつけてから、くるりと背を向け、南へ向かって遁走《とんそう》してゆく。照蓮寺の方面である。

その前方に、駆け向かってくる一騎が現れた。

翳《かげ》っていた日が現れ、鞍上《あんじょう》の人は発光したように見えた。白袴《しろばかま》のせいであろう。

「あれが下間頼蛇」

と九左衛門が七龍太に告げる。

血裏頭衆の最後の遁走者が頼蛇へ寄ってゆくように、七龍太には見えた。

馬の左側の泥障《あおり》には、細長い革筒《かわづつ》が斜めに装着されており、そこに長い直刀《ちょくとう》を鞘《さや》ごと挿し込んである。それを右手で抜くや、頼蛇は乗馬の脚を速めた。

遁走者が急激に動きを停めてしまう。

（妙な……）

その後ろ姿は頼蛇に対してにわかに不信感を湧かせたもの、と七龍太の目には映《うつ》った。

頼蛇は、遁走者とすれ違いざま、直刀を横薙《よこな》ぎに一閃《いっせん》した。

血汐《ちしお》の尾を引いて、首が飛んだ。

氏理一行の人々は、息を呑む。

鞍上からいちども振り返りもせず、頼蛇はそのまま氏理の間近まで乗馬を寄せて、悠然と見下ろした。血刀を右肩に担《かつ》いだ恰好である。対手《あいて》がこの地の領主と知っていてとる態度ではない。

「無礼者。疾《と》く下馬せよ」

九左衛門が一歩踏み出した。が、それを頼蛇はじろりと睨み返す。

そのとき、七龍太が頼蛇の乗馬の腹の下を素早く潜《くぐ》り抜けた。誰しもまったく予期できなかった動きと言わねばならない。

鞍が突然に傾《かたむ》いたので、頼蛇は横倒しに落馬した。が、宙《ちゅう》で身を回転させ、足から着地している。

七龍太は、腹帯《はるび》を断ち切って、一方の端《はし》を引っ張ったのである。

馬を間に挟んで、七龍太と頼蛇は対《むか》い合った。体高四尺《しゃく》五寸ばかりの中馬《ちゅうば》なので、背梁《せみね》越しに互いの顔が見える。

「下馬が苦手と見受けたゆえ、手伝ってしんぜた」

穏やかに、七龍太は言った。

「汝が織田の使者か」

「津田七龍太と申す。お手前は本願寺のご坊官」

「下間頼蛇だ」

「この者らは、お知り人《びと》かな」

幾人か転がっている敵の死体を見やる七龍太である。

「知るわけがあるまい」

「それは意外」

「何を申したい」

「先年、本願寺は叡山《えいざん》に与《くみ》して、織田と戦《たたこ》うた。当然、血裏頭衆のことはご存じかと」

信長と戦いつづける本願寺は、浅井・朝倉を支援する比叡山と連携《れんけい》した時期もある。

「こやつらが血裏頭衆か。噂を聞いているだけよ」

「さようか……」

「七龍太どの。ちかとうしゅうとは……」

と氏理が口を挟んで訊ねた。

「叡山の大衆《だいしゅ》の生き残りで、織田を憎悪《ぞうお》する者ら」

信長の比叡山焼討ちは、五年前のことである。生き残った大衆の中で信長への復讐を誓《ちか》う者らで結団されたのが血裏頭衆で、以後、小勢ながら幾度も織田方に戦闘を仕掛けてきている。ただ、天《てん》台宗《だいしゅう》では、信長を憚《はばか》って、血裏頭衆に属する者は破門扱いであった。

「近頃、白川郷にも山賊が出没すると門徒衆から照蓮寺へ訴えがあった。だから、内ケ嶋の使者の帰路が危ういやもしれぬと思い、愚禿《ぐとく》みずから、わざわざようすを見にきてやったのだ。山賊が血裏頭衆だったとはな」

訊かれもしないのに、頼蛇は恩きせがましく言った。しゃがんで、死体の袈裟《けさ》で直刀の血を拭《ぬぐ》いながら。

「山賊出没のことなど、われらは耳にしておらぬ」

九左衛門が頼蛇の言《げん》を疑う。

「門徒衆が頼みとするは、仏法《ぶっぽう》よ」

ふんっ、と鼻で嗤《わら》う本願寺坊官である。

「ところで、そっちの使者の姿が見えぬようだが……」

嗤笑《ししょう》を消さぬまま、頼蛇が崖縁までゆっくり歩み寄り、眺め下ろした。

「やはり山賊にやられたか」

降下者のひとりが、懸崖の途中の灌木にひっかかっていた文助の体に縄を結びつけているところであった。もうひとりの降下者も、川面に突き出す岩に仰向けの一蔵まで、あと少しで届く。両人ともおそらく息がない。

「ならば、あらためて申し伝えよう」

と頼蛇は氏理に向き直った。

「明了には会えぬ。石山本願寺へ出向いておるゆえな」

「異《い》なことを申すものだ」

氏理がちょっと気色《けしき》ばむ。

「わしも明了どのも、領外へ出るときは、事前に通達し合うのが永年の決まり事」

「火急の用向きである」

「火急とはどのような」

と詰め寄ったのは九左衛門である。が、その鼻先へ、頼蛇の直刀の切っ先が向けられた。

「仏法に関わる儀を明かす必要はない」

「されば、明かして貰わずともよろしゅうござる」

こんどは七龍太が言った。

「それでも、われらはこれより照蓮寺へまいる」

「聞こえなかったのか。愚禿は明了不在と申したのだ」

「御覧の通り、手傷を負《お》うた者が多い。すぐに息《やす》ませ、手当てをせねばならぬ」

「帰雲城へ戻れ」

「ここからなら照蓮寺のほうが近いはず」

七龍太は、同意を求めるように九左衛門を見た。

「さよう。ずんと近《ちこ》うござる」

「人の命を助けるのが仏法にござろう」

頼蛇へ視線を戻す七龍太である。

「寺内を血で汚すは、御仏《みほとけ》への冒瀆《ぼうとく》だ」

頼蛇も譲らない。

「ご在寺と察する」

突然、七龍太が斬りつけるように言い、

「なんのことだ」

と頼蛇は身構える。

「明了どの」

「……」

　しばし、殺気立った沈黙が流れた。

「津田七龍太と申したか」

　にたり、と頼蛇は笑った。

「わたしの名を気に入られたか」

「気に入らぬわ。なれど、忘れぬ。思いの外《ほか》に、遊び甲斐《がい》がありそうだ」

「わたしはお手前《てまえ》と遊ぶつもりはない」

「ならば、言い替えてやる。殺し甲斐、と」

　頼蛇は、落とされた鞍とつながる泥障に装着の革筒から、鞘を抜き取って、直刀を収めると、それを左腰に差して、裸馬《はだかうま》に跨がった。

「内ケ嶋兵庫頭よ」

　輪《わ》乗《の》りしながら、頼蛇は大音を発する。

「照蓮寺明了は、織田と結んだ領主に二度と会うつもりはない。さよう心得よ」

「明了どののおことばではあるまい」

　氏理は信じない。

「よもや、明了どのを殺《あや》めたか」

　九左衛門が思わず恐ろしいことを口にしてしまったが、七龍太は頭《かぶり》を振る。

「この御仁もそこまではいたさぬ。明了どのを亡き者にすれば、白川郷の門徒衆の怒りを買うだけ」

　いずこの地方でも、真宗門徒が最終決断を委《ゆだ》ねて服《したが》う人は、永く地元に根ざした、いわゆる在地僧侶なのである。本願寺の上意を強圧的に伝えるばかりの坊官に、かれらの心は摑めない。

「汝ら、戻ったほうがよいぞ」

頼蛇がまた、無気味《ぶきみ》な笑みを浮かべる。

「ここから照蓮寺までの間で、またあの血裏頭衆が襲ってくるやも知れぬゆえな」

「ならば、お手前こそ、たったひとりで寺へ戻るのは危ういのでは」

と七龍太は当然の疑念を口にした。

「愚禿は御仏に守られている」

馬首を返す頼蛇であった。

（語るに落ちた……）

七龍太は確信した。

頼蛇が血裏頭衆に襲われない自信を覗かせたのは、両者がつながっているからにほかならぬ。いましがたの遁走者も、頼蛇に助けて貰えると思えばこそ、寄っていったに違いない。

「七龍太どの。われらはいかにすれば……」

無理もないが、不安そうな氏理である。

「お城へ戻りましょうぞ。なれど、下間頼蛇の望み通り、血裏頭衆に襲って貰うといたす」

死体のひとつから、七龍太は赤い袈裟を剝《は》ぎ取った。

安土《あづち》の猜《さい》

降り注ぐ六月の光に、海のように広大な琵琶湖の水面《みなも》が銀色の輝きを放つ。

湖水に北麓《ほくろく》を洗わせて聳《そび》える安土山と、その南麓より東西と南へ広がる大地は、濛々《もうもう》と砂塵《さじん》を舞い上げ、耳に痛いような喧騒《けんそう》に包まれている。

「なんと途方もない……」

内ケ嶋兵庫頭氏理《ひょうごのかみうじまさ》は、馬上で口をあんぐりと開けたままであった。

「いかにも……」

随従の川尻九左衛門も同様である。

「普請《ふしん》は端緒《たんしょ》についたばかり。人や物が集まるのは、まだまだこれからと存ずる」

鞍上《あんじょう》より首《こうべ》を回して説明する先導者は、津田七龍太《しちろうた》であった。

「これで、まだまだとは……」

内ケ嶋主従の眼《まなこ》には、人も物も溢《あふ》れ返っているように見える。城普請、道路造り、川の流路の開《かい》鑿《さく》、住居地の造成と建築などに、数万の人間が励《はげ》んでおり、それらの仕事に必要な物資の大量さも言語を絶する。とてものこと現実とは思われない。

天離《あまさか》る奥飛驒より出てきた田舎《いなか》武士には、無理もないことといえよう。京と畿内・近国を制した織田信長が、この近江安土に建設しようとしているのは、日本の歴史上、空前の絢爛《けんらん》たる巨大城《じょう》郭《かく》と武家の府《ふ》なのである。

織田に属すと決めた氏理は、本日、七龍太の案内で信長に拝謁《はいえつ》する。建設中の城下町に乗《じょう》馬《め》を歩ませ、安土山が近づくにしたがって、いやがうえにも緊張感は高まってゆく。

信長が多忙をきわめるため、拝謁の日取りはなかなか決まらなかった。決まったとしても、にわかの出陣や他行《たぎょう》をすることはめずらしくないので、当日まで分からない。今回も、石山本願寺攻めが長引き、重臣のひとりを討たれ、自身も足に鉄炮疵《きず》をうけるという激戦の末、やむなく兵糧《ひょうろう》攻めの長期戦に切り替えてから、安土へ戻ったばかりの信長なのである。

「これが仮の御殿……」

安土山南麓に建つ屋敷の前で下馬した氏理は、溜め息を洩らし、随行の内ケ嶋家臣衆も見とれてしまう。

信長は、袂《たもと》を分かつ前の足利義昭のために建ててやった洛中の将軍邸の一部を、安土へ移築したのである。山上の御殿の竣工《しゅんこう》まで、ここが仮住まいであった。

かくも豪壮《ごうそう》、華麗《かれい》な仮住まいがあろうか。氏理には、帰雲城の自分の居館《きょかん》など小屋のように思えた。

「見かけの綺羅《きら》に気《き》後《おく》れなさるな」

氏理の心中を推《お》し量《はか》って、七龍太が言った。きらびやかな装いや美しい衣服を、綺羅という。

「磨くべきは、心の綺羅と存ずる」

「七龍太どの……」

眼前の若者には、幾度も驚かされ、温かい思いを抱《いだ》かされもする氏理であった。

「若輩《じゃくはい》が生意気《なまいき》を申しましたが、これも師の教えにござる」

「竹中半兵衛どの」

すでに氏理は、七龍太から恩師の話を聞かされている。

「いちど、お会いしたいものだ」

「いまは長浜《ながはま》にお戻りゆえ、帰途に立ち寄られまするか」

「ぜひとも」

羽柴秀吉も、本願寺攻めに参陣したあと、居城の近江長浜へ帰城した。半兵衛は、羽柴軍が占領した城地で守将《しゅしょう》をつとめるとき以外、常に秀吉の側近くに仕《つか》えている。

七龍太は、従者たちと進物品を門外に待機《たいき》させ、氏理と九左衛門だけを伴って、仮御殿の門を入った。そこで、旧知の上長《じょうちょう》に出くわした。

「これは、金森《かなもり》どの」

「七龍太か。大きゅうなったのう。最後に会《お》うたときは、こんなであったのに」

と金森長近《ながちか》は、自分の腰のあたりで掌《てのひら》を下向《したむ》ける。

「昨年の越前一向一揆討伐の前に会うており申す。それよりずっと前に、わたしのほうが金森どのより……」

自身の頭より高い位置で、おのが掌を下向けてみせて、にいっと笑う七龍太であった。

「父子でもないのに、ますます半兵衛に似てきおったわ」

長近も笑う。

半兵衛の父・重元《しげちか》と長近とは、同じ美濃武士で、ともに斎藤道三に仕えたこともあり、昵懇《じっこん》の間柄であった。重元亡きあとも、遺児の半兵衛を、長近は気にかけつづけた。その深い関係から、半兵衛の一ノ家来・喜多村十助の子である七龍太のことも自然に可愛がった。

「兵内も息災《そくさい》のようだな」

門外に宮地兵内の姿を見つけ、長近は声をかけた。

近くまで兵内が寄ってきて、折り敷く。

「五郎八《ごろはち》さまこそ、ご健勝にあられるごようす。祝着《しゅうちゃく》に存じ上げ奉《たてまつ》る」

長近の通称を五郎八という。

兵内は、美濃守護土岐《とき》氏に仕えた鷹匠《たかじょう》の子で、鷹狩り中の粗相《そそう》で守護家の怒りを買った父が殺されたとき、長近にひそかに助けられて他国へ逃《のが》れた。後年、長近の恩に報《むく》いるべく、そのもとへ参じる。長近に間者として用いられると、流浪《るろう》時代に身につけた多芸が存分に活《い》きた。

信長の妹の市《いち》が近江の浅井長政へ輿入《こしい》れするさい、当時十歳の七龍太の随従も決まると、半兵衛が長近より兵内を借りうけ、従者として付けてやった。万一、織田と浅井が手切れとなったら、年少の七龍太の身を守る手練《てだれ》者が必要になると見越《みこ》したのである。

その後、浅井は滅んで、市が織田家へ戻ってからも、兵内が七龍太の従者でありつづけるのは、いつしか水魚《すいぎょ》の交《まじ》わりとなっていたからである。それを長近も快く許した。

「加賀へご出陣では」

と七龍太が長近に訊《き》いた。

「その前に、上様へ復命せねばならぬことがあったのだ。これより越前へ戻り、ただちに出陣いたす」

長近は、佐々成政《さっさなりまさ》・前田利家《まえだとしいえ》・不破光治《ふわみつはる》の府中三人衆を筆頭に、越前衆とよばれる部将のひとりである。越前衆は、北庄《きたのしょう》を居城として越前八郡を領する柴田勝家に属するものの、同時に信長の旗本でもあった。だから、もし勝家に僻事《ひがごと》でもあれば、直接、信長へ訴《うった》えることができる。そういうことがなくても、越前・加賀の現状を逐一《ちくいち》報告するのは、かれらの義務であった。むろん、書状だけで済《す》ませる場合もある。

「して、七龍太。こちらの方々は」

長近が見慣《みな》れぬふたりへ視線を移した。

「飛騨白川郷のご領主、内ケ嶋兵庫頭どのとご家老の川尻備中守どの」

「さようであったか。われらが留守《るす》の越前を守ってくれる方々よな。よろしゅう頼みましたぞ」

そう言って頭を下げる長近に、氏理が慌てた。

「ご武名高き金森どのにさようなことをされては、恐縮いたし申す」

「それがしなど、織田家では武功《ぶこう》なきも同然の者。いよいよ励まねばなり申さぬ」

「ご謙遜《けんそん》を」

「いや、まことのことにござる」

長近の表情は、冗談を言っているそれではない。信長に仕えるというのは、それほど過酷《かこく》なことであるに違いない、と氏理は身を引き締めた。

「されば、七龍太。いつまた会えるか知れぬが、命は粗末《そまつ》にいたすなよ」

「決して」

と七龍太はうなずく。

「たまには清洲《きよす》へまいって、無聊《ぶりよう》を慰《なぐさ》めて差し上げよ」

それを別辞として、長近は去った。

（めずらしや……）

七龍太のおもてに、氏理は怯《ひる》みの色を見た。常に恐《おそ》れげもなく、それでいて明るく軽《かろ》やかなこの若者にはめずらしいことと言わねばならない。清洲城で無聊を託《かこ》っている誰かへの思いが、そうさせたのであろうか。

だが、これは、おそらく七龍太みずから言い出さぬ限り、訊いてはならぬことと察し、氏理は気づかぬふりをした。

信長は弓場《ゆみば》で稽古《けいこ》中だというので、七龍太らもそちらへ回った。

弓場が左右ほぼ均等に見渡せるところへ出た。

右の端《はし》に近いところに、片肌脱ぎの立ち姿で、弓ではなく鉄炮を構えている人が、真っ先に目に飛び込んだ。近習衆が折り敷いて、その人を仰ぎ見ている。

「織田右大将さまにあられようか」

氏理がたしかめるように言い、七龍太は首肯《しゅこう》した。

「殿っ」

九左衛門が、なぜか切迫した声を洩らす。

七龍太の忠言を守って、ここでは氏理をお屋形とよばない。飛騨大野郡の半分ばかりを治めるにすぎない身にお屋形の称は不遜《ふそん》、と信長の癇《かん》に触《さわ》るかもしれないからである。

その九左衛門は、ひとり、先に弓場の左の端を注視していた。

「いかがした、九左」

目を凝《こ》らして見て、氏理は絶句する。

的《まと》は、髑髏《しゃれこうべ》が二個であった。

いずれも竿《さお》の先に結ばれた紐《ひも》で吊り下げられている。一竿ずつ持って両腕を前へ伸ばし、信長に対して横向きに立つのは、どちらも前髪立《まえがみだち》の少年である。

「揺らせ」

甲高《かんだか》い声が響《ひび》いた。信長である。

竿持ちのふたりは、ゆっくり前後に振り始めた。銃手の信長から見ると、髑髏は二個とも左右に動くことになる。

（五十間《けん》はある……）

鉄炮と的との距離を、九左衛門はそれと目測した。

実戦によく使われる六匁玉《ろくもんめだま》なら、最大射程距離は三百間近い。但《ただ》し、人馬を殺傷《さつしょう》できる距離はその半分以下である。命中精度となれば五、六十間がせいぜいであった。さらに、的中させるには、そのまた半分程度の距離に近づいて、ようやく三発に一発というところが当時の鉄炮と並《なみ》の銃手の能力であった。

五十間離れて、左右に揺れる的を、それも人の全身ならばまだしも、その一部の頭蓋骨《ずがいこつ》を捉えるなど、不可能というほかない。まかり間違えば、少年たちが死ぬ。

「的のどちらか一方に中《あた》ればよいということであろうが……」

と氏理が小声で洩らした。

九左衛門もそう思ったところである。

「上様は一発で両方を撃《う》ち抜かれる」

七龍太が既定事実のように告げた。

その一言《ひとこと》に、えっ、と内ケ嶋主従が驚いたとき、大きく揺れる二個の髑髏が、空中で前後に重なるときが訪れた。銃手の視線には、二個がひとつに見える瞬間である。

重なっては左右に離れ、重なっては左右に離れ……。その五度目が訪れる直前、銃声が空気を震わせた。

二個が重なった瞬間、銃弾《じゅうだん》は前の髑髏のひたいに穴を開け、後ろのそれの後頭部から抜け出ている。

骨片《こっぺん》が飛び散った。

ところが、近習衆は、お見事、の一言すら発せず、身じろぎひとつしない。ただひとりが、撃ち終えた鉄炮を信長より受け取るために動いただけである。

これもまた、氏理と九左衛門には驚きであった。

「あれくらいでは満足なさらぬ御方《おかた》」

内ケ嶋主従の驚きを察して、七龍太が理由を明かした。何事であれ、誰も到達したことのない高みをめざすのが信長である、と。

信長の視線が向けられたので、七龍太は両人を引き連れて、小走《こばし》りに寄っていき、揃って御前に折り敷いた。

「津田七龍太、言上《ごんじょう》仕《つかまつ》る。飛騨国白川郷ご領主・内ケ嶋兵庫頭どのと、ご家老・川尻備中守どのを、これへ召《め》し連《つ》れましてござる」

信長は、内ケ嶋主従を見下ろす。

「兵庫頭、おもてを上げよ」

命ぜられて、氏理は信長を仰ぎ見た。

色白の細面《ほそおもて》に一重《ひとえ》瞼《まぶた》で、毛が薄そうなせいか、涼《すず》しげにも、冷淡《れいたん》そうにも、どちらにも見える。

「一向宗の坊主どもよ」

信長が言った。

「は……」

何を言われたのか、氏理は解《げ》しかねる。

「見たであろう」

的の髑髏のあったほうへ、顎《あご》をしゃくってみせたのは、信長の最も近くに侍《はべ》る者であった。

「率爾《そつじ》ながら……」

九左衛門が、上目遣《うわめづか》いに、その者を睨んだ。主君氏理に対して横柄《おうへい》だったからである。

「そちらは、どなたさまか」

「菅屋《すがや》九《きゆう》右衛《え》門尉《もんのじよう》長頼《ながより》である」

信長側近の吏僚《りりよう》の第一、と九左衛門は耳にしていた。虎《とら》の威《い》を借《か》る狐《きつね》という悪評も伝わる。

「何か申したいことでもあるのか」

長頼が九左衛門を睨み返す。

「上様」

七龍太が弾んだ声を発した。九左衛門が何か言いかけたのを遮ったのである。初対面で長頼の心《しん》証《しよう》を悪くするのはよろしくない。

「兵庫頭どのは、ご放鷹《ほうよう》のお好きな上様に奉らんと、飛騨より大鷹《おおたか》を運んでまいられた」

「であるか」

信長の目の色がにわかに変わる。

「どこにいる」

「ご門の外で、わが家来どもが……」

と氏理が言い終わらぬうちに、早くも信長は足早に歩き出した。

慌てて、氏理はつづく。

むろんのこと、九左衛門も従おうとしたが、長頼によびとめられた。

「待て、川尻備中」

近習衆が信長を追いかける中、ひとり長頼は、立ち上がっただけで、その場から動かない。

それと見て、七龍太も留まった。

「上様への献上品は、鷹だけか」

長頼が九左衛門に問い質《ただ》す。

「金《きん》は」

「ほかに、京にも知られる飛騨の木地師《きじし》が作りし……」

「金……」

九左衛門に皆まで言わせず、長頼はその一言で斬りつけた。

動揺しそうになる自分を、九左衛門は懸命《けんめい》に抑《おさ》えつける。

「天生《あもう》と申せば、分かるであろう」

長頼が、唇の一方の端を上げ、ふんっ、と嗤《わら》った。

「それは……」

「備中どの。菅屋どのには何やら思い違いがあるようだが、まずは皆まで聞いたほうがよいと存ずる。おこたえは、それからで」

九左衛門へ諭《さと》すように言ってから、七龍太は長頼を促《うなが》した。

「どうぞ、御長《おなが》どの」

菅屋長頼は信長から御長とよばれているので、いつしか周囲も倣《なら》うようになった。

「伝え聞くところによれば、白川郷の天生なる地に隠し金山があり、それで内ケ嶋は潤っているばかりか、本願寺の援助までしておるそうな」

絡《から》みつくような長頼の言いかたであった。

九左衛門は、ちらりと七龍太を見た。織田方でその秘事を知る人間は、この若者ひとりのはず。

（よもや、七龍太どのが……）

内ケ嶋氏を潰《つぶ》すために、いま長頼と結託してひと芝居打っているのではないか。そうは思いたくないが、沸《わ》き起こる疑念を拭いようがない。

「さようなことでござったか」

あはは、と七龍太が笑い、

「何がおかしい」

長頼は気色《けしき》ばむ。

「その前に、ひとつお明かし願いたい。この儀、御長どのへ讒訴《ざんそ》いたしたのは誰か」

「讒訴ではないわ。上様に仕える者なら、上様の不利益になることを見過ごしにせぬのが当然であろう」

「飛騨国司の任でもある」

「そう……」

認めかけたそばから、七龍太にかまをかけられたと気づいた長頼だが、後の祭りである。

「やはり、三木《みつき》どのか」

飛騨国司・姉小路《あねがこうじ》氏を自称する三木自綱《よりつな》は飛騨一国を完全に手中にしたがっている。弱小の内ケ嶋氏などどうとでもできるが、吉城《よしき》郡の江馬氏は手強《てごわ》い。それで自綱が江馬氏の領内へ間者を潜《せん》入《にゅう》させていることは、内ケ嶋氏でも知るところであった。

（おそらく……）

自綱の間者は、江馬氏領内の探察中、偶然、天生金山を発見したのではないか。

そう推察した七龍太は、九左衛門の表情から、同じように推し量っていると感じた。

「たしかに白川郷には、隠し金山、銀山が幾つもござった」

七龍太がはっきりとそう言ったので、九左衛門は仰天《ぎょうてん》しそうになる。

「幾つもと申したか。それに、銀山までも」

なかば仰天の態《てい》は、長頼のほうであった。

「まあ、銀山は横谷《よこたに》ひとつだけにござったかな、備中どの」

「さ……さようにござる」

九左衛門にはまだ、七龍太の真意の見当がつかない。

「また、領民はほとんど郷《ごう》を挙げての真宗門徒ゆえ、内ケ嶋家が本願寺より支援を求められたのも事実。なれど、すべては兵庫頭どのが家督を継がれる以前のこと。ご先代までの時代に、金銀を採《と》り尽くしてしまい、ご領内の金山、銀山ことごとく、とうに閉山しており申す」

長頼に対して、いまさら何をという顔つきで、七龍太は立て板に水で大嘘をついてゆく。

（お頼み申す）

動悸《どうき》の止まらぬ九左衛門だが、しかし、七龍太が内ケ嶋氏を救おうとしていることだけは、ようやく察せられ、心中で声援を送った。

「さて、天生金山の儀にござるが、御長どのが言われたことで、ひとつ誤《あやま》りを正させていただく」

「どこを誤ったと言うのだ」

「天生金山は白川郷の内ではない。支城の荻町城より東、天生峠を越えれば、吉城郡河合《かわい》村という江馬氏の領内で、そこに天生金山がござる。なれど、御長どのはご存じかどうか、江馬氏というは内《ない》訌《こう》が絶えず、数年前にも、いまの当主の常陸介輝盛《ひたちのすけてるもり》が父の時盛《ときもり》を暗殺しており申す。そのせいか、険阻《けんそ》な山路と鬱蒼《うっそう》たる山林ばかりの河合村で、何か開拓いたそうなどという気を、江馬氏はまったく持ち合わせており申さぬ。ご領内で金銀が採れなくなった内ケ嶋家は、そこに目をつけた次第」

「それなら、天生金山で金を採っているのは、やはりまことのことではないか。採っているのなら、本願寺へ供しておろう」

「兵庫頭どのが織田へ参じると決めるまでは、採っており申した」

「いまはもう採っておらぬとでも申すか。随分と都合のよいことだ」

「採りたくとも採れなくなったのでござる」

「言い逃れにも限りがあるぞ」

「この春、白川郷にて、兵庫頭どのとわたしが血裏頭衆《ちかとうしゅう》に襲われたことは、ご記憶であろう」

「それがどうした」

叡山《えいざん》の大衆《だいしゅ》の生き残りで結団され、信長への復讐を誓う血裏頭衆のことは、織田の者なら誰でも知っている。

「彼奴《きゃつ》ら、しばし鳴りを潜《ひそ》めており申したが、こたび、兵庫頭どのがいよいよ安土へご挨拶に出向くと知り、内ケ嶋ご一行が飛驒国を出るや、ついに非道の企《くわだ》てを起こしたのでござる。帰雲城内の鉄炮蔵へ忍び込んで玉薬《たまぐすり》を悉《ことごと》く盗み出し、それらを炸裂《さくれつ》させて天生金山の坑道《こうどう》と出入口を吹き飛ばし申した」

「なに……」

「今《こん》早朝、わたしが、ご一行を柏原《かしわばら》で出迎えた折、白川郷からの急使がようやく追いつき、この旨を兵庫頭どのに伝えたのでござる」

近江柏原は、東山道《とうさんどう》で美濃から近江入りした場合、最初の宿駅である。

「これは、内ケ嶋の金山警固のご家来衆が、狼藉者《ろうぜきもの》らと斬り結び、命を捨てても、摑《つか》んで手放さなんだもの」

七龍太は、懐《ふところ》より帖紙《たとうがみ》を取り出し、それを長頼の前へ差し出して披《ひら》いた。

真っ赤な布切れが現れた。

長頼は手にとった。

一部に金糸の刺繡《ししゅう》がほどこされている。

「叡《えい》」

の一文字であった。

血裏頭衆の袈裟《けさ》の布切れに相違なく、長頼にも見憶《みおぼ》えがある。

「血裏頭衆の仕業《しわざ》であった証《あかし》」

念押しするように、七龍太は言った。

「国元でかようなことが起こっても、兵庫頭どのは動ぜず、上様にご挨拶を、と罷《まか》り越された。それは、上様にお仕えいたす覚悟を御前にて伝えることが、いまは何より大事の儀と思うておられればこそ」

ここで七龍太は、ひとつ間《ま》を置いた。

「御長どのが、三木どのとどのような交わりか存ぜぬが、敢えて申し上げる。上様の近習たる者、かまえて、いささかも恣意《しい》があってはならぬと存ずる」

すると、長頼は、七龍太が抜いて持つ帖紙の上へ、布切れを丁寧《ていねい》に戻した。

「三木は肚《はら》の読み難《がた》き男ゆえ、特別な交わりなどいたさぬ。人でも物でも出来事でも、上様に仇《あだ》なすやもしれぬと思うたときは、よからぬことが起こる前に、必ず糾明《きゅうめい》いたすのが、それがしの役《やく》儀《ぎ》というだけのこと。その一事《いちじ》のみにて、他意はない」

「されば、兵庫頭どのをお信じいただけた、と」

「誰であれ、新参者は、武名を馳せている者であっても、上様の御為に手柄を立てるまでは信ぜぬ」

「もっともなことと存ずる」

虎の威を借る狐という菅屋長頼への悪評は不当、と七龍太は思っている。信長を守ることを、長頼はすべてに優先させているにすぎない。そのためには、たとえ怨《うら》まれても、他者に厳しく、辛《つら》くあたることも辞さないのである。

歴代の数多《あまた》の近習の中で、異常なまでに気難《きむずか》しい主君信長に、最初から最後まで信頼されつづけた者は幾人もいないが、長頼はその随一といってよい。安土城本丸に最も近接する場所に屋敷を賜ったのが、何よりの証拠であろう。

「川尻備中」

長頼が九左衛門へ向けた視線は、今度は剣呑《けんのん》ではない。

「長居いたすでないぞ」

「よもや、はや引き上げよと言わるるか」

「これより早々に国元へ立ち返り、ただちに越前へ出陣いたし申す。さよう主君より上様へ言上させるがよい。さすれば、上様は大層お気に召されるであろう」

九左衛門の返辞を待たず、長頼は足早にその場をあとにした。

「九左どの。いまのが内ケ嶋家を疑《うたご》うた菅屋どのなりの謝罪にござる」

「なれど、あの疑いは間違《まちご》うておらぬ」

長頼がいなくなった途端に、九左衛門のおもてには、怺《こら》えていた不安が広がった。

「あのとき、七龍太どののお考えに賛同すべきであった……」

春に、氏理が照蓮寺へ向かう途次、血裹頭衆に襲われ、これを退けたあと、実は七龍太から突《とっ》拍子《ぴょうし》もない提案がなされた。

内ケ嶋氏が織田に属すようになれば、塩硝《えんしょう》製造については帰雲城下の各戸の警戒次第で隠し果《おお》せても、隠し金銀山は発見されたが最後、ごまかしようがない。その上、下間頼蛇《しもつまらいじゃ》の横槍によって照蓮寺明了《みょうりょう》と話し合いのもてない状況では、領民の金銀山掘りを停止することもできかねる。それならば、いっそのこと、強制的に金銀山すべてを閉山へ追い込めばよい。乱暴ではあるが、金銀山の出入口も坑道も火薬で破壊し、塞いでしまうというのが、その手段であった。

実は、内ケ嶋氏では、領民が作る火薬の原料である塩硝を余さず本願寺に提供してきたわけではなく、ある程度は手許に残している。自軍の鉄炮隊の訓練用と合戦用の火薬を、みずから製造するためである。

製造した火薬は樽に収めて鉄炮蔵に保管しておく。その量は、照蓮寺明了も領民もそこまでとは思っていないであろうぐらい、大層なものであった。

金銀山掘りが不能に陥ったら、本願寺と信長のいずれへも、金銀を提供せずに済む。

ただ、これがそのまま本願寺へ伝われば、怒りを買う。そこで、血裹頭衆の仕業にみせかける。

七龍太が、討ち取った血裹頭衆の者から、衆の証となる真っ赤な袈裟を剝《は》ぎ取ったのは、そのためであった。

この七龍太の提案を、氏理も家老衆もすぐには受け容《い》れかねた。金銀採鉱を、一時停止ではなく、完全に不能にするというのは、あまりに無謀ではないか、と。先の読めない乱世だけに、万が一、明日、信長が討たれでもしたら、後悔先に立たずである。

別して、氏理にすれば、やはり照蓮寺明了と話し合いたい。武門と宗門のいくさを決して望まず、白川郷の平穏無事のみを願うのは、両者の共通の切なる思いである。明了に不意討ちとなるような形で事を起こすのは、信義に悖《もと》るし、友への裏切りでもあろう。

しかし、その後も、明了と会見をもつことは、公式にも非公式にもできなかった。下間頼蛇の邪魔立てが止《や》まぬからである。いつの間にか、照蓮寺には頼蛇が集めた得体《えたい》の知れぬ乱暴者たちがいて、内ケ嶋武士は境内《けいだい》の土を踏むことすら難しかった。

血裏頭衆ばかりは、あの襲撃以来、影も形も見えぬ。頼蛇に仲間のひとりが斬殺された事実を知り、利用された揚げ句に裏切られたのだと気づいて、決裂したに違いない。そうと七龍太は察した。

そして、金銀山をどうするのか、結論の出ないまま、氏理の安土参上のときを迎えてしまったのである。

九左衛門は、菅屋長頼の口から天生金山の名が出たとき、大げさでなく、氏理も内ケ嶋氏も畢《おわ》りだと絶望した。先の七龍太の提案を即座に実行に移していれば、三木自綱の手の者が天生金山を発見することはなかったに相違ない。それをいま、七龍太が、さしたることでもないように長頼に説いて、見事に言い逃れてくれた。とっさの機転ではあろうが、自分も含めて、内ケ嶋武士にこれほどのことができる者はひとりもいない。

「七龍太どのには、いくら感謝しても感謝しきれぬ。まことに有り難いことにござった」

深々と頭を下げる九左衛門である。

「おやめ下され」

七龍太は、九左衛門が膝につけた手をとって、頭を上げさせた。

「内ケ嶋のご領外の天生金山のことが露見したのは、むしろ怪我の功名《こうみょう》。これにより、ご領内の金銀山は掘り尽くされたと菅屋どのもお信じになったはず。白川郷内の山々が探られることは、当面はないと存ずる」

「なれど、天生金山はいまだ健在にござる」

「さよう」

何やら七龍太は愉しげである。

「早々に国元へ立ち返れと命じられたは、好都合。天生金山を吹き飛ばしに行かれよ」

「それがしが……」

「申すことと為《な》すことが、少し後先《あとさき》になっただけのこと。いますぐ為してしまえば、三木にも織田にも分かり申さぬ」

「われらだけでうまく成し遂げる自信がござらぬ。七龍太どのに導いて貰いたい」

「ご案じ召されるな。兵庫頭どのは果断なお人、とわたしはみており申す」

「殿もきっとお望みあそばす」

縋《すが》るような九左衛門の目色であった。

風雲《ふううん》の会《かい》

キョロロ、キョロロ……。

震えるような声で鳴くのは、翡翠《かわせみ》であろうか。

浅瀬でゆったりと泳いでいた小魚《こざかな》の群《む》れが、にわかに一斉に向きを変えて、逃げ散ってゆく。

人の気配が迫ったからである。

原生林に被《おお》われて薄暗い谷川の岸沿いに歩くのは、数えて五人。

先頭は、おおさび。周辺に目配《めくば》せしながら進んでいる。

紗雪《さゆき》、和田松右衛門、七龍太《しちろうた》とつづいて、最後尾の兵内は背後への注意を怠らない。

松右衛門と七龍太と兵内は小具足《こぐそく》姿で、紗雪も含め、ひとりひとりが重そうな大樽を背負っている。

「はぁ……なにゆえ、それがしまで……」

泣きそうな顔で溜め息まじりに洩らしたのは、松右衛門である。

「うるさい、わだまつ。いつまで同じ繰《く》り言《ごと》を申しておる」

紗雪が、首《こうべ》を回して、叱りつけた。

「あと一言《ひとこと》でも愚痴《ぐち》を申したら、そちも金山と一緒に吹き飛ばす」

ひっ、と松右衛門は息を呑む。そういう恐ろしいことを、ただの戯《ざ》れ言《ごと》ではなく、実際にやりかねないのが紗雪なのである。

「松右衛門どの」

その肩へ、後ろから手を置いて、七龍太が微笑《ほほえ》みかけた。

「大変ではありましょうが、ご主君がお手前にこの任を命ぜられたは、心より信頼しておられればこそ」

「七龍太どのはまことにおやさしい。お爪《つめ》の垢《あか》を煎《せん》じて、姫に……」

するとまた、紗雪のきつい視線が向けられたので、松右衛門は慌てて目を伏せる。

天生《あもう》金山の出入口と坑道《こうどう》を破壊するのが、かれらの目的であった。大樽にはそれを成し遂げるための火薬が詰まっている。

安土において、信長側近の菅屋長頼から、本願寺支援の金を産出する隠し金山として天生金山の名を持ち出されたとき、七龍太の機転によって、ひとまず疑いを晴らした。すでに血裏頭衆《ちかとうしゅう》によって破壊されてしまい、採掘は不能である、と。

奥飛騨という秘境で起こった事件など、のちにその精確な月日まで詮索《せんさく》する者もいないであろうから、実際の破壊が幾日か遅れたところで不審《ふしん》がられることはない。そういう七龍太の大胆な判断であった。ただ、三木《みつき》自綱《よりつな》に天生金山の存在が知られたのは間違いないので、できるだけ急がねばならない。三木の間者の目に再び触れるより先に、破壊しておく必要がある。

安土では、内ケ嶋氏理《うじまさ》が信長へ、自身の早々の越前出陣を申し出て、安土到着のその日のうちに国元へ向けて馬首を返した。帰途に長浜で竹中半兵衛の面識《めんしき》を得たかった氏理だが、それも取り止《や》め、ひたすら飛騨へ馬をとばしたのである。

七龍太も同道できたのは、これも氏理が、自身の留守中の帰雲《かえりぐも》城を預けたい、と信長へ願い出て、快諾《かいだく》を得たからであった。

「殊勝なり、内ケ嶋兵庫頭《ひょうごのかみ》」

初の見参《けんざん》で、氏理は信長の機嫌を取り結んだといってよい。内ケ嶋氏にあらぬ嫌疑《けんぎ》をかけたと思い込んだ長頼の謝罪代わりの忠告と、七龍太の入れ知恵が奏効《そうこう》したのである。

白川郷へ戻るなり、氏理は急いでいくさ支度を済ませ、越前へ出陣した。山下大和守、川尻九左衛門の両家老も兵を率いて従った。

天生金山の破壊は、あくまで血裏頭衆の仕業《しわざ》にみせかけ、真相が本願寺と真宗門徒の領民に露見してはならぬ。そのためには、氏理と心をひとつにする者のみで、隠密裡《おんみつり》に決行するほかない。従って、これを知るのは、出陣した氏理、大和守、九左衛門のほか、帰雲城に残った一ノ家老・尾神備前守と、いま実行しようとしている七龍太らのみであった。

五人は、少し拓《ひら》けたところへ出た。

振り仰げば、西空が茜色《あかねいろ》に灼《や》けている。まもなく陽が沈む。

金山の出入口付近には見張り小屋が設けられており、内ケ嶋の家臣とその従者一、二名が一組となって、他の組と一ヶ月交代で詰めるのが常で、今月の番は大野与介《よすけ》という者である。

まず、こちらの顔を見られることなく、かれらを当て落とさねばならぬ。

谷川筋の道なき道をさらに進むと、対岸の川原の奥まった暗がりに、その小屋の一部が見えた。

「やはり、吹き飛ばさねばならぬのであろうか。天生金山はいちばん産金の量が多いのに……」

と松右衛門が恨《うら》めしげに七龍太を見やる。

「そうせねば、内ケ嶋氏が上様に吹き飛ばされ申す」

「そ、そればかりは……」

たちまちおもてを引《ひ》き攣《つ》らせる松右衛門であった。

「お静かに」

小声だが、強い口調で、先頭のおおさびが言って、岸辺から林の中へ身を移すよう、皆に手振りで示した。

物を壊《こわ》すような音と怒号が聞こえたかと思う間に、小屋からよろめき出てきた者がいる。

「与介か……」

潜んだ木陰《こかげ》より、松右衛門が腰を浮かせかける。

大野与介は、川原に突っ伏した。

つづいて、抜き身をひっさげた甲冑《かっちゅう》武者《むしゃ》が躍り出てきて、倒れている与介の背へ、ずぶりと止《とど》めのひと突きを見舞《みま》った。

手に陣刀《じんとう》を持った陣笠《じんがさ》姿の足軽も三人、小屋から出てきた。与介の従者も斬られたに違いない。

「片づけたぞ」

甲冑武者が、呼ばわるように言った。

応じて、小屋の背後の樹林の中から、軍装の者がぞろぞろと姿を現す。

ひとりだけ、鼠染《ねずみぞ》めの胴衣《どうい》にたっつけ袴《ばかま》である。

「あれは、三木の忍び……」

おおさびが小声で洩らした。夜目《よめ》が利《き》くので、薄暗がりの中でも見定められる。

「知っておるのか」

と紗雪が質《ただ》す。

「松《まつ》ケ《が》洞《ほら》ノ《の》万《まん》蔵《ぞう》とか申す者。おそらく、天生金山を見つけたのはあやつにござろう」

天生金山は、江馬氏領内の吉城《よしき》郡河合《かわい》村にあるが、白川郷からは庄川の支流の谷《たに》川を辿《たど》って到達する。難路ではあっても、恐ろしいというほどではなく、慣れてしまえば婦女子でも往来できる。他領の金山ながら、内ケ嶋氏が目をつけた所以《ゆえん》であった。

一方、河合村の者が天生金山を発見するには、白川郷へ通じる天生道《みち》を、どこかで南へ外れねばならない。天生道自体が崖崩れの多い危険路である上、外れて運良く獣道《けものみち》へ踏み入れたとしても、並の人間では通行不能なのである。だが、忍びの者ならば、その限りではあるまい。

万蔵は、江馬領を探っていて、偶然にも天生金山を見つけ、それを三木自綱へ報告した。そして、こんどは三木の軍兵《ぐんぴょう》を案内してきたということであろう。

「兵内。敵の数は」

七龍太が、背から大樽を下ろしながら、訊いた。

「兜《かぶと》が二人。陣笠が六人。それと、おおさびが申した忍びの者。合《がっ》して九人」

同じく、兵内も背を軽くしながら、こたえた。

「よもや、七龍……」

闘うつもりなのか、と松右衛門は仰天する。その声が大きくなりかけたので、七龍太は口を塞いだ。

「あの者らを生きて返せば、ご主君も内ケ嶋氏も終わりにござる」

言われて、こくり、と松右衛門もうなずく。

その口から手を離して、七龍太が兵内に告げた。

「兜の二人は、わたしが討つ。足軽六人をまかせた」

「畏《かしこ》まった」

事もなげに、兵内は諒《りょう》とする。

「あの万蔵と申す者、手強《てごわ》そうか」

七龍太がおおさびへも視線を向けた。

「闘《たたこ》うてみなければ分かり申さぬ」

こちらは、気負《きお》うでも、不安げでもないが、当たり前のように大樽を下ろして、戦闘準備に入った。こういう男は信頼できる。

「紗雪どのは、ここで松右衛門どのと待っておられよ」

そう指図《さしず》する七龍太を、男勝《まさ》りの姫君は睨み返す。

「おらちゃを、女とみて、侮《あなど》るか」

「紗雪どのを侮るほどの勇気は、わたしにはござらぬ」

「なんじゃと」

「姫。この上のわがままはなりませぬぞ」

と松右衛門が慌てて止めようとする。この天生金山への隠密行《おんみつこう》にも、紗雪は強引《ごういん》に同道してきた。

「お屋形が、ご出陣前、わが留守中は何事も七龍太どののお指図に従うようにと仰せられたのをお忘れか」

「おらちゃはまだ、こやつを信用しておらぬ」

隠密行に同道の理由も、七龍太の監視《かんし》であり、そのことを露骨《ろこつ》に本人へ告げた紗雪なのである。

「お信じになっておられぬわりには、ずっとうきうきなさって……」

「わだまつ」

紗雪が、松右衛門の胸ぐらを摑んだ。声も荒らげてしまった。

「まだ誰かいるぞ」

小屋の前にいる九人の一隊から、緊迫《きんぱく》の声が上がった。

「やむをえぬ。兵内、おおさび、まいるぞ」

忍びやかに接近して斬り込むつもりであったが、もはやそれはならぬ。七龍太は、真っ先に木陰から飛び出し、幅が狭くて浅い谷川を一挙《いっきょ》に対岸へ渉《わた》った。

逡巡《しゅんじゅん》せず、兵内とおおさびもつづく。

「飛礫《つぶて》を」

と兵内が言い、

「承知」

すかさず、おおさびが察した。

折しも、西空の光が失《う》せ、夕闇《ゆうやみ》の帳《とばり》が下り始めた頃合《ころあ》いである。

一隊のうち、ただちに動いたのは万蔵で、おのが身を後方へ避けた。さすがに二人の甲冑武者は迎撃《げいげき》の構えをとるが、足軽たちは、立ち竦《すく》むか、きょろきょろするか、いずれかであった。川原を飛ぶように走って、猛然と向かってくる影を、視線でたしかに捉えられないのである。

甲冑武者の一方が皆の前へ出た。刹那《せつな》、うっ、と顔を押さえてよろめいた。七龍太の後ろから、兵内が走りながら打った飛礫に気づかず、まともに鼻へ浴びたのである。

七龍太は、腰の大刀《だいとう》を鞘走《さやばし》らせた。

美濃鍛冶《かじ》・直江志津兼俊《なおえしづかねとし》の鍛《きた》えしその業物《わざもの》は、竹中半兵衛より授かった。永楽通宝の意匠の鐔《つば》は、織田信長より拝領の品である。

その甲冑武者は喉輪《のどわ》を着けていないと瞬時にみてとった七龍太は、兼俊の大鋒《おおきっさき》を対手《あいて》の喉めがけて突き出した。

このときには、一隊の余の者らも、兵内とおおさびの飛礫打ちに怯《ひる》んでいる。

早くも分《ぶ》が悪いとみたのであろう、万蔵が背を向けて遁走《とんそう》にかかった。

おおさびが、追走する。

兵内は、足軽たちの中へ斬り込んだ。

かれらは逃げ腰である。

「闘《たたか》えっ。お屋形の名を汚《けが》した者は、逃げても捜し出して殺す」

もうひとりの甲冑武者が、七龍太と対峙《たいじ》しながら、足軽たちを叱咤《しった》した。

（お屋形……）

訝《いぶか》る七龍太である。

公家の姉小路《あねがこうじ》氏を自称する三木自綱は、自身のことを、家臣には、宰相《さいしょう》さま、お上《かみ》などとよばせているはず。

「おぬし、三木の家臣ではないな。名乗れ」

剣を八双《はっそう》に構えて、七龍太が詰問《きつもん》する。

「先に問うたほうから名乗るのが、礼儀であろう。汝《うぬ》が武士ならば、だがな」

七龍太は躊躇《ためら》わなかった。名を知られても逃がさずに討ってしまうだけのことである。

「織田右大将が家臣、津田七龍太」

「織田であったか。ならば、いくさは望むところよ」

甲冑武者の殺気が、にわかに増幅《ぞうふく》した。

「して、おぬしは」

「関東管領《かんとうかんれい》上杉謙信が家臣、柿崎又十郎《かきざきまたじゅうろう》」

名乗るなり、真《ま》っ向《こう》から斬りつけてきた。それを、七龍太は撥《は》ね上げた。

お屋形が越後の龍《りゅう》をさすのならば、足軽たちへ、逃げずに闘えと命じた又十郎の一言《ひとこと》が腑《ふ》に落ちる。合戦では、みずから先頭に立って矢玉《やだま》の前に身を曝《さら》すのがめずらしくなく、自軍の将兵の卑《ひ》怯《きょう》未練《みれん》を決して赦《ゆる》さないのが、上杉謙信なのである。

（三木は両天秤《てんびん》にかけていた）

織田と上杉は、対武田で共同戦線を張ってきた。が、昨年、長篠合戦で信長が武田に壊滅《かいめつ》的打撃を与えたあたりから、両者の関係はぎくしゃくし始める。今年に入ると、謙信は毛利氏の庇護《ひご》下の足利義昭に与《くみ》して、ついに信長と断交するに到った。その織田と上杉を両天秤にかけて、三木自綱はようすを窺っているに違いない。

七龍太と又十郎は鐔競《つばぜ》り合いとなった。

間近で見る又十郎の眼《まなこ》に、瞋恚《しんい》の炎《ほむら》が燃え熾《さか》っている。

（おそらく柿崎和泉守《いずみのかみ》の一族……）

と七龍太は察した。

東国最強と謳《うた》われる上杉軍団の中でも、常に先手《さきて》の大将をつとめた猛将が柿崎和泉守景家《かげいえ》だが、長篠合戦後、織田に通じて謀叛《むほん》を策したかどで、謙信の怒りを買った。それが、実は信長の謀略《ぼうりゃく》と知れたのは、誅殺《ちゅうさつ》されたあとのことである。よって、柿崎一族の織田に対する怨《うら》みは、凄《すさ》まじいものがあろう。

七龍太は押された。又十郎は大層な膂力《りょりょく》の持ち主である。

兵内の姿がちらりと目の隅《すみ》に入った。足軽を三人まで斬り伏せ、四人目の槍《やり》の柄《え》を払って、対手の手許へ跳び込んだところである。が、その背後から、五人目の槍の穂先《ほさき》が繰り出されようとしていた。

「兵内。うしろ」

七龍太より先に叫んだのは、馳せつけてきた紗雪である。

兵内は、四人目の足軽と体《たい》を入れ替えた。繰り出された槍の穂先は、その足軽の胴丸《どうまる》を突いた。

小太刀《こだち》を手に、五人目の足軽の背へ跳《と》び乗った紗雪が、その顎《あご》に手をかけ、喉頸《のどくび》を掻き斬った。

そのまま、ともに地へ転がる。

立ち上がろうと、片膝立《かたひざだ》ちになった紗雪へ、六人目の足軽が槍を突き出そうとした。

七龍太は、鐔競り合いの又十郎の刀をひっ外《ぱず》しざま、脇指《わきざし》を抜いて投げ、六人目の足軽の陣笠へ命中させた。

だが、紗雪も同時に、副子《そえご》を足軽の左手の甲《こう》めがけて投げうっている。足軽というのは、雑用が多くて手の自由を必要とするため、籠手《こて》は手甲《てっこう》付きでない者が多い。

「無用っ」

七龍太へ怒鳴りつけるや、後ろへよろめく六人目の足軽へ一気に迫った紗雪は、深く腰を落として、対手の草摺《くさずり》の下へ小太刀の鋒《きっさき》を突き入れている。

紗雪の動きは、的確で無駄がなく、かつ素早くて力強い。一瞬の躊躇《ためら》いもない。

（たいへんないくさ人《びと》だ……）

兵内が、四人目の足軽に止めを刺しながら、紗雪の闘いぶりに舌を巻いた。幼い頃からおおさびによほど鍛えられたというより、紗雪自身が望んで体得した、と察せられる。

七龍太は、おのが脳天めがけて振り下ろされた又十郎の一刀を躱《かわ》した。その鋒は川原の石を強く叩き、火花が散って、刃《やいば》は半ばより折れた。

すかさず、又十郎は、大刀を捨て、脇指の小刀《しょうとう》を抜く。

「兵内。わたしの脇指を」

七龍太に命ぜられ、地へ転がっているそれを拾い上げた兵内は、あるじへ手渡した。代わりに、大刀を受け取る。

小刀のみとなった敵へ、大刀で斬りかかったほうが有利にきまっているのに、七龍太はわざわざ同じ武器に持ち替えたのである。

「阿呆《あほう》じゃ」

紗雪が呆《あき》れた。

「織田に汝がような武士がいるとはな……」

又十郎の眼の炎が、少し和《やわ》らいだ。それは、一瞬の油断というべきであったろう。

間合《まあ》いを見切った七龍太に対して、又十郎の反応はわずかに後《おく》れた。

体を寄せた七龍太が、小刀の刃を、対手の頸根へ斜めに斬り込ませている。

七龍太を抱く恰好《かっこう》になってしまった又十郎は、対手の盆《ぼん》の窪《くぼ》へ、おのが小刀を突き入れようとして取り落とし、そのまま膝から頽《くずお》れた。

「策じゃったのか……」

意外の面持《おもも》ちとなる紗雪である。

「お買い被《かぶ》りにござる」

ゆっくり頭《かぶり》を振って、七龍太はこたえた。足許の死者へ悼喪《とうそう》の眼差《まなざ》しを向けながら。

「ひ……姫えっ」

ようやく松右衛門が徒渉《としょう》してくる。

小屋の後ろで枝葉の揺れる音がしたので、七龍太も紗雪も兵内も、身構えて、そちらへ視線を振ると、暗がりから姿を現したのは、おおさびであった。

「三木の忍びを討ったか」

紗雪が勢い込んで訊く。

「まことに面目《めんぼく》ないことにて、取り逃がし申した」

少し荒い息とともに、おおさびは吐き出した。

「なんと……」

紗雪の無事な姿に安堵したばかりの松右衛門が、一転、意気消沈し、へなへなと尻餅《しりもち》をつく。

だが、余の三人は、おおさびが右腕を挙げて、人差指《ひとさしゆび》で示す先を見ていた。金山の坑道の出入口である。

「思いの外《ほか》に逃げ足が速《はよ》うござって、獣道の途中で見失ったのでござる」

万蔵は、逃げるとみせて裏をかき、迂回《うかい》して戻ってきて、坑道内に潜んだ。そういうことであろう、と七龍太らは推察した。忍びの者ならではの詐術《さじゅつ》だが、おおさびはひっかからなかった。

「役立たずがっ」

紗雪はおおさびを怒鳴りつけた。

「致し方ない。この上は、早々に帰雲城へ立ち返り、次の策を考えようぞ」

早くも七龍太が歩きだし、紗雪もつづく。

おおさびも、松右衛門を抱え起こして、ともに立ち去る。

すると、坑道の出入口へ、中からぬっと人影が現れた。

うまく騙《だま》せた、と万蔵が白い歯をみせた瞬間、下から突き上げられた槍の穂先が、その胸を深々と抉《えぐ》った。

討手《うって》は、おおさびと七龍太がひと芝居うつ間に、上杉兵の槍を拾って、坑道の出入口付近へ忍びやかに寄っていた兵内である。

「仕留《しと》め申した」

兵内の大音《だいおん》に、七龍太らが、それぞれ大樽を背負って戻ってきた。

入れ代わりに、兵内も自分の大樽を取りにゆく。

星降る夜だが、樹冠《じゅかん》に被われた金山の出入口周辺は暗い。おおさびが、小屋内の囲炉裏《いろり》の埋《うず》み火《び》を、数把《すうわ》の松明《たいまつ》に移して、あたりを明るくした。

「上杉の者らと三木の忍びの死体が見つかってはなるまい。不憫《ふびん》だが、この金山に埋葬《まいそう》いたそう」

七龍太が言い、すぐに取って返してきた兵内も含め、五人で九つの死体を坑道内へ運び入れた。

大野与介と従者たちの遺体は、小屋の内外で血裏頭衆に襲撃されたと装うため、そのままとした。

それから、出入口の天井《てんじょう》や壁《かべ》を支える木組《きぐみ》と、坑道内の要所に火薬樽を仕掛け、それぞれの距離に応じた長さの導火線を付けて、金山の外まで延ばした。

粉末の火薬を直径五厘《りん》ほどの心薬《しんやく》とし、その周囲を紙と糸とで紐状に巻いたものが導火線である。

不発の樽が残らぬよう、五つの火薬樽は同時の一斉爆破でなければならない。

意外にも、導火線の長さの計算は松右衛門が行った。秘密の塩硝《えんしょう》造りをつづける内ケ嶋氏の武士だけに、火薬や鉄炮に関わる特技を身につけているのである。

「合図を」

点火役の七龍太に促され、松右衛門が、まずは坑道内の最も遠い位置に仕掛けた火薬樽と繋ぐ導火線を、指で示す。

点火するや、導火線はしゅっと火を噴き、出入口へ向かって這い進んでゆく。

松右衛門が唇を微《かす》かに動かしつづける。次の点火までの時間《とき》を数えているのである。

「いまっ」

松右衛門の合図に、七龍太は後れず、二本目の導火線に点火した。

出入口より、羽音をたてて飛び出してきたものがいる。蝙蝠《こうもり》の群れであった。危険を察知したのであろう。

同様の点火を、三本目、四本目と行い、最後の一本となった。これは出入口の木組を吹っ飛ばす火薬樽に繋がる。

「いまっ」

点火するや、五人は金山の出入口に背を向け、走った。できるだけ遠ざからねばならない。

谷川を対岸へ渉り、岸沿いに駆ける。

合図は、あとひとつ残っている。爆発の瞬間は、安全な場所で動かずにいるのがよい。

「お隠れなされ」

松右衛門が叫んだ。

一斉に樹林の中へ躍り込み、それぞれ大木の幹に身を寄せ、耳を塞いだ。

直後、天生金山の坑道の出入口に光が溢《あふ》れ、炎が噴き出てきた。伴う大音響は、夜気《やき》を震わせ、奥飛騨の山野を駆けめぐる。

強烈な爆風は、周辺の木々を、薙《な》ぎ倒さんばかりの勢いで揺らした。

対岸の五人の潜む林もざわつき、吹き千切《ちぎ》られた梢《こずえ》の枝葉が、頭上よりばらばらと降り注いでくる。

五人は、しばし、凝《じっ》としていた。

その間も、断続的だが、山崩れの音が届く。天生金山の断末魔《だんまつま》の呻《うめ》きといえよう。

「たしかめにまいろう」

七龍太が最初に立ち、五人は三度《みたび》、谷川を渉った。

坑道の出入口は、岩や土砂や木片がみっしりと詰まって、完全に塞がれている。

松明を掲げて見上げると、固い岩盤の山肌《やまはだ》に亀裂《きれつ》が走っていた。出入口の堆積物《たいせきぶつ》を取り除こうとすれば、内側から崩れるに違いない。

「これでは当面、再興はなるまい……」

松右衛門は嘆《なげ》いた。

頭上を素早く飛翔《ひしょう》して過《よぎ》った影が、肩へ何か落としていった。松右衛門が手にとってみると、べたついた。

「翡翠の反吐《へど》じゃ」

と紗雪が笑う。

翡翠は、捕食した小魚を丸ごと呑み込み、消化しない骨を塊《かたまり》にして吐き出す。崖や土手などに穴を掘って巣とするが、いまの爆発でそれを壊され、怒ったのかもしれない。そう本気で思った松右衛門は、頭上を振り仰いで謝った。

「相すまなんだの」

この間、七龍太は、川原に斃《たお》れている大野与介の手に、血裹頭衆の赤袈裟《あかげさ》の切れ端を握らせ、爆風と飛来物で屋根や壁を破壊された小屋の中へも、赤袈裟を残した。これが仕上げである。

「皆、紗雪どのも、よう働いてくれた。礼を申す」

と頭を下げる七龍太に、

「おかしなやつじゃ……」

戸惑い気味の紗雪であった。

七龍太のこの行動は、紗雪の父・氏理の白川郷を平穏に保ちたいという思いを汲《く》んでのことだが、主君の信長に露見すれば、謀叛とみなされても文句は言えまい。

「なぜここまでして、われらを助けようとする」

紗雪は戸惑いを七龍太へぶつけた。

「兵庫どのは善《よ》きお人。また、内ケ嶋氏と真宗の領民も穏やかな関係を永くつづけておられる。なればこそ、白川郷は美しい。そういう人々と国を、わたしは好きなのでござる。好きなものを毀《こぼ》たれとうないのは、人の自然な情と存ずる」

「織田で出世しとうはないのか」

「出世はしとうござる」

「なんじゃ、欲があるではないか」

「なれど、俗物のわたしには、とうていできぬこと。出世とは、仏が衆生《しゅじょう》を救うため、仮に現世へ降臨《こうりん》いたすことゆえ」

七龍太のそれは、本来の意味である。

むろん紗雪のほうは、人が立身して世に栄《さか》えるという、誰もがそう受け取る意味で、出世と言った。

「いよいよ、おかしなやつじゃ……」

呆れられて、七龍太は、あははと笑う。

「紗雪どのは、おかしなやつはお嫌いか」

「おかしなやつなど、嫌いにきまっておろう」

「ううむ、残念……」

溜め息をついてから、七龍太は付け加えた。

「わたしは好きなのだけれどな、おかしな姫君を」

何を言われたのか、紗雪には一瞬、解《げ》せなかった。が、七龍太のなかば真剣な視線に、はっとして、体を熱くしてしまう。

「そちなんぞ……一緒に吹き飛ばしてやればよかったわ」

憤然《ふんぜん》と、紗雪は歩き去ってゆく。

紗雪の背を見送りながら頭を掻く七龍太に、おおさびが、頭《かぶり》を振ってみせた。

「また怒らせてしもうた」

「あれほど嬉しそうな姫を、見たことがござらぬ」

天生金山採掘を担《にな》う領民たちは、翌日、あまりの惨状に驚愕《きょうがく》し、帰雲城へ注進に及んだ。その中の頭立《かしらだ》つ者は、この春、氏理の一行が白川街道で血裹頭衆なる者らに襲撃されたことを聞いていたので、現場で発見した不審な赤袈裟とその切れ端を持参した。

かれらを引見したのは、筆頭家老で城代の尾神備前守である。

そこで備前守は、実は氏理が出陣した日の夜に城内の鉄炮蔵より火薬樽を盗まれたのだが、領内に動揺が走ることを危惧して黙っていたことを、明かした。

「血裏頭衆の仕業であったか……」

領民たちの前で唇を噛んでみせた備前守である。

「ほかの金銀山も襲われるやもしれぬ。いずれへも早々に警固の人数を差し向けようぞ」

この大事件は、備前守の対応も含めて、中野村の照蓮寺へも伝えられた。

白川郷の真宗門徒を束ねる住職の明了《みょうりょう》は、居ても立ってもいられなくなり、庫裏《くり》を出た。が、縁《えん》へ踏み出したところで、どこからともなく現れた下間頼蛇《しもつまらいじゃ》に阻《はば》まれた。

「どこへ往《い》く」

長剣を首の後ろで両肩に担いで横たえ、鞘の鐔寄りに右手を、鐺《こじり》寄りには左手をひっかけている。左頰の深い刀痕《とうこん》が、ひくついた。

庭にたむろしていた怪《あや》しげな男たちも、縁の近くまで寄ってくる。

「帰雲城へまいる」

明了は、決然と言い放った。

「御坊《ごぼう》がわざわざ足を運ぶことはない。使者を立ててやる」

明了を寺外へは決して出さない頼蛇である。

「して、明了どの、用向きは」

「天生金山のことにきまっている」

ふんっ、と頼蛇は鼻で嗤《わら》った。

「何がおかしい。何者の仕業か聞いたであろう」

「叡山《えいざん》の死《し》に損《ぞこ》ないども」

「おことが、血裏頭衆を使《つこ》うて、兵庫頭どののお命を狙《ねろ》うたことは、とうに知れているのだぞ」

「何のことか」

「この期《ご》に及んで……」

怒り心頭《しんとう》の明了である。

「本願寺坊官として、かれらを利用した揚げ句、裏切った。血裏頭衆が天生金山を潰したのは、おことへの復讐《ふくしゅう》以外、何だと言うのか」

「内ケ嶋兵庫が憎き織田についたゆえ、その領内を荒らした。それだけのことだ」

「このまま捨ておけば、永く平穏を保ってきた白川郷も、戦乱の巷《ちまた》になりかねぬ。ご領主の兵庫頭どのと話す必要がある」

「越前へ出陣中だ」

「さようなことは存じておる。ご城代に会う。尾神備前守どのは、主君不在の折も、常に御意を奉じておらるる」

「ならば、こちらも名代《みょうだい》を立てようではないか。愚禿《ぐとく》が行ってやる」

「拙僧《せっそう》が承知すると思うてか」

「明了」

ついに頼蛇が呼び捨てにした。

「愚禿は本願寺法主《ほっす》の御意を体《てい》している」

「それを信ぜよと申すか」

「愚禿を信じるのが、そっちのつとめよ」

小馬鹿にするように、頼蛇は口許を歪めてみせた。

「まいる」

明了は、前へ進んで、対手と息のかかる近さに迫った。

「山門を一歩でも出てみよ。法主への謀叛とみなす」

「拙僧を斬ると申すか」

「さあな。出てみれば分かる」

頼蛇が、前を開けた。

途端に、踏み出せなくなった明了である。さすがに恐怖心が擡《もた》げた。

「南無阿弥陀仏」

六字《ろくじ》名号《みょうごう》を唱《とな》えた。すると、足が前へ出た。

目を半眼《はんがん》に、一歩ごとに南無阿弥陀仏を唱えながら、僧衣の裾を切るようにして、明了は足を送ってゆく。

やがて、参道へ出た。

明了の後ろには、頼蛇と、集められた無頼《ぶらい》の徒が、ぞろぞろとつづく。

明了の弟子や寺の奉公人らは、遠巻きに不安そうに眺めている。

だが、一心不乱に唱名《しょうみょう》する明了の耳には、人のざわめきは届いていない。カナカナ、という蟬《せみ》の声だけが心地よい。

夏から秋にかけ、夜明けや暮方に啼《な》く蜩《ひぐらし》だが、飛驒のような涼しい山地では、日中でも美しい声を奏《かな》でる。

山門まであと二十間ばかりか。

頼蛇が、長剣の鯉口《こいくち》を切った。

そのとき、慌ただしい足音が聞こえてきた。ひとりふたりのそれではない。数十人、いや百人、二百人、三百人か。

山門の外に、人々が現れた。白川郷の真宗門徒衆である。

かれらは、門外に留《とど》まったが、それぞれに得物《えもの》を手にしている。二百人をゆうに超えるであろう。

明了は、半眼だった目を見開き、門へ達したところで足を止めた。

「ちっ……」

頼蛇は、舌打ちを洩らし、長剣の柄《つか》にかけようとしていた右手を引っ込める。門徒衆の目の前で、かれらの直接の指導者である明了を斬るわけにはいかない。

門徒衆の群れが左右に割れ、そこへ馬が二頭、進み出てきた。

鞍上《あんじょう》の人は、紗雪と和田松右衛門である。紗雪の乗馬《じょうめ》には口取《くちどり》がいて、おおさびであった。

両人が下馬し、明了のところまで歩み寄る。

「迎えにまいったぞ」

第一声は紗雪のものであった。

「天生金山の一件で、明了どのと急ぎ今後の対策を考えねばならぬ、とご城代の下知《げち》にて」

と松右衛門が付け加える。

「わざわざ内ケ嶋の姫君が……。畏《おそ》れ多いことにござる」

辞儀を低くしながら、本当に心から感謝したい思いの明了であった。この手があったか、と感心もする。

身分などにこだわらず、誰とでも分け隔てなく気さくに接し、ともに遊ぶ紗雪は、幼少期より領民に慕《した》われてきた。

紗雪への愛着から、飛山天女《ひさんてんにょ》と称《よ》ぶ者もいる。今春、織田の副使として帰雲城を訪れた三木自綱が、伝え聞く美称だけで絶世の美女と思い込んだ、その飛山天女である。

だから、氏理が織田方となっても、紗雪がひと声かければ、事と次第によっては、集まる領民は多い。

ただ、紗雪の性格からして、領民を厄介事《やっかいごと》に巻き込むことを厭《いと》うはず。氏理不在のいま、誰が紗雪を動かしたものか、そこまでは明了にも見当がつかない。

「随分とものものしいことだ、姫君さまよ」

頼蛇が紗雪に無遠慮《ぶえんりょ》な視線を向けた。

「明了どのを血裏頭衆なる非道の者より守るためじゃ」

「さようか」

「そのほうも心配ならば、警固人数に加えてやる」

「姫っ」

松右衛門がたしなめる。

「頼蛇どの」

と明了が振り返った。

「お聞きの通りじゃ。拙僧はこれより帰雲城へまいる」

「御坊が馳走せねばならぬ御方《おかた》は、本願寺法主。くれぐれもお忘れなきように」

ねっとりと慇懃《いんぎん》無礼に応じた頼蛇である。

「頼蛇どの。よろしいので」

と手下のひとりが、たしかめる。余の者らも、いつでも攻撃できる構えをとった。

「この下間頼蛇に念押しなどするでない」

怒気《どき》の籠もった低い声に、その手下は怯《おび》えて退《さ》がった。

紗雪と門徒衆の一団は、曳《ひ》いてきた空馬《からうま》に明了を乗せて、足早に去ってゆく。

最後尾に残った二名が、去らずに、門内の頼蛇を見やる。七龍太と兵内であった。

七龍太が馬に乗っていないのは、紗雪と松右衛門の従者を装ったからである。門徒衆の力を借りて明了を照蓮寺より連れ出すについては、織田の者として目立っては反感を買うと危惧した。

「おぬしであったか、津田七龍太」

頼蛇がまた、左頬の刀痕をひくつかせる。

「嬉しや。憶《おぼ》えていて下されたか」

笑顔になる七龍太であった。

「ひとつ聞かせよ」

「わたしにこたえられることなら」

「おぬしほどの者がいて、なにゆえ鉄炮蔵より玉薬《たまぐすり》を盗まれた」

「面目ない。その夜、わたしは、城下で女子衆《おなごしゅ》と戯《たわむ》れていた」

「……」

頼蛇の射るような視線が、七龍太の表情を窺う。

「小僧《こぞう》。愚禿を虚仮《こけ》にするつもりか」

「滅相《めっそう》もない。石山《せきざん》の毒蛇《どくじゃ》に睨まれとうはござらぬゆえ」

「頼蛇どの。そやつは、それがしがっ」

勢い込んで、七龍太めがけて馳せ向かったのは、いましがた頼蛇の怒気を浴びた者である。失態《しったい》からの挽回《ばんかい》を期したのであろう。

頼蛇は止めない。

七龍太は、抜き打ちの初太刀《しょたち》で対手の刀を撥ね上げ、返す一閃《いっせん》をこめかみへ叩き込んだ。刀背打《みねう》ちである。

「お手前とは話せば分かり合えると思うたのだが……」

直江志津兼俊を鞘に収めながら、七龍太はひとつ吐息をついた。

「殺し合いが、愚禿と汝《うぬ》の運命《さだめ》よ」

「そのようにござる。されば、これにて」

七龍太は、兵内を従えて、照蓮寺をあとにする。

ひとり門外へ出た頼蛇は、宿敵の遠ざかる背を見送りながら、長剣の鞘を払い、足許に横たわる手下の首へ、刃を突き刺した。

同じ頃、帰雲城が窮地に陥っていることを、七龍太はまだ知らなかった。

辺土《へんど》の虚《きょ》

紗雪《さゆき》が、照蓮寺明了《みょうりょう》を連れ、門徒衆を率いて、白川街道を帰雲城《かえりぐも》へ戻る途次、前方から息せき切って走りくる者と出くわした。

「しの」

馬前で突んのめって倒れた若い女性《にょしょう》は、帰雲城下の機織師《はたおりし》〈さかいや〉の女主人たきのむすめ、しのであった。紗雪とは幼い頃から仲良しである。

紗雪は、鞍上《あんじょう》より飛び下り、しのを抱え起こした。

「どこぞ怪我をしておるのか」

息は荒く、顔は汗と埃《ほこり》で薄汚《うすよご》れ、着衣も乱れてひどく濡《ぬ》れてはいるが、強く頭《かぶり》を振るしのである。怪我は手足の擦《す》り傷《きず》ぐらいしか見当たらない。

「ごりょさん」

しのは、喘《あえ》ぐように紗雪を称《よ》んだ。貴人の息女への敬称・御寮人《ごりょうにん》の訛《なま》ったものである。

「お城が大変なことに……」

しのがそう言ったので、和田松右衛門も驚いて下馬し、

「お城が大変とは、どうしたというのか」

紗雪としのへ顔を寄せる。

「暑苦しい、わだまつ」

その鼻を、肘《ひじ》で突く紗雪である。

松右衛門は仰《あお》のけにひっくり返った。

「しのどのといわれるか。息を調《ととの》えてから、ゆっくりと話すがよい」

紗雪の近くにしゃがんで、やさしく語りかけたのは七龍太《しちろうた》である。

「は……はい……」

しのは、上目遣いに七龍太を見て、少し頬を赧《あから》めてしまう。

すると、紗雪が突然、しのの頬を張った。

「早く正気《しょうき》づかせるには、これがいちばんなのじゃ」

何が悪いとでも言いたげに、紗雪は七龍太に向かって顎《あご》をつんと上げてみせる。

「わたしは女子《おなご》を撲《ぶ》ったことはないので……」

「ふん。つまらぬ自慢をいたすな」

「自慢のつもりは……」

「もうよい」

七龍太にぴしゃりと言ってから、紗雪は視線をしのへ戻す。

「さあ、口を動かせ、しの」

「はい」

ひとつ大きく息を吸ってから、しのは起こったばかりの変事を告げた。

「お城は越後の上杉の兵に奪われました」

「上杉……」

紗雪は、七龍太を見やる。

三木《みつき》の忍び・松ケ洞ノ万蔵《まつがほらのまんぞう》の手引きで、天生《あもう》金山を探りにやってきたのも、上杉の兵であった。

門徒衆も、一様に息を呑んだ。そして、ざわつきはじめる。

「皆々、鎮《しず》まりなされ」

すでに下馬していた明了が、門徒衆を落ち着かせる。

「しのどの。順を追って、子細に話して貰《もら》えようか」

と七龍太が促す。

「されば、申し上げます」

紗雪たちが照蓮寺へ向かって発《た》ったあと、突然、白川街道の北から軍兵《ぐんぴょう》が襲ってきて、たちまち帰雲城の城下町を制圧され、城をも落とされてしまった。敵は、越後の上杉謙信の部将・山吉玄《やまよしげん》蕃允《ばのじょう》の軍である。

内ケ嶋の武士と、領民で屈強な男衆の大半は、氏理《うじまさ》の越前出陣に将兵として従軍しており、城と町を守る者がほぼ払底《ふってい》しているので、抗戦などできなかった。

白川郷の北方の守りの荻町《おぎまち》城も、山吉軍の進撃を止められなかったと察せられたが、同様の事情であろう。こちらも、城主・山下大和守以下、多くが越前出陣中なのである。

（そればかりではない……）

と七龍太は思う。

祖父の能景《よしかげ》が越中の一向一揆に討たれて以来、上杉謙信は本願寺とは決して相容《あいい》れないはずであった。それが、織田信長と断交し、上洛の思いが強くなると、この夏の初め、憎き本願寺とついに和解したのである。むろん、それですぐに両者が互いを信じ合う関係にはならない。しかし、これにより、越中・能登《のと》・加賀・越前の一向一揆は、上杉を支援しないまでも、少なくともその西上の道を阻《はば》むことはなくなったといえる。今回の山吉軍の北からの白川郷侵入も、越中の門徒衆が黙過《もっか》したからと考えるほかない。

しのは、山吉軍が乱入してくるや、即座に川原へ逃れ、しばらく潜《ひそ》んで、ようすを窺ってのち、城下を脱した。着衣が濡れているのは、街道の南の出入口を押さえる兵の目を逃れるさい、川へ入って泳いだからである。幼少より紗雪と遊んできたおかげで、しのも機転の利《き》くお転婆《てんば》に育った。

「敵兵の数はどれくらいか、分かるかな」

と七龍太は訊《き》いた。

「八百」

躊躇《ためら》いなく、しのはこたえる。

「どうして八百と」

「敵を過大にも過小にもみないためには、まずは兵力をしかと知ることが大事と思い、数えました」

「お手柄《てがら》と存ずる」

感心してくれた七龍太に、しのはまた頰を染《そ》める。

「おらちゃが、いくさごっこで教えてやったことじゃ」

と紗雪が口を挟んだ。

「姫もご自慢を……」

そこまで言いかけたところで、紗雪に屹度《きっと》睨まれた七龍太は、慌ててしのへまた問いかける。

「城は毀《こぼ》たれ申したか」

「いいえ。ご城代さまが、すぐに開城なされたので……」

「よもや備前は戦わなんだのか」

紗雪が怒った。帰雲城代は、内ケ嶋の一ノ家老、尾神備前守である。

「それゆえ、お城方《しろがた》にはひとりもお討死《うちじに》が出ておりませぬ」

「それはよかった」

と七龍太は微笑《ほほえ》む。

「何がよかったじゃ。城主の名代が一戦も交《まじ》えずに城を明け渡すなんぞ、裏切りじゃ」

紗雪は、立ち上がり、地団駄《じだんだ》を踏む。

「人も城も無傷とは、備前どのはたいしたものと思うけれどなあ……」

「それが武士の申すことかっ。備前の身代わりに、汝《うぬ》を成敗《せいばい》してくれる」

腰の小太刀《こだち》の柄《つか》に手をかけた紗雪だが、後ろから羽交《はが》い締めにされる。

「放せ、おおさび」

「姫。さようなことをしておられる場合ではござらぬ。いまなすべきは、お城を取り戻し、ご城下の人々を助けること」

七龍太は、紗雪主従にかまわず、真宗門徒であり内ケ嶋の領民でもある人々を振り返った。

「皆さま。われらに手助けして貰えようか」

すると、誰もが怪訝《けげん》な顔をした。領主の姫君と何やら心易《やす》そうに話す若侍《わかざむらい》が何者なのか、かれらはまだ知らないのである。

「そのお侍は怪しい人でない」

言いつつ前へ出てきた者を、七龍太は見知っている。

この春、七龍太が初めて白川郷を訪れたとき、塩硝造りの実態を探るため、ひと晩、その家で世話になった帰雲城下の農夫、百助《ひゃくすけ》である。

「大友宗次郎《そうじろう》どのというて、廻国修行中のお人だ」

あのとき用いた七龍太の偽名《ぎめい》を、百助は憶《おぼ》えていた。

「あんた、礼儀を弁《わきま》えたお人だと思うたが、それで帰雲の殿さまの家来にして貰えたのじゃろう」

これは、百助の勝手な思い込みであった。照蓮寺行きの一行に最初から加わり、宗次郎の存在にはすぐに気づいたが、仕官したばかりの若者のお役目の邪魔《じゃま》をしては悪いと気遣い、いままで声をかけずにいたのである。

「さようです」

七龍太は肯定した。

面倒《めんどう》を避けるためである。とくに、織田の使者という事実を明かせば、真宗門徒としてのかれらは協力的にはなれまい。

「ただ、内ケ嶋にご奉公が叶ったさい、姓名を津田七龍太と改め申した」

「ほう、ご改名を……」

七龍太の百助とのそのやりとりを、紗雪が聞き咎《とが》める。

「汝は何を申して……」

だが、紗雪が言い了《お》わらぬうちに、ひとりの老爺《ろうや》が不安を口にした。

「手助けと申して、上杉の八百もの兵が対手《あいて》では、どうなるものでもないぞ」

連鎖《れんさ》して悲観的な異見がつづく。

「そうじゃ。上杉は東国一の強さだと聞いておる」

「なんでも、上杉謙信というは、敵を皆殺しにする恐ろしい大将らしい」

「こっちは二百人余りじゃ。それも、戦える者となれば、半数もおらん」

この一行から、老人、女、子供を除けば、たしかに成人男子は百人に充《み》たない。

「戦う以前に、わしらはいくさの仕方をまったく知らん」

これまでも、上杉と武田の争いが飛騨にまで及んではいるものの、それに絡《から》んで両雄《りょうゆう》に叛服《はんぷく》を繰り返してきたのは、国内の二大勢力の三木氏と江馬氏だけであり、白川郷の内ケ嶋氏ばかりは無縁であった。そのため、まだ領主の内ケ嶋氏理が織田に与《くみ》すると決めたばかりでもあり、永く平和を保つ辺土《へんど》が他国の軍に侵されるなど、領民は夢想だにしていなかったというほかない。そういう虚《きょ》を、山吉軍に衝《つ》かれた。

「お姫《ひい》さまの前ですまんこったが、こんなことになったのは、殿さまが織田についたからじゃ」

「違いない」

「おれらも、ご城代に倣《なろ》うて、降伏すればええのじゃないか」

「だな。上杉謙信は上様と和睦したと聞いておる。わしら真宗門徒を害することはせんじゃろう」

かれらの言う上様とは、信長のことではない。真宗門徒も本願寺法主《ほっす》をそう尊称する。

「桶師《おけし》の六兵衛《ろくべえ》さんの一家は皆、殺されました」

しのが突然、叫ぶように言ったので、誰もが息を呑んだ。六兵衛一家も門徒である。

「上杉の兵がご城下に乱入してきたとき、六兵衛さん家《ち》のせん太ちゃんの投げた石が、偶々《たまたま》、侍のひとりの顔に中《あた》ったのです。そしたら、その侍は、家へ逃げ込んだせん太ちゃんを追いかけ、一家を情け容赦なく……」

そこで、しのはことばを詰まらせ、いちど涙を怺《こら》えてから、語を継いだ。

「山吉という大将は、お城に向かって、六兵衛さん一家を殺したのはみせしめで、速《すみ》やかにお城を開かねば、城下の者を皆殺しにすると告げました。それゆえ、ご城代さまは戦わず、すぐに開城なされたのです」

通常、いずこの地でも、領民は合戦《かっせん》前に城上《しろあ》がり、山上《やまあ》がりをする。すなわち、領主の居城や支城へ逃げ込むか、もしくは、あらかじめ村々の山の要害に築かれて多少の防禦《ぼうぎょ》もできる城砦《じょうさい》に籠もるのである。今回のように避難の猶予《ゆうよ》もなく奇襲《きしゅう》をうけた場合は、どうしても兵の濫妨狼藉《らんぼうろうぜき》に遭《あ》ってしまう。

「また、ご城代さまは、まったくの言いなりになって、お城を開かれたのではあられませぬ。女子供には、殺さぬだけでなく、決して乱暴せぬことを敵の大将に約束させました」

「備前守どののなされようは、ご主君のお心に適《かの》うておられる」

うなずいたのは、明了である。

「内ケ嶋兵庫頭《ひょうごのかみ》どのは、以前、拙僧《せっそう》にかように仰せられた。城などどれほど立派で自分が気に入っていようと、領民ひとりの命ほどの価値はない、と」

白川郷の真宗門徒の指導者の口から発せられただけに、内ケ嶋氏理という領主の深い思いやりというものを、かれらは信じることができた。

「せん太はまだ五つじゃったはず……」

「六兵衛は気持ちのさっぱりした男だった」

「女房のおとらさんもな」

皆の心には、織田に与した内ケ嶋氏に対する憾《うら》みも上杉への恐怖も消え、代わりに、六兵衛一家の無念を思って、山吉軍への怒りがふつふつと湧いてきた。

「ご領主の家来衆が、お城もご自分らの誇りも抛《なげう》って、わしらの家族や仲間の命をお守り下さった。こっちも、命懸《いのちが》けでおこたえせねばなんねえ」

「その通りだ。だいいち、放っておけば、人取《ひとと》りされるだけじゃ」

非戦闘員を捕虜《ほりょ》にして連れ去ることを、人取りという。親族が身代金《みのしろきん》を払うなら捕虜を返すが、それでなければ他国へ売り飛ばすか、奴隷《どれい》として酷使《こくし》する。戦国の世では、毎日、天下のどこかで行われている惨劇《さんげき》といってよい。

「明了さま。わしらは、上杉と戦《たたこ》うてもええのかの」

と百助に訊かれて、明了は微《かす》かに眉を顰《ひそ》めた。本願寺が上杉と和解した以上、真宗の全門徒もこの決定に従わねばならぬ。

「百助どの。明了さまにはよくお聞き取りになれなんだらしいので、わたしが代わりに、もう一度申し上げよう」

そう言って、七龍太が明了に向き直る。

「ご門徒衆は、白川郷の仏法を守るため、同門の方々を助けたいのだけれど、許可していただけようか、と申しておられる」

途端に、明了の愁眉《しゅうび》が開かれる。

「それは御仏《みほとけ》のお心に適《かな》う善行《ぜんこう》。拙僧の許可を得るまでもない」

「ええいっ、ぬらりくらりと」

怒号と一緒に顳へ拳《こぶし》を食らった尾神備前守は、後ろへよろめき、尻餅《しりもち》をついた。

「こればかりのはずがあるまい。どこに隠しておる」

土蔵の内は、さして大きくない木箱がひとつあるばかりで、がらんとしている。

蓋《ふた》の外された木箱の中身は砂金であった。

「幾度も申したように、当家は織田に与《くみ》して幾月も経たぬ。それ以前、天生で採れた金は悉《ことごと》く本願寺に貢《みつ》いでいたのだから、貯えがないのは当然ではないか」

しかめ面《つら》ながらも、怯《ひる》んではいない備前守であった。

「こやつが……」

殴った武者《むしゃ》は、備前守の胸ぐらを摑む。

「もうよい、塩屋《しおや》」

戸口の近くに立つ古頭形《こずなり》の兜《かぶと》の者が、制した。

「なれど、玄蕃《げんば》どの……」

「よいと申した」

「は……」

大将の山吉玄蕃允にじろりと睨まれ、副将の塩屋秋貞《あきさだ》は恐れて引き下がった。

「帰雲城の土蔵には金《きん》がうなっているだと……」

玄蕃允は、一層のきつい視線を、秋貞へ突き刺す。

「ようもあてずっぽうで申したものよ」

「決してそのような……」

秋貞が言い訳しかけたとき、物頭《ものがしら》が玄蕃允へ報告にきた。

「鉄炮蔵《てっぽうぐら》に、鉄炮はわずか十挺《ちょう》、玉も玉薬《たまぐすり》も微々たるものにございました」

「弓矢、槍、刀のたぐいは」

と玄蕃允が訊く。

「まだ皆で集めており申すが、それらもあまり多くはないと存ずる。鄙《ひな》の小領主ゆえ、これくらいのものかと……」

「相分かった。明朝、城と城下に火をかけてのち陣払いいたすゆえ、兵どもには、それまで思うさま乱取《らんど》りしてよいと伝えよ」

人取りも含めて、家財、牛馬、作物など、片端《かたはし》から掠奪《りやくだつ》する行為を乱取りという。

戦国末期のこの当時、乱取り厳禁の制札《せいさつ》を出す武将が多かったが、現実には止《や》むことはなかった。所領を持たず、忠誠心もない雑兵《ぞうひょう》というのは、いくさに勝てば、見返りの戦利品を得られると期待できればこそ、戦場で命を懸けるのである。だから、武将たちも、表向きは禁止しても、実際には黙過することがほとんどで、いまの玄蕃允のように、状況に応じて乱取りを奨励することもめずらしくなかった。

物頭が走り去り、玄蕃允は備前守を見やる。

「兵庫頭が帰陣したら、伝えるがよい。早々に織田を見限り、上杉に仕えよ、と。さすれば、白川郷の安堵を約束しよう。なれど、謙信公が上洛を果たされた後の申し開きは、断じて赦《ゆる》さぬ。そのときは、内ケ嶋の一族、家臣、一人《いちにん》も余さず誅殺《ちゆうさつ》する」

「仰せられた通りに、お伝えいたす」

土蔵の地べたに胡座《あぐら》を組んで、備前守はわずかに頭を下げた。

玄蕃允が出ていき、秋貞は備前守をいちど睨みつけてから、あとにつづこうとした。

「待たれよ、筑前《ちくぜん》どの」

備前守は呼びとめた。塩屋秋貞は筑前守を称す。

「何用だ」

怒鳴るような秋貞の返辞である。

「そこもと、どなたに仕《つか》えておられる」

「なに……」

「三木やら、江馬やら、武田やら、上杉やら、とんと分からぬので、明かしていただきたく思うての」

飛騨の土豪の塩屋秋貞は、もともと大野郡尾崎《おざき》を根城《ねじろ》とし、三木氏の麾下《きか》であった。尾崎城が信玄の飛騨攻めで落城すると、吉城《よしき》郡の蛤《はまぐり》城へ移って、江馬氏に従い、武田にすり寄った。そして、信玄が没して武田の力が弱まるや、上杉に鞍替《くらが》えしたのである。しかし、内ケ嶋の家老の中で諸般の事情をよく知る川尻九左衛門によれば、秋貞はいまも三木自綱《よりつな》と繋がっているのではないかという。

「上杉どのにきまっておろう」

秋貞は、備前守の顔を殴りつけてから、憤然《ふんぜん》と土蔵を出ていった。

戸外の秋貞と兵のやりとりが、備前守の耳に届く。

「砂金を運び出したら、城の者は皆、女子供も残らず、朝までこの土蔵と鉄炮蔵へ押し込めておけ」

「奥の者らはいかがいたしましょう」

「残らずと申したのが聞こえなんだか」

「なれど、内ケ嶋の妻女は越中礪波《となみ》郡井波の瑞泉《ずいせん》寺《じ》顕秀《けんしゅう》の姉であると申し、妾《わらわ》に指一本でも触れたら本願寺法主がお怒りになろうぞ、と……」

氏理の正室・茶之《ちゃの》のことである。

「かまわぬ。叩き込め」

「となると、全員は収まらぬと存ずる」

「立たせて詰めれば収まるわ」

秋貞の底意地の悪そうな笑い声も聞こえた。

（誰か助けにきてくれぬものか……）

深い溜め息をつく備前守であった。


夜というのに、帰雲城と城下町は、闇の底で仄《ほの》かに浮き上がって見える。多くの篝火《かがりび》が焚《た》かれていた。

掠奪はつづいているが、大きな騒ぎは起こらない。というのも、すでに城内では内ケ嶋の一族、家臣、奉公人すべてが土蔵と鉄炮蔵へ押し込まれ、城下でも領民はまったく抵抗せずに家財などを山吉軍へ進んで差し出しているからであった。

「どこの家も小便臭《くそ》うてかなわん」

「皆々、ところかまわず垂《た》れ流しておるのではないか」

「ここまで鄙《ひな》の地ともなると、人も獣《けもの》と変わらぬのじゃのう」

「いや、小便ばかりか、くその臭《にお》いもするぞ」

「さしづめ、帰りぐそか」

「うまいことを申す。あれは帰糞《かえりぐそ》城じゃ」

「そうよな、帰糞城じゃ」

いったん家の中へ入っても、臭気《しゆうき》に閉口《へいこう》して、ほどなく出てきた兵どもが、どっと哄笑《こうしよう》した。

「さて……そろそろ女どもを手籠《てご》めにいたそうではないか」

「それはまずいぞ。女子供を傷つけてはならんと大将からお達しが出たのは、知っておろう」

「明るいうちは我慢《がまん》してやったが、夜だ。分かりゃしない」

「そうだ。分かりゃしない」

「それにだ、女を傷つけるわけじゃない。気持ちよくしてやるのだ。大将のお達しに叛《そむ》くことにはならん」

「違いない。実は、おれもずっとうずうずしておったのだ」

この者らこそ、獣と変わらない。

かれらが舌なめずりをし、城下の女性たちを物色しようとしたとき、異変が起こった。

鉄炮の音が夜気《やき》を震わせたのである。

一発ではない。二発、三発、四発と連続して轟《とどろ》いた。

山吉軍の将兵は、一様に、首を竦《すく》め、その場にしゃがみ込んだ。

夜の山間《やまあい》という状況では、銃声の出所が分からない。銃弾も飛んでこない。

本陣にあてた本丸の上層の月宮楼《げつきゆうろう》を居所としていた玄蕃允は、廻縁《まわりえん》へ出て、城下町を見下ろす。

「兵どもが酒でも食《く》ろうて騒ぎだしたか」

上杉謙信の部将というのは、戦陣の経験豊かな者が多いので、こういうときでも慌《あわ》てない。

「ただちにみてまいり申す」

折り敷いていた近侍者《きんじしゃ》が、言った。

「兵どもの仕業《しわざ》なら、鉄炮を撃った者は斬り捨てよ」

規律を守らぬ者は死罪。それが、戦陣における上杉の軍法である。

「なれど、敵襲《てきしゅう》ということもないとはいえぬ。要心せよ」

近侍者が階段を下りてゆくとき、また銃声が聞こえた。

「内ケ嶋兵庫が戻ってまいったのではござらぬか」

副将として本陣に同席する塩屋秋貞は、そわそわし始める。

「北国の状勢の知らせは届いておるゆえ、それはありえぬ。内ケ嶋は、いまもまだ越前で織田方の城を守っておる。それに、万一、兵庫であったとしても、どうということもない。こちらは、妻子も家臣も人質にとっておるのだ」

このとき、城下では、物頭のひとりが、発射音は川のほうからと見当をつけ、十人ばかりの一隊を引き連れて、警戒しながら川原へ下りている。

月明かりに川面《かわも》は仄かな光を放ち、川音が対岸の懸崖《けんがい》に反響して耳を打つ。

すると、右方の上流に、気配が起こった。

一隊は、そちらへ松明《たいまつ》を掲《かか》げた。

流れの真ん中あたりに、ぬっと現れたものがある。

川舟《かわぶね》であった。

膝台《ひざだい》の構えで、銃口《じゅうこう》を川原へ向ける鉄炮の射手が三人、舟中に居並んでいると見定めたときには、もはや遅い。

谷間に銃声が谺《こだま》し、川原の一隊のうち、三人が仰のけに倒れた。

川舟は一艘《そう》ではない。舳艫《じくろ》相銜《あいふく》む二艘目からも、三つの銃口が火を噴いた。

また川原で三人が銃弾を浴びる。

「川だあっ。敵は舟から撃ってくるぞおっ」

岩陰に隠れた物頭が、城下町のほうへ向かって、声を嗄《か》らして叫んだ。

にわかに大きく、陣鉦《じんがね》、陣貝《じんがい》、陣太鼓《じんだいこ》の音が轟き渡った。

幟旗《のぼりばた》を川風に靡《なび》かせる三艘目、四艘目、五艘目の舟中で、盛んに鳴らされている。

夜のことで、しかも、銃弾を避けるため岩陰で頭を抱えたり、川原に伏せたりしている一隊の物頭と兵らには、舟中の人々の姿を見定められなかった。武具も着けていない老人、婦女子まで乗っていると分かれば、驚いたであろう。

奇襲の舟群は、流れにのって、瞬《またた》く間《ま》に下流の暗がりの中へ消えてゆく。

消えないのは、鳴物《なりもの》の音だけである。それは帰雲城にも届いている。

「よもや、白川郷の一向一揆の夜討ちか」

歴戦の玄蕃允は、そうと疑った。が、一向一揆の可能性は低い。本願寺の命に叛いて、上杉の兵を襲うとは考えにくいのである。

「織田勢では……」

秋貞が、少しおもてを引《ひ》き攣《つ》らせた。

強悍《きょうかん》な上杉でさえ、最も破り難き宿敵として、永年、干戈《かんか》を交えてきた武田を、長篠においてあっさりと壊滅《かいめつ》させた織田である。信長本人の出馬がなくとも、強力な部将は幾人もいる。

「疾《と》く、城下の兵どもを城に入れ、備えを固めよ」

近侍の者らを、ひとり残らず走らせてから、玄蕃允は、おのが右拳《みぎこぶし》で左の掌《てのひら》を、ばしっと叩いた。

「もし織田勢ならば、望むところ」

本気の顔つきである。

城の内外に、一挙に緊張感が高まった。

廻縁の屋根から、くるりと回って、二つの影が月宮楼へ入ってきた。音も立てずに、である。

まったく予想外の侵入者だから、玄蕃允も秋貞も、一瞬、備えるより先に戸惑った。

玄蕃允の喉頸《のどくび》へ正面から刃《やいば》を突きつけたのは、七龍太である。

もうひとつの影の兵内は、秋貞の背後へ回り込んで、首をきめ、同じく喉頸へ刃をあてた。

「い……命ばかりは……」

恐ろしさに震えだす秋貞である。

「動いてはなるまいぞ」

七龍太は、玄蕃允へ穏やかに言った。

「上杉の部将に名を列《つら》ねるほどのお人なら、わたしがどれくらい遣うか、一目《ひとめ》でお察しであろう」

「あの鉄炮でわれらの注意を引き、その隙《すき》に城へ忍び入ったのだな」

「ご明察」

「不覚よ、そのほうのような若造に……」

唇を嚙《か》む玄蕃允である。

「皆さまには、明朝、陣払いしていただく。むろん、城へも城下へも放火をなさらぬよう」

「勝ったと思うのは早計《そうけい》ぞ。こっちにも人質はいるのだ」

「話してよいと申しましたかな」

七龍太が、直江《なおえ》志津《しづ》兼俊《かねとし》の鋒《きつさき》を、対手《あいて》の首の皮へちょっと食い込ませた。玄蕃允は声を失う。

「申すまでもないが、乱取りしたものは、人も牛馬も家財も作物もひとつ残らず、お返しいただく。ついでに、そちらの武具もすべて」

最後の一言に、玄蕃允が首を振ろうとしたので、七龍太は、どうぞ、と話すのを許した。

「われらに恥をかかせるつもりか」

「馬と馬具も頂戴してもよいのだ」

「それは、勘弁せよ」

「そちらの武具は、兵庫どのがご帰陣次第、越中五箇山《ごかやま》まで運んでおく。そのとき引き取りにまいられよ」

城内で、怒号と悲鳴が湧き、鋼《はがね》の打ち合いの音や、物を壊《こわ》す音もつづいた。

「どうやら、そちらの申す人質が、土蔵と鉄炮蔵を破って、出てきたらしゅうござる」

「なに……」

「城を奪い返すのに、たった二人で乗り込んできたとお思いか」

城を知り尽くす紗雪とおおさびが、土蔵と鉄炮蔵の錠前《じょうまえ》を外《はず》して、人質を救出したのである。

そこへ、和田松右衛門率いる領民の男たちが、城郭《じょうかく》の背後の山毛欅《ぶな》の林から乗り込んだ。

「それと、いまひとつ。城下の六兵衛の一家を無慈悲に殺《あや》めた兵は、引き渡してもらう。委細、ご承知下されたのなら、将兵の皆さまへお下知《げち》を」

玄蕃允の首へ刃をあてたまま、その身を、七龍太は廻縁へ連れ出した。

兵内も、同様にして、秋貞を玄蕃允の横に並ばせる。

「さあ、お早く」

七龍太は、こんどは、刃を寝かせて、玄蕃允の首を、いつでも引き斬れる形をとった。

山吉玄蕃允は、口惜しさを怺《こら》えに怺えて、やけくそとも聞こえる大音声《だいおんじょう》を発した。

「皆の者、退《ひ》けいっ。いくさは、これまでである。退け、退け、退けいっ」

城内で戦う敵味方は、ほとんど一斉に動きを止め、最も高い場所の月宮楼を仰ぎ見る。

稍《やや》あって、松右衛門ら内ケ嶋家臣衆と領民たちは、どっと歓声を上げた。備前守だけが、安堵のあまり、腰砕《こしくだ》けに頽《くずお》れる。

紗雪は、ごく自然に微笑んでいた。視線の先には、七龍太の勇姿。

紗雪のそのようすを、驚愕《きょうがく》の眼《まなこ》で眺めているのは、母の茶之であった。

（なんと……）

憎体《にくてい》なむすめのこれほど艶《あで》やかな表情を見たのは、おそらく初めてなのである。

月の輝きも増したように思われ、茶之はひとり、じりじりと苛立《いらだ》った。

共生《きょうせい》の郷《さと》

大きな炸裂音《さくれつおん》が絶え間なく響き渡り、夥《おびただ》しい黒煙の筋《すじ》が空へ向かって立ち昇っている。摂津の海に注ぐ木津川《きづがわ》の広大な河口は、海戦の真《ま》っ只中《ただなか》。石山本願寺への兵糧《ひょうろう》を運んできた毛利水軍と、これを阻止《そし》せんとする織田水軍の激突である。

毛利水軍の中核をなす瀬戸内海の村上《むらかみ》海賊衆は、船数も、操船術《そうせんじゅつ》も、装備も戦い方も、当時天下一であった。対して、このときの織田水軍の主体の和泉《いずみ》衆は、それらすべてで劣《おと》っている。

そのため、緒戦に大勢《たいせい》は決したと言わねばならない。村上海賊衆は、後世の手榴弾《しゅりゅうだん》にも似た炸裂弾の焙烙火矢《ほうろくびや》を大量に用いて、織田水軍三百艘《そう》に悉《ことごと》く、火をかけたのである。

織田水軍は、毛利勢に乗り込まれた船上の斬り合いで討死する者、転覆《てんぷく》のさいに海へ投げ出される者、戦わずにみずから飛び込んで泳いで逃げる者、燃え熾《さか》る船とともに沈《しず》む者など惨憺《さんたん》たる有り様《さま》であった。

大小多数の島と洲《す》によって流れが幾筋にも分断された河口一帯の水上が、毛利水軍の兵糧船、警固船合わせて八百艘で埋め尽くされてゆく。一艘とて損《そこ》なうことなく、海上封鎖《ふうさ》を突破したかれらは、木津川を悠然と遡行《そこう》し始めた。

織田方の城砦《じょうさい》に包囲され、身動きのとれなかった石山本願寺も、圧倒的に強力な味方の水軍に呼応し、門徒衆を次々と出撃《しゅつげき》させ、地上でも互角《ごかく》の戦いを繰り広げる。

やがて、落日が山の端《は》にかかった頃合《ころあ》い、葦《あし》の生《お》い茂《しげ》る岸辺で、

「このあたりなら……」

水面に顔だけ出しながら、水中で手足を動かしているざんばら髪の者が、後ろへ声をかけた。

後続の三人も、ふり乱れた髪である。うちひとりは、着物や武具を縄で括《くく》りつけた戸板を曳《ひ》いている。

四人は上陸した。いずれも下帯《したおび》ひとつの裸形《らぎょう》である。

いくさの喧騒《けんそう》は、聞こえてくるが、遠い。

「さあ、越後守さま。お召《め》しものを」

丈《たけ》高い葦原の中、ひとり疲労で立てぬ若者を、従者とみえる余の者らが抱《かか》え起こし、小袖《こそで》や袴《はかま》を着けさせてゆく。濡《ぬ》れているので、手早くはできない。

「早《はや》、綾井《あやい》へ帰ろうぞ」

越後守とよばれた若者は、泣きそうな声を洩らす。

「まもなく暗くなり申す。夜道を和泉国まで往《ゆ》くのは危《あぶ》のうござる。まずは天王寺《てんのうじ》へ」

と従者のひとりが異を唱えた。

「為《な》す術《すべ》もない負けいくさだったのだぞ。どの面《つら》さげて、佐久間どのに会えと申す」

「こたびの船軍《ふないくさ》は、誰がやっても、ううっ……」

その従者は、突然、上体をびくっとさせて呻《うめ》き、おもてを顰《しか》めた。

腹から槍《やり》の穂先《ほさき》が突き出ている。

「ひいいっ」

仰天した越後守は、慌てて逃げようとして、足を縺《もつ》れさせ、ひっくり返った。残るふたりの従者も、繁茂《はんも》する葦の間から繰り出された幾筋もの槍によって、胴体を刺《さ》し貫《つらぬ》かれてしまう。まったく防具を着けぬ裸《はだか》だから、ひとたまりもない。

「汝《うぬ》は、沼間《ぬま》越後守よな」

葦原に潜んで越後守主従の会話を盗み聞き、それと見当をつけた男が、ぬっと出現した。長い直刀を鞘《さや》ごと左肩に担《かつ》いでいる。

天王寺の佐久間どのが、信長の重臣で、石山本願寺攻めの総大将に任じられて天王寺城を本陣とする佐久間信盛《のぶもり》をさすことは、疑いない。とすれば、船軍に敗れた織田方の水軍の将で、和泉国の綾井へ帰ろうとする越後守とは、沼間越後守義清《よしきよ》と容易に察せられたのである。

直刀の男につづいて、槍を持った手下《てか》どもも出てくる。

「大将首をとれるとは、望外のことよ。わざわざ飛驒より戻ってきた甲斐《かい》があったわ」

本願寺坊官の下間頼蛇《しもつまらいじゃ》は、右手を直刀の柄《つか》にかけた。

飛驒白川郷では、内ケ嶋氏理《うじまさ》不在中の帰雲《かえりぐも》城が、上杉の部将・山吉玄蕃允《やまよしげんばのじょう》によって占拠《せんきょ》されたものの、津田七龍《しちろう》太《た》が照蓮寺明了《みょうりょう》と真宗門徒の協力を得て、これをただちに奪還《だっかん》した。放っておけば、この先も白川郷では織田と真宗門徒は共存共栄の道を歩みかねない。その危機をおぼえた頼蛇は、門徒衆を織田との戦いに向けて煽動《せんどう》すべく、動きだそうとした。矢先、石山本願寺より、大合戦が目睫《もくしょう》に迫ったので、即座に帰山せよとの命令が届いた。いま白川郷を離れるべきではなくとも、指揮官としても、個の戦力としても宗門に期待される身では、こればかりは従わないわけにはいかない。ひと暴れしたらすぐにまた飛驒へ戻るつもりで、照蓮寺に集めた無頼《ぶらい》の徒を率い、摂津へ馳せつけた頼蛇なのである。

尻餅《しりもち》をついている越後守は、腰が抜けて立てない。頼蛇を仰ぎ見る顔が恐怖に引《ひ》き攣《つ》った。

「これも御仏《みほとけ》のお導き」

直刀を引き抜きざま、鞘を高く真上へ放った頼蛇は、刃を掬《すく》い上げるような斬り方で、越後守の首を刎《は》ねた。

手下どもの顔や具足《ぐそく》を、血飛沫《ちしぶき》が赤く彩《いろど》った。

頼蛇は、落下してきた鞘を左手に摑むと、右手で血振《ちぶ》るいした直刀を、くるりと回してからそれに収めた。鮮やかな手並みといえよう。

だが、人前でおのれの凄《すご》さをみせつけずにいられない人間というのは、その瞬間に隙を生じるものである。飛来した銃弾《じゅうだん》を、頼蛇は避《よ》けきれなかった。

頭を急激に左から右へ振ったと見る間に、頼蛇はゆっくりと横倒しに仆《たお》れてゆく。

「頼蛇どのっ」

「どこからだ」

手下どもは、あるいは立ち竦《すく》み、あるいは周囲へ目を走らせた。

鉄炮の発射音が連続し、かれらもまた、ばたばたと仆れる。

頼蛇が、むっくりと上体を起こし、胡座《あぐら》をかいた。茫然《ぼうぜん》としたようすで、手を左のこめかみあたりにあてる。

小さな傷口だが、人差指《ひとさしゆび》の先が中へ入った。ぬるっとする。

抜き出してみて、人差指が血まみれであることに、戸惑う。

（なんだ……なんだ、一体……）

周辺の葦原がざわつき、その波が一挙に寄せてくる。

剣士の本能が、とっさに、頼蛇を立ち上がらせる。襲撃者たちの最初のひとりが姿を見せるや、抜き討ちに斬り捨てた。

殪《たお》した対手《あいて》は、赤袈裟《あかげさ》で頭を包んでいる。

知っているのに、名称を思い出せない。それどころか、頼蛇の頭は何も考えられなかった。

二人目、三人目、四人目も、つづけざまに一刀で斬り伏せてゆく。

だが、にわかに体の均衡《きんこう》を崩し、よろめいて地に両膝をついた。

こんどは立ち上がれない。刀を持つ腕も上がらない。力が入らないのである。

敵に囲まれた。

目の前に立つ者を、仰ぎ見た。

鉄炮を手に仁王立ちの巨軀《きょく》であった。

従う者らは皆、赤袈裟の裹頭《かとう》姿だが、この男だけ、蓬髪《ほうはつ》を無造作《むぞうさ》に束《たば》ね、膚《はだ》へ直《じか》に南蛮胴《なんばんどう》を着けている。剝《む》き出しの腕は、筋肉が黒光りして隆起《りゅうき》し、禍々《まがまが》しいばかりである。

「黒蛾坊《こくがぼう》……と名乗ったところで、おんしには分かるまい」

巨軀の男は口許を歪《ゆが》めた。

叡山《えいざん》の大衆《だいしゅ》でありながら、同じ荒法師《あらほうし》たちをも震え上がらせ、破戒《はかい》の日々を愉しむ大迷惑者だったので、高位の学侶《がくりょ》の総意によって追放されたのが黒蛾坊である。信長の叡山焼討ち以前のことであった。むろん、頼蛇の知るところではない。

「白川郷で汝に首を刎ねられた法師は、おれの弟よ」

と黒蛾坊は明かした。

血裹頭衆を唆《そそのか》して、内ケ嶋氏理と七龍太を襲撃させた頼蛇は、両人の目の前でそのひとりを斬ってみせ、無関係を装ったのである。

しかし、いまの頼蛇の頭の中には何も浮かんでこなかった。

「かしら」

血裏頭衆の者が、持っていた長い杖《じょう》を、黒蛾坊へ差し出す。

黒蛾坊は、かつては叡山で同僚であった血裏頭衆から、弟がなぜ無惨な死に至ったか伝え聞くと、殺害者に復讐すべく、かれらに合流し、いまや首領となったのである。

手下へ鉄炮を渡し、代わりに杖を受け取った黒蛾坊は、一方の端《はし》に付いている絡繰《からく》り留めの鎖《くさり》分銅《ふんどう》を、頭上で旋回《せんかい》させた。

唸《うな》りをあげる分銅が、頼蛇の左肩へ叩《たた》きつけられた。

「うあっ……」

骨の砕《くだ》ける音がして、頼蛇の体は大きく傾いた。が、間髪《かんはつ》を容《い》れず送りつけられた第二撃に、右肩も砕かれ、体は元の姿勢へ戻る。

黒蛾坊は、杖を手許へ引き寄せると、鎖分銅の付いている端のあたりを触った。

折り畳み式の鎌《かま》が出てきて、かちりと音がし、杖と直角を成した。

「こいつは功徳杖《くどくじょう》という。ありがたく頂戴《ちょうだい》せよ」

鎌をもたげた功徳杖を、黒蛾坊は振り上げる。頼蛇の首を刎ねるつもりであった。

刹那《せつな》、頭上から、凶器が降り注いだ。矢雨《やあめ》である。

黒蛾坊は功徳杖で払った。血裏頭衆の幾人かは、まともに浴びて倒れる。

丸に三つ引両の旗が、一帯の葦原を包むようにして、幾旒《いくりゅう》も進んでくるではないか。

「佐久間だ」

天王寺城の佐久間信盛が、味方の水軍の大敗を見て、本願寺への兵糧入れを陸上戦で阻止すべく、主戦力たる自軍を投入したに違いなかった。

無勢《ぶぜい》の血裏頭衆は逃げるほかない。

「川へ飛び込め」

手早く南蛮胴を脱ぎ捨てながら、黒蛾坊が大音を発した。

かれらは、次々と飛び込んだ。

刎首《ふんしゅ》を免れた頼蛇だが、しかし、膝をついたまま、ゆっくりと前のめりに倒れた。

そのまま、ぴくりとも動かなくなった。

殺到《さっとう》した佐久間勢の雑兵《ぞうひょう》どもが、逃げ後《おく》れた血裏頭衆の中でまだ息ある者は槍で突き殺し、あたりに散乱している武具を奪う。

沼間越後守主従の武具も例外ではない。そこに転がる死体のひとつが、味方の和泉水軍の大将であることなど、雑兵どもには思いもよらぬ。

いちばんの奪い合いとなったのは、頼蛇の直刀であった。

「これはええぞ」

「わしが先じゃ」

「吐《ぬ》かせ」

まだ柄《つか》を握っている頼蛇の右手の指を、かれらは乱暴に引き剝《は》がして、直刀を奪った。

佐久間勢の一隊が去ると同時に、陽も落ちきってしまう。

死者たちが放置されたその葦原に、夜の帳《とばり》が下り、異様な静けさが訪れたとき、微《かす》かに動くものがあった。

ひくり、と手の指先が……。

木津川海戦の大勝利に、足利義昭を中心とする反信長の勢力は大いに意気が上がった。

その後も、毛利や紀州《きしゅう》の雑賀《さいか》衆の船が、石山本願寺へ、幾度も兵糧と軍需物資を搬入《はんにゅう》する。織田方の水軍にはこれを撃退《げきたい》できる力はなかった。

しかし、信長に動揺はない。木津川の敗戦によって、当面なすべきことが明確になり、それを実現できる経済力も人材も有《も》っているからである。

実は信長が、その版図《はんと》の内で、海賊大将として力量を最も高く評価しているのは、志摩《しま》の九鬼《くき》嘉《よし》隆《たか》であった。志摩海賊七党の中でも小さかった九鬼党だが、嘉隆は早くから信長の才幹《さいかん》を見抜いて臣従《しんじゅう》し、もとの主君である伊勢国司・北畠《きたばたけ》氏の大河内《おおこうち》城を、海上より長鉄炮《ながでっぽう》で攻めるという、当時としては前代未聞の戦法を披露《ひろう》してみせたのである。結果、志摩海賊衆を従えるようになった。

信長の次男・信雄《のぶかつ》が、北畠氏に養嗣子《ようしし》として入り、やがて家督を嗣《つ》ぐと、嘉隆の地位もさらに上がったものの、伊勢水軍まで意のままにはできかねていた。信雄の養祖父・北畠具教《とものり》の力は侮《あなど》り難《がた》かったからである。

信長は、木津川の敗戦からおよそ四ヶ月後、信雄に命じて、具教と北畠一族を粛清《しゅくせい》した。これにより、伊勢水軍も九鬼嘉隆をして完全に掌握せしめることが可能となった。

この間、信長自身は、安土の城と城下町建設に専念し、朝廷より正三位内大臣《しょうさんみないだいじん》に任ぜられている。

明けて、天正五年の春。

信長は、石山本願寺の軍事力を支える雑賀衆と根来寺《ねごろじ》衆徒に調略の手を伸ばす。どちらも鉄炮を多数保有し、射撃《しゃげき》の名手も多く、とくに真宗門徒でもある雑賀衆は永く織田勢を悩ませてきた。

それが、雑賀衆を構成する五組のうち、三組を内応させ、根来寺衆徒の杉《すぎ》の坊《ぼう》も寝返らせた。その上で、十万と称す大軍を率いて、みずから紀州へ出馬し、雑賀衆の残る二組も降伏へと追い込んだ。かくして信長は、石山本願寺の軍事力を大きく削《そ》いだのである。

他方、山吉軍を撃退後の白川郷は、平穏な日々を取り戻していた。越前より帰陣した氏理と、照蓮寺明了とが会談し、郷内では内ケ嶋武士と真宗門徒は戦わないという、合意に達したからである。

郷内の金銀山の採掘と塩硝《えんしょう》製造は、どちらもいったん稼働《かどう》を停止した。

石山本願寺に対しては、明了がもっともらしい理由を告げた。
白川郷とその近辺の金銀山は、本願寺へ供するための永年の濫掘《らんくつ》により、産出量が激減したので、もはやいずれも閉山の危機に瀕《ひん》している。また、江馬氏の領内ながら、唯一、金が豊富に出ることから、ひそかに採掘をつづけてきた天生《あもう》金山も、血裏頭衆に爆破《ばくは》されてしまい、踏み入るのは危険すぎる。いまでは江馬氏にもその存在を知られるところとなり、危険はさらに増している。したがって、新たな鉱脈を発見するまで、金銀の供給《きょうきゅう》はできない、と。

帰雲城下の家々における塩硝製造については、信長の意をうけた津田七龍太が帰雲城に常駐し始めたことで、露見の恐れがあるから、しばらくは何もせぬのがよい。内ケ嶋氏にも領民にも七龍太が気を恕《ゆる》すよう仕向け、それが成功したあかつき、徐々に再開し、以前と同様に本願寺へ塩硝を供給する、と。

本願寺が明了の右の報告を疑わず、対処《たいしょ》も委《まか》せたのは、それだけ飛騨白川郷が天離《あまさか》る地ゆえであった。子細に調べて確認しようなどと、誰も思わないのである。ひとり下間頼蛇を除いては。

ここに白川郷の幸運があった。

木津川河口における織田勢との戦いのために本願寺へ帰山した頼蛇は、終戦後も照蓮寺へ戻ってこなかったのである。

討死と伝わったものの、首も遺骸《いがい》も発見されていないことから、海の藻屑《もくず》と消えたのではないか、と言われている。

後任の本願寺坊官も派遣されなかった。頼蛇が無頼の徒を集めて好き勝手にやっていたので、白川郷の事情を知る者もほかにおらず、余の坊官は引き継ぎを嫌《いや》がったそうな。半俗の坊官の多くは、豊かな暮らしに慣れているせいか、鄙《ひな》の極地のような白川郷への赴任《ふにん》など、できれば敬遠したいのである。


「小指がない」

「悪太郎《あくたろう》だ」

兄弟とみえる男の子がふたり、しゃがんで、犬たちを撫でながら言った。両人とも、弓を持ち、野矢《のや》を収めた狩空穂《かりうつぼ》を背負う。

犬たちは、残雪の斜面に残された足跡を、鼻を寄せて嗅《か》いでいる。

「吉助《きちすけ》、小吉《こきち》」

兄弟に声をかけて、訝《いぶか》ったのは七龍太である。

「悪太郎って……熊の足跡に見えるけどなあ……」

「そう。熊の悪太郎さ」

兄の吉助が、背後から中腰で覗き込む七龍太を振り仰ぐ。

「大変ないたずら者ゆえ、われら猟師《りょうし》はそうよんでおる」

兄弟の父である孫十《まごじゅう》が付け加えた。

蝦夷《えぞ》には大形《おおがた》で性質の荒い羆《ひぐま》が出没《しゅつぼつ》するが、それより以南の日本の熊といえば、月輪熊《つきのわぐま》である。こちらは、小形《こがた》でおとなしい。

ところが、白川郷の猟師たちが悪太郎とよぶ一頭は、冬でも冬眠せずにうろつき回って、獰猛《どうもう》でもあり、しばしば人畜《じんちく》に害を及ぼすのである。はぐれ者というのは、人間界だけでなく、動物の世界にもいるものであった。

悪太郎の足跡は、右の前肢《まえあし》のそれを見れば、すぐに分かる。猟師の銃弾に小指を削《けず》られたのである。悪太郎はもともと越中の山に棲《す》んでいたのだが、人間の幼子《おさなご》を襲おうとしたところを撃たれて、飛騨の山へ逃げ込んできた、と孫十は言った。

「なれど、実は、幼子を襲おうとしていたのは狼で、悪太郎はこれを助けたのだという話も伝わっておる。まあ、どちらともよう分からんようじゃが」

「きっと助けたのではないかな」

と七龍太が明るく言う。

「加賀白山《はくさん》を開いた泰澄《たいちょう》大師に、熊が清水の在《あ》り処《か》を教えたという伝承を聞いたことがある」

「物知りだなあ、七《しち》ノ《の》丈《じょう》は」

感心したのは、吉助である。

帰雲城下の人々は、七龍太のことを七ノ丈とよぶ。男の名に付けて敬意を表すのが「丈」である。本来なら七龍太丈だが、子どもたちが縮《ちぢ》めてよんだことから、そうなった。

昨年、策を立てて、白川郷の領民を指揮し、みずからも体を張って闘い、山吉軍を鮮やかに撃退してみせたのが津田七龍太である。その直後に、領民は七龍太が織田信長の使者であることを知るが、いかめしく織田の兵を率いることもせず、従者ひとりのみという無防備さに、まず驚いた。その上、七龍太が誰とでも陽気に温かく接するので、かれらはすんなりとこの若者を受け容《い》れてしまった。

白川郷の人々は、真宗門徒といっても、他国の同門のような過激さとは無縁の穏《おだ》やかな暮らしが永い。外から波風を立てられることもほとんどない天離る地であることが、そのいちばんの要因であったろう。だから、織田という大勢力を背後に感じさせない、ひとりの人間として魅力的な七龍太には、自然と胸襟《きょうきん》を開《ひら》けるのである。

「気をつけなよ、七ノ丈。熊の力は物凄いからね」

こんどは小吉が真面目《まじめ》な顔つきで警告した。

「気をつけるけど、万一のときは、吉助と小吉でわたしを守ってくれるか」

と七龍太が兄弟に頼んだ。

「しようがないなあ」

「ごりょさんならきっと、素手《すで》で悪太郎を倒すのに」

「そうだよ」

ごりょさんとは、紗雪《さゆき》のことである。おおさびを従えて、七龍太の横に立っている。

「熊を素手で……」

七龍太は紗雪へ、なかば恐怖の眼差《まなざ》しを向けた。

紗雪のおもてが真っ赤になる。

それを見て、勢子《せこ》の若者らが、くすくすと笑う。弓矢を持つしのの姿もある。

「あ……阿呆《あほう》っ。おらちゃを化《ば》け物《もの》みたいに申すな」

紗雪は、兄弟の頭へ一撃ずつ拳《こぶし》を見舞った。

「痛《いて》えっ」

「うううっ……」

あまりの痛打に、吉助も小吉も頭を抱え込み、涙目《なみだめ》になる。

それから、紗雪はしのを睨みつけた。

ここ何年も狩猟に随行しなかったくせに、七龍太が一緒と知るや、この幼馴染《おさななじ》みはついてきた。それが気に入らない。

しののほうは、慌てて目を逸《そ》らす。

「悪太郎を狩らぬのか」

七龍太に随従《ずいじゅう》の兵内が、孫十に訊《き》いた。

「狩ろうとする者もおるが、わしは狩らん。熊を一頭狩れば七代祟《たた》られる」

神は、古くは、カミではなくカムと表記された。他方、百済《くだら》では熊をコムと称し、それが日本に伝わって、類似の発音から熊も畏怖《いふ》の対象になったという説がある。

猟師が熊を躍起《やっき》になって狩猟するのは、熊胆《くまのい》が薬用として高値《たかね》で売買されるようになる江戸期以後のことといわれる。それ以前は、熊追いもしないではなかったが、主たる狩猟獣《しゅりょうじゅう》は猪《いのしし》と鹿《しか》であった。

孫十父子《おやこ》も猪狩りにやってきたのである。猪というのは、多産の上、雑食のため、山が不作でも棲息《せいそく》数が減る心配もない。だから、人々は山の恵みとしてありがたく狩った。

ぱんっ……。

銃声が轟《とどろ》いた。

狩猟中であるのは、この一行《いっこう》だけではないらしい。

猟師も鉄炮を用いる者が増えたが、孫十は昔ながらに弓矢を狩猟道具とする。そういう頑固さを好む紗雪が、狩りのさいは必ず孫十を案内人とした。

「熊じゃなくて猪だぞ」

「さあ、行け」

吉助と小吉が、猟犬たちを解き放った。

かれらは弾《はじ》かれたように、山の斜面を駆け上がってゆく。

遅れじ、と人間たちもつづく。

猟犬たちが、主人である孫十父子の視界から完全に消えることはない。そうなりそうになったときは、よく馴らされているもので、一、二匹が少し戻って待つ。

一行が尾根筋《おねすじ》と谷との上り下りを幾度かしたところで、先を行く猟犬たちの吠《ほ》える声が聞こえてきた。威嚇《いかく》の声だ。獲物《えもの》を発見したに違いない。

尾根筋に留《とど》まって、後続の人間たちが追いつくのを待っていた一匹も、孫十らの姿が見えると、仲間のほうへ走り出す。

一行は沢へ出た。

その下萌《したも》えの草地で、早くも猟犬たちは、一頭の猪に対して、牽制《けんせい》の動きを繰り返している。

「でかいぞ」

「うん」

吉助と小吉が昂奮《こうふん》した。

猟犬たちは、決して真っ向から挑みかからず、四方より吠えたてつづけながら進退し、時に隙をついて後ろから猪の肢へ噛《か》みついては離れる。こうして猪を疲れさせるのである。

棒を手にした勢子たちが、すかさず、猟犬たちの後ろに包囲陣を布《し》く。

孫十に促された紗雪が、しかし、

「ごりょさん。最初の矢を」

「そちが放て」

と七龍太へ譲った。

「わたしは、どうも、そのぅ……」

「どうしたのじゃ」

明らかに自信のなさそうな七龍太に、紗雪は苛立つ。

「外したからとて、嗤《わら》いはせぬ。やってみよ」

「いや、そういうことではなく……」

「なら、なんじゃ」

「敵と思えぬ者を討つのは、なんとも……」

「何を申しておる。あれは、人ではない。獣《けもの》じゃ」

「獣なればこそにござる」

「よもや、そちは猪肉《ししにく》を食わぬと……」

「美味と存ずる」

「食うのかっ」

「はい」

「食うなら、おのれの手で殺せ。それが命をくれる獣への礼儀じゃ」

「ごもっとも」

そう言って、ちょっと下げた頭を上げたとき、七龍太は、図《はか》らずも、しのと目が合ってしまう。

しのは、持っていた弓を、なかば捨てるようにして足許へ落とし、あらぬ方を向く。

「もうよい」

紗雪は、七龍太に怒鳴りつけてから、猪の立つ草地より少し低いところへ移動した。

そこで、弓に矢をつがえるや、瞬時に打ち起こし、矢を眉の高さまで下げる。次いで、一拍《いっぱく》置いてから、弓を横たえながら、地に片膝をつき、顔を右へ傾ける。

猟犬に翻弄《ほんろう》された猪の動きが鈍《にぶ》っている。

紗雪は、矢をさらに引いて、右の頰骨のあたりで止めた。

猪が、紗雪のほうを向いた。対面である。

一瞬の彀《やごろ》を、紗雪は逃さない。射放《いはな》った。

矢は、猪の前肢の間に吸い込まれた。胸板を精確《せいかく》に深く抉《えぐ》っている。

猪は、どうっ、と横倒しに転がり、そのまま立てなくなった。

紗雪が低い位置から狙《ねら》ったのは、このためである。手負いの猪というのは、大暴れして、きわめて危険なので、一矢《いっし》で仕留《しと》めるのが最善であった。

「お見事っ」

期せずして、勢子たちの大音の賛辞が揃った。

「凄《すげ》えやっ」

「やっぱり、ごりょさんだ」

吉助、小吉兄弟も小躍《こおど》りする。

「おおさびどの。感服いたした」

と七龍太の警固者が、横に立つ紗雪の警固者へ辞儀をした。

「兵内どの。矢を射放ったは、紗雪さまにて……」

「よほどよき師がおらねば、あそこまで達しますまい」

「お買い被《かぶ》りと存ずる」

「そういうことにしておき申そう」

「まことは、あれくらい造作もなきことにあられましょうぞ、そこもとのあるじどのも」

「なかなか」

「では、こちらも、そういうことに」

立てないものの、まだ息のある猪に、孫十が留《とど》めを刺した。

吉助と小吉は、猟犬たちに褒美《ほうび》の餌《えさ》を与える。

それから、勢子たちが、獲物の猪の四肢を太い荷《にな》い棒《ぼう》に括《くく》りつけ、そのうちの四人で担いだ。

突然、何かを切り裂くような甲高《かんだか》い悲鳴が上がった。

一行の中で、ひとりだけ、いつの間にか、やや離れたところから眺めていたしのが、悲鳴の主《ぬし》である。木の根元に尻餅をつき、背を幹《みき》にへばりつかせ、恐怖に眼《まなこ》を大きく見開いていた。

目の前、わずか五、六尺を隔《へだ》てて、黒い塊《かたまり》が動いている。

熊であった。

猟犬たちが熊の接近に気づかなかったのは、餌を食べるのに夢中だったからである。臭《にお》いも、間近の猪のそれが強かったせいで、感取できなかったに違いない。

「しのどの。そのままで」

真っ先にそう言って、走り出し、熊の背後へ回り込んだのは、七龍太である。

「七龍太さま。危のうござる」

すぐに兵内もあるじのほうへ足を踏み出しかけたが、

「誰も動くな」

と七龍太に制された。

皆が急激に動けば、熊もそれに応じて、無茶苦茶な暴れ方をする恐れがある。

熊は、七龍太の動きに反応し、振り返った。

猟犬たちが吠え立てる。

「犬を静かにさせよ」

七龍太の命に、孫十父子と勢子たちが、それぞれ猟犬を一匹ずつ引き寄せ、手で無理やり口を閉じさせる。

「こちらだ、悪太郎どの」

七龍太は熊に向かって言った。右の前肢の小指がないのを見てとったのである。

月輪熊の特徴である喉《のど》のあたりの三日月形《みかづきがた》の白い斑《ふ》に、斜めに濡れたような赤い筋が入っている。おそらく鉄炮弾に掠《かす》められたばかりではないのか。さきほどの銃声がそれだったのかもしれない。とすれば、気が立っていよう。

「さよう、さよう。こちらにござるぞ」

七龍太は、両腕を広げて高く掲《かか》げながら、半歩ずつゆっくり後退する。

それに合わせるように、悪太郎も、低い唸りを発しながら、七龍太のほうへ肢を踏み出してゆく。

その隙に、おおさびが音も立てずに、しのへ近づき、震える体を抱えて遠ざかった。

紗雪は、急ぎ、足踏みから胴造《どうづく》りをし、矢を弦《つる》につがえて、弓構《ゆがま》えに入る。悪太郎の右側面の位置である。

「待たれよ、姫」

悪太郎から視線を外さず、七龍太は言った。

「人を襲うようには見えぬ」

「たわけ。いま、そちを襲うところではないか」

「話せば、分かってくれると存ずる」

「死にたいのか」

紗雪は、一挙に弦を引き絞った。

気配を察した悪太郎が、じろりと紗雪を見やり、向きもそちらへ変える。

すると、七龍太が、滑るような足送りで移動し、悪太郎と紗雪の間へ、おのが身を入れた。

「あっ……」

射放つばかりだった紗雪は、慌てて弦を緩めたので、矢を落としてしまう。

「悪太郎どの。せっかく人の子を助けたのに、誤解され、鉄炮を射かけられ、さぞ口惜しく、悲しかったことであろう。お察し申す。だからと言うて、人を怨んではなるまい。怨みは人相《にんそう》を、いや熊相《くまそう》を悪《わる》うしますぞ。われら人間と、ともに生きましょうぞ。お近づきの徴《しるし》に……」

七龍太は、背負っている打飼《うちかい》の紐《ひも》を解《と》いて、それを両手の上にのせ、披《ひら》いてみせた。にぎり飯が現れた。

「お口に合うや否や、分かり申さぬが、どうぞ」

こんどは、七龍太は、悪太郎のほうへ少しずつ近づいて、ゆっくりとしゃがみ、草地の上へにぎり飯を置いてから、再び退《さ》がる。

悪太郎は、警戒しつつも、くんくんと嗅ぎながら、にぎり飯へ寄った。

上目遣いの悪太郎と視線を絡《から》めた七龍太は、微笑《ほほえ》んだ。

それで安心したものか、悪太郎も、にぎり飯へ一挙に噛みついて、口中へ入れるや、くるりと背を向け、走り去った。

七龍太は、両手を膝について、腰をくの字に折り、ほうっと安堵の息を吐《つ》く。

「ああ、怖かった。わたしがにぎり飯になるかと思うた」

その一言に、どっと笑いが起こる。

「いやいや、これで熊を殺さずに済んだから、七代祟られることもない。七ノ丈どのに感謝だ」

孫十が言い、勢子たちも、そうじゃそうじゃと一様にうなずいた。

紗雪が猪を殪《たお》したとき以上に、皆の表情は輝いている。

「なんという御方《おかた》か……」

眩《まぶ》しげに七龍太を見るおおさびである。

「ああいう御方なのだ」

と兵内は言った。

しのが、小走りに、七龍太へ駆け寄ってゆく。蕩《とろ》けそうな顔つきで。

しかし、しのより先に七龍太の前へ立った者がいる。

「汝《うぬ》なんぞ、熊に食われてしまえばよかったのじゃ」

怒号と一緒に、七龍太の頬へ思い切り平手打《ひらてう》ちを食らわせたのは、紗雪であった。声を震わせ、目に涙を溜《た》めながら。

それで、しのの足は止まった。幼馴染みの姫君の七龍太への想いが、強く伝わったからである。

「うわあ……」

「ひどいなぁ……」

ひっくり返って朦朧《もうろう》としている七龍太の顔を、上から覗き込んだ吉助と小吉が、同情の声を洩らす。左の頬に、くっきりと赤く手形が残っていた。

しばらく小康《しょうこう》状態を保っていた信長と本願寺の対立が、この年の閏《うるう》七月より、また血腥《ちなまぐさ》いものとなる。

顕如《けんにょ》と結んでいる上杉謙信が能登・加賀へ進軍すると、これをうけて、雑賀衆の二組も、信長に差し出した誓紙《せいし》を無視して挙兵したのである。

さらに、石山本願寺攻めの重要な一翼《いちよく》を担っていた松永久秀まで叛旗《はんき》を翻《ひるがえ》し、大和信貴山《やまとしぎさん》城に籠もってしまった。

信長は、対上杉戦に織田の部将の主力を投入したが、柴田勝家と羽柴秀吉に策戦上の衝突《しょうとつ》があるなど、不首尾に終わる。が、北国戦線の大軍をそのまま大和へ向かわせ、松永久秀を信貴山城天守で自爆《じばく》へと追い込んだ。

その頃には北国に雪の季節が迫っていたので、謙信も上洛を見合わせ、攻略の成った能登の戦後処理をして、十二月の半ばに越後春日山《かすがやま》城へ帰陣する。

しかも、謙信は、翌春はまず関東平定をめざし、そののち、あらためて西上の途につくという考えを表明した。

これは、謙信の早期の上洛を待望する顕如を落胆《らくたん》させた。毛利氏の庇護《ひご》下で備後《びんご》の鞆《とも》に住す足利義昭も、唇を噛んだ。

上杉への対応が目睫のものではなくなった信長は、余裕が生まれ、信貴山城を陥落《かんらく》させたあと右大臣に任官される。

北国戦線のさいは、七龍太と内ケ嶋氏も、越中からの上杉勢の乱入に備えたが、何も起こらなかった。

天正六年を迎えると、信長は正月に正二位《しょうにい》に叙《じょ》される。

北国の雪が解け、いよいよ越後の龍《りゅう》の再始動の時機《とき》がやってきた三月半ば、信長にさらなる追い風が吹く。上杉謙信が突如、厠《かわや》で倒れ、そのまま人事不省に陥《おちい》り、数日後に不帰《ふき》の人となったのである。

すると、帰雲城の七龍太のもとへ、信長側近の菅屋《すがや》長頼《ながより》より書状が届いた。安土へ参上せよ、という。

「上様にとって、北国の最強の敵が失《う》せたゆえ、七龍太どののお役目も終わったということであろうか」

不安そうに、内ケ嶋兵庫頭《ひょうごのかみ》氏理が想像した。上様は信長をさす。

「織田家臣のここでのお役目は、この先もつづくと存ずる。それを引き続きわたしがつとめるのかどうかは、上様のお心次第にござるが……」

「それは困る。七龍太どの以外のお人では、われらは到底《とうてい》、折り合いをつけられぬ」

「ご案じ召さるな。兵庫どのと照蓮寺の明了どのとが手を携《たずさ》えておられるのだから、織田から誰が参じても、不都合なことは起こりますまい」

「いや、困る。困る、困る、困る」

駄々っ子のように連呼する氏理であった。

「兵庫どの。わたしは戻らぬときまったわけではありませぬ」

「きっと戻らぬのだ。七龍太どのほどの秀《ひい》でたご家臣を、上様がかような鄙《ひな》の地にいつまでも置いておくはずがない」

氏理は泣きだしそうである。

「ともかく、どのようなご下命《かめい》を拝するのかは、安土へ参上してからのこと」

「ではあろうが……」

送別の宴《うたげ》を、氏理は開かなかった。そんなことをすれば、本当に永遠《とわ》の別れになってしまうような気がしたからである。

七龍太のほうも、湿《しめ》っぽいことは、できればしてほしくないので、むしろ助かった。

まだ雪の消えぬ白川郷だが、七龍太は翌朝、出立《しゅったつ》することにした。信長の召し出しには、早々に応えねばならぬ。

その夜、七龍太は、床《とこ》に就いてから、寝所の外に人がいるのを感じた。気配はほどなく消えるが、嗚咽《おえつ》が聞こえたような気がした。

（姫……）

ではないか、と思えた。

父娘《おやこ》の謀《はかりごと》

「松右衛門どの。お願い申す」

屋内の囲炉裏《いろり》のそばで、床下の表層土の上に紗雪《さゆき》と共に立つおおさびが頼んだ。

「されば……」

紗雪に向かって辞儀をしてから、和田松右衛門は、笊《ざる》を傾け、新たな土と、稗《ひえ》の葉や茎《くき》、幾種類もの山草を撒《ま》いてゆく。

紗雪とおおさびは、鍬《くわ》で土を切り返す。

塩硝土《えんしょうど》造りであった。

鉄炮に必須の火薬には、黒色火薬が用いられたが、その原料となるのが硝石《しょうせき》・硫黄《いおう》・木炭《もくたん》であり、当時の日本では硝石を塩硝と称《よ》んだ。

火山と森林の列島では、硫黄の採取と木炭の生産は容易でも、塩硝の入手は不可能であった。水に溶《と》けやすい性質なので、多雨の国では産出し難《がた》いからである。そのため、鉄炮伝来の当初は中国船やポルトガル船を通じて輸入に頼るほかなく、高い買い物となり、武将でも経済力の弱い者は難儀した。

やがて、降雨《こうう》にもさほど左右されない建物、例《たと》えば寺社などの床下の土から抽出《ちゅうしゅつ》できることが分かった。これを床下土法という。

床下へは、敷板《しきいた》の隙間から落ちる住人の体毛や垢《あか》、風で運ばれた葉っぱや枝、這入《はい》り込んだ小動物の死骸《しがい》や糞尿《ふんにょう》などが溜《た》まる。それらが永い年月のうちに化学変化を起こし、塩硝を貯えるのである。

但《ただ》し、そういう自然発生の塩硝は、一度採取してしまうと、次に生成されるまで、気の遠くなるような歳月《さいげつ》、それこそ数十年も待たねばならない。毎日、日本のどこかでいくさが起こっている時代に、それでは火薬不足も甚《はなは》だしい。誰もが織田信長のようにはいかないのである。

信長は、鉄炮にいち早く目をつけたばかりか、キリスト教の布教を南蛮《なんばん》貿易と結びつけるイエズス会を厚遇《こうぐう》したことで、独占的に硝石を輸入できた。対武田の長篠合戦の大勝利も、余の武将では成し得ない鉄炮の大量使用の賜物《たまもの》だが、それも火薬が充分にあればこそであった。

そこで、床下で人工的に塩硝土を製造する工夫が、各地で起こった。

経済力の豊かな本願寺は、輸入硝石を購入できた。が、絶えず武門の弾圧をうけ、その最大の対抗武器として鉄炮を用いたので、戦国大名以上に大量の火薬を必要とした。それを思えば、塩硝土造りのさきがけであったに違いない。

本願寺にとって好運にも、真宗の影響力が強い上に戦禍《せんか》を被《こうむ》りにくく、さらには、図《はか》らずも製造に適した施設《しせつ》がすでに多数存在する地域があった。越中五箇山《ごかやま》と飛騨白川郷である。

両地域の当時の一般家屋は、のちに合掌《がっしょう》造りと称ばれるそれの縮小型で、養蚕《ようさん》用の広い屋根裏部屋をまだもたないものの、すでに一階部分の面積は広かった。つまり、雨水の浸潤《しんじゅん》の少ない床下も広いということである。

また、硝化《しょうか》細菌の培養温度は他の細菌類より低いため、寒冷地の両地域はその点でも好適であった。
そして、両地域の何よりの利点は、あまりの辺土《へんど》ゆえに秘密が守られやすいことにあったろう。とくに、四方に高山の重畳《ちょうじょう》たる天離《あまさか》る白川郷を侵すのは困難きわまる。大軍などとても動かせず、二年前に越中より侵入した山吉《やまよし》軍八百でも、思いの外《ほか》の多勢であったと言わねばならない。

ただ、塩硝土の製造量は、千戸を数える五箇山のほうが断然多かった。加賀の真宗寺院の疎開地でもあったから、働き手も足りていた。

床下の塩硝穴は、通常、二間《けん》四方で深さ六、七尺《しゃく》の擂鉢《すりばち》状である。

そうして掘った穴に、栽培した植物の不要部分や山草を切ったものと、畑の土に小動物の糞尿などを混ぜたものとを、底から交互に幾層にも敷き重ねて、最後に人尿を撒く。

その後、機会あるごとに敷板を外しては、人尿を撒布《さんぷ》する。帰雲《かえりぐも》城下の家々が常に小便臭いのは、このためであった。

翌年からは、敷き重ねたものを切り返し、同時に新たな原料を加えるのだが、これを春、夏、秋の三度行う。

塩硝の抽出は、通常四、五年目である。以後は、残土の再使用により、一、二年で生成できるようになる。

いま紗雪らが行っているのは、夏の切り返しであった。

この家には、二年前の夏まで、桶師《おけし》の六兵衛一家が住んでいた。が、帰雲城下へ乱入してきた山吉軍の兵によって、一家は皆殺しにされ、無住となった。

家というのは、人が住まなくなると荒れるので、紗雪がしばしば泊まるようにした。城内では不仲の母・茶之《ちゃの》と顔を合わせることを避け難いから、ちょうどよかったといえる。ついでに、六兵衛家の塩硝土造りも引き継いだ次第である。

「姫。これが終わりましたら、鮎《あゆ》釣りにまいりましょうぞ」

原料を撒きながら、松右衛門が明るく言った。

返辞はない。黙々《もくもく》と切り返しをつづける紗雪である。

(どうしたものか……)

松右衛門は、おおさびをちらりと見やった。

おおさびからは、作業の手を休めずに、小さく頭《かぶり》を振り返されただけである。

(早《はよ》う戻ってきて下され……)

窓外《そうがい》へ目を遣《や》り、心中で溜め息をつく松右衛門であった。

七龍太《しちろうた》が帰雲城を去ってから三ヶ月近くが経つ。

その間、内ケ嶋氏理《うじまさ》宛ての七龍太の書状は届いている。安土で大事の御用《ごよう》をつとめねばならず、少なくとも夏の間は留《とど》まることになりそうだ、と。

それでも氏理を喜ばせたのは、七龍太は内ケ嶋氏に対する目付《めつけ》の任を解かれていない、と記《しる》されていたことであった。

喜んだのは氏理ひとりではない。白川郷の人々にも暮らしにも心から馴染《なじ》んだようすのこの若者のおかげで、真宗門徒である領民たちも、織田《おだ》への敵愾心《てきがいしん》は薄《うす》れつつある。

照蓮寺明了《みょうりょう》も、このまま白川郷ばかりは織田と本願寺の対立図の外にいられるのではないか、と期待し始めている。下間頼蛇《しもつまらいじゃ》が討死《うちじに》と伝わり、以後、本願寺より坊官が派遣《はけん》されてこないことも、よい兆候《ちょうこう》と思えた。

ところが、七龍太の書状の内容を知っても、ひとり紗雪ばかりは元気がなかった。

（姫は七龍太どのにお会いしとうて堪《たま》らない……）

痛いほどに察している松右衛門だが、どうすることもできない。思いの丈《たけ》をみずから口にするような紗雪ではないし、そんなことをこちらが察して言い出そうものなら、きっと殺される。

警固者として紗雪に幼少時より近侍《きんじ》するおおさびなどは、性情を知り尽くしているからこそ、気づかぬふりであった。

塩硝土の切り返しの作業は、紗雪が口をきかないため、黙々とつづけられた。

「これくらいでようござろう」

ようやくおおさびが言い、最後に松右衛門とふたりで桶を運んでくると、溜めてあった尿を撒いた。あとは敷板を戻して終了である。


同じ頃、帰雲城内では、氏理と茶之が口論を始めていた。

「茶之。何と申した」

「しかとお耳に届いたはず。飛驒国司家に紗雪を嫁《とつ》がせとう存じます」

「よりによって騙《かた》り者の三木《みつき》とは、そなた、いかなる料簡《りようけん》か」

「姉小路《あねがこうじ》家にございます」

「それを騙り者と申しているのだ」

「お前さまが与《くみ》した織田は認めておりましょう」

「織田さまは紗雪の親ではない。父であるわしが認めておらぬのだ。三木と縁組《えんぐみ》など、話にならぬ」

「話になるならぬは、先方次第」

「よもや、そなた……」

氏理は、はっとして、妻の顔をまじまじと見る。

「早《はや》、三木へ使者を遣わしたか」

対して、茶之はつんと顎《あご》を上げてみせた。何が悪い、とでも言いたげに。

これには、同席の筆頭家老・尾神備前守も仰天した。

「奥方さま。さまで大事の儀を、お屋形にご相談もなくおすすめになるなど、畏《おそ》れながら、分《ぶん》をこえたる致《いた》し様《よう》。さらに申し上げれば、一ノ家老たるそれがしにもご相談あってしかるべき」

すると、もうひとりの同席者、茶之付きの老女・泉尚《いずみのしょう》侍《し》が反論する。

「ご当家の女子《おなご》衆《しゅ》については、何事もご正室にあられる奥方さまが宰《つかさど》るのが当然」

「お屋形のご承諾《しょうだく》を得てからの話であることぐらい、老女のそのほうが分からいで、いかがする」

睨み合う泉尚侍と備前守である。

「紗雪は早、二十歳《はたち》」

と茶之が氏理へ突きつけるように言った。

「知っておる。わがむすめぞ」

「盛《さか》りを過ぎておりまする」

女は、十代で婚約するか、嫁入り、もしくは婿《むこ》取りをするのが当たり前の時代である。わけても、武家の女は、跡《あと》継《つ》ぎとこれを援《たす》ける兄弟姉妹を多く産むことが使命なので、初経《しょけい》が済めば結婚適齢期であった。

「盛りの年《と》齢《し》など、人それぞれであろう。子をなせるや否やを申したいのなら、何の心配もいらぬ。紗雪は幼い頃より鍛えておるゆえ、体は頗《すこぶ》る強健《きょうけん》じゃ」

「それは強健でありましょうとも。山猿《やまざる》とかわらぬゆえ」

茶之は吐き捨てた。

「母親なら何を申してもかまわぬと思うでないぞ」

怒りで、氏理の声が震える。

「この縁組は御家《おいえ》のためを思えばこそというのが、お前さまにはお分かりになりませぬのか」

「どこが御家のためか」

「姉小路自綱《よりつな》の嫡男《ちゃくなん》宣綱《のぶつな》は、十七歳の若年《じゃくねん》にて凡庸《ぼんよう》の者。紗雪ならば必ず上に立てると存じます。さすれば、宣綱が家督を嗣《つ》いだあとは、紗雪と紗雪の産んだ男子とで、姉小路家を思いのままにできましょう」

「そなた、紗雪に三木を乗っ取らせると申すのか」

「妙案《みょうあん》とお褒《ほ》めいただけまするか」

「奥方さまっ」

たまらず、備前守が口を挟む。

「三木は、さような思惑で姫を嫁がせてよい家ではござらぬ。宣綱はともかく、父の自綱は一筋縄《ひとすじなわ》でゆく者にはあらず、気に入らねば身内も平然と殺す男にて、昨年も叔母夫婦《ふうふ》を誅殺《ちゅうさつ》しており申す。たとえ嫡男の妻でも、不審をおぼえれば殺害を躊躇《ためら》いますまい」

「ならば、紗雪に宣綱を唆《そそのか》させ、先んじて自綱を始末してしまえばよかろう。姉小路の父子は不和と聞こえておるゆえな」

「無体《むたい》を仰せられるな」

「妾《わらわ》の思惑通りに事が運べば、ゆくゆくは氏行《うじゆき》に飛騨国司家を継がせる」

氏理と茶之の嫡男の夜叉熊《やしゃくま》は、元服後は氏行と名乗っている。

「茶之。意趣返《いしゅがえ》しか」

夫は射るように妻を見た。

「何に対しての意趣返しと思《おぼ》し召《め》された」

妻も含みのある言いかたをして、眼《まなこ》に瞋恚《しんい》の炎《ほのお》を灯《とも》す。

しばしの殺気立った沈黙のあと、氏理は言った。

「白川郷が独立《どくりゅう》の道を探っていることに対してであろう」

氏理と照蓮寺明了が手を携《たずさ》え、内ケ嶋武士も領民の真宗門徒も、織田と本願寺のいくさには積極的に関わらず、白川郷の平穏無事を維持しつづけようと模索している。それが茶之の受け容《い》れ難い道であるのは、誰もが知るところであった。

「ふん。そのことで意趣返しなどいたしませぬ。独立などありえぬことゆえ」

と茶之はせせら嗤《わら》った。

「いずれ上様が、御《み》仏《ほとけ》のお力によって織田を滅ぼしましょうほどに」

茶之の敬称する上様とは、本願寺法主《ほっす》の顕如《けんにょ》をさす。

「そのとき、お前さまは妾に泣きつくことに相《あい》なりましょう。いまから楽しみにしておるくらいにございます」

茶之の実家・越中礪波郡《となみごおり》井波の瑞泉寺《ずいせんじ》は、本願寺五世綽如《しゃくにょ》の創建と伝わり、北陸の一向一揆の重要拠点である。瑞泉寺七世で弟でもある顕秀《けんしゅう》から、茶之は敬愛されている。

「そなたに泣きつくぐらいなら、腹を切る」

「やれるものなら……」

とてものこと、夫婦《めおと》の会話ではない。たまりかねた備前守が、再び割って入った。

「おやめ下され」

茶之が、備前守をきっと睨みつけてから、座を立った。

「まいるぞ、尚侍」

「話は了《お》わっておらぬ」

と氏理が大音を発する。

しかし、茶之は、それにはかまわず、泉尚侍を従えて、出ていってしまう。

「困ったことに……」

泣きそうな備前守である。

「奥方さまが使者を遣わしてしまわれたのでは、いまさらなかったことにはでき申さぬ。あとは、三木がことわってくれることを願うばかりにござる」

「ことわるまい。三木こそ、縁組を好機と捉えて、当家を乗っ取ろうといたすであろう」

「いかがなされる」

「肚《はら》を括《くく》るほかあるまい」

「では、姫を三木へ……」

あとのことばを備前守は呑み込んだ。

「備前。松右衛門をよべ」

城によばれた松右衛門が、城下の六兵衛の家へ戻ってきたのは、屋内に火を灯す時分である。

「姫ならば釣りをしておられるが、そろそろお戻りになられよう」

「釣りに往《ゆ》かれたのか」

「わだまつに鮎を食わせる、と仰せられ……」

「さようか……」

塩硝土の切り返し中、松右衛門が鮎釣りを提案したとき、返辞ひとつしなかった紗雪だが、しかし、家来の気遣いを察していた。だから、自分で釣った鮎を振る舞うことで、謝罪としたいのである。

「姫はまことは誰よりもお心が濃《こま》やかでやさしいのに、それと知る者は幾人もおらぬ……」

湿《しめ》った声を溜め息まじりに洩らす松右衛門に、おおさびが小さくうなずく。

「火急の御用向きなら、よんでまいる」

「いや、おおさび。姫のおられぬところで、いますぐおぬしに話しておかねばならぬことがあるのだ」

それからしばらくして、紗雪が庄川の川原より上がってきた。

「お帰りなされませ」

にこにこ、と松右衛門は出迎えた。

「なんじゃ、また来たのか」

「おおさびより聞きましたぞ、姫。それがしに鮎を振る舞《も》うてくださる、と。嬉しゅうて嬉しゅうて、天にも昇る心地にござる」

「おおげさなやつじゃ」

紗雪は、魚籠《びく》を松右衛門に押しつけた。

「おお、これは見事、見事……大ぶりな鮎ばかりではござらぬか」

魚籠の中では、二十匹ばかりが元気に跳ねている。

夕餉《ゆうげ》は、獲《と》れたての鮎の塩焼きを主菜に、三人で囲炉裏を囲んだ。

「わだまつ。城へ帰らぬのか」

就寝《しゅうしん》の頃合いになっても、松右衛門が腰を上げないので、紗雪は訝《いぶか》った。

「まこと美味なる鮎を頂戴《ちょうだい》いたしましたので、今夜は宿直《とのい》を相《あい》つとめたく存ずる」

「気色《きしょく》の悪いやつじゃ。帰れ」

「また、さようにつれないことを……」

すると、ほとほと、と外から戸の叩かれる音がした。

すかさず、おおさびが動き、心張棒《しんばりぼう》を外して、戸を開けた。来訪者を予期していたかのように。

「とと」

近習二名のみの警固で入ってきたその人に、紗雪は驚く。ここを氏理が日中に訪れることはあっても、夜は初めてであった。

「そなたに大事な話がある」

近習を玄関口と台所口に控えさせ、氏理は囲炉裏端《ばた》の横座に就《つ》いた。

紗雪は嬶座《かかざ》に就く。

「そちは、そこでよい」

下座《しもざ》の木尻《きじり》へ就こうとする松右衛門に、氏理は嬶座と対面する客座を差し示した。

紗雪の警固人のおおさびは、その斜《なな》め後ろに座をとる。

「紗雪。これから父の話すことを、心して聞くのだぞ」

「うん」

「そなたを、三木の嫡男に嫁がせるという縁組話が持ち上がっておる」

「おらちゃが三木に……」

唖然《あぜん》とする紗雪である。

「有体《ありてい》に申すが、わしに相談もせず、茶之が勝手にすすめたことなのだ」

語尾まで聞かずに、紗雪が座を蹴った。心に湧いた思いは、茶之を殺す、それのみである。

しかし、瞬時に、おおさびに取り押さえられた。

「放せ、おおさび。放せ、放せ、放せえっ」

急ぎ客座から嬶座へ回り込んだ松右衛門も、御免、とひと声かけてから、紗雪の口を塞《ふさ》いだ。

氏理が松右衛門とおおさびには事前に子細を明かしておいたのは、このときのためであった。両人に心の準備がなければ、紗雪がここを飛び出し、一気に城へ走り着いて茶之を討つことを、止められないかもしれない、と恐れたのである。

よしんば紗雪の母殺しばかりは制止できたとしても、騒ぎは城の内外に伝わるであろう。それを避けるには、なんとしても六兵衛の家の中で紗雪を鎮《しず》めねばならない。

「紗雪。父を見よ」

むすめの足許まで膝を進めて、氏理が声を落として言った。

「父は、そなたを三木に輿入《こしい》れさせるつもりなど、毛頭《もうとう》ない。信ぜよ」

自分に対しては父が決して嘘《うそ》をつかないことを、紗雪は知っている。

むすめの目色から、怒りが鎮火《ちんか》するのを見て、氏理は松右衛門とおおさびに目配《めくば》せした。

両人から解放された紗雪は、嬶座に直る。

「ご容赦を」

「無礼仕《つかまつ》った」

松右衛門とおおさびも、紗雪に詫びてから、元の座へ戻った。

「あらためて申す。そなたを三木に妻合《めあ》わせるつもりはないが、余の御方《おかた》に嫁がせたい」

「おらちゃは、誰にも嫁ぐつもりは……」

「津田七龍太どの」

氏理は、この思いが茶之の手の者に知られぬよう、就寝とみせてひそかに城を抜け出してきたのである。

「……」

声を失う紗雪であった。

「そなた、七龍太どのを好《す》いておろう」

「あ……あんな変なやつ……」

「変なやつだから、好いておるのではないのか」

紗雪は耳まで真っ赤である。

「父は好いておる。松右衛門はどうか」

「それがしも、七龍太どのに姫を娶《めと》っていただけるのなら、これにすぐる悦《よろこ》びはござらぬ。きっとご家老衆もご賛同下さりましょう。なれど、肝心《かんじん》の紗雪さまにそのお気持ちがないのでは、いかにお屋形とわれら家臣の切《せつ》なる望みとは申せ、無理強《じ》いはよろしからずと存ずる」

「あやつは……」

と言ったなり、紗雪は押し黙《だま》る。

氏理は待った。

「あやつは、おらちゃのことなど、きっと嫌《きら》いじゃ」

「なぜ、そのようにきめつける」

「おらちゃは山猿じゃから」

蚊《か》の鳴くような声であった。

「ならば、紗雪。七龍太どののお心を自分でたしかめてまいれ」

「それは、とと、どういう……」

「安土へ往《ゆ》くがよい」

思いもよらない父の勧告《かんこく》であった。紗雪はぽかんとしてしまう。

「直《じか》に会《お》うて、そなたの心の内を申し上げよ。そして、七龍太どのにも明かしていただくのだ。決して悔《く》いを残さぬよう、互いに包み隠《かく》さず正直にな」

氏理から自然と慈父《じふ》の笑みがこぼれる。

「とと……」

紗雪は、歯を食いしばった。そうしないと涙がこみあげてくるからである。

七龍太と紗雪に夫婦になってほしいというのは、氏理の偽らざる本心ではあるものの、同時に、茶之への緊急《きんきゅう》の対抗策でもあった。三木と内ケ嶋の縁談が安土へ伝わるより先に、七龍太が紗雪を娶りたいと信長へ申し出れば、許可が下りるに相違ない。もし難色が示されるようなら、七龍太自身に竹中半兵衛の口添えを取りつけて貰《もら》う。七龍太の後見人というべき半兵衛は、いまや織田の版図《はんと》拡大の随一の功労者・羽柴秀吉を支える名軍師として、天下布武《ふぶ》をめざす信長にとっても、なくてはならぬ存在なのである。

「松右衛門」

「は」

「紗雪の安土参上の名目《めいもく》は、織田さまのご機嫌伺いじゃ。出立《しゅったつ》は明後日といたす。備前にも申し伝えておくゆえ、そちは明日中に献上《けんじょう》の品々を調《ととの》えよ」

「承知仕った」

「おおさびは、〈さかいや〉のたきに、紗雪の装いの支度《したく》をさせるのだ。明日中に天下一の姫御寮《ひめごりょう》に仕立て、出立前にひそかにわしに見せるよう伝えよ。その装いは、いったん解いて、長持《ながもち》に入れる」

「畏《かしこ》まって候《そうろう》」

「よいか。安土へのご機嫌伺いは、わしの名代《みょうだい》として備前を遣わすことにしておくゆえ、くれぐれも紗雪のことを茶之に知られてはならぬ。出立のその時に到って、備前には腰でも痛めて貰う。急遽《きゅうきょ》の名代で、紗雪がまいることにし、たきとしのを従者に加える」

紗雪は、いつもの婆娑羅《ばさら》な形《なり》で出立し、茶之の目の届かぬ道中において、さかいやの母娘《おやこ》に、着付けと化粧を施《ほどこ》して貰い、美しく淑《しと》やかな姫御寮に変身するのである。

「紗雪。相分《あい》かったな」

「おらちゃが美しくなれるわけがない」

「その形では、まわりの者はむろんのこと、おのれも気づくまいよ、そなたのまことの容色《ようしょく》に」

紅《べに》ひとつ点《さ》すでもなく、頭に巻いた日陰蔓《ひかげかずら》に二本の副子《そえご》を引き違いに挿《さ》し、小袴《こばかま》に尻敷《しりしき》という出《い》で立《た》ちは、紗雪を知らねば男にしか見えない。

「それから、紗雪。おらちゃは、ならぬ。安土では、ことば遣いも仕種《しぐさ》もあらためよ」

すると、紗雪は、気後《きおく》れした子どものように、強く頭《かぶり》を振った。

「そなたが昔、城の女どもの物言いや所作《しょさ》を真似《まね》て、城下の子らを笑わせていたのを、父は憶《おぼ》えておる。あれでよいのだ。きっとできる」

「ととに恥をかかせとうない」

「そうなったとしても、わしの恥など何ほどのことやある。大事はただひとつ、紗雪の仕合《しあ》わせじゃ」

それでも躊躇いのようすをみせる紗雪を、松右衛門が叱咤《しった》する。

「姫。お父上のむすめを深く思うてのお覚悟を、蔑《ないがし》ろになさるおつもりか。それこそ、お父上に恥をかかせるのと同じ」

紗雪は、松右衛門からおおさびへ、助けを求めるように視線を移した。

「それがしは、姫の勇気を信じるのみ」

幼い頃から変わらぬ愛情を注ぎつづけてくれる三人である。紗雪は、深呼吸をしてから、居住まいを正して、氏理の前に両手をついた。

「とと……いえ、父上。紗雪は安土へまいります」

氏理が満面を笑み崩す。

松右衛門とおおさびも、微笑《ほほえ》んだ。

艶絶《えんぜつ》の笑《えみ》

二年前から始まった安土の築城と町造りは、最盛期を迎えた観があり、沸騰《ふっとう》するような賑々《にぎにぎ》しさは筆舌《ひつぜつ》に尽くし難い。

町地一帯の所々に大きな水たまりが見える。先頃、畿内と周辺各地に大雨がつづき、洪水《こうずい》に見舞われたその名残《なごり》であった。みずから西国《さいごく》に出馬すべく上洛中であった信長は、京も水浸《みずびた》しになって身動きがとれなくなったことで、これを断念し、安土の洪水被害の視察のために、ひとまず帰城したほどである。

いま、普請場の一部では、人足《にんそく》衆もこれを指図する侍《さむらい》衆も手を止め、かれらは皆、口取《くちとり》に曳《ひ》かれる馬の鞍上《あんじょう》に横座りの人を、視線で追っていた。

総勢三十人ばかりの武家の一行の中に見えるその女性《にょしょう》は、そりの深い市女笠《いちめがさ》を目深《まぶか》に被《かぶ》り、垂《たれ》髪《がみ》を衣《ころも》の中に入れ、裾長《すそなが》の衣を対丈《ついたけ》に端折《はしょ》って、左右の前《まえ》身頃《みごろ》の部分を帯に挟んでいる。壺装束《つぼしょうぞく》というもので、とうに廃《すた》れた装いである。それだけに、人目《ひとめ》を引く。

といって、旧式のままではない。夏日に輝く白い薄板《うすいた》の衣《きぬ》は涼しげで、懸守《かけまもり》と懸帯《かけおび》の緋色《ひいろ》と相《あい》俟《ま》って、何やら斬新《ざんしん》であった。

市女笠の下から、朱唇《しゅしん》がのぞいている。

その唇は、唄《うた》っていた。

摘《つま》み摘みは鼻をば摘み
摘み摘みは耳をば摘み……

童唄《わらべうた》のようだが、歌詞に合わせて、壺装束の女性は、笠の内の自分の鼻や耳を本当に摘んでいるようすではないか。その声も仕種《しぐさ》も可愛らしく、仕事の手を止めてしまった見物衆をにこやかにする。

「織田《おだ》さまの姫君かのう」

「いやいや、都《みやこ》のやんごとなき御方《おかた》であろうよ」

「よもや、姫宮《ひめみや》……」

「織田さまのご側室になられるのやも知れぬぞ」

「帝《みかど》が姫御子《ひめみこ》を下されたと申すか」

「ありえぬことではない。織田さまが官職を辞されたゆえ、朝廷もなんとかご機嫌をとりたいと思うていよう」

そんなふうに想像をめぐらせる者らもいた。

正月に正二位《しょうにい》に叙《じょ》された信長だが、春が終わる頃には、突然、右大臣・右近衛大将《うこんえのだいしょう》の両官を辞任した。天下統一が現実味を帯びてきた覇者の辞官の真意を揣《はか》りかね、朝廷はいま右往左往しているのである。

それはそれとして、壺装束の女性が姫宮ではないかという、かれらの想像は的外《まとはず》れであった。飛驒白川郷領主・内ケ嶋氏理《うじまさ》の息女、紗雪《さゆき》である。

紗雪が童唄を唄い、身振り手振りもつけているのは、恥ずかしいからであった。市女笠で顔を隠《かく》しているとはいえ、衆人環視《かんし》は気配で分かる。黙《もく》して動かずにいれば、そのことばかりを意識してしまう。

その羞恥《しゅうち》を察しているので、口取役のおさびも、近侍《きんじ》のたき・しの母娘《おやこ》も、紗雪のやりたいようにさせていた。

ただ、紗雪をあえて壺装束姿に仕立てたたきは、してやったりの思いを抱《いだ》いている。

「紗雪をまことの飛山天女《ひさんてんにょ》に」

という氏理の要望に応えた姿であった。

紗雪を幼少期より知るたきは、女の装いも習い事も嫌《きら》い、猿のように山野《さんや》に遊ぶのを日課とするこの特異な姫君が、実は公家や大名家の息女《そくじょ》たちにも負けぬ美形と分かっていた。

飛驒という、訪れる人も稀な雪深き辺土《へんど》より登場する汚《けが》れなき乙女《おとめ》。たきの思い描いた紗雪像である。旧《ふる》き壺装束を白き衣で仕立てた理由は、それであった。

堺《さかい》の豪商の家に生まれたものの、娘時代に実家が没落したので、いささかの縁《えん》あって白川郷へ移り、以後は機織師《はたおりし》〈さかいや〉として根付いたたきである。堺において洗練された京坂《けいはん》の貴顕《きけん》や、時には異国人とも接した経験が、鄙《ひな》の女にはない発想を、たきにもたらしたといえよう。

紗雪は道中でも常に注目され、市女笠に隠されて顔の見えないことが、人々の一層の興味を掻《か》き立てた。紗雪に随従の者らが、行き会う人から素生《すじょう》を訊《たず》ねられたことも数えきれない。

「ここでは誰も声をかけてこられぬ……」

たきのむすめ、しのが訝《いぶか》った。

たしかに、安土城下の人々ばかりは、紗雪に目を奪われ、ひそひそ話もするものの、気軽に訊ねようとする者がいない。

「年々、織田さまの威令《いれい》が行き渡ってまいったのでござろう。紀律《きりつ》にきわめて厳しい御方ゆえ」

とおさびが、母娘を振り返った。

かつて、信長は、洛中に足利義昭のための将軍御所を建設中、通行の女人《にょにん》にちょっかいを出した警固兵を、有無を言わさずみずから斬り捨てた。風紀の乱れを決して恕《ゆる》さないのである。

声をかけてこない安土城下の人々に対しては、紗雪一行の先頭の者が、自身の乗馬《じょうめ》を曳きながら、にこにこと愛嬌《あいきょう》を振りまいている。信長のお膝元の老幼男女《ろうようなんにょ》が、いずれ内ケ嶋氏のことを知ったとき、よい印象を抱いて貰いたい一心の和田松右衛門であった。

やがて、一行は、安土山の南麓《なんろく》、城の大手門下の濠端《ほりばた》に到着した。

「彦八《ひこはち》はまだご城内なのでござろう。ご門前にて、しばし待つといたし申そう」

松右衛門が紗雪に言った。内ケ嶋家息女の訪問を安土城に知らせるため、氏理の馬廻《うままわり》で、今回の随行人数に加わった迫田《さこた》彦八に先駆《さきが》けを命じたのである。

折しも、軍装の一隊が後ろから迫《せま》った。一行は、広い空き地に身を避《よ》け、紗雪は下馬する。将領《しょうりょう》なのであろう、乗馬も小具足《こぐそく》もひときわ立派な武者が、鞍上より紗雪に目をとめた。

「そこもとら、安土城に何用か」

陽に灼《や》けた顔は、皺《しわ》が多くて若くはなさそうだが、鋭気に溢《あふ》れている。

「われらは……」

と松右衛門が進み出ようとしたが、紗雪の手に制せられてしまう。

「人にものを訊ねるに、先に名乗りもせず、剰《あまつさ》え馬上からとは無礼にござりましょう」

ことば遣いは丁寧でも、性情は紗雪のままである。松右衛門は、小声《こごえ》でたしなめた。

「姫、ここは白川郷ではありませぬぞ」

すると、武者がすかさず下馬し、大股《おおまた》に歩み寄ってくるではないか。斬られる、と松右衛門は青ざめた。

「申し遅れた。それがしは、織田家家臣、佐々《さつさ》内蔵助《くらのすけ》成政《なりまさ》と申す」

松右衛門の案に相違し、素直におのが非を認めて穏やかに名乗った佐々成政とは、信長より越前の二郡を前田利家・不破光治《ふわみつはる》と共に分与され、府中三人衆のひとりとして、柴田勝家の指揮下で北陸平定戦を行う歴戦の勇将である。

応じて、紗雪も市女笠を脱いだ。

成政の息を呑む微かな音を、たきは聞き取った。紗雪の美しさに驚いたのは、明らかである。

「わたくしは、飛騨国白川郷帰雲《かえりぐも》城主・内ケ嶋兵庫頭《ひょうごのかみ》氏理のむすめ、紗雪にございます」

唇の間からのぞくお歯黒《はぐろ》が、紗雪から子どもっぽさを奪い、成人の女性らしい落ち着きを醸《かも》しだしている。

（苦労の甲斐《かい》が……）

安堵せずにはいられないたきである。

女子《おなご》ならば十三歳前後から始める鉄漿付《かねつ》けと置眉《おきまゆ》を、これまでやったことのない紗雪は、帰雲城を出立《しゅったつ》するときから、ふたつながら嫌《いや》がった。気味《きみ》が悪い、と。

どちらも上流の風習だから、たいていの女子は、むしろ誇らしく、楽しんで行うものなのに、この点でも紗雪は変わり者であった。

困《こう》じたたきは、いわば公家の化粧法のひとつにすぎない置眉については、紗雪のわがままを受け容《い》れた。だが、歯を黒く染める鉄漿付けばかりはそうはいかない。成人の証《あかし》なのである。織田信長麾下《きか》の内ケ嶋氏理の名代として、安土に参上する。それが童形《どうぎょう》の女子であっては、信長を愚弄《ぐろう》し、氏理には恥をかかせることになろう。

それでもよろしいのですか、と最後はそう脅迫《きょうはく》して、紗雪に鉄漿付けを承知させたのである。

「兵庫頭どののご息女であったか。先般、われら越前衆は、お父上に援《たす》けていただいた。あらためて礼を申す」

越前衆が加賀一向一揆討伐のために出陣中、手薄《てうす》になるかれらの城や領地を、ほかの一揆勢や上杉方に攻撃されぬよう、要所で守備にあたる援軍として、氏理も兵を率いて参じたのである。しかし、実際には、敵の寡兵《かへい》と小競《こぜ》り合《あ》いがあった程度で、礼を言われるほどの働きはしていない。

これは成政の人柄《ひとがら》であろう、と松右衛門以下、紗雪に随従の人々は好感を抱いた。

血の気の多い紗雪ばかりは、困惑の態《てい》であった。とっさに言い争いを期した対手《あいて》に、思いもよらぬ反応を示されたからである。

成政が何やら蕩《とろ》けたような笑みを洩らす。紗雪の戸惑いの表情の可憐《かれん》さに惹《ひ》かれた、とたきは感じた。

「それがし、内ケ嶋兵庫頭の家臣にて、和田松右衛門と申す」

松右衛門が名乗った。

「これなる紗雪姫は、兵庫頭の名代として、織田さまへご機嫌伺いに参上仕《つかまつ》った。なにぶん鄙《ひな》の小さき領主ゆえ、さしたることはでき申さぬが、進物の品々も持参いたした」

「それはご苦労なこと。上様もお喜びになられよう……と申してやりたいところだが、ひと足違いであったな」

「ひと足違いとは……」

「上様は本日、ご上洛の途につかれた。われらは、たったいま上様を矢橋《やばせ》まで警固仕った帰りなのだ」

琵琶湖の湖南の矢橋と大津《おおつ》間を船で横断する湖水の道は、安土と京を繋ぐ道程の一部であり、信長はたびたび利用した。

この頃、信長が安土と京を往来すること、まことに頻繁《ひんぱん》である。もともと、思い立つや即座《そくざ》に動くのが信長流だから、いずれの地においても、面談を得られる訪問者は幸運と言わねばならなかった。

「畏《おそ》れながら、ご帰城はいつ頃に」

「すまぬが、分からぬ。上様のお心次第なのだ」

「さようにござるか……」

紗雪を信長に会わせて、七龍太《しちろうた》の許嫁《いいなずけ》として認めて貰う、というのが松右衛門が氏理より託された大事の任なのである。

「和田さま。この先のことは、ひとまず宿所に落ち着いてからになされては」

勧めたのは、たきであった。

「そうよな。それがよい」

松右衛門もうなずく。

「つかぬことを訊ねるが……」

成政が少し控えめな口調《くちょう》で言った。

「そこもとらの宿所はきまっておるのであろうか」

「ご城下のどこ……」

どこぞの宿坊《しゅくぼう》に、と松右衛門はこたえようとした。当時、いずこの地でも、大きな社寺には参《さん》詣者《けいしゃ》の宿泊用の宿坊が設けられていた。

ところが、松右衛門に最後まで言わせず、斬り込むように口を挟んだ者がいる。

「津田七龍太さまがお支度《したく》下さいます」

紗雪であった。意を決して言ったのであろう、頬を赧《あから》めている。

松右衛門ら随従者たちは、思わず、ぽかんと紗雪を見てしまう。

「津田七龍太が……」

不審《ふしん》げな成政であった。

「津田どのは、ご主君の織田さまより、内ケ嶋家のお目付《めつけ》を仰せつかっておられるので、そのご縁にて」

と松右衛門が機転を利かせた。

「そのようなことを、聞いた憶《おぼ》えがないではないが……」

「まこと、やさしきお人と存ずる」

「出迎えにまいっておらぬな」

成政はあたりを見回す。

「もし泊まるところに難儀いたすようなら、当家へまいるがよい。まだ普請中《ふしんちゅう》なれど、これくらいの人数ならば不自由はさせぬ」

信長のおもな家臣は、安土の山内《さんない》、山下に屋敷地を与えられ、それぞれ自前で作事《さくじ》を行っている。

「それがしは、越前へ戻るゆえ、明朝には出立せねばならぬが、そこもとらは幾日、幾十日でも居つづけてかまわね」

上杉謙信の死去により、俄然、織田方は北国戦線で優位に立ち、余裕を得た。それで越前衆は、本願寺攻めや西国戦線に、遊軍として、代わる代わる参陣し始めた。成政が安土に参上していたのも、その関係であった。しかし、加賀一向一揆が依然《いぜん》しぶといので、ただちに北国戦線へ復帰するよう、信長に命ぜられたのである。

「まことありがたきお申し出なれど……」

松右衛門は、ちょっと頭を下げながら言って、横目で紗雪を見やった。

労せずして宿所を提供されるとは、ありがたいことであるものの、信長不在のいま、まずは七龍太に会わねばならない。どうするかは、それからであろう。

「あ、迫田さまが……」

しのが、大手門より足早に出てくる迫田彦八に気づいた。

「申し上げます。お取次《とりつぎ》の方によれば、織田さまは京へ向われたとのこと」

「それは、われらもいま知ったところだ。それで、津田七龍太どのはいずこに」

松右衛門は、彦八に先を促す。

「大溝《おおみぞ》城におられるそうにござる」

「そのお城はどこにある」

すると、成政がこたえた。

「淡《あわ》つ海《うみ》の西の岸辺にて、いま築城のさなか」

琵琶湖は淡つ海ともよばれる。

「どなたのお城にござろう」

「上様の甥御《おいご》にあられる津田信澄《のぶずみ》どのの新しきご居城」

信長が尾張清洲《きよす》城に誘殺《ゆうさつ》した実弟・勘十郎《かんじゅうろう》の遺児が信澄である。

「して、彦八。七龍太どのはいつ安土へお戻りになる」

「それは、お取次の方にもお分かりになりませぬようで……」

申し訳なさそうに、彦八は言った。

「なにゆえ」

「なんでも、お市《いち》さまのお心次第とか……」

「お市さまとは」

「上様の御《おん》妹君《いもうとぎみ》にあられる」

これも成政が、先んじて明かしてから、彦八へはたしかめるように問うた。

「七龍太はお供《とも》で大溝城へまいったのではないか」

「そのようにうかがいましてござる」

「であろうな」

という成政の訳《わけ》知り顔が、たきには気になった。が、訊ねるより先に、理由は明かされたのである。

「お市さまは七龍太を永くご寵愛《ちょうあい》ゆえ」

紗雪の初化粧《はつげしょう》のおもてが、一瞬で引《ひ》き攣《つ》った。


五年前の天正《てんしょう》元年八月。

みずから兵を率いて越前へ討ち入った信長は、守護・朝倉左衛門督《さえもんのかみ》義景を同月二十日に自刃《じじん》せしめると、しばし兵馬を休めてのち、近江へ取って返し、二十六日に虎御前山《とらごぜやま》に着陣した。浅井久政・長政父子《おやこ》の籠もる小谷《おだに》城を完全包囲中の織田勢の本陣である。

小谷城は壮大な山城だが、いまや攻城軍は籠城《ろうじょう》軍を山頂の尾根部の本城域《ほんじょういき》のみへ追い込んでいる。

信長は、降伏勧告の使者として、浅井父子と面識のある不破河内守《かわちのかみ》光治を、本丸御殿へ遣わした。

「上様におかれては、備前守どののご苦衷《くちゅう》をよくよく察しておられまする。ご当家と朝倉の永きにわたるご交情を思えば、織田に刃《やいば》を向けたのもやむをえざる仕儀であったのであろう、と」

浅井一族と重臣らが顔を揃えた会所において、光治はそう切り出した。当主長政は、備前守を称する。

「ご当家は朝倉への義理立てを充分になされた。左衛門督亡きいま、あらためて、備前守どのには織田家の、いや上様の御為《おんため》にお働きいただきたい」

「当家への咎《とが》めは一切なしと約束いたすのなら、考えぬでもない」

真っ先に応答したのは、女声である。

久政夫人の阿子《あこ》。京極氏や六角氏に圧迫されて気弱になる夫を、常に叱咤しつづけ、剛毅《ごうき》の質《たち》の嫡男《ちゃくなん》長政が十六歳になるや、強引《ごういん》に家督を譲らせた女傑《じょけつ》であった。

「女子が口出しするでない」

さすがに久政がたしなめる。

「下野守《しもつけのかみ》どのには申し上げるまでもないことと存ずる」

と光治は、冷《ひ》やかに下野守久政を見た。長政が信長と結んでからも、朝倉との交誼《こうぎ》こそ第一と言いつづけてきたのが久政である。

「城を明け渡し、わしが切腹《せっぷく》いたせば、織田どのには新九郎《しんくろう》をお赦《ゆる》しいただけるのか」

長政の通称を、新九郎という。

「備前守どのは上様の御義弟《おんおとうと》にあられる」

首座に向かって少し頭を下げる光治であった。

「実の弟を殺した男など信じられぬわ」

阿子が声を荒《あら》らげた。信長はかつて、同腹の実弟・勘十郎信勝《のぶかつ》を謀殺《ぼうさつ》している。

「母上っ」

こんどは、長政が叱りつけた。それでも、阿子は語を継ぎ、

「織田の本音は、われら浅井の皆殺し。ではないのか、お市」

長政の正室で、信長の妹である市を睨みつけた。

「わたくしには分かりませぬ」

市の返辞は穏やかである。

「分からぬはずがあるまい。そのほう、魔王《まおう》の妹であろう」

信長がみずからを第六天魔王と称したことは、世に知られている。

「畏れながら、申し上げます」

久政・長政父子は、阿子に向かって揃って何か言いかけたが、それより早く、その大音が上がった。

廊下《ろうか》に居並ぶ警固衆の内からである。

声の主《ぬし》は、敷居際まで進み出て、胡坐《あぐら》を組んだ。紅顔の美少年であった。

市の輿入《こしい》れのさい、お付きの小姓《こしょう》として織田家より随従し、以来、近侍しつづけている七龍太。

このとき十六歳。姓は、まだ津田ではなく、喜多村である。

「また、市さま小僧か……」

阿子のあからさまな舌打ちの音が、会所内に響いた。

市の身に直接の危害が及ぶのを禦《ふせ》ぐのはむろんのこと、悪口《あっこう》が伝わっただけで、言った者らを捜し出し、それが上位者であろうと謝罪を求める。長政が市に対してちょっと不満を洩らしても、畏

れながら、と臆《おく》さず異見する。

そうして市を守ることに全身全霊を捧《ささ》げる七龍太を、揶揄《やゆ》して、誰かが市さま小僧という綽名《あだな》を付けた。

「畏れながら、ご母堂《ぼどう》さまには……」

「退《さ》がれ、無礼者っ」

阿子は、撥《は》ねつけた。

「無礼者は、そちらにございましょう」

怯《ひる》まぬ七龍太である。

「何じゃと」

「ご当家当主のご正室へ、隠居の妻にすぎぬ分際《ぶんざい》で罵詈雑言《ばりぞうごん》を浴びせられた」

「分際で、じゃと……」

阿子の眦《まなじり》が吊り上がる。

「謝罪をしていただけぬとあらば、ご正室付きの警固人として、役目を全《まっと》ういたす所存」

「どうするというのじゃ」

「知れたこと……」

すっくと立って、七龍太は腰刀《こしがたな》の柄《つか》に手をかけた。

「斬り捨て申す」

「やめよ、七龍太」

戦場鍛《ぎた》えの声で制したのは、長政である。

市も、強く頭《かぶり》を振ってみせる。

それで、七龍太は引き下がり、元の座へ直った。

「お市。母に代わって、謝る。赦せよ」

「何を仰せられます。勿体《もったい》ない」

市は、後退《あとじさ》りし、長政へ向かってひたいを床《ゆか》にすりつけた。

「新九郎。腑抜《ふぬ》けたことをいたすなっ」

と阿子が倅《せがれ》を怒鳴りつける。

「母上も、何かにつけ、お市を目の敵《かたき》にいたすは、たいがいになされよ」

「妾《わらわ》は、三年前のことは忘れておらぬぞ」

「あれは母上の邪推《じゃすい》にござる。幾度申し上げたらお分かりになる」

これより三年前の元《げん》亀《き》元年四月、朝倉討伐の軍を起こして越前で戦闘中の信長を、浅井父子は裏切り、朝倉勢と謀《はか》って挟撃《きょうげき》すべく、岐阜への道を遮断《しゃだん》した。が、浅井の謀叛《むほん》を知った信長は、越前金《かね》ヶ《が》崎《さき》から近江朽木《くつき》越えの必死の退却《たいきゃく》により、無事に京《きょう》へ逃れる。世に言う「金ヶ崎の退口《のきくち》」である。

このとき、浅井の内部から信長へ急報した者がいたのではないかと考えられ、市に疑惑の目を向けたのが阿子であった。手の者を放ったに相違ない、と。しかし、いかにしても確証が得られず、真相はうやむやとなった。

「新九郎。そなたは、この女の美貌《びぼう》に誑《たぶら》かされておるのじゃ」

「お市は得難《えがた》き妻にござる」

長政との間にすでに三人の姫を儲《もう》けた市だが、後嗣《こうし》となるかもしれない異腹の男児二人にも、正室として、変わらぬ愛情を注いでいた。

「情けなや。目を覚《さ》ますのじゃ、新九郎」

立って、地団駄《じだんだ》を踏む阿子である。

「見苦しい。鎮《しず》まれ、阿子」

とうとう、久政が、妻の袖を摑んで強く引き、無理やり座らせた。

「お使者どの」

長政が不破光治に言った。

「父の切腹も小谷城の明け渡しも承服いたしかねる。それがしは、城を枕《まくら》に討死いたす覚悟。さよう、岐阜どのにお伝え願いたい」

岐阜どのとは、信長をさす。

「申すまでもないが……」

と阿子が、光治を睨みつける。

「当主の正室は供をいたす」

市も長政とともに死ぬことになる、と阿子は断言したのである。

長政が、一瞬、苦悶《くもん》の色を過《よぎ》らせた。しかし、当の市は表情を変えない。

「残念と申すほかなし。されば、これにて」

光治は辞去《じきょ》した。

翌二十七日、織田勢は小谷城へ総攻撃の夜襲《やしゅう》を敢行《かんこう》し、長政の本丸と、久政の拠《よ》る小丸《こまる》との間に築かれた京極丸を落とし、浅井父子の連絡を遮断してしまう。

浅井氏がかつて主家・京極家の居所として建てた京極丸は、本城域の中で最も高い場所に位置するので、本丸、小丸のいずれも見下ろすことができる。落としたのは、羽柴秀吉であった。

「殿。いまいちど備前どのへお使者を遣わすよう、上様に願い出られよ」

竹中半兵衛が秀吉に進言した。

「なんのために」

「お市さまと三人の姫君をお助けするために」

「何を申しておる。備前どのは城を枕に討死を覚悟なされたのだぞ。あの剛毅のお人が、心変わりをいたすと思うか」

「わたしの思い違いにござったか。殿はお市さまをなんとしてもお助けしたいのでは……」

「助けたいに決まっておろう」

途端《とたん》に、秀吉は泣きそうになった。織田家に小者《こもの》として仕《つか》えた当初から、市に恋い焦《こ》がれているのである。

「備前どのもさよう思うておられましょう」

と半兵衛が言った。

「なぜさようなことを申せる」

「備前どのはお市さまを心より愛《いと》おしゅう思うておられる。お市さまが可憐な姫君たちの母親となられてから、その思いは一層のものとなられた。このことは、七龍太からの書状《ふみ》にて伝わっており申す。おのれが生き長らえることにはいささかの未練もないが、お市さまを道連れにいたすは、備前どのにとって堪《た》え難《がた》きことと存ずる。わたしは、今朝《けさ》、お使者をつとめた不破どのから、備前どののごようすをつぶさに訊《き》きだし、それと確信いたし申した」

「備前どのがまことにさように思うているのなら、昨日、お市さまも三姫《さんひめ》も不破の手に託しておろう」

「あの姑《しゅうとめ》御《ご》の手前、それはできますまい」

「なるほど、そうよな……」

「いまなら、あの姑御も小丸におられるはずゆえ、備前どのも否とは仰せられぬと存ずる」

「お市さまをお救い申し上げることができれば、上様もお喜びになる」

「殿には大いなる手柄」

「ああ、半兵衛がいてくれてよかった」

「上様には、お使者に藤懸三蔵《ふじかけさんぞう》どのをお加えになるよう、言上《ごんじょう》されよ。お市さまが城を脱せられるさい、ご血縁で心利《き》いた者が供をいたせば、ご安心なされましょう」

藤懸三蔵というのは、織田氏の末流で、信長と市とは又従兄弟《またいとこ》の関係の若者である。

「三蔵どのなら、七龍太とも呼吸《いき》が合い申そう」

織田と浅井が決裂する以前、岐阜から小谷へ進物品を届ける一行に幾度か加わった三蔵は、そのたびに、年齢《とし》の近い七龍太と親しく語り合っている。

「行き届いた配慮よ。さすが半兵衛。では、わしが戻るまで、兵どもを抑えていてくれよ」

「畏《かしこ》まった」

秀吉は、ただちに、みずから信長のもとへ向かった。

このときには、信長は、小谷城の背後を守る大嶽《おおづく》城を奪って暫《しば》しの本陣としていたので、秀吉も早々に到着できた。半兵衛に授《さず》けられた通りに進言すると、快諾を得られた。

信長にすれば、もはや小谷城を落とすのはたやすいので、妹の命を救えるやもしれぬ手立てを一度講じるくらい、さしたる手間ではないと思ったのである。

ほどなく、昨日につづいて、再び不破光治が、信長の使者として小谷城本丸へ入った。随従者の中には藤懸三蔵の姿もある。

「上様におかれては、やはり備前守どのほどの将才を失うのはあまりに惜しい、と再度それがしをお遣わしになられた。あらためて忠節を誓《ちこ》うてくれるのなら、大和《やまと》一国を与えるとの思《おぼ》し召《め》しにござる」

光治のこの切り出し方は、秀吉の策である。どのみち、どんな好条件を出したところで、長政は受け容れない。市と三姫の引き渡しを、長政から言わせるよう仕向けるためであった。

「朝倉との義を第一としたことは後悔しており申さぬが、織田どのにさまで買《こ》うていただいては恐縮いたす」

「幾度でも申し上げるが、上様と備前守どのは御義兄弟《おんきょうだい》」

「されば、死ぬ前に、せめて義弟《おとうと》として、義兄《あに》に礼をいたしたい」

「御礼とは、何でござろう」

「お市を織田にお返し申す。茶々《ちゃちゃ》、初《はつ》、江《ごう》の三姫も共に」

「なんと……」

してやったりの光治だが、むろん、思いがけないという表情をみせた。

だが、即座に反対の声を上げた者がいる。市であった。

「殿。わたくしは浅井長政の妻。帰る家などほかにありませぬ。殿に随《したご》うて黄泉《よみ》へまいる所存にございます」

「ならぬぞ、お市」

「いいえ。お供仕りまする」

「そなた、いま、浅井長政の妻と申したではないか」

「さようにございます」

「良人《おっと》たるこの長政の意に沿えぬとあらば、いまこの場にて、離縁いたす」

「殿っ……」

市は、声を失い、そして突っ伏し、慟哭《どうこく》し始めた。

居合わせた誰もが、かけることばもない。

「それならば、わたくしは……」

ほどなく、上体を起こした市が、泣き顔で長政を見てから、近侍の七龍太を一瞥《いちべつ》した。何やら決意の面差《おもざ》しである。

「わたくしは、殿に申し上げねばならぬことがございます」

それを聞いて、つつつっ、と七龍太が市へ寄るや、

「御免」

あるじの鳩尾《みぞおち》へ拳《こぶし》を突き入れたではないか。

市は、微《かす》かに呻《うめ》いて、気絶した。

「何をする、七龍太」

思わず、長政が膝立ちになる。

「御方さまが何を申し上げようとしたのか、わたしには察せられましたので、無礼を承知で当て落としましてございます」

「お市の申したかったこととは、何か」

「畏れながら、ご母堂さまへの御恨《おんうら》み」

「市は、これまで、わが母からいかに謗《そし》られようと、いちどとて言い返したことはないぞ」

「なればこそにございます」

「どういうことか、七龍太」

「御方さまがご母堂さまに言い返さなんだのは、備前守さまのご孝心《こうしん》をよくよくご存じにあられたからにございます。ご母堂さまへのお恨みを一言でも洩らせば、備前守さまとご自分の愛が壊れると恐れておられました。それゆえ、いま、この美しき別れ際に、ご母堂さまへの悪口を列《つら》ねれば、御方さまを織田へ返すという深きご情愛を示された備前守さまのお怒りを買う。さすれば、お手討ちを賜《たまわ》ることができるやもしれぬ。そのように、お考えになられたのでございます」

「わしの手討ちを望んだのか、お市は」

「殿に随《したご》うて黄泉へまいる所存、と御方さまは仰せられたはず」

長政は、気を失っている市の上体を抱き起こす。

「そこまでわしのことを……」

最愛の妻を掻《か》き抱《いだ》いて、良人《おっと》も泣いた。

「七龍太。そちが、市と姫たちを織田どののもとへ送り届けよ」

声を震わせながら、長政が命じる。

「必ず」

力強く、七龍太は請け合った。

それから、光治と随従の者らは、本丸を出た。信長の妹の市が織田の使者に守られて落ちれば、浅井の一族、家臣の中には熱《いき》り立つ者もいるので、長政ら籠城勢の玉砕《ぎょくさい》の覚悟は変わらぬという態を装ったのである。三蔵だけは、姉とも慕《した》っている市に殉《じゅん》じたいという、もっともらしい理由をつけて、本丸に留《とど》まった。

使者が大嶽城へ戻ったところで、信長は秀吉に命じて、小丸へ攻め入らせた。

一挙に守りを崩された小丸勢は大兵《たいへい》の前に為《な》す術《すべ》もなく、浅井久政は自害し果てる。

その結果を受けて、信長は、大嶽城から京極丸へ移陣し、残る本丸を悠然《ゆうぜん》と見下ろした。

小丸のあっけない陥落と久政の切腹、さらには魔王信長の接近に、本丸の籠城兵の多くは恐怖に駆られ、逃げ出す者が続出した。

この混乱の機会を待っていた七龍太は、まだ意識を失ったままの市を背負って、本丸御殿を脱する。三蔵がこれに寄り添った。

三姫と乳母《めのと》たちは、長政が付けた屈強の侍臣《じしん》たちに警固されて、七龍太のあとにつづいた。が、夜陰《やいん》のことで、少し離れただけで、互いを見失うのはやむをえない。姿を見られぬよう、灯《とう》火《か》も携えていないので、なおさらであった。頼りとするのは、月明かりのみである。

京極丸と繋ぐ鞍部《あんぶ》の通路へ入ったところで、後ろを振り返りながら、三蔵が不安の声を洩らした。

「七龍太。姫たちが来ぬ」

「このまま進もうぞ。姫たちの警固衆も、城内のようすは知悉《ちしつ》しておるゆえ、決して迷うことはない」

七龍太の両肩から胸へ回されている市の腕が、動いた。少し首《こうべ》を回すと、吐息がかかった。

うっすらと市の目が開けられる。

少しずり落ちている市の体を、あらためて背負い上げた。着物を通して、乳房《ちぶさ》や太腿《ふともも》のやわらかさが感じられる。

「殿……」

市が力なく言った。意識がまだぼんやりとしているようだ。

「お手討ちを、賜りとう……」

切なげなその声音《こわね》に、七龍太は胸を塞《ふさ》がれた。

長政から離縁すると突っぱねられたとき、市が言おうとした本当のことを、七龍太は分かっている。

三年前、浅井父子謀叛のことを、信長へ急報したのは市であった。その命《めい》を受け、実際に金ヶ崎まで走って、信長へ直《じか》に伝えたのが七龍太である。

その頃の七龍太は、織田家より随従の市付きの者らの中でも、まだ目立たぬ存在で、浅井家の一族、家臣たちに気にもされていなかった。当時十三歳の年少でもあり、密使の任にはうってつけだったといえる。

七龍太自身、越前討ち入りの織田勢には師の竹中半兵衛と父の喜多村十助も従軍中と知っていたから、わが命《いのち》に代えても報《しら》せたかった。

市の行為は、恥ずべきものではない。戦国の世に政略婚により嫁いだ女で、まだ後嗣の男児をあげてもいない立場ならば、実家の利を優先するのは当然といってもよい。

だが、市は、輿入れ当初から長政に好感を抱き、信長が金ヶ崎の危機を脱したあたりから、本気で愛するようにもなった。以後は、長政から深い愛情を受けるたび、密使の件を後悔した。

永遠の別れと決まったとき、告白せずにはいられぬ、と市は思った。七龍太が市を当て落としたのも、それと察したからである。

「七龍太が、生涯、お守り仕る」

前を向いたまま、七龍太は絞り出すように宣言した。朦朧《もうろう》としている市の耳には入らずともかまわなかった。これが、おのれの唯一無二《ゆいいつむに》の望みであり、悦《よろこ》びなのだから。

「やはり、ご母堂さまの案じられた通りであったわ」

突然、怒気を含んだ声が聞こえた。

七龍太は往《ゆ》く手を塞がれた。

「織田陣へは往かせぬぞ。御方さまには、お城で死んでいただく」

五人。阿子の手の者である。

「三蔵。御方さまを頼んだ」

七龍太は、市の身柄を三蔵に託すや、いきなり抜刀《ばっとう》して、踏み込んだ。

たったひとりが、われから斬り込んでくるとは予想していなかった敵は、たじろいだ。

市のために命を投げ出すのは、悦びなのである。七龍太がのちに信長から激賞される五人斬りの剣が、月下に躍った。

このとき、織田勢の本丸への乱入も開始された。

浅井長政が自刃に及んだのは、九月朔日《さくじつ》（一日）のことである。いつか最愛の妻の枕辺《まくらべ》に甦《よみがえ》りたいと願ったのかもしれない。享年二十九。

市と三姫は、七龍太の活躍により、恙《つつが》なく信長のもとへ送り届けられた。

捕らえた阿子を、信長は、市の助命嘆願《たんがん》をも却《しりぞ》け、断じて赦さなかった。毎日指を一本ずつ切り落とし、一寸刻《きざ》みに殺させた。

「十六歳の若年《じゃくねん》にして、無双《むそう》の手柄である」

七龍太は、信長より、津田の姓と〝負けずの鐔《つば》〟を賜った。


大溝城下は、所々が普請中だが、ほぼ整っている。

町屋《まちや》や寺社の大半は、つい先頃まで信長の命でこの高島《たかしま》郡を治めていた磯野員昌《いそのかずまさ》の居城・新庄《しんじょう》城の城下から、移築したものである。

員昌は、もとは浅井の家臣だが、主家が滅ぼされると、織田に属し、信長の甥《おい》の津田信澄を養嗣《ようし》子《し》に迎えて、数年間はよく働いた。が、いちど信長の譴責《けんせき》を受けただけで、恐怖し、にわかに逐電《ちくでん》してしまった。

そこで、信長は、信澄に命じ、高島郡支配の本拠を、西近江路の水陸の要衝たる大溝へ移させたのである。

「安土に比べれば小さいが、いやはや、ここも大層なご城下じゃ」

先頭を往く和田松右衛門が、つとめて明るく言った。

「ほんに、さようにございますなあ」

たきとしのの母娘《おやこ》も同調し、鞍上の紗雪を振り仰ぐ。

そりの深い市女笠を目深に被って、俯《うつむ》いてもいるので、表情はたしかに窺えない。だが、陰鬱《いんうつ》の気を隠せずにいる。

母娘は、紗雪の乗馬の轡《くつわ》をとるおおさびを、ちらりと見やったが、無言で頭《かぶり》を振り返された。

七龍太は信長の妹・市と強い絆《きずな》で結ばれている。佐々成政からその子細を聞き、塞ぎ込んでしまった紗雪なのである。

紗雪の七龍太への想《おも》いなど知らないのだから、成政に罪はない。それどころか、この織田の有力部将には世話になった。

急ぎ越前へ戻らねばならぬというのに、成政はみずから、紗雪らを信長に信任される近習に取り次いで、内ケ嶋兵庫頭からの進上品をたしかに受納したという文書を発給《はっきゅう》させた。さらには、紗雪の一行が七龍太を訪問することを、おのが家臣を大溝城へ先に遣わして知らせてくれもしたのである。

実は、七龍太と市の小谷城時代の濃密な関わりを聞いた直後、紗雪は七龍太に会わぬまま帰国の途につこうとした。しかし、松右衛門から、お父上のおことばをお忘れかと叱られ、思い直した。

「直に会《お》うて、そなたの心の内を申し上げよ」

安土行きのお膳立《ぜんだ》てまでしてくれて、決して悔いを残さぬように、とひたすらむすめの仕合わせを願う氏理の親心を、この期《ご》に及んで無下《むげ》にすることなどできない。

侍屋敷の列なる一帯へ入ったところで、城郭《じょうかく》が見えてきた。

ほどなく、本丸の南側の大手口《おおてぐち》へ達すると、そこには先乗りの迫田彦八の姿が見えた。彦八は、大溝城への使者をつとめた成政の家臣に同道させてもらい、そのまま留まって、紗雪一行の到着を待ったのである。

下馬した紗雪へ寄った彦八が、城外からも見える高い建物のほうへ腕を差し伸べた。

「姫。津田七龍太どのは、いま、ご城主さまと小谷の方《かた》さまのお供をして、あれなるご天守に上っておられます」

城主は津田信澄を、小谷の方とは信長の妹の市をさす。

市は、小谷落城後、当初は尾張守山《もりやま》城に預けられたが、ほどなく伊勢安濃津《あのつ》城に落ち着いた。安濃津の城主は、信長の弟の織田信包《のぶかね》である。

活動的な市は、むすめたちを連れて、物見遊山《ものみゆさん》をすることがめずらしくない。今夏は、安土見物を主《しゅ》として、近江の織田一族の居所《きょしょ》や名勝を見て回っている。

甥にあたる信澄のことを、市は自身が嫁ぐ前に可愛《かわい》がっていた。父の織田勘十郎信勝が信長に誅伐《ちゅうばつ》された年に誕生した子なので、憐《あわ》れを催したのである。

それゆえ、信澄のほうも、市の訪問をいつでも歓迎する。

また、市を介し、信澄と七龍太も、身分差を超えて昵懇《じっこん》となった。両人は奇《く》しくも同い年で、ともに信長より津田姓を賜っていることも、心安さを生んだ。

この良好な関係が、七龍太を供とする市の大溝城滞在を長くしているのである。

紗雪は、市女笠の端《つま》を持ち上げ、天守を仰ぎ見てから、意を決したように、紐《ひも》を解いて笠を脱いだ。

いつもは明るいはずのおもてに、憂《うれ》いが濃い。ただ、それだけにかえって、紗雪らしからぬ艶《つや》めきが漂《ただよ》う。

一行は、大手橋《おおてばし》を渡り、門内へ入った。

「なんとも美しい……」

松右衛門をはじめ、紗雪に随従の家来衆も皆、見とれてしまう。

竣工《しゅんこう》の近い大溝城は、乙女ヶ池《おとめがいけ》とよばれる内湖《ないこ》を濠《ほり》として巧みに利用し、天守を配した本丸と二の丸、三の丸とは、すべて舟で往来《いきき》できる造りという水城《みずじろ》であった。

琵琶湖に面した東側は、濠と湖水が繋がっており、その周辺に広がる白砂青松《はくさせいしょう》まで望むことができる。

この本丸の南東隅《ぐう》に建つ天守の望楼《ぼうろう》からは、琵琶湖を一望できて、城にほど近い勝野湊《かつののみなと》も見える、と彦八が言った。

城の縄張《なわば》りを行ったのは、信澄の岳父《がくふ》の明智《あけち》日向守《ひゅうがのかみ》光秀《みつひで》だという。羽柴筑前守秀吉と双璧《そうへき》をなす織田の出頭人《しゅっとうにん》である。

信長が支配する近江の琵琶湖の岸辺には、安土城を別格として、大溝城のほかに光秀の坂本《さかもと》城、秀吉の長浜《ながはま》城という二つの水城が築かれている。その中では大溝城は小城《こじろ》、と松右衛門らは安土城下で聞かされた。

（どこが小城か……）

帰雲城に比べれば、途方もない巨大さであり、まことに華美でもあった。

飛騨の奥地より出てきた者にすれば、織田信長の力は想像を遥《はる》かに超えていると言わねばならない。

「食《く》らえ、へいないい」

黄色いが、勇《いさ》ましい声が上がった。

そこは馬場であろう、砂の敷きつめられた広場で、ひとりの男を、三人の娘子《じょうし》が石を打ちながら追いかけ回している。

石を投げ合う印地打《いんじうち》という乱暴な遊びは、江戸時代以前、男子だけでなく女子も興《きょう》じたものである。

いま追いかけ回されている男は、石を持たず、ひたすら躱《かわ》すだけであった。対手《あいて》が、装いからして、身分高き姫君たちだからであろう。お付きの侍女《じじょ》らも、三姫が転びはしないかとはらはらするようすで、その動きに合わせて右往左往している。

「あれは、宮地兵内どの」

おおさびが気づいた。

三姫のつぶてを、悲鳴をあげながら、しかし一度も食らわず器用に躱すのは、紗雪たちもよく知る七龍太の従者であった。

兵内の躱し方が滑稽《こっけい》なので、三姫はけたけたと笑いっ放しである。

「お茶々さま、しばらく」

兵内が、右手を突き出し、最も年長とみえる十歳余りの姫に、待ったをかけた。紗雪の一行が目に入ったからである。

「お初さま、お江さまも」

だが、まだ五、六歳と思われる最も幼い姫は、えいっ、と石を兵内へ投げつけた。

「ひゃあっ」

脛《すね》に中《あた》って、大げさにひっくり返る兵内である。

「まいりましてござる」

「江が討ち取ったあっ」

兵内の敗北宣言に、幼姫の江は無邪気《むじゃき》に小躍《こおど》りした。

「ずるい、お江は。兵内が待ったをかけたのに」

釈然としない初は、唇を尖《とが》らせる。

「なら、もう一度、やればよい」

と茶々が事もなげに言う。

「なんとも可愛らしい……」

「ほんになあ……」

立ち止まって眺めやっている紗雪一行の中で、しのとたきが溜め息をついた。

「ご城主の姫君たちか」

松右衛門が彦八に訊いた。

「小谷の方さまのご息女の茶々さま、初さま、江さまの三姉妹にあられます」

「さ……さようか」

ちらりと紗雪を見る松右衛門であった。

かくも可憐な姫たちの生母・市の容姿《ようし》が、十人並みであるはずはない。よほどの美貌が想像される。

同じ思いを抱いたのか、紗雪の表情は一層沈んだ。

このとき、江と初が一行に向かって駆けてきたではないか。

「きれいじゃなあ……」

「可笑《おか》しやなあ……」

ふたりは、紗雪の廻《まわ》りを、ぐるぐる巡りながら、ためつすがめつし始めた。それぞれ反応は違えど、姉妹には壺装束がめずらしいのである。

紗雪は戸惑った。自身が女の装束というものに関心をもっていれば、姫たちをあしらうこともできようが、たきにされるがままの装いだから、どう対応すればよいのか分からない。

「初。江。無礼をいたすな」

茶々が、ひとり、離れたところから、叱声《しっせい》を放った。

「その方々は、津田七龍太のお客人じゃ」

いま、兵内より、そう聞かされた茶々なのである。

「いいなずけか」

紗雪を足許《あしもと》から仰ぎ見て、江が小首《こくび》を傾《かし》げながら訊くともなく訊いた。

「えっ……」

思いがけない質問に、紗雪はうろたえる。

「あ、赧《あこ》うなった」

おのれの両頬を押さえて、紗雪をからかったのは初である。

「ふたりとも、やめなされ」

怖い姉が向かってきそうになったので、初と江はわあっと逃げた。

茶々は、紗雪に向かって、辞儀をした。随分と大人《おとな》びており、いますぐどこかの大家《たいけ》に嫁いでも恥ずかしくなさそうである。

解放された兵内が、紗雪のもとへ寄ってきて折り敷いた。

「姫には恙ないごようす、祝着《しゅうちゃく》に存ずる」

紗雪が返辞をせず、力なく微笑《ほほえ》むばかりなので、兵内は訝《いぶか》って、松右衛門とおおさびを見やる。

「いや、兵内どの……長旅であったのでな、さすがに姫もお疲れなのだ」

松右衛門が取り繕《つくろ》った。

「されば、七龍太さまにお会いになるのは、しばしご休息をとられてからのほうが……」

「よい」

紗雪が遮《さえぎ》った。

「先延ばししたところで、詮《せん》ない」

どうやら覚悟をきめたようすである。

ところが、七龍太が上っているという天守のほうへ足を向け、数歩、踏み出したところで、紗雪はよろめき、膝から頽《くずお》れてしまう。

「姫っ」

とっさに、おおさびが抱きとめ、紗雪の頭が地を叩くのを禦いだ。

「気を失われたようだ」

七龍太への想いが膨《ふく》らみすぎている上に、いまだ馴染《なじ》めない装いのまま、不慣れの地で、七龍太と深く関わる市の可愛い息女たちを目《ま》の当たりにした。身も心もついに堪《た》えきれなくなったのである。

「三の丸へお運びいたそう。ご宿所を用意してあるゆえ」

兵内がその案内に立とうとしたところへ、茶々が小走りに駆けつけ、気絶している紗雪の顔を覗《のぞ》き込んだ。

「医者《くすし》をよんでまいれ」

茶々は、即座に、侍女らに命じた。

「これは……かたじけのう存ずる」

子どもとも思えぬ姫君の対応に、松右衛門が、驚きながら、礼を言う。

「七龍太のお客人じゃゆえな」

茶々のその一言に、たきとしのは顔を見合わせてしまう。母親と自分たち姉妹の命を救ってくれた七龍太を、あるいは、この姫は男として好きなのかもしれない、と女ふたりは感じたのである。

「あとは、わたしが看《み》よう」

紗雪の枕辺に端座《たんざ》する七龍太が、皆を眺め渡して言った。

陽が落ちて、燈檠《とうけい》に火を入れたところである。

「されば、われらはこれにて……」

松右衛門が辞儀をして立ち、たき、しの、おおさびもつづく。

期せずして、かれらは同じ思いを抱いたのである。紗雪が目覚《めざ》めたとき、七龍太とふたりきりのほうがよい、と。

ただ、兵内が残っている。

「兵内も退がってよい」

つづけて七龍太がそう言ったので、松右衛門らは、ほっとした。

「兵内どの」

室外へ出たところで、おおさびが声をかけた。

「何でござろう」

「小谷城落城時の七龍太どのの見事なお働きを、佐々どのから聞き申したが、解《げ》せぬことがひとつござったので、それを知りとうて……」

「めずらしや。おおさびどのが、紗雪姫のこと以外に、お気にかけることがおありとは……」

「ほかならぬ兵内どののことゆえ」

「それがしの……」

とうに友情を抱き合っているのだが、どちらもそれを口にしたことのない両人である。

「そぞろに歩くといたそうか。湖水に映る月は格別にござるゆえ」

と兵内が誘《いざな》った。

ふたりは、本丸の東側まで出た。城濠《しろぼり》をなす乙女ヶ池と琵琶湖とを繋ぐ城壁の開口部が目の前である。

薄闇《うすやみ》の湖面に月の光の道が敷かれた光景は、幻想的ですらあった。

「飛騨では見られぬ景色じゃ」

おおさびは素直に喜んだ。

「して、解せぬこととは」

兵内が訊《たず》ねる。

「佐々どのの話では、七龍太どのが小谷の方さまを守って小谷城を脱するさい、兵内どのが従《したご》うておられなんだように聞こえ申した。竹中半兵衛どのより七龍太どのの警固役を仰せつかったそこもとが、なにゆえに」

「さすがに鋭いの、おおさびどのは」

「七龍太どののために命を投げ出すのを使命としておられるに相違ないお人には、ありえぬこと。さよう思うたまで」

「紗雪姫のためにいつでも命を棄《す》てられるおおさびどのなればこそのご不審」

「明かしてはならぬことならば、よいのでござる。二度と訊ねまい」

「上様に露見いたせば、打ち首やもしれ申さず」

恐れるようすもなく、さらり、と兵内は言ってのけた。上様とは信長のことである。

「では、明かされるな。愚《おろ》かなことを申して、すまなんだ」

「いや。おおさびどのならば……」

小谷落城にさいして、浅井長政は、跡取りの十歳の万福丸《まんぷくまる》とまだ赤子《あかご》の次男に、不愍《ふびん》ながら死出《しで》の供《とも》をさせようとした。

助命を願ったところで、浅井の後嗣となる男子を、どれほど幼くとも、信長が生かしておくはずはない。といって、どこぞへ落とす途次で、織田方に発見され、雑兵《ぞうひょう》どもの槍先にかけられては、後悔してもしきれぬ。織田の大軍の包囲網を抜けるなど、可能性はきわめて低いのである。それならば、父子ともども城を枕に討死したほうが、浅井の武門の名誉は守られよう。

これに真っ向から反対したのが市であった。

「死ぬのは易《やす》きこと。父の無念を晴らすべく、生きて御家《おいえ》再興を果たすことこそ、武門の男子《おのこ》の名誉と存じます」

正室として嫡男をあげることのできなかった不甲斐《ふがい》なさを悔いていた市は、長政の血筋の男子を何としても守りたかったのである。

このとき、申し出たのが七龍太であった。

「わが従者、宮地兵内ならば、和子《わこ》らを必ず落とし奉《たてまつ》ることができ申す」

兵内は、たったひとりで、万福丸を背負い、赤子は胸に抱えて、包囲の網《あみ》の目をくぐり抜け、小谷城脱出に成功する。この大事の任についていたので、七龍太には随従できなかったのである。

兵内は、近江の長沢《ながさわ》という村の寺に、いったん和子らを預けた。赤子連れで国外へ一気に脱するのは、困難だったからである。

「さようであったか。大変なお役目を全うされたのだな」

おおさびが感服したが、

「全うはできなんだ……」

兵内は、小さく頭《かぶり》を振る。

「その後、日ならずして、和子らは発見され、捕《と》らえられてしもうた」

兵内が近江脱出の手筈《てはず》を調《ととの》えて、長沢村の寺を再訪しようとした矢先のことであった。

赤子である次男は、僧籍に入ることで死を免れた。が、万福丸は、串刺《くしざ》しの刑に処された。

「その無惨な刑を、上様のお下知《げち》に従い、執《と》り行《おこな》うたのが筑前守さま」

溜め息をつく兵内であった。

七龍太が師父《しふ》と仰ぐ竹中半兵衛は、当時もいまも、その羽柴筑前守秀吉に仕えている。

万福丸らを寺に預けたとき、兵内はおのれの素生を明かさなかったので、その後、織田方の追及の手は届かなかった。

立派であったのは万福丸で、自分と赤子の弟が小谷城を脱した経緯を一切語らなかったという。

正室というのは、夫の子すべての母となるのが任といってよい。それゆえ、形として、庶腹《しょふく》の子たちからも生母より敬《うやま》われる。実際にはなかなかできることではないが、万福丸は市を心より敬愛していたのである。母が困《こう》じることを決してすまいと思い決したのが、沈黙の理由であったに違いない。

市は、勇気ある少年の文字通り命懸《いのちが》けの思いを無駄にしないためにも、すべてを胸の内に秘した。それだけに、心に突き刺さった痛みは消えることがなかった。

「七龍太さまは、それがしには追腹《おいばら》は許さぬとご厳命の上、おのが腹を召《め》そうとなされたのじゃが、七龍太さまのご気象《きしょう》を知る小谷の方さまが、それを予期しておられ、寸前でお止めになった。そなたを死なせて、わたくしだけがどうして生き長らえられよう、と落涙《らくるい》に及ばれて……」

以後、万福丸の一件は、市も七龍太も兵内も、二度とふたたび口にしたことはない。

「さまでの秘事を、身共《みども》ごとき者に……」

おおさびは、深々と頭を下げた。

「裏切り、裏切られるのが常のこの乱世で、よもや友ができるとは思うておらなんだのでな、つい口を滑らせたようにござる」

「友と申されたか……」

「しかと申した」

「友として、かまえて他言はいたさぬ。いたせば、幼くともまことの武人にあられた万福丸どのに嗤《わら》われる」

「されば、この場、この時より、互いに改まった物言いをやめにせぬか、おおさび」

「承知じゃ、兵内」

初めて呼び捨てにし合ったふたりである。

おおさびは、振り返って、三の丸を眺めやった。

（姫と七龍太どのも、いまのわれらと同様の仕儀に至ればよいが……）


「紗雪どのの美しさは存じておりましたが、これほどであられたとは……」

「見つめないで下さいまし」

「ずっと見ていたい」

「羞《は》ずかしゅうございます」

「姫っ」

「あ……なりませぬ、七龍太さま」

「姫。わたしの紗雪姫」

「ああ、お赦《ゆる》しを……体が折れてしまう」

「姫……紗雪どの……紗雪どの」

はっ、と紗雪は目覚めた。

間近に七龍太の顔がある。

にわかに意識が戻った。

（唇《くち》を吸われる……）

そう思った途端、無意識に手が出た。

「無礼者っ」

頬を強く張られた七龍太が、ひっくり返った。

紗雪は、掛け具をはねのけ、がばっと上体を起こす。

「ず……随分と魘《うな》されておられたが、悪い夢を、痛たたっ、御覧になりましたか」

「悪い夢じゃと……」

それで、ようやく、いま起こったことが腑《ふ》に落ちた紗雪は、狼狽《ろうばい》し、真っ赤になって俯いてしまう。

衿許《えりもと》が少しはだけていることに気づき、慌てて両衿《えり》を摑《つか》んで、きつく閉じた。

「わたくしは……」

と紗雪が言ったので、七龍太は左頬を押さえたまま、目を丸くする。

「わたくしって……お倒れになったとき、つむりは打たなんだと松右衛門どのより聞き申したが……」

紗雪ならば、自分のことを、おらちゃ、と称す。つむりを打って、ちょっとおかしくなったのかもしれない、と七龍太は本気で案じたのである。

「なんじゃと。おらちゃを阿呆《あほう》あつかいするのか」

「いやいや、ようござった。いつもの紗雪どのに戻られた」

七龍太は、心底から安堵の吐息をついた。

が、その笑顔は、いまの紗雪には憎体《にくてい》に見える。人の気も知らないで、というところであった。

「いつものおらちゃは、こんなものではないわ」

おめきざま、紗雪は、七龍太へ躍りかかり、今度は裏拳《うらけん》で、その右頬を殴りつけた。

七龍太の目から星が飛んだ。そのまま、もう一度、仰《あお》のけにひっくり返る。

そこへ、紗雪は、馬乗りになって、両手で七龍太の首を絞《し》めた。

「姫っ、何をなさる」

「なんということを」

怒号と物音にびっくりした家来衆が飛び込んできて、紗雪を七龍太から引き剝《は》がす。

たきとしのは、姫君の衿許や裾《すそ》が乱れて肌が露出せぬよう、そのあたりを懸命に押さえる。

「ぐえっ」

暴れる紗雪の蹴りを股間《こかん》に浴《あ》びた松右衛門が、体をくの字に折って、蹲《うずくま》った。

「おお……さびと、兵内どのは……どこじゃ……ううう……」

脂汗《あぶらあせ》の噴き出す松右衛門である。

「いかがなされました」

耳を洗われるような澄んだ声が聞こえた。

声の主を、一同は振り返った。

紗雪の家来衆が戸を開け放した出入口のところに、左右から侍女の手《て》燭《しょく》の明かりをうけて、唐《から》織《おり》の艶《あで》やかな小袖《こそで》姿の女人が立っている。

「小谷の方さまにあられる」

ただひとり拝謁《はいえつ》を済ませている彦八が、居住まいを正して、平伏した。

余の者は、大慌てで、倣《なら》った。

あはは、と七龍太が笑う。

「お市さま。これなる内ケ嶋の姫、紗雪どのは、ご武芸に長じておられるので、皆でお対手《あいて》を仕っており申した」

「姫さまのお加減をうかがいにまいりましたが、これほどお元気ならば、もはや心配無用にございますね」

市は、紗雪に向かって、微笑みかけた。

七龍太のほかに、おもてを上げて、市を目の当たりにしているのは紗雪だけである。

見とれた。市の微笑は、比べるものがないほど艶《なま》めかしく、怖いくらい美しい。

微笑だけではない。その姿形は、女性のあらゆる美を独占しているように見える。圧倒的であった。

（おらちゃには、とても太刀《たち》打ちできない……）

市が、ゆったりと舞うように向きを変え、清らかな処女《おとめ》のごとく楚々《そそ》と立ち去ってゆく。

えもいわれぬ甘やかな残り香《が》が、紗雪のところまで漂った。

何の香りか、分からない。だが、引導を渡されたと感じた紗雪には樒《しきみ》の匂いに思えた。樒は墓地に植えられる。

「ひとりになりたい……」

声の震えを抑えられなかった。

たきの、紗雪への視線が痛ましげである。

「紗雪どのは慣れぬ土地《ところ》へまいられ、お疲れのようだ。ひと晩、お眠りになれば、朝にはご気分もすぐれましょう」

七龍太が、そう言って腰を上げたので、紗雪の家来衆も立った。

「そうだ、姫」

松右衛門に肩をかして立たせてやりながら、七龍太は明るく声を張った。

「明日は、わたしと舟遊《ふなあそ》びをいたしませぬか。愉《たの》しゅうござるぞ」

言い置いて、七龍太も出ていく。

ひとりになった紗雪は、突っ伏し、声を殺して泣き始めた。

夜半を過ぎてから、泣き疲れて、ようやく寝入った。

気配に気づいて、瞼《まぶた》を押し上げたのは、早暁《そうぎょう》の時分である。

枕辺にちょこんと座している人影から、とっさに離れるべく、紗雪は夜具より転がり出た。

しかし、害意は伝わってこない。

手燭を持ち上げたその人が、おもてを笑み崩した。

艶絶《えんぜつ》の笑。

(小谷の方……)

目が眩《くら》みそうになったが、よく見れば違う。

「お茶々さま……」

末恐ろしい。すでにして、市に遜色《そんしょく》のない美を具《そな》えようとしている姫であった。

怨笛《おんてき》の譜《ふ》

「よう覚悟した。母として褒《ほ》めてしんぜよう」

小躍《こおど》りせんばかりに弾《はず》んだ声を放つ茶之《ちゃの》である。

「待て、紗雪《さゆき》。わしは、父としても、この内ケ嶋の当主としても、断じて許さぬ」

氏理《うじまさ》は、目の前の紗雪に詰め寄った。

「これは、異なことを……」

茶之がせせら笑いを浮かべる。

「ほかならぬ紗雪が、みずから申し出たのではございませぬか。いつも紗雪の思いこそ大事と仰せのお前さまの意に適《かの》うておりましょうに」

「そなたは黙っておれ」

並んで座す妻をいちど睨みつけてから、氏理は視線を愛娘《まなむすめ》に戻し、

「本意ではあるまい。まことの思いを父に明かしてくれぬか、紗雪」

強《し》いて口調を和らげた。

陪席《ばいせき》の筆頭家老・尾神備前守も困惑げである。対照的に、茶之付きの老女・泉《いずみの》 尚侍《しょうし》は勝ち誇ったような顔つきであった。

すっかり姫君らしい装いで、嫁入りすると宣言したばかりなのに、紗雪は生気の失《う》せたおもてを俯《うつむ》かせたままである。

近江大溝《おおみぞ》城で初めて市《いち》の姿を目にした翌日の朝、紗雪は慌ただしく発《た》って、帰国の途についた。さすがに城主の津田信澄《のぶずみ》には挨拶をしたが、同席の市の顔をまともに見られず、舟遊びに誘ってくれた七龍太《しちろうた》とは口もきかずに、である。

大溝城を出立《しゅったつ》する直前まで、随従の和田松右衛門が紗雪に幾度も翻意《ほんい》を促した。

「何のためにはるばる近江までまいられた。七龍太どのに思いを告げぬままのご帰国が、お父上をどれほど悲しませるとお思いか。誰よりも姫こそがようご存じのはず。たしかに小谷《おだに》の方《かた》さまは絶世と申すべき美貌の持ち主にあられるが、七龍太どのとはお年齢《とし》が離れすぎておられる。ましてや、小谷の方さまは織田さまの御妹君《おんいもうとぎみ》にて、比べれば身分の軽《かろ》き七龍太どのと夫婦《めおと》になるなど、ありえぬこと。姫がお心を明かさぬまま身を引かれる理由は、何ひとつござらぬ」

七龍太と市はいずれ夫婦になる。そう紗雪が勝手に思い込んだ、と松右衛門はきめつけて諫言《かんげん》に及んだのである。

しかし、帰国旅の道すがら、その松右衛門に、たきが頭《かぶり》を振った。

「和田さまの仰せられた通り、七龍太さまと小谷の方さまが夫婦となることはないと存じます。それくらいは、姫もお分かりのはず」

「ならば、なにゆえ……」

「それでも、七龍太さまにとって、小谷の方さまはこの先もずっと憧《あこが》れの女性《にょしょう》でありつづける。七龍太さまが、姫に限らず、ほかの誰と結ばれたところで、そればかりは変わることのないお心に相違ありませぬ。とすれば、ご自分以外の女性に心を遺《のこ》している御方《おかた》と、あの紗雪さまが睦《むつ》まじくやっていけるなどと、よもや和田さまもお思いになられますまい」

「それは……」

「やっていけぬのは、姫が情《じょう》のこわい女子《おなご》だからとお考えなら、それはお心得《こころえ》違いにございます。実は濃《こま》やかで壊れやすいのが紗雪さまのお心。なればこそ、七龍太さまに何もお明かしにならなかった。そのご苦衷《くちゅう》をお察しなされますよう」

むすめのしのと幼馴染《おさななじ》みの紗雪とは、帰雲城《かえりぐも》の茶之や女房衆《にょうぼう》にはできない温かい交流をつづけてきたたきの忠言だけに、松右衛門も受け容《い》れることができた。

帰国したその日のうちに、松右衛門は、佐々成政《さっさなりまさ》から聞かされた市と七龍太のつながりや、たきの紗雪に対する忖度《そんたく》も含め、安土城下と大溝城における出来事を、つぶさに氏理と備前守へ報告している。

愛娘の切ない純情に、氏理は父として身を切られるような辛《つら》さであったが、紗雪の心が少し落ち着くまで時を置くことにした。紗雪の安土行きの本当の理由を知らない茶之とその取り巻きには、一切を明かさぬことは言うまでもない。

ところが、帰国の翌日、誰も思いもよらなかったことを紗雪が言い出した。

「三木家《みつき》に嫁ぎとう存じます」

この一言に、氏理は青ざめ、茶之は大喜びしているのである。

すでに独断で三木家へ使者を遣わし、縁組を申し出て、実は紗雪の帰国前に先方から承諾の返辞を貰《もら》っている茶之にすれば、手放しの慶事といってよい。

「いまいちど訊《き》く。そなたの思いを有体《ありてい》に申せ」

氏理が迫ると、紗雪はおもてを上げた。生気は失せているものの、覚悟が伝わる表情である。

「三木に嫁ぐのは、わたくしのためにございます」

「紗雪……」

むすめの返答が、御家《おいえ》のため、であったのなら、頬を打つつもりの氏理であった。が、自分のためとは、予想外というほかない。

「おのがためとは、紗雪、どういうことか」

「ことば通りにて……」

「父に分かるように申せ」

氏理の声はとうとう怒号になった。

「もうよろしゅうございましょう」

茶之も声を荒らげる。

「黙っておれと申したはずだ」

「黙りませぬ。当家の盛りを過ぎたむすめが、よき縁組に恵まれたのでございますぞ。それを当主みずから潰《つぶ》すおつもりか」

「紗雪は盛りを過ぎておらぬし、そなたが勝手に推し進めた三木ごときとの縁組の、どこがよいと申すのだ」

「飛驒国司姉小路《あねがこうじ》家にございます」

「成り上がり者だ」

「それを申すなら、お前さまが尻尾《しっぽ》を振る織田信長こそじゃ」

「おのれは……」

氏理の右手が、怒りにまかせて、腰刀《こしがたな》の柄《つか》へかけられる。

が、抜かずに済んだ。庭先に控えていた者が、疾風《はやて》のように飛び込んできて、押さえてくれたからである。

「退《さ》がれ、おおさび」

紗雪の斜め後ろに座を占めていた松右衛門が、進み出て、おおさびの肩に手をかけた。

「お赦《ゆる》しを」

詫びたおおさびの目は、氏理の短慮《たんりょ》を諫《いさ》めている。

「いや……すまぬ」

氏理も我に返る。

おおさびは、素早く退がって、庭先へ下りた。

「恐ろしや、妻を手討ちにいたそうとは……」

ことさら大仰《おおぎょう》に怯《おび》えた表情をしてみせる茶之である。

「皆さま。きょうのところは、これにて」

備前守が、打ち切るように言った。

「これにて、これにて、これにて」

と急《せ》かされ、真っ先に立ち上がったのは茶之である。

「紗雪本人が承知したからには、姉小路家との縁組の儀、お前さまもそのおつもりで」

氏理を見下ろして言うと、茶之は裾を翻《ひるがえ》して出ていった。泉尚侍と侍女《じじょ》らが随従する。

紗雪も、深々と辞儀をしてから、氏理に背を向けた。

庭先のおおさびは、紗雪にすぐには随《したが》わず、松右衛門へ目配《めくば》せする。

応じて、廊下まで出た松右衛門に、おおさびは囁《ささや》いた。

「姫のことで、お屋形のお耳に入れておきたい儀がござる。のちほど桶六《おけろく》で」

桶六とは、もと桶師六兵衛の家のことで、六兵衛一家の死後、空き家になったが、紗雪がしばしば寝泊まりする。今夜の紗雪は城内の寝所を使う。

「いったい、紗雪は何を考えておる……」

氏理は、茫然自失の態《てい》で、いままで愛娘が座していた床を眺めやるばかりであった。

「最初に馬場で会《お》うたとき、すぐに気づいた。紗雪どのは七龍太に恋しておられるのじゃなあ」

と茶々が微笑を湛《たた》えながら言った。

「そのようなこと……」

年上の紗雪が、うろたえる。十歳を幾つも出ていないであろう少女から指摘されて、どうこたえればよいのか、分からない。

「わが母のことが気になるのであろうが、案ずるには及ばぬ。母と七龍太はあくまで主従。男と女にはならぬ」

どきりとするようなことを平然と口にする茶々は、どこか妖《あや》しげですらあった。

「なれど、七龍太のことは諦めよ。七龍太は茶々のもの」

「え……」

よもやの宣言に、紗雪は気が遠くなりそうになった。

「いずれ安土の伯父上《おじうえ》に七龍太と夫婦になるお許しをいただくつもりじゃ」

安土の伯父上が織田信長をさすことは疑いない。

「畏《おそ》れながら、七龍太どののお心は……」

ようやく紗雪は声を絞り出す。

「妾《わらわ》は、いまでも美しいが、幾年かたてばもっと美しゅうなること、紗雪どのにも察しがつこう。きっと母より美しゅうなる。七龍太は仕合わせ者じゃ」

「ひとの仕合わせは……そのひと自身が決めることと存じます」

「おかしなことを言う」

けたけた、と茶々は笑った。

「妾を妻に迎えて、仕合わせでない男がいるものか」

「それは……」

「安土の伯父上は、わが父・浅井長政をお討ちあそばしたことで、母と妾ら三姉妹を不憫《ふびん》と思《おぼ》し召《め》しておられる。妾が望めば、飛騨の山奥の小領主ぐらい、跡形もなく消して下されよう。それゆえ、伯父上に七龍太との縁組を願い出るなど、ゆめゆめいたさぬように」

覇者織田信長の姪《めい》にして、猛将といわれた浅井長政のむすめである茶々には、おのずから威《い》というものが具《そな》わっていた。

白川郷出立前の野生児のままなら、茶々に平手の二、三発も食らわして、逆に威《おど》してやったろうが、七龍太に恋する乙女となった紗雪は気押《けお》された。氏理の命の危険も思った。

「よろしいな、鄙《ひな》の姫君」

念押ししてから、茶々は去った。

「……これが一部始終にござる」

おおさびは、大溝城三の丸内の宿所で交《か》わされた茶々と紗雪のやりとりを、つぶさに語り終えた。紗雪の警固人として宿直《とのい》をしていた控えの間より、仕切り戸越しにすべてを聞き取ってしまったのである。

夜更《よふ》けの六兵衛の家の囲炉裏端《いろりばた》には、おおさびのほかに、氏理、備前守、松右衛門が端座《たんざ》する。

夏がまだ終わっていないので、囲炉裏に火を入れておらず、灯火《とうか》は短檠《たんけい》である。

「紗雪にさようなことがあったのか……」

氏理は、深い溜め息をついた。痛ましげである。

「ご年少とは申せ、対手《あいて》が織田さまの姪御《めいご》とあっては……」

早くも諦めたように肩を落としたのは、備前守である。

「だからと申して、三木に嫁ぐなどと仰せ出されるとは……」

松右衛門ひとり、泣きそうであった。

「姫のお父上にあられるお屋形に無礼を承知で申し上げるが、紗雪さまらしいと存ずる」

おおさびばかりは、平静である。

「紗雪らしいとは……」

氏理が訊く。

「姫は、幼き頃より、誰もが思いもよらぬ度外《どはず》れたことをなさる」

これには、余の三人、期せずして一斉にうなずいてしまう。

「それに、いちど言い出したことは決して翻さぬ子じゃ」

この氏理のことばにも、皆が揃って納得の態であった。

「おおさび。そちには策があろう。織田さまの姪御との一件を伝えるためだけに、わしを呼び出したとは思えぬ」

氏理は、紗雪の幼少期からの警固人おおさびが才覚者《さいかくもの》であることを、よく知っている。

「畏れ入り奉《たてまつ》る」

「申してみよ」

「三木とのご縁組を、いっそのこと破談にしてしまえばよろしゅうございましょう」

「阿呆《あほう》なことを申すな」

おおさびを叱りつけたのは、備前守である。

「奥方さまの独断とはいえ、ご縁組はご当家より申し出て、三木の承諾も得てしまったのだぞ。いまさら破談などいたせば、ご当家は三木よりいくさを仕掛けられても文句は言えぬ。そればかりではない。この儀をもし三木から織田さまへ訴え出られでもすれば、どうなると思うのか。考えるだに恐ろしい」

「ご家老が心配なさるようことは起こらぬと存ずる。ご当家からでなく、三木より破談にされるのであれば」

「なにっ……」

三人の視線が下座《しもざ》の木尻《きじり》へ集まる。

「されば、申し上げる」

策を披瀝《ひれき》し始めるおおさびであった。

翌朝、帰雲城内のおのが居室へ茶之をよんだ氏理は、

「紗雪を……」

と言ったなり、ことばを詰まらせた。

「紗雪を」

語尾を上げて、茶之が先を促す。

「……三木へ嫁にやる」

無念そうに、ようやく絞り出す氏理であった。

「よくぞ仰せられた。それでこそ、御家のためを思われるご当主」

「紗雪が心変わりをせぬからには致し方あるまい」

「では、早々に妾が使者を立てましょう」

「まずは結納《ゆいのう》の日取りを決めるだけだ。使者は九左衛門に命じる」

内ケ嶋三ノ家老で、向牧戸《むかいまきど》城主の川尻九左衛門は、対外交渉に慣れている。

「よろしゅうございますとも。なれど、結納の品々を届けるさいも、輿入れのさいも、泉尚侍を正使として遣わしていただきますぞ。婚儀の細々《こまごま》した実際は、われら女子衆《おなごしゅ》のなすべきことゆえ」

「分かっておる」

「忙しゅうなりますな」

茶之はうきうきし始めた。

姉小路氏を称し、飛騨国司を自任する三木自綱《よりつな》の居城・松倉《まつくら》城と、内ケ嶋氏理の白川郷帰雲城は、南北に長く列《つら》なる高き山嶺《さんれい》によって完全に分断され、懸絶《けんぜつ》している。ともに同じ大野郡の内とは、到底思われない。

内ケ嶋氏三ノ家老・川尻九左衛門の一行は、白川郷の南端にあたる向牧戸城を発して、東へ道をとり、飛騨高地の起伏《きふく》の多い山路を辿《たど》って、松倉城をめざしている。

初嵐《はつあらし》であろう、風の強い日であった。

台風の季節の先駆けのように、立秋後に初めて吹く強風を初嵐という。

道が昨夜の雨でぬかるんで滑りやすくもなっており、一行は皆、馬に乗らず、笠《かさ》を押さえて俯《うつむ》き加減で、おのが足で歩いている。

「ご家老。日暮れが近いと存ずる」

和田松右衛門が、鬱蒼《うっそう》と頭上を被《おお》う樹冠《じゅかん》の隙間《すきま》より空を見上げながら、九左衛門に言った。

「松倉城下まで二里《り》足らずと思うが、この風だ。泊まるところを探したほうがよかろう」

当時、東海道のような主要街道の宿駅《しゅくえき》や、有名社寺の沿道などには旧《ふる》くから宿舎が設けられていたが、ほかは、各地の力ある戦国大名が支配圏に伝馬《てんま》制度を布《し》いたていどだったので、そういう場所以外では、旅人は野宿をしたり、交渉して民家に泊めて貰ったりすることがめずらしくない。また、旅行には米や糒《ほしいい》や漬物《つけもの》などを携帯するのが常でもあった。食事の供される旅籠《はたご》宿泊は江戸時代の話である。

といって、右側は渓谷《けいこく》へ落ち込み、左側は山が迫って、家など見当たらない。どころか、人けもまったく感じられぬ。

「すまぬな、そなたらを巻き込んでしもうて」

松右衛門が、たき・しの母娘《おやこ》へ謝る。

「和田さまは、白川郷をご出立以来、謝ってばかりおられます。幾度も申し上げたように、姫のお仕合わせを願うのは、わたしもしのも皆さまと同じ。お気遣い無用にございます」

「なれどのう、松倉では危《あや》うい目に遭うやもしれぬのじゃ……」

「そのときはそのときのこと。これも幾度も申し上げました」

「ありがとう存ずる」

と松右衛門が母娘に礼を述べたとき、声を上げた者がいる。

「笛《ふえ》の音《ね》が聞こえ申す」

おおさびである。

木々を激しくざわめかせる大きな風音の中でも、笛の音を聞き取れるのは、忍びの者ゆえであった。余の者の耳には、まったく聞こえない。

「出所《でどころ》の見当がつくか」

九左衛門に促されると、おおさびはうなずいた。

「この山の上のほうかと存ずる。急ぎ、見てまいり申そう」

「頼んだぞ」

おおさびは、山裾をゆっくりめぐるように歩いて、その一部の下生《したば》えの間に、細長い土の筋《すじ》を発見した。道とは思われぬ細さだが、踏み固められている。このあたりよりも山深い白川郷に暮らし、鋭《するど》い五感を持つおおさびでなければ、発見は叶わなかったであろう。

（隠遁者《いんとんしゃ》か……）

であるとすれば、家があっても、見知らぬ旅人を泊めてはくれぬやもしれぬ。とにかく、たしかめてみるほかない。

急傾斜の細径《ほそみち》を、木々の幹《みき》を手がかりとしながら、するすると上ってゆく。その間も、おおさびの耳には笛の音が届いている。

何やら、寂《さび》しげというか、怨みを含んだようなというか、決して明るい曲調ではない。ただ、音《ね》色《いろ》はまことに澄《す》み渡っていて、笛吹《ふえふき》はよほどの上手《じょうず》と思われる。

上りきると、ちょっと拓《ひら》けたところへ出た。

平らに均《なら》されたそこに、ぽつんと一軒建っている。小さな家だが、雅《みやび》な佇《たたず》まいで、京風の拵《こしら》えと思われた。

（これは……）

おおさびの旧い記憶が蘇《よみがえ》る。

紗雪に仕《つか》えてようやく慣れてきた頃、荻町《おぎまち》城まで供《とも》をしたとき、おおさびは幼い姫を見失った。山野をすばしっこく駆け回る生まれついてのお転婆《てんば》に、まかれたのである。

必死に捜して、ようやく発見したところが、荻町城からそう遠くない越中国寄りの山中であった。紗雪はそこで、朽《く》ちた一軒家をぽかんと眺めていた。

何か惹《ひ》かれるものがあるのか、紗雪は中を見たがった。いつ崩れてもおかしくないからと諫めても、聞き入れる姫ではない。仕方なく、おおさびは紗雪を抱きかかえて、中へ入った。

邪気《じゃき》に襲われた。ここで人が殺されたに違いない、幾人も。

わけても、奥の座敷であったらしい一間《ひとま》には、死者の霊魂《れいこん》がさまよっているようにも感じられた。その一方の壁側には、隠し小部屋であったらしい空間も残っていた。

紗雪が隠し小部屋のほうへ手を伸ばしたとき、家が大きな軋《きし》み音を立てたので、おおさびは急ぎ、外へ走り出た。間一髪《かんいっぱつ》であった。奥座敷の天井《てんじょう》と屋根が崩れ落ちたのである。

帰雲城へ戻ってから、朽ちた謎の一軒家のことを氏理に報告した。

「撤却《てっきゃく》しておくのだった……」

という氏理の独語から、後悔が伝わったので、おおさびは何も訊かなかった。誰にも明かしたくはないものの、大切な思い出の場所。そんなふうに察せられた。

気になって、しばらくしてから再度、謎の一軒家を見に行ってみると、すっかり撤却されて跡形もなかったのである。

　いまおおさびの目の前に建つ家は、朽ちてはいないし、小ぶりでもあるが、あの謎の一軒家にようすがよく似ている。

　訪《おとな》いを入れるべく、緒《お》を解いて笠を脱いだ。刹那《せつな》、頭上に殺気が迫った。

　おおさびは、前方へ身を投げ出し、地に転がって、起き上がりざまに振り向いた。

　樹上から地へ降り立った者は、どう見ても老爺《ろうや》ではないか。が、腰を落として、両手に着けた鋭い手甲鉤《てっこうかぎ》を構える姿は、堂に入っている。若い頃は忍びの手錬《てだれ》者だったのであろう。

「当方に害意はない。武器をひかれよ」

　言いながら、おおさびは先に、笠を持つ左手も、何も持たない右手も、ゆっくりと前へ突き出した。闘わない意思表示である。

「偽りを申すな。三木の刺客《しかく》めが」

　一層、警戒する老爺であった。

「三木の刺客……」

「惚《とぼ》けるでないわ。なれど、妙岳尼《みょうがくに》さまがご存生《ぞんじょう》といかにして知った。白状いたせ。白状いたせば楽に死なせてやるが、いたさねば一寸刻《きざ》みに斬り刻む」

「困り申した。お手前は身共《みども》を刺客ときめつけておられる。まことのことを申したところで、信じるおつもりはござるまい」

「汝《うぬ》は忍びであろう」

「ご慧眼《けいがん》」

「語るに落ちたな。褒めて油断させんとしたのは、刺客の証拠」

「頑者《かたくなもん》の爺《じじい》は嫌《きら》われますぞ」

「なんじゃと」

怒りを湧《わ》かせた老爺に、隙が生じた。

おおさびは、対手《あいて》の顔めがけて笠を投げつけると同時に、身を低く沈ませて、踏み込んだ。

老爺が左の手甲鉤で笠を払い上げるのを見て、懐《ふところ》へ入ったおおさびは、その右腕を巻き込んで、腰車《こしぐるま》にかけ、投げをうった。

仰《あお》のけに転がった老爺の体を、すかさずひっくり返してうつ伏せにし、両手を後ろ手にさせ、手甲鉤を二つとも奪い取ってしまう。

「身共が刺客ならば、かような面倒《めんどう》なことをせず、ひと太刀《たち》でお手前を斬っている」

差料《さしりょう》を抜かなかったおおさびである。

「妙岳尼さま。お逃げ下されいっ」

押さえつけられている草地より顔を精一杯上げて、老爺が叫んだ。

「まずは、話を聞かれよ」

「非道者《ひどうもの》の手先の嘘話など、誰が聞くものか」

「身共は、白川郷の内ケ嶋兵庫頭《ひょうごのかみ》に仕える者にて、おおさびと申す」

「内ケ嶋と申されましたか」

という驚きの声は、女のものである。

いつの間にか、玄関口に尼姿《あますがた》の人が立っていた。笛を手にしている。

老爺のあるじであろう、妙岳尼という人に相違ない、とおおさびは見当をつけた。

(高貴の出自では……)

そう思わずにはいられぬほど匂い立つような気品を纏《まと》っている。

「それなる四方助《よもすけ》を放して下され。用向きを承りましょう」

九左衛門は、妙岳尼に事情を話し、宿泊の承諾を得た。

「尼と老爺の質素な二人暮らしゆえ、なんのもてなしもできませぬが……」

「なんの。尼どのには、余所者《よそもの》のにわかの身勝手な頼みごとをお聞き届け下さり、一宿《いっしゅく》をお許しいただいた。これほど大層なおもてなしはござらぬ。まことにかたじけない」

そういう二人のやりとりを眺めながら、たきは妙岳尼に好感を抱いた。

老爺の四方助は従僕《じゅうぼく》のはずだから、尼のひとり暮らし、というのが正しい。それを、妙岳尼は、尼と老爺の二人暮らし、と言った。そこに、従僕に対するやさしさや感謝の思いが垣間見《かいまみ》えたのである。

九左衛門は、妙岳尼の素生《すじょう》やこのような人里離れた山中に住む理由を、訊《たず》ねはしなかった。妙岳尼自身から明かさない限り、詮索《せんさく》するのは非礼だからである。

あたりが暗くなる前に、九左衛門らは、持参の糒《ほしいい》を湯で戻し、漬物をおかずにして食した。ところが、なんのもてなしもできないと言っていた妙岳尼が、四方助に命じて調理させた山菜の味噌汁《みそしる》を供してくれて、皆で舌鼓《したつづみ》をうった。

寝間《ねま》は、九左衛門と松右衛門が座敷を使わせてもらうことになった。恐縮した両人だが、妙岳尼より是非にと勧められたのである。

従者たちは板敷《いたじき》の間に雑魚寝《ざこね》で、おおさびはといえば、四方助に請《こ》われて、その小さな下僕《げぼく》部屋を寝床《ねどこ》とした。どうやら四方助は、自分と闘ったときのおおさびの致し様《よう》を気に入ったらしかった。

たきとしのは、仏間をあてがわれた。妙岳尼が一緒である。

「不躾《ぶしつけ》とは存じますが、尼御前《あまごぜ》にひとつ、訊ねてもよろしいでしょうか」

たきは、思い切って、妙岳尼に言ってみた。

「むろん、お気に染《そ》まぬことであれば、おこたえいただく必要はございませぬ。そのさいは、どうかお赦し下さりませ」

「申してみなされ」

端《はな》から拒まずに、妙岳尼は促してくれた。

「ありがとう存じます。されば……」

ひとつ息をついてから、たきは質問する。

「尼御前は内ケ嶋と何か縁《ゆかり》がおありのお人にあられましょうや」

「なにゆえ、さように思うた」

「おおさびが申すには、内ケ嶋の名を口にしたとき、尼御前が驚かれたごようすであったと」

「……」

妙岳尼が視線を落として押し黙ったので、たきは、居住《いず》まいを正してから、床に手をつき、頭を下げた。

「無礼を申しました。お赦し……」

「お直りなされよ」

視線を上げた妙岳尼の声は、変わらずやわらかであった。

「たきどのと申されたな」

「はい。たきにございます。これなるは、むすめのしの」

「尼にもひとつ、知りたいことがあるが、よろしいか」

「それは……」

たきは躊躇《ためら》った。自分の一存では明かすことのできない儀もある。

「女子の心のこと。それなら、話せるのではないか」

たきの動揺を見透《みす》かしたように、妙岳尼が言った。

「女子の心……」

「貴家の姫君と姉小路家の嫡男《ちゃくなん》との結納の日取りを決める。それがために松倉城へ赴《おもむ》くと言われたな」

「さようにございます」

九左衛門が妙岳尼へ明かしたことなので、たきはうなずいた。

「貴家の姫君がみずから望まれたのか。それとも、心ならずも嫁がれるのか、それを知りたい」

「武家同士の婚姻は、当人ではなく、周《まわ》りが決めることにて……」

「さようなつまらぬこたえを聞きたいのではない」

ぴしゃり、と妙岳尼が遮った。

「女子の心のこと、と申したはず。貴家の姫君のまことのお心のうちを知りたい」

「その儀は……」

また、たきは言いよどんだ。

「姫には好《す》いた御方がおられます」

と突然、たきの後ろから高い声を出したのは、しのである。

「控えよ」

たしなめた母親だが、むすめはつづける。

「その御方を忘れるために、心ならずも三木ごときへ嫁がれるのでございます」

「口を慎《つつし》みなされ」

しのが真実を明かしてしまったのもまずいが、嫁ぎ先のことは、関わりなき人間の前では、三木ではなく姉小路とよばねばならない。ましてや、この姉小路の領内では。

「三木ごときと申すからには、内ケ嶋の家自体も望んでおらぬ婚姻のようにございますな」

妙岳尼に看破《かんぱ》され、

「ご賢察《けんさつ》」

としのも肯定する。

「尼御前。むすめの申したことはお忘れ下さいまし」

たきは慌てたが、妙岳尼の視線はすでにしのへ向けられている。

「姫君が好いた御方とは、叶わぬ恋なのであろうか」

「姫がさように思い込んでいるだけにございます。七龍太さまも姫を好いておられます」

「しちろうた、と申すのか」

「はい。津田七龍太さまのことは、内ケ嶋の殿も、ご家来衆も、わたしも母も、皆々、大好きにございます」

「さようか」

初めて微笑《ほほえ》んだ妙岳尼である。

「わたくしは、姉小路の者にて、俗名《ぞくみょう》を鯉乃《こいの》と申す」

唐突に、妙岳尼が明かした。

たきは、青ざめる。

「案ずるには及ばぬ。三木ごときではのうて、まことの姉小路の血筋」


川尻備中守九左衛門の一行は、翌早朝、妙岳尼の山居《さんきょ》を辞した。

「たきどの。何かご存じなのでは……」

山路へ出たところで、おおさびが小声で訊いた。

「何のことにございましょう」

「昨夜、皆が寝静まった頃、妙岳尼と四方助どのが厨《くりや》で何やらひそひそ話をしておった。そのあと、四方助どのは出かけ、結句、戻ってまいらなんだ」

一宿を受け容れてもらったものの、何やらわけありの尼と従僕を信用したわけではなかったおおさびは、夜中でも警戒を怠らなかったのである。

「いささか離れた土地《ところ》の寺へ使いに出した。そのように尼御前は仰せではありませなんだか」

「身共の目は節穴《ふしあな》ではない」

「おおさびどののご懸念《けねん》は分かります。なれど、尼御前はわれらのお味方。それだけは間違いない、と申し上げておきます」

妙岳尼と四方助の怪しい動きは自分たちに何か仇《あだ》なすものではないのか、というのがおおさびの心配であった。

「さようか。たきどのがそこまで申されるのなら……」

紗雪が心を許すたきのことは、おおさびも信じている。

「何を言い合《お》うておる」

両人のもとへ、松右衛門が寄ってきた。

「おふたりとも、きょうの首尾を案じておられたのでございます」

と機転を利《き》かせたのは、しのである。

「何があってもうろたえぬことじゃ。それしかあるまい」

おのれに言い聞かせるように、松右衛門は洩らした。

この日は好天で、風もほどよく吹いて、心地よい。一行の歩《ほ》は捗《はかど》った。

二里ばかりで、松倉城下に着いた。

山城が見える。

安土のそれとは比ぶべくもない小さな城下町を抜けて、大手口《おおてぐち》へ向かった。

先に書状を送って、結納の日取りの相談のため訪問することは伝えてある。門前で訪いを入れ、九左衛門は内ケ嶋氏理の、たきは正室茶之の、それぞれ使者であることを告げた。松右衛門としのが副使である。

しかし、かれらは長く待たされた。

「もったいをつけおる」

国司家の格式の高さを訪問者に思い知らせようという自綱の魂胆《こんたん》なのであろう、と松右衛門は察する。

「まいれ」

ようやく姿を現した案内人が、低頭もせず、顎《あご》で促した。

九左衛門の一行は城内の坂道を本丸めざして上ってゆく。

飛驒国司・姉小路中納言《ちゅうなごん》を称する三木自綱の拠《よ》る松倉城は、諸国の高名な武将たちの居城に比べれば小規模ながら、本丸、二の丸、三の丸に隅櫓《すみやぐら》も具え、なかなか堅固《けんご》な造りである。

使者四名は、本丸御殿の会所《かいしょ》に通された。おおさびら従者は、庭先に折り敷いた。ここでも、しばし待たされた。

やがて、ゆっくりと廊下を進んできた三木父子《おやこ》が会所の首座に着き、その左右には女房《にょうぼう》衆が居流れた。

「そのほうとは会《お》うたか……」

自綱が、九左衛門を眺めながら、思い出しかねるようすで言った。

「二年前、姉小路卿《きょう》が上様のお使者として帰雲城へまいられた折に」

と九左衛門はこたえた。上様とは織田信長をさす。

「これなる和田松右衛門も卿のご尊顔を拝しており申す」

「憶《おぼ》えておらぬわ」

「当然と存じます」

松右衛門がうなずいてみせる。

「それがし、まことにつまらぬ顔にござるゆえ」

これには、女房衆のくすくす笑いが起こった。

「結納の日取りを決めるだけのために、使者四人とは大仰なことだな」

「家格の低き家のむすめを嫁に貰《もろ》うて下さる飛驒国司家に礼を失してはならぬ。あるじ内ケ嶋兵庫頭がさように申しまして」

真摯《しんし》な口調で、九左衛門は説明した。

「ほう……」

満足げに口許を歪《ゆが》める自綱である。

「その儀のご相談の前に、まずは、ご正室のこと、お悔やみを申し上げる」

亡き斎藤道三《さいとうどうさん》のむすめで、信長の正室・帰蝶《きちょう》と姉妹である自綱の正室は、この春に病《やまい》で没している。

「無念であったわ」

ということばとは裏腹に、自綱のおもてから悲しみは伝わらない。

信長の相婿《あいむこ》たる身を自慢してきただけに、その立場を失ったことは無念なのであろうが、亡妻への愛情はかけらもなかったに相違ない、と九左衛門らは思った。

「のちほど御仏前に香華《こうげ》を手向《たむ》けたく存ずるが、お許しいただけましょうや」

「ああ」

気のない返辞をして自綱が小さくうなずくと、

「痛み入り申す」

代わって、若い宣綱《のぶつな》が九左衛門に頭を下げた。それで、倅《せがれ》のほうには亡母への愛情があると察せられた。

九左衛門は、進物の品々を披露《ひろう》してから、いよいよ本題に入った。

「さて、ご当家へ輿入《こしい》れさせていただくわが内ケ嶋の姫のことで、姉小路卿にはひとつ、詫びておかねばならぬことがござり申す」

「詫びる、とな。どういうことか」

「飛山天女《ひさんてんにょ》と申せば、お察しいただけるかと存ずる」

「なにっ……」

秘境というべき白川郷の帰雲城には、飛山天女とよばれる幻《まぼろし》の美女が住む。その噂を聞いていた自綱は、帰雲城を訪れたとき、差し出せと氏理に強要して、誰かの作り話にすぎないと否定された。それでも諦めるつもりはなかったのだが、信長の正使である津田七龍太という邪魔者が入ったために、退散せざるをえなかった。

「では、当家に輿入れいたす姫が、その飛山天女なのだな」

「御意《ぎょい》」

「ううむ……」

唸《うな》って、窺うように宣綱を見やる自綱であった。

「天女と申すからには、それほど美しいと……」

宣綱はといえば、九左衛門のほうへ、ちょっと身を乗り出す。

「あるじ兵庫頭はもとより、われら家臣どもにとりましても、白川郷のありとあらゆるものの中で、いちばんの自慢が紗雪さま」

「さようか」

「それゆえ、正直申せば、あるじもわれらも、輿入れ先がよほどのお家柄でない限りは、紗雪さまをどこへも嫁がせとうはない、いつまでも帰雲城の姫のままでいてほしい、と思うておりました。それが、こたび、尊貴なる飛騨国司家、姉小路中納言さまより、ご継室《けいしつ》に望んでいただきましたので、これにすぐるご婚家はない、と兵庫頭も決断いたした次第」

「待て、備中守」

宣綱が、思わず腰を浮かせ、両手を突き出した。

「そちはいま、継室と申さなんだか」

「申しましたが……」

きょとんとする九左衛門である。

「わしが妻を娶《めと》るのは、こたびが初めてじゃ」

継室とは、後添え、後妻のことである。

「それは、おめでとう存ずる。して、そのお仕合わせな姫君はいずれの御方にあられましょうや」

「何を申しておる。そちらの紗雪姫に決まっておろう」

「お戯《たわむ》れを」

九左衛門はちょっと笑った。

「わが内ケ嶋の姫は、御身《おんみ》のお父上の姉小路中納言さまに嫁ぐのでござる」

「なんと……」

「ご家老、何を仰せかっ」

宣綱が絶句したのと、たきが九左衛門へ声を荒らげたのとが同時である。

「紗雪さまは姉小路家のご嫡男に輿入れなさるのでございますぞ」

「誰がさようなことを申した」

「奥方さまに決まっております」

茶之のことである。

「たわけを申すな。姉小路卿は、前々から飛山天女を、つまりは紗雪さまを望んでおられたが、ご正室がおわすゆえ、ご遠慮なされていた。なれど、この春、ご正室が逝《ゆ》かれたので、正式に紗雪さまを娶りたいと仰せられた。それがしは、殿からしかとさように承っておるのだ」

「思い違いも甚《はなは》だしゅうございます」

「汝《うぬ》は殿が間違《まちご》うたと申すのか」

九左衛門が、激昂《げっこう》し、腰刀の柄に手をかける。

とっさに、しのがたきを庇《かば》って、九左衛門を睨み返す。

「ご家老。国司家の御前にござるぞ」

と松右衛門も九左衛門の手を押さえた。

「皆、鎮《しず》まれいっ」

自綱の鶴の一声である。

使者たちは、それぞれ、平伏した。

「何やら行き違いがあるようじゃ」

自綱が、女房衆を見やり、

「奈和《なわ》。どういうことか」

そのうちのひとりに質《ただ》す。目下《もっか》、自綱の寵愛《ちょうあい》随一の側室で、奥向きのことは、先代良頼《よしより》の頃から信任厚い老女の浅見《あさみ》とともに取り仕切っているのが奈和であった。

「妾《わらわ》は、こたびのご縁組はご継室の儀と思うておりました」

「まことか」

「なれど、最初に内ケ嶋の奥方の使者を引見いたしたは、浅見どの」

永く奥向きのすべてを把握《はあく》する老女を、奈和は見やった。

「継室の儀であるはずがない。黄和子《こうわこ》とのご縁組」

というのが、眉《まゆ》を顰《ひそ》めながらの浅見の返辞であった。

自綱は三木家の嫡男を黄和子と称《よ》ばせている。中納言の唐名《からな》である黄門《こうもん》に、貴人の男子への親しみをこめた敬称たる和子をつなげたもので、京の貴族に憧れてきた成り上がりが悦《えつ》に入る、いわば造語であった。

「まあ……」

目をまるくする奈和である。

「それならそうと、どうしてこの奈和に告げて下されませなんだ」

「告げずとも、誰にでも分かることでありましょうぞ。だいいち、お守《かみ》におかれては、ご不幸より半年も経っておられぬ」

三木家では、自綱への尊称が幾つもあって、お守もそのひとつである。本来、国司とは地方官である守・介《すけ》・掾《じょう》・目《さかん》の四等官の総称で、最上官の長官が守であった。

「さような時期にご継室の話をにわかに進めるなど、ご正室の死を待っていたようで、不謹慎《ふきんしん》。安土の御台《みだい》さまに知られたら、何と申し開きをいたしますのじゃ。それを殊勝げに、ご継室の儀など と……」

老女が鼻で嗤《わら》った。安土の御台さまとは、信長の正室・帰蝶をさす。

「浅見どの。含むところがあるのなら、申しなされ」

奈和も剣呑《けんのん》になる。

「まことは正室の座を狙《ねろ》うておられるであろうに、自分は側室のままでよいと可愛《かわゆ》げなところをおみせになるとは、なかなかの策士」

「それは聞き捨てならぬ。よもや、妾への意趣返しか」

「意趣返しをされるようなことをしておられますのか、お局《つぼね》は」

奈和と浅見は睨み合った。日頃から仲の悪い両人なのである。

わけても浅見の物言いは無遠慮《ぶえんりょ》きわまるが、それでも自綱が怒らないのには理由があった。父・良頼を殺すときの協力者であったばかりか、その後の女房衆の動揺も抑えてくれて、なくてはならぬ人物なのである。

「躬《み》も、当然ながら、倅の嫁取りと思うていた」

自綱が九左衛門をあらためて見た。

「これは異なことを承る。わがあるじ内ケ嶋兵庫頭は、夫となる御方が飛騨国司・姉小路中納言さまなればこそ、姫を嫁がせるのでござる。卿のご嫡男はいまだ家督をお嗣ぎではなく、ましてや中納言さまにてもあられぬ。それとも、卿はご継室など要《い》らぬと……」

「いや。継室は必要じゃ」

「ならば、ご決心いただきたい」

「そうよな……」

ちらちらと浅見と宣綱を見ながら、ことばを濁す自綱であった。

「それでも卿が姫をご嫡男へ輿入れさせよと仰せになるのなら、致し方ござらぬ。さような理不尽は受け容れ難いゆえ、ご当家に対し、敵《かな》わずとも、内ケ嶋主従を挙げて弓引く覚悟と思し召し下され」

「ご家老。早まったことを申されるな」

松右衛門が慌てた。

「畏れながら、中納言さま……」

たきが両手をついて、自綱へ言上《ごんじょう》を始めようとする。

これを機に、自綱が飛騨国司家当主の座を嫡男に譲るのなら、紗雪の嫁ぐ対手《あいて》は宣綱で結着する、と提言するつもりであった。三木父子を完全に決裂させるための最大の布石《ふせき》でもある。だが、下手《へた》をすれば、自綱の怒りを買って殺されかねない。

「黙りゃ。そちらの考えは、もうよい」

ぴしゃりとたきを遮り、進み出て、自綱へ向き直ったのは浅見である。

「お守。内ケ嶋の最初の使者より、姉小路家ご嫡男とのご縁組の儀と、この浅見が聞いたのでございます。わたくしが間違うはずはございませぬ」

「さもあろうが……」

反駁《はんばく》しかねる自綱であった。

「なれど、こうして行き違いとなってしもうたからには、むしろ、禍《わざわい》を転じて福となすのがよろしいかと存じます」

「いかにして福となすのか」

「畏れながら、これを機に、黄和子へご家督をお譲りになり、お守はご後見に退かれてはいかがにございましょう」

「後見じゃと……」

「黄和子も十七歳。家督を嗣ぐのに早すぎるとはいえますまい」

途端に、宣綱がおもてを輝かせる。すでに初陣《ういじん》も済ませたので、形として家督を嗣ぐ準備はとうにできている。

「内ケ嶋の方々も、黄和子が姉小路国司家をお継ぎになれば、姫君を嫁がせるのに文句はないのであろう」

「それは、父君と同じく、中納言叙任《じょにん》も合わせてということにござろうや」

と九左衛門が浅見へ、念押しするよう訊き返す。

「もとより、朝廷に働きかけましょう」

「待ちゃれ、浅見どの」

たまりかねた奈和が、甲高《かんだか》い声を上げる。

「かような大事を、お守のご意向をたしかめもせず、ひとり決めに進めんといたすなど、何様のおつもりか」

「されば、お局は黄和子に恥をかかせるおつもりか」

「さようなことは申しておりませぬ」

「お守。この浅見は、ひとり決めに事を進めるつもりなど、毛頭ござりませぬ。なれど、いまわたくしが申したこと、ご慮外《りょがい》の儀でありましょうか」

「いずれは、倅に家督を譲らねばなるまい」

「ならば……」

「いまではない」

「黄和子はまだ頼りにならぬ、と」

「有体《ありてい》に申せば、その通りよ」

「父上」

と宣綱が口を挟んだ。

「畏れながら、位《くらい》が人をつくることもございましょう」

「豎子《じゅし》が利《き》いたふうなことを吐《ぬ》かすな。いまの汝では、位負けして、家を潰しかねぬ」

未熟者や年少者への罵《ののし》りことばが、豎子。親しみをこめる場合もあるが、自綱のそれは明らかに突き放した言い方であった。

宣綱は、父から視線を外《はず》して、俯いた。口惜しさを怺《こら》えているようすである。

（因果《いんが》は車の輪の如しと申すが……）

三木父子が不仲というのは、たんなる噂ではなく真実であった、と庭先のおおさびはあらためて思った。

女への情欲をめぐって自綱が父・良頼を殺した三木家である。宣綱が自綱に同じことをしてもおかしくない。

「お守。いかがいたしましょう」

浅見が自綱に結論を促した。

「すぐに決めることはできぬ。まずは当家でよくよく相談せねばなるまい」

「なんと……」

溜め息をつき、肩を落とす九左衛門である。

それを受けて、たきも吐息まじりに頭《かぶり》を振り、呟《つぶや》いた。

「紗雪さまは、ご当家へ嫁がれるお支度《したく》とばかりに、毎日、平瀬《ひらせ》の湯でお肌を磨いておられますのに……」

小声でも、たしかに首座へ届いている。その証拠に、三木父子は、期せずして同時に喉《のど》を鳴らした。湯煙の中のあられもない姿の絶世の美姫《びき》を想像し、生唾《なまつば》を呑み込んだのである。

帰雲城の南へ一里半ばかりのところに湧き出る平瀬温泉は、子宝の湯といわれる。

「内ケ嶋の衆」

浅見が九左衛門らに告げる。

「こたびは、これにて国へお帰りなされよ。ご縁組の儀は、当家より追って沙汰《さた》をいたすゆえ」

「相《あい》分かり申した」

九左衛門が深々と辞儀をし、松右衛門、たき、しのも倣《なら》った。

やがて、松倉城を辞したかれらは、無言で帰路を辿り、城下町を抜け出たところで、ようやく振り返って、声を発した。

「ご家老。上々の首尾にございましたな」

と松右衛門が笑顔を見せる。

「そうよな。図《はか》らずも、三木の女房衆に大いに助けて貰《もろ》うた」

九左衛門も安堵の表情であった。

「まさしく、そのことを申し上げたかった」

大きくうなずく松右衛門である。

たきとしのは、意味ありげに微笑《ほほえ》みを交わし合った。

昨夜、たきは妙岳尼へ、それまでの縁組話の経緯と、本心と策略を包み隠さずに明かしたところ、

「三木の女房衆に導かせましょう。老女の浅見と側室の奈和、このふたりに任せなされ」

そう言って、協力を申し出てくれた妙岳尼は、まだ暗いうちに四方助を松倉城へ放った。

浅見と奈和というのは、ともに姉小路家の出身ながら、反目《はんもく》している。しかし、その実、裏ではしっかり手を結ぶ者ら、という秘密も妙岳尼は明かしたのである。

「おおさびの読み通りなら、これで三木父子の仲は一層、険悪なものとなろう。のう」

九左衛門が言って、今回の策略の立案者へ声をかける。

「そうなるよう念じており申す」

おおさびは、ちょっと頭を下げながら、横目でたきをちらりと見た。

「それで破談に到れば、願ってもない」

松右衛門の声も弾む。

(きっと破談いたします)

たきは、ひとり心中で太鼓判《たいこばん》を押した。縁組話は必ず白紙に戻してみせましょう、と妙岳尼が約束してくれたからである。

松倉城下をあとにして山路へ入った九左衛門の一行が、妙岳尼の山居の近くまで戻ると、笛の音が聞こえてきた。

「あの尼御前よな……」

九左衛門が言った。

「まことにご挨拶せずともよろしいのでござろうか」

今早朝《こんそうちょう》、一行が山居を出立するさい、帰途の挨拶はご無用にと妙岳尼より強く言われたのだが、素通りは薄情《はくじょう》であるような気のする松右衛門である。

「よろしいと存じます。今朝別れたばかりで、いま再び押しかけては、妙岳尼さまをかえって煩《わずら》わせることになりましょう」

たきがそう断じたので、そうよな、と松右衛門も納得する。

(きょうは何やら明るい龍吟《りょうぎん》だな……)

笛や琴《こと》の音色を、譬《たと》えて龍吟という。きのうは、風の中で、怨《うら》みを含んだような寂しげな音色を、ひとり耳にしたおおさびなのだが、龍吟の変化は厨における妙岳尼と四方助のひそひそ話に関係している、と察せられた。

「やはり下品《げぼん》よ、三木は」

帰国したその足で帰雲城に登城した九左衛門と松右衛門からの返申《かえりもうし》を受けて、氏理は吐き捨てた。

氏理と並んで座す茶之は、ほとんど表情を変えない。

九左衛門一行が松倉城を訪ねてみると、三木家は騒動のさなかにあった。宣綱への輿入れと決まった内ケ嶋の姫を、好色の自綱がおのが継室にすることにしたというので、父子とそれぞれの側近衆とが一触即発という、一行にとっては信じがたい光景が繰り広げられており、とても結納の日取り決めなどできる状況ではなかった。追って沙汰するゆえ、こたびはお帰りになられよ、と奥向きの老女より追い払われ、なかば這《ほ》う這《ほ》うの体《てい》で帰途についた次第である。

右が、使者ふたりの復命であった。

むろん、この場にたきとしの姿はない。無関係なこの母娘《おやこ》が随行して一役《ひとやく》買ったことを、茶之に知られてはならぬからである。

「備中」

事の真相を知らぬその茶之が、九左衛門へ言った。

「姉小路の当主が紗雪を継室にと望んだのなら、なにゆえその場で承諾いたさなんだ」

「は……」

九左衛門は困惑する。

「そなた、何を申しておる」

と氏理に咎《とが》められた茶之だが、しかし、つづけて、事もなげに言う。

「むしろ、そのほうが好都合ではありませぬか。紗雪には、いつ家を嗣ぐか分からぬ小僧より、いまの当主の妻となって貰《もろ》うたほうが、飛驒国司家を乗っ取りやすい」

茶之の野望は、紗雪を用いて飛驒国司家を手に入れ、おのが嫡男氏行《うじゆき》にその座を与えることである。縁組話を勝手に進めてから、氏理に対してもそう宣言した。

妻のその先に秘めた思いも、氏理は看破している。茶之は飛驒一国を本願寺に捧《ささ》げたいのである。

いま本願寺が信長の逆襲《ぎやくしゅう》にあって危機感を募《つの》らせているため、一向宗の狂的信者の茶之はその役に立つことばかりを考えているのであった。

紗雪が安土を訪問したとき、信長は京へ向かったばかりで不在であったが、その半月ほど後、海戦が行われている。堺《さかい》をめざして志摩《しま》を出航した九鬼《くき》嘉隆《よしたか》率いる織田水軍が、和泉《いずみ》淡輪《たんのわ》沖で一向一揆の船団の襲撃を受けると、これを一方的に撃破《げきは》したのである。鉄板で船体を被った大船七隻《せき》それぞれに三門ずつ装備された大炮《おおづつ》より放たれた弾丸は、一向一揆の船の大半を木《こ》っ端《ぱ》微塵《みじん》に吹き飛ばした。

強力きわまる総計二十一門の大炮を有す巨大鉄甲船《てつこうせん》七隻と、これに随従する数多《あまた》の戦船《いくさぶね》で組織された織田水軍は、難なく堺へ入湊《にゅうしん》し、たちまち大坂《おおざか》湾の制海権を握った。石山本願寺の周りの陸地はとうに織田の掌中《しょうちゅう》なので、その最大の支援者である毛利氏が一向宗の聖地へ兵糧《ひょうろう》を入れるには、超絶というべき戦力の織田水軍を突破しなければならず、決戦の日は近い、と懸隔《けんかく》の地の白川郷にまで伝わっている。

「茶之。もはや紗雪は三木へは遣《や》らぬ。対手《あいて》が倅でも父親でも、どちらへも遣らぬ。そなたには、再び雅意《がい》に任すこと、決して赦《ゆる》さぬぞ」

怒りを押し殺した声で、氏理が茶之に釘《くぎ》を刺した。雅意に任すとは、わがまま勝手に自分の考えを押し通すことである。最初に独断で三木家との縁組話を進めたのが茶之であった。

「今後、そなたが三木家とやりとりいたすことは、一切まかりならぬ。これは、夫としての頼みごとではない。主命《しゅめい》と心得よ」

「主命と……」

唇を噛《か》む茶之である。

「そう申した」

「畏れながら、お屋形……」

茶之付きの老女、泉尚侍が何か言いかけたが、それをも氏理は黙らせた。

「尚侍。そのほうのあるじの茶之が一度でも主命に叛《そむ》いたときは、一の家来たるそのほうに責めを負って貰う」

「それは……」

「首を刎《は》ねる」

ひいっ、と泉尚侍は息を呑み、青くなってしまう。

これで三木家との縁談をぶち壊すために用《もち》いた策略が、茶之とその側近衆に露見する恐れはない、と九左衛門らは胸を撫で下ろした。

縁談の一方の当事者たる姫君はこの場にいない。

紗雪は、桶六の家で、囲炉裏の火を熾《おこ》していた。おおさびが庄川で魚を釣《つ》ってくるので、焼く準備である。

少し穏やかな表情であった。

おおさびから松倉城における顛末《てんまつ》を聞かされたときは、ただただ混乱した。だが、冷静になったいまは、破談になるのなら、そのほうがよい。湧いてきたのは、安堵の思いであった。

（誰の妻にもならぬ……）

そういう生き方があるのではないか。

武家のむすめなら実家に利するところへ嫁ぐのが当然だが、窮屈《きゅうくつ》すぎる。紗雪はそう思い始めてもいた。

（このままずっと父上のもとで、白川郷に生きつづけたい）

白川郷の山川も人々も鳥獣《ちょうじゅう》も、紗雪は大好きなのである。

なぜかにわかに感情が昂《たかぶ》り、涙が溢れた。そのことに、紗雪は自分で驚いた。

「どうして泣くのじゃ、おらちゃが……」

自然にことばが口をついて出て、また驚いた。

自分のことをおらちゃと称したのは、久しぶりのことである。ごく当たり前の姫君が板につきかけている。

おらちゃと言った途端に、いまの姫君らしいおのれの装いが、鬱陶《うっとう》しく、おそろしく不自由に感じられた。

涙を拳《こぶし》で拭い、立って、帯を解き始めたそのとき、ほとほとと玄関の戸が叩かれた。

「かまわぬ。入れ」

おおさびだと思ったのである。

「御免」

声がおおさびのものではない。とっさに紗雪は懐剣《かいけん》を抜いた。

戸が開けられた。

「あ……お召し替え中でしたか」

入ってくるなり、目を逸《そ》らしたのは、七龍太ではないか。

固まってしまった紗雪の両目から、大粒の涙がこぼれ出た。

「阿呆《あほう》っ」

渾身《こんしん》の怒号を投げた紗雪が、七龍太めがけて走ってゆく。

その姿をちらりと視界に入れた七龍太は、

「あっ……いや……ご勘弁……」

手に抜き身をきらめかせながら迫る紗雪に、思わず謝った。何も悪いことをした憶えはないのだが、謝るほかない。

七龍太が信長の命で白川郷へやってきたのは、織田は本願寺支援の毛利水軍との決戦が近いので、白川郷の領民が越中の一向宗徒に煽動《せんどう》されてもこれに呼応せぬよう、睨みを利《き》かせるためである。もっとも、睨みを利かせるよりも、領民たちと仲良くするのが七龍太流ではあった。

紗雪が七龍太の胸へ飛び込んだ。

抜き身は、ふたりの足許へ落ちる。

「おらちゃを、ひとりにするな」

嗚咽《おえつ》まじりに、紗雪は口走った。

「姫……」

七龍太も、紗雪を抱く両腕に力を込めた。

あるじの後ろで微笑んだ宮地兵内が、振り返ると、そこには釣竿《つりざお》と魚籠《びく》を手にしたおおさびが立っていた。

おおさびも兵内へ微笑みかける。

「楽しき夕餉《ゆうげ》になり申す」

この翌年の二月、三木自綱は、十八歳になったばかりの嫡男宣綱を自害へ追いやるという酷《むご》い事件を起こす。嫁取りをめぐっての諍《いさか》いが原因であったことが周囲に露見し、それで家臣団は動揺し、麾下《きか》の国人・土豪《どごう》衆の離反の動きも見え始める。さすがの自綱も事態の収拾《しゅうしゅう》に躍起となった。結果、内ケ嶋家と三木家の縁組は、立ち消えというか、事実上の破談に到る。

帰雲城下〈さかいや〉のたきとしのは、これを伝え聞いたとき、妙岳尼ら姉小路家の女たちの暗《あん》躍《やく》を想像し、母娘でひそかに感謝した。

雪裡《せつり》の談《だん》

雪上を歩くさい、足が雪中深く踏み入ってしまうのを禦《ふせ》ぐため、木枝、蔓《つる》などを円形あるいは楕《だ》円《えん》形に編んだものを、藁沓《わらぐつ》の下につける。

かんじき、である。

その両の爪先《つまさき》側から伸ばした長い蔓の先端を手で摑《つか》んで、引き上げながら足を送る。

この動作を、雪を漕《こ》ぐ、という。

が、簡単ではない。慣れない者は、かんじきを一歩も動かせない。

いま、白銀の中を進むその人は、滑るような足取りで、文字通り雪を漕いでいる。

足送りのたびに雪煙《せつえん》が舞い上がるのは、さらさらとした粉雪《こなゆき》だからである。

ちらりと後ろを振り返った笠《かさ》の下の顔は、紗雪《さゆき》のものであった。

供衆《ともしゅう》の中で、なんとか後《おく》れずについてくるのは、おおさびと猟師《りょうし》の孫十《まごじゅう》だけである。紗雪が速すぎた。

紗雪のかんじきだけが、余の者のそれより大型で、すがりとも称《よ》ばれる。大きいぶん操作は難しいが、捗《はか》が行く。

先行するこの三名より三十間《けん》ほど後ろに若い衆。かれらからまた同じくらい離れて、孫十の子である吉助《きちすけ》・小吉《こきち》兄弟。

兄弟は、本来なら紗雪と離れることなく雪を漕げるのだが、自分らよりさらに後れている最後尾の人を気遣っていた。

「遅いなあ、七ノ丈《しちのじょう》は」

小吉が呆《あき》れる。

帰雲《かえりぐも》城下の人々は、七龍太《しちろうた》のことを、親しみをこめて七ノ丈とよぶ。とくに子どもたちは遠慮がない。

「きっとまたごりょさんにぶたれる」

と吉助は訳知《わけし》り顔にうなずく。ごりょさんとは、紗雪をさす。

「鹿追いはいやだったのに……」

ぼやく七龍太のかんじきの操作は、ぎごちない。といって、まるでおぼつかないわけでもないのは、少し小さめのかんじきだからである。

初雪から幾日も経っていないが、早くも奥飛騨は白一色であった。

冬が深まって白魔の暴れる時季は屋内に籠もりつづけねばならない。きょうのように、雲が薄く、時折太陽ものぞく日は、鹿や猪《いのしし》を狩りに出る希少な好機ではあるものの、鳥獣《ちょうじゅう》を捕殺《ほさつ》するのは七龍太の好みではなかった。

「いやならいやと姫に強く仰《おお》せられぬからにござる」

あるじに寄り添う兵内が溜め息をつく。

「このかんじきの礼にお供せねばなるまい」

雪中歩行に不慣れな七龍太のために、操作しやすい小さめのかんじきを手ずから作ってくれたのが紗雪である。

「先が思いやられる……」

独語するように、兵内は言った。もし七龍太と紗雪が夫婦になったら、どちらが主導権を握るか考えるまでもない。

「何か申したか、兵内」

「空耳《そらみみ》にございましょう」

このとき、先頭の紗雪の雪漕ぎがにわかに速まった。

「あ……いた」

小吉が、紗雪の前方を指さす。

雄鹿《せか》が一頭、雪に脚《あし》をとられながら、懸命に山を下りようとしている。

「さすが、ごりょさん」

と吉助は手を拍《う》つ。

脚の長い鹿は、雪深いところでは身動きがうまくとれないので、深山《みやま》に餌《えさ》を求めていても、初雪の頃には山の外《はず》れへ移動する。それを熟知した上で鹿追いに出た紗雪だから、その姿を容易に発見できたといえよう。

「す……すごい……」

七龍太の視界の中で、紗雪がみるみる雄鹿へ迫ってゆく。

迫って、そして追い越した。

雄鹿の鼻先十間ばかりのところで停《と》まった紗雪は、手早くすがりを脱ぐや、藁沓を雪中に沈めながら、一歩ずつ、雄鹿へ近づく。

危険を察知した雄鹿は、方向を転じるも、雪に脚をとられて倒れそうになる。踏ん張って、跳躍を試《こころ》みるが、うまくいかない。

追いついた孫十とおおさびが、雄鹿の鼻面《はなづら》へ手槍《てやり》の穂《ほ》を突きつける。

孫十は狩猟に、弓矢を使うことはあっても鉄炮を用いない。自然の恵みといえる獣《けもの》と、目を合わせて戦わないのは非礼と思うからである。そういう孫十に、紗雪も共感している。

雄鹿が再び反転しようとする刹那《せつな》、紗雪が躍《おど》りかかって角《つの》を両手で摑んだ。

「……」

七龍太が絶句し、

「これは、なんと……姫は以前にも増してお強うなられましたな」

と兵内は感嘆《かんたん》する。

格闘の時は、ごく短いものであった。姫が獣を捩《ね》じ伏せた。

「御免」

孫十が、雄鹿の目を見て告げてから、その急所へ槍を突き入れた。

「やったあっ」

小吉が小躍りする。

「夕餉《ゆうげ》は鹿汁《しかじる》が……」

振り返った吉助の目に映った七龍太は、兵内に凭《もた》れかかって気を失っているではないか。

「七ノ丈って、本当にあの恐ろしい織田信長の家来なの」

疑わしげな少年の視線を、あはは、と兵内は笑いながら避けた。

本丸二階の月宮楼《げつきゆうろう》から、女たちの明るい笑い声が洩れている。茶之《ちやの》と侍女《じじよ》らが貝合《かいあわせ》に興じているようだ。

「このところ、何やら奥方さまのご機嫌がよろしいように思われまする。先日、姫が狩られた鹿の味噌漬けをお召し上がりになられたのには、皆が驚き申した」

会所で主君とともに囲炉裏《いろり》の火にあたりながら、尾神備前守が氏理《うじまさ》へ言った。

「初雪の降る前に瑞泉寺《ずいせんじ》から使者がまいったが、何か関わりあるのやもしれぬ」

氏理は、微《かす》かに眉を顰《ひそ》める。

越中の一向一揆の中心的な存在である礪波《となみ》郡井波の瑞泉寺住職の顕秀《けんしゆう》は、茶之の弟である。

「あれは顕秀どのからお屋形と奥方さまへのご機嫌伺いにござったが……」

「使者は辞去の前に別間《べつま》でしばし茶之とふたりだけで話したようじゃ。本題はそっちだったのであろう」

「されば、摂津陣に関わること」

「そうであろうな」

摂津における織田と石山本願寺の戦いは、重大な局面を迎えようとしている。

「なれど、越中からご当家の領民を煽《あお》るような動きはみられませぬ」

「うむ。明了《みようりよう》どのが郷内の門徒衆をよく慰撫《いぶ》してくれておるゆえ、まことにありがたいことだ」

白川郷中野村照蓮寺の明了は、郷内の真宗門徒衆を束ねて、人望が厚い。氏理とこの明了とは、ひそかに心をひとつにし、白川郷の平穏無事を保つことに腐心している。

「どのみち、雪に閉ざされたいま、われらも領民も身動きはとれませぬしな」

「早《はよ》う和睦《わぼく》に到って貰《もら》いたいものだ」

氏理も明了も、織田と本願寺が和議を結ぶことを切に望んでいた。互いを滅ぼすまで戦いつづけるなど無益というほかない。

また、氏理自身には、両者の交戦が止《や》むのを待って、織田に許可を得たい儀があった。

この秋に九左衛門らが松倉城でうった命懸けの大芝居が成功したことで、三木《みつき》と内ケ嶋の縁組は破談になるのは間違いない。七龍太と紗雪の婚姻を、白川郷における織田と真宗の和睦の象徴としたいと願い出れば、必ず信長に快諾して貰えよう。

氏理のこの望みを察する者は、備前守のほかにもいるが、織田氏の下での内ケ嶋氏の繁栄や、純粋に紗雪の仕合わせを願うかれらは、茶之の妨害をうけないためにも、決して口にしない。

しかし、本願寺に盛り返されて、織田が後退をはじめたときは、氏理の思惑通りに事は運ばないであろう。

「少し七龍太どのと話したいが……」

「桶六《おけろく》におられると存ずる。暗くなる前にはお戻りになりましょうが、お急ぎなら、誰か招《よ》びにいかせ申そう」

「いや、よい。無粋《ぶすい》なことはしとうないでな」

「さようござるか」

主従は微笑《ほほえ》み合った。

やがて、薄暮《はくぼ》の頃合い、城下の桶六の家から、七龍太・兵内主従と和田松右衛門、迫田彦八が出てきた。彦八は、氏理の馬廻《うままわり》だが、紗雪の夏の安土行きに随従している。

かれらは、桶六で、紗雪の相伴《しょうばん》をして猪鍋《ししなべ》を堪能《たんのう》した。猪を狩ったのは、言うまでもなく紗雪である。

ちらちら小雪が舞っているものの、振り仰げば、城はすぐそこに見えるし、前から吹きつける雪を禦ぐ胸掛《むねがけ》を着けるほどでもない。笠を被《かぶ》り、蓑《みの》を纏《まと》った四人は、深沓《ふかぐつ》で雪面を踏んで、城下の家々の間を抜け、白川街道へ上がった。街道といっても、いまは雪に埋もれて、道なき道だが。

城の大手にあたる巽門《たつみもん》が、目と鼻の先である。

兵内の笠へ少し大きめの雪の塊《かたまり》がぱらぱらと落ちてきた。木の枝葉に積もった雪が滑り落ちてきたのであろうと思いつつ、仰ぎ見た。

邪悪な気配を察知するや、兵内は七龍太の体を、ひっさらうようにして、ともに斜面へ転がった。

胸の悪くなりそうな厭《いや》な音がした。降ってきた影が、彦八を脳天から斬り下げたのである。

彦八は、悲鳴ひとつ上げられぬほどの即死であった。

影は、尻餅《しりもち》をついて恐怖で動けない松右衛門を、笠の内よりじろりと見下ろす。

起き上がった兵内が、影の背へ副子《そえご》を投げうった。

振り向きざまに副子を払い落とした影の視線と、路傍《ろぼう》の斜面より見上げる七龍太のそれとが、斬り結ばれる。

薄暗がりの中であっても、左の耳下から唇の端《はし》にかけての深い刀痕《とうこん》を、七龍太の目はたしかに捉えた。

「下間頼蛇《しもつまらいじゃ》っ」

本願寺坊官として照蓮寺に派遣された頼蛇は、二年前の木津川海戦に際して戦力として呼び戻され、織田方に討たれたと伝わっている。

七龍太は、笠を脱ぎ捨てながら、道へ躍り上がり、抜き討ちの構えをとる。

その間に、兵内は松右衛門のほうへ回り込もうとする。しかし、後ろ手に伸ばされた頼蛇の長い直刀《ちょくとう》の鋒《きっさき》が松右衛門の顔へ突きつけられたので、動きを停めた。

「久しや、津田七龍太」

頼蛇も、左手で紐《ひも》を解《ほど》いて笠を脱いだ。

首筋を被《おお》う錣《しころ》の付いた角頭巾《かくずきん》を被っており、その頭巾の左側面がなぜか長めであった。

「石山《せきざん》の毒蛇が本願寺に見捨てられたか」

と七龍太は推察した。

頬はこけ、両の眼《まなこ》が異様なほどに飛び出し、歯も欠けており、胸掛や蓑で体を被っていても病的に痩せているのが分かり、食い詰め牢人《ろうにん》のように見える頼蛇なのである。貧しさとは無縁の本願寺坊官の姿ではない。

「愚禿《ぐとく》はいまも本願寺坊官だっ」

痩せたことで無気味さのいや増した頼蛇が、怒号を噴《ふ》かせた。

「坊官を刺客《しかく》に立てるとは、本願寺もよほど苦しいとみえる」

「刺客ではないわ。愚禿が汝《うぬ》を討ちたいだけだ」

「お手前に憎まれるほどのことはしておらぬ」

「気に入らぬのよ、汝が」

この間、兵内が少しずつゆっくりと腰を落としている。

「真宗では、気に入らぬ者は殺せと教えるのかな」

「仏法護持の邪魔をする織田の虫けらどもなぞ、殺されて当たり前」

この瞬間、頼蛇が松右衛門を斬ると察知した七龍太は、信頼する従者の名を呼んだ。

「いまだっ、兵内」

斬りかかられると判断した頼蛇は、直刀を兵内のほうへ回した。

しかし、兵内はその場を動かず、頼蛇の顔めがけて、両手で掬《すく》った雪を投げつけただけである。

予期しなかった攻撃法に、頼蛇が微かに怯《ひる》んで、おもてをそむける。

その機を逃さず、踏み込んだ七龍太は、竹中半兵衛より拝領の直江志津兼俊《なおえしづかねとし》を鞘走《さやばし》らせた。が、雪に足をとられ、刀は空《くう》を斬った。

素早く立ち直った頼蛇の直刀が、横薙《よこな》ぎに襲ってくる。

ところが、頼蛇も雪で踏ん張りが利かず、仰ぐように振り出してしまい、鋒は七龍太の頭上へ流れた。

この隙《すき》に、兵内が道へ上がり、松右衛門を抱え起こした。

「御免」

「わあっ……」

松右衛門ひとり、雪の斜面を転がり落ちてゆく。兵内に投げ飛ばされたのである。

抜刀した兵内は、七龍太の頭上へ刃《やいば》を降らせようとしている頼蛇の背へ、突きを見舞った。

蓑を突き破った鋒は、しかし、頼蛇の胸掛の紐の一本を斬って、その左脇腹を掠《かす》めたにすぎない。やわらかい雪に踏み込みがずれたのである。

頼蛇は、背後から前のめりになってよろけてきた兵内の頭を、左の腕下《かいなした》に抱え込むや、おのが直刀の柄頭《つかがしら》で撲《なぐ》りつける。

「くっ……」

呻《うめ》いたのは頼蛇であった。右の腿《もも》のあたりに七龍太の一閃《いっせん》を浴びたのである。

兵内が頼蛇の足許に崩れ倒れる。

頼蛇は、直刀を闇雲に振り回しながら、後退してゆく。が、数歩ばかりで、仰《あお》のけにひっくり返った。

「ぐあああっ……」

凄まじい悲鳴である。

が、頼蛇が直刀を取り落とし、両手で押さえているのは、右腿ではなく、頭であった。

押さえるというより、きつく抱え込んでいる。

七龍太は知る由《よし》もないが、頼蛇の頭の中には銃弾が残っており、それが激しい痛みを引き起こすことが、しばしばなのである。ほとんどの場合は前触れを感じるが、こうして突然襲われるときも少なくない。角頭巾の左側面が長めであるのも、銃痕《じゅうこん》を隠すためであった。

それでも頼蛇は、いったん手離した直刀を摑んで、よろよろと立ち上がり、七龍太に向かって鋒を上げ、闘志をみせる。

その顔は、どす黒く、恐怖と狂気とに彩《いろど》られ、地獄で凄絶《せいぜつ》な拷問《ごうもん》をうける亡者《もうじゃ》を彷彿《ほうふつ》とさせる。

七龍太の膚《はだ》は粟立《あわだ》った。

(討ってしまわねばならぬ)

この化け物じみた男を生かしておけば、必ず凶変を起こすであろう。

「し……七龍太、どのぉ」

頼蛇のほうへ踏み出しかけたとき、斜面の下から、助けを呼ぶ弱々しい声が聞こえた。松右衛門である。

兵内はといえば、頭から血を流して、動かない。

あらためて頼蛇を見やると、地獄の亡者は背をみせ、よたよたと逃げ始めている。だが一対一で斬り合って、ただちに結着をつけられるような対手《あいて》ではない。

　何事もおおげさな松右衛門はともかく、兵内の身が案じられる。

　七龍太は、頼蛇を追わず、懐《ふところ》より手拭《てぬぐい》を取り出して兵内の頭に巻きつけてから、その体を背負って、雪の斜面を下りた。

「大事ござらぬな」

　七龍太に言われて、のそのそと立ち上がった松右衛門だが、怪我はしていない。

「下間頼蛇とは、ああ、恐ろしや……」

「わたしは兵内を翠渓《すいけい》どののところへ運ぶ」

　白川郷の唯一の医者《くすし》の翠渓は、帰雲城下に住む。

「松右衛門どのは、いったん桶六へ戻って、おおさびに、頼蛇を追うよう命じられよ。それから、城へ帰り、子細を備前どのへ伝えて、ただちに追手の兵を」

「相《あい》分かり申した」

　結局、おおさびも、その後に繰り出された追手も、頼蛇を発見することはできなかった。夜に入った上、吹雪《ふぶ》いてもきたので、早々に捜索行を打ち切って引き揚げたからである。

ただ、幸いなことに兵内の傷が軽かったので、七龍太は胸を撫で下ろした。

　十一月の下旬に入って、照蓮寺明了が、降りしきる雪をおして帰雲城を訪れた。火急の用向きに違いない。

　氏理は、備前守ら主立《おもだ》つ者を会所へ集めた。

「明了どののなら、妾《わらわ》もご挨拶を」

と茶之もしゃしゃり出た。

会所には中央に囲炉裏が切ってある。あるじの横座に氏理、その左の嬶座《かかざ》に茶之、右の客座に明了が座った。

「やあ、明了どの。お久しゅうござる」

七龍太が、笑顔で声をかけながら、当たり前のように木尻《きじり》に着座したので、明了は戸惑い、ちらりと氏理を見やった。

木尻は、子や奉公人の座である。本来なら、信長の命をうけて在城する七龍太が、横座を占めたところで、誰も文句を言えない。

「兵庫頭《ひょうごのかみ》どのと正対できるゆえ、ここは格別の座。わたしの定席《じょうせき》にござる」

明了の戸惑いを察して、七龍太が説いた。

氏理も、周囲で肩寄せ合って居並ぶ家臣の多くも、自然と笑みをみせる。かれらは皆、七龍太に好感を抱いている。

茶之とその側近衆だけが、いやな顔をした。

「皆さま、もそっとお寄りなされ」

七龍太が、両手を挙げて手招く。

冬の白川郷は、たとえ屋内でも、こうした広い会所の寒気は尋常ではない。なるべく火に近寄らなければ、堪《た》え難い。

「七龍太どののお許しじゃ。寄れ、寄れ」

氏理も皆を見渡しながら言う。

主従間のこうした繕《つくろ》わないさまが日常的になったのも、七龍太という偉《えら》ぶらず飄々《ひょうひょう》とした若者の存在による。

ひとりひとりが中央寄りへ膝を進め、皆が居住まいを正したところで、明了が切り出した。

「兵庫頭どのには、まずはこれをお読みいただいたほうがよろしい。昨日、使いの者が届けてまいった瑞泉寺顕秀の書状にござる」

茶之の目許《めもと》に微かに笑みが湛《たた》えられた。が、それと気づいたのは七龍太だけである。

書状を受け取って披《ひら》いた氏理が、黙読《もくどく》する。

「七龍太どの」

読み了《お》えると、そちらへ視線を上げた。

「荒木《あらき》摂津守《せっつのかみ》村重《むらしげ》どのが上様に叛《そむ》き、本願寺に寝返った、と」

一同、息を呑んだ。

荒木村重といえば、織田の有力大名で、石山本願寺を抱える摂津国の支配を任されている。それが信長に叛いて、本願寺と結んだとなれば、戦況は一変しよう。

「明了どの。わたしも書状を拝見してよろしいか」

「そこもとが織田のお人だからというて、何も隠すつもりはござらぬ。ご随意に」

「かたじけない。されば、わたしが読み上げましょう」

氏理から、近習の手を経て受け取った書状を、七龍太は声に出して読んだ。

村重が味方についたことで摂津陣は必ず好転するので、そのとき北国の一向一揆は織田方を積極的に攻める、照蓮寺と白川郷の門徒衆も本願寺法主《ほっす》顕如《けんにょ》の名を奉じて内ケ嶋氏を屈伏せしめるように、というのが内容の大筋であった。

「ご当家と門徒衆のいくさを避ける良き策がないものか。それが、御坊がこちらへまいられた理由《わけ》にございますな」

と七龍太が明了の苦衷《くちゅう》を言いあてた。

「お察しの通り」

「御坊は真宗の僧侶《そうりょ》にあられよう」

明了に向かって鋭い声を上げたのは、茶之である。

「仏法にお従いになるのが当然のこと」

「奥方」

明了が言い返す。

「いくさとなれば、兵庫頭どののご正室にあられる奥方とて、無事では済まぬのでございますぞ」

「妾は瑞泉寺顕秀の姉」

「それは、いくさになったら、真宗の味方をなさるとの仰せか」

「間に立って、お屋形に降伏をすすめる」

お屋形とは氏理のことである。

「つまりは、内ケ嶋をお見捨てになる」

「見捨てるや否やは、お屋形のお心次第」

内ケ嶋主従の大半が薄々分かっていたこととはいえ、茶之の本心の吐露《とろ》の仕方は露骨すぎるといえた。

「茶之。そなた、荒木どのの逆心をとうに存じておったな」

たしかめるように、氏理が言った。初雪の降る前、瑞泉寺の使者の訪問をうけ、以後は茶之の機嫌の良かった理由が、いまにして腑《ふ》に落ちたのである。

茶之は、返答しないばかりか、声を出さずに嗤《わら》った。

「この書状には、荒木どの謀叛《むほん》のことが上様のお耳に達したのは、十月二十一日のことと記されており申す」

と七龍太が文面を辿りながら言った。

「それでうろたえた上様が、荒木どのの居城有岡《ありおか》城へ、糾問使《きゅうもんし》として、松井友閑《まついゆうかん》どの、明智《あけち》日向《ひゅうがの》守《かみ》どの、万見仙千代《まんみせんちよ》どのらを遣わされた。織田の錚々《そうそう》たる方々だ」

さらに、七龍太はつづける。

「それでも荒木どのが安土出仕の命に服さぬので、こんどは十一月三日、上様おんみずからご上洛あそばし、松井どの、明智どのに加え、羽柴筑前守どのまで、有岡城へ遣わされた。上様の慌てぶりが目に見えるようにござる」

ちょっと笑う七龍太であった。

「書状で報《しら》せているのは、ここまで」

十一月三日までの出来事が、まずは越中へ知らされ、そこから飛騨白川郷へと伝わるのに、こうして二十日間ほども要したのは、仕方のないところであった。北国は人里を離れて出歩くのが危険な雪の中なのである。

「これで毛利も勇躍《ゆうやく》し、ようやく水軍を摂津の海へ繰り出すことと存ずる」

七龍太のその言い方に、氏理も明了も備前守も違和感を抱いた。

「七龍太どのは何も憂《うれ》えておられぬように見受けられるが……」

と氏理が困惑げに訊《たず》ねる。

「上様は、荒木どのの心変わりを、実は夏頃より疑《うたご》うておられた」

「なんとっ」

「六月に、織田方の播磨《はりま》上月《こうづき》城を羽柴軍と荒木軍とで後ろ巻きいたしたが、そのさい、荒木どのは敵の毛利勢を討てる好機をわざと見逃したふしがござった。もっとも、荒木どのもいくさ上手《じようず》ゆえ、これを故意であると看破できた者はほとんどおりませなんだが」

「どなたが看破されたのか」

「わたしの師、竹中半兵衛」

半兵衛は羽柴秀吉の軍師である。

「それならば、間違いのないところにござるな」

「なれど、この乱世では、おのれと自家にとっての損得が、その時々に応じて変わるのは致し方ないこと。荒木どのも、上月城後ろ巻きのさいは毛利につくのが得策と思うたとしても、その後の成り行きで、やはり織田に属しつづけるのがよいと考え直すやもしれず、ただちに謀叛ときめつけてよいものではござらぬ。それゆえ上様は、荒木どのの動きを、それとなく注視なさるに留《とど》められた。ところが、冬に入る頃、本願寺法主《ほつす》から荒木どの宛ての起請文《きしようもん》を、織田方の者が目にいたした。寝返り後の領地については足利義昭公に従うように、とまで記されたものにござる」

信長に追放された将軍義昭は、本願寺と結ぶ毛利氏の庇護下《ひごか》にある。

「ここに到って、上様は荒木どのの早々の討伐を思い立たれたが、わが師、半兵衛がこれを利用なさるよう進言いたした」

「利用とは……」

「和泉《いずみ》淡輪《たんのわ》沖で、九鬼嘉隆どの率いる織田水軍によって一向一揆の船団が大敗を喫したあと、毛利は摂律の海へ戦船《いくさぶね》を差し向けるのに慎重《しんちよう》になり申した。上様はこの秋の決戦を期しておられたのに、毛利水軍は容易に姿を見せぬ。なれど、荒木どのの時《とき》ならぬ謀叛に、上様が狼狽《ろうばい》なさり、織田の属将たちも動揺するそのさまが伝われば、これを絶好機と捉えて、必ず毛利は出張《でば》ってまいる」

「では、織田の錚々たる方々の有岡城行きも、上様のにわかのご上洛も、すべては毛利水軍を誘い出すための見せかけであった、と七龍太どのは言われるのか」

「有体《ありてい》に申せ……」

「負け惜しみじゃ」

七龍太の語尾を打ち消すように、怒号を投げたのは茶之である。

「織田はまだ負けており申さぬ」

と冷静な七龍太であった。

「負け惜しみの偽りじゃ。荒木の寝返りは織田にはまことに寝耳に水のはず。毛利水軍がいま摂津へ乗り出すとしても、それは誘い出されたのではなく、当初から荒木と手を携え合ってのことじゃ。毛利が必ず勝つ」

二年前の木津川海戦は、毛利水軍の圧勝であった。

「あるいは、奥方の仰せの通りやも」

七龍太は、無下《むげ》に否定せず、軽く会釈《えしゃく》してみせる。

「そのほう、妾を愚弄《ぐろう》いたすか」

「やめよ、茶之」

氏理が叱りつけた。

「兵庫頭どの。ご当家がいかに処すとしても、次なる報を待ってからにいたすのがよろしいと存ずる」

「もしや、七龍太どのは、十一月三日以後のことをすでにご存じなのでは……」

探るように、氏理は疑念を口にしたが、

「何も存じ申さぬ」

七龍太は頭《かぶり》を振った。

氏理の疑念には、備前守もひとりうなずいている。

（もしや……）

白川郷の外と連絡をとっているようすは、七龍太にはまったく見受けられない。しかし、日常の行動も含め、何もかも胸襟《きょうきん》を開いているように見えて、隠密裡《おんみつり》に安土や京と白川郷を往来する間者と、どこかで会っているのではないか。

（津田七龍太どのは、まことは油断のならぬお人なのやもしれぬ……）

そんなふうに思った備前守は、視線に気づいて、はっとした。

視線の主《ぬし》である七龍太が、にこっと笑ったではないか。備前守は怖気《おぞけ》をふるった。

「明了どのも、それでよろしいか」

七龍太は、摂津陣の今後の戦況によっては、敵とならざるをえないかもしれぬ真宗の僧侶へも、穏やかに訊《たず》ねた。

「承知いたした。なれど、こたびは、本願寺も織田とついに雌雄《しゆう》を決する覚悟ゆえ、拙僧も法主の御下知《おんげち》を長く手許に留め置くことはできかねる」

近いうちに白川郷の門徒衆を集めて、法主顕如の意を伝え、明了自身の本意ではなくとも、場合によっては内ケ嶋氏といくさをすることもやむをえないのである。

「お前さま。織田が毛利に敗れ、摂津より退いたときはいかがなさる。しかと返答なされよ」

茶之が氏理へ詰め寄った。

「いま申すことではない」

「ならば、いつ仰せられるのか」

「奥方」

七龍太が口を挟んだ。

「そのときは、わたしの首を刎《は》ねて、本願寺へ差し出せばよろしゅうござろう」

「七龍太どのっ」

思わず、氏理は腰を浮かせる。

「申したな」

眼を輝かせる茶之であった。

「皆もしかと聞いたな。こやつみずから申したのだ。そのときになって、決して逃げ隠れさせてはなるまいぞ」

「奥方おんみずから、わたしの首を刎ねられるか」

七龍太が訊《き》いた。

「妾は紗雪のような野蛮な女武者《おんなむしゃ》ではないわ。余の者にやらせるに決まっておろう」

「されば、下間頼蛇に」

「おお、それがよいわ」

つい口を滑らせたそばから、茶之は青ざめた。

「茶之。そなた……」

氏理が、驚き、次いで睨みつける。

この帰雲城の巽門前で、頼蛇が七龍太らを襲ったのは、偶然ではなく、茶之と繫《つな》がった上での凶行。それと茶之自身が自白したも同然であった。

「知らぬ、知らぬ、知らぬ。妾は何も知らぬ」

茶之は、急に立ち上がるや、裾を翻《ひるがえ》した。泉尚侍《いずみのしょうし》ら、お付きの女房衆がつづく。

「待て、茶之」

氏理は、片膝を立て、腰刀《こしがたな》に手をかけた。

「なりませぬ、兵庫どの」

制したのは、七龍太である。

この間に、茶之と女房衆は足早に会所を出ていった。

「もし奥方が頼蛇と会《お》うていたとしても、それは真宗の帰依者《きえしゃ》同士の繫がりゆえ、咎《とが》めるようなことではござらぬ」

「頼蛇はもはや本願寺坊官ではないと知れ申したぞ」

七龍太が襲撃を受けたあと、氏理は明了を通じて頼蛇のことを探らせた。

木津川海戦で戦死したと思われていたのが、今年になって石山本願寺に姿を現すと、命令を無視して狂気の行動を繰り返した。一度は佐久間《さくま》方の砦《とりで》へ単身で乗り込み、奪われたという愛用の直刀を取り戻したのだが、そのさい物売りにきていた婦女子、老人まで無惨に斬殺《ざんさつ》してしまう。石山の寺内町でも濫妨《らんぼう》狼籍が止まず、門徒を幾人も斬ったので、ついに追放されたのである。

「追放されてもなお、おのれを愚禿と称す頼蛇が、真宗の信徒であることに変わりはござらぬ。仏法護持において、奥方と通ずるところがありましょう」

「命を狙われたと申すに、七龍太どのはおやさしすぎる」

「むろん、わたしは頼蛇ばかりは赦《ゆる》すつもりはない。いずれ必ず討ち果たす。なれど、白川郷は武家と真宗の門徒衆とが仲良く共生いたす美しき土地。その武家のあるじたる兵庫頭どのと、仏法を奉じる奥方とが血を流し合えば、皆も所詮《しょせん》はそれが行き着くところと投げ遣《や》りになり申そう。ではござらぬか、明了どの」

七龍太は客座の人を見やった。

「あなたさまのそのお考えこそ美しい」

七龍太の視線を浴びた明了は、眩《まぶ》しげである。

「まことに」

氏理も共感する。

「兵庫どの。摂津のいくさがどうなるにせよ、われらはこの先も共生の道を歩みつづけねばなりませぬな」

「さよう。なんとしても」

七龍太の思いに打たれた両人は、何やら心が洗われてゆくようにも感じた。

かれらはまだ知らないが、実は、すでに織田水軍と毛利水軍の決戦が行われ、結着がついていた。信長上洛の十一月三日よりわずか三日後、木津川河口で両軍は激突した。それぞれ三門の強力な大炮を有する六隻の巨大鉄甲船《てっこうせん》が、毛利水軍六百艘《そう》に壊滅的な打撃を与え、織田水軍の完全勝利に了《お》わったのである。毛利の兵糧《ひょうろう》支援を受けられなかった石山本願寺は、これまで以上の窮地《きゅうち》に陥ってしまう。

この報が白川郷にもたらされたのは、明了が帰雲城を訪れてから数日後のことである。茶之は月宮楼で狂ったような金切り声を上げつづけた。

その後、荒木村重も、高槻《たかつき》城の高山右近《たかやまうこん》と茨木《いばらき》城の中川清秀《なかがわきよひで》を織田方に誘降《ゆうこう》せしめられ、有岡城に孤立することとなる。

「兵内。痛むか」

「すっかり治りましてござる。傷痕《きずあと》もやがて薄れましょう」

「よかったな」

年明けの桶六の囲炉裏端《ばた》で、ともにどぶろくを呑みながら、主従は微笑み合った。

「まいるぞ」

土間に立つ紗雪に声をかけられた。狩猟用の装備が調《ととの》っている。

「ははは……やっぱり、往《ゆ》くのか」

七龍太は、おもてを引《ひ》き攣《つ》らせ、小声で洩らす。どぶろくを呑んだのも、これから雪深い戸外へ出るので、体を内側より温《ぬく》めておくためであった。

「何か申したか」

きっ、と紗雪に睨まれる。

「な、何も申しませぬ」

それでも、これはこれで仕合わせの一時であり、半年後の悲劇を夢想だにしていない七龍太であった。

師《し》表《ひょう》の卒《そつ》

厳寒の時季は過ぎ、雪国も春めいてきた。

荷を積んで雪上を滑る修羅《しゅら》が見える。大きな橇《そり》を修羅とよぶ。雪が凍って、使いやすくなったのである。

行き交う人々の表情も明るい。

ただ、春めくといっても、暖地の景色とはまったく異なり、大きな危険が潜《ひそ》む。

庄川の水は凍りつき、その上を両岸より迫る雪に被《おお》われ、流れはまだ見えていない。支流もことごとく雪の下に隠れている。陸地と思い込んで歩き、雪氷《せつぴょう》の薄いところを踏み破って、冷水に落ちて死ぬこともめずらしくない。

それでも、白銀の河原で雪合戦に興《きょう》じる帰雲《かえりぐも》城下の童《わらべ》たちは弁《わきま》えている。勝手気ままに走り回っているようでも、とくに年長の子らは、雪下に埋もれる境を踏み越えて、見えない流れの上へ身を移すことは決してしないし、年少の子らを気にかけながら遊ぶのが常であった。

「わっ……ひゃっ……うへっ……」

ひとり、顔に雪玉の集中炮火《ほうか》を浴び、ひっきりなしに悲鳴を上げているのは、子どもではない。

七龍太《しちろうた》であった。

「小吉《こきち》。味方のくせに、痛っ……」

敵味方に分かれていたはずが、いまや全員にとっての標的である。七龍太の反応が滑稽なせいで、黄色い笑い声が絶えない。

「まことに得難《えがた》きお人だ……」

おおさびが微笑《ほほえ》んだ。

「天性のお人柄だが、お育てになられた方々が良かった」

と兵内も笑顔をみせる。

「お師匠《ししょう》の竹中半兵衛どのと、お父上の喜多村十助どのか」

「そうだ」

「ご両所にはいつかお会いしたいものよ」

「会えようぞ、七龍太さまと紗雪《さゆき》姫が夫婦《めおと》になられるときに」

「その日が楽しみだ」

「あっ……姫がまた釣《つ》られた」

おおさびと兵内は、庄川の流れを被う積雪の一部に穴を開け、そこに並んで釣り糸を垂《た》らしているのだが、紗雪もやや上流の釣り人であった。当初から、釣果《ちょうか》を挙げるのは紗雪ばかりである。

「こうしたことは、身共《みども》も姫には到底敵《かな》わぬ」

おおさびが、なかば呆《あき》れるように、頭《かぶり》を振る。

「何と申せばよいか、姫が幼き頃から、白川郷の山川草木《さんせんそうもく》、生きとし生けるもの、すべてが姫に語りかけているかのようなのだ」

「まさしく飛山天女《ひさんてんにょ》ではないか」

紗雪がいま魚を獲《と》っているのは、童たちに食べさせるためである。

「おぉい、七龍太ぁ」

あるじを呼ばわる声に、兵内が振り返った。

河原より上方の斜面に立って、左手で笠《かさ》の端《つま》を上げ、七龍太に向かって右腕を振る者がいる。

「藤懸《ふじかけ》三蔵《さんぞう》どの……」

年齢《とし》の近い七龍太とは友であるが、織田氏の末流ながら信長の又《また》従兄弟《いとこ》にあたる三蔵が、何の前触れもなく白川郷を訪れるとは、よほど火急の用向きに違いない、と兵内は察した。

「やあ、やあ、三蔵」

七龍太はといえば、友の思いがけない来訪に素直に嬉しそうである。

「おおさびっ。兵内っ」

突然、紗雪が叫んだ。

「皆を河原より上がらせよ」

「何事にござる」

おおさびは大声で問い返す。

「川が揚《あ》がる」

はっきりと紗雪が告げた。

「畏《かしこ》まった」

即座に、おおさびは動き、兵内もつづく。

「川が揚がる」

「川が揚がる」

両人の警告の声を聞いた七龍太は、童たちを急《せ》かす。

「皆、聞いたな。上がれ」

幼い子らが転ぶと、おおさびと兵内と年長の子がただちにひっ抱える。

七龍太も、ひとり背負うと、ほかに逃げ遅れた者がいないか、たしかめてから、最後尾についた。

紗雪は、上流より皆の避難を見てから河原を離れる。

「いったい、どうしたというのか」

雪の斜面を駆け上がってくる七龍太に、ひとり訳の分からない三蔵が訊《き》いた。

「すぐに分かる。三蔵も、もっと上へ」

川面《かわも》を被っている積雪のあちこちから、水が滲み出てきた。かと見る間に、水の勢いは強まって、どんどん流れ出し、次いで噴出《ふんしゅつ》を開始した。

川の流れを隠している積雪の起伏《きふく》も、上流から下流へと徐々に動きだす。

白い巨獣が覚醒《かくせい》したかのようで、初めて見る者には恐ろしい光景であった。

「雪崩《なだれ》か……」

三蔵がおもてを引き攣らせるが、

「わたしも初めはそう思うた」

七龍太は落ち着いて説いた。

春が訪れて少しずつ暖かくなり始めると、川面を被う雪は、水に接するところから解けてゆく。それでもまだ水の流れる道はほとんど塞《ふさ》がれたままなので、雪解け水は行き場を失う。その水量が増えると、分厚《ぶあつ》い積雪をも押し上げ、押し流す。

これを、川が揚がる、あるいは、水が揚がると称した。

「ならば、もっと高所へ逃げねば危ないのではないのか」

及び腰になる三蔵である。

「大事ない。その必要があれば、姫がさように仰せられる」

七龍太は、ちらりと紗雪を見やった。

「いくさは怖くないが、こういうのは……」

「そうだな。実は、わたしも、最初はみっともないほど慌てた。なれど、白川郷の衆は、水落《みずお》としを欠かさぬゆえ、大きな川揚がりは滅多《めった》に起こらぬ」

とくに大雪の翌日は、川筋の領民が総出で、塞がれた水の道を鋤《すき》などで拓《ひら》き、水を落とす。これを怠ると、白魔《はくま》の洪水が起こって、川筋の村をまるごと呑み込んでしまうという大惨事も出来《しゅったい》する。

むろん、そのたびに素早い対応をつづけていても、所詮《しょせん》、人力には限りがある。危険な箇所のすべてを検《あらた》めることなどできず、川揚がりを完全に禦《ふせ》げるわけではない。

しかしながら、紗雪ばかりは、常人の限界を超えて、脅威《きょうい》の兆《きざ》しを感ずることができる自然児であった。

眼下を、真っ白な雪の川が、軋《きし》むような音を立てながら、ゆっくり流れてゆく。押し合いへし合いし、ぶつかり合って砕け散った雪は、高く雪煙を舞い上げる。

岸と思われるところから溢れた水が、斜面を上がってくる。三蔵ひとりだけ、恐れて、さらに上方へ逃げたので、その臆病《おくびょう》を童たちがくすくす笑う。実際、かれらの立つところまで水は揚がってこなかった。

「七龍太。おぬし、かような土地によく住んでおるな」

「住めば都さ」

どれほどの田舎《いなか》でも不便な地でも、住み慣れれば離れ難くなる。

「それがしは、住まば都だ」

住むなら都がよい。三蔵はそう言って、

「安土はいずれ京の都を凌《しの》ぐ」

と付け加えた。

織田信長の本拠《ほんきょ》である安土はいま、諸国より絶え間なく民《たみ》が流入し、城下町も日毎《ひごと》に拡張をつづけ、空前の活況を呈《てい》している。史上最も巨大で、最も絢爛豪華《けんらんごうか》な城、安土城の天主《てんしゅ》完成も間近であった。

「凌いだとしても……」

あとのことばを、七龍太は呑み込んだ。

（上様は安土にはお留《とど》まりにはならぬ）

それは、師父・竹中半兵衛の見方である。

昨夏、紗雪が安土を訪れる少し前のこと、半兵衛は秀吉の代理で、信長へ西国《さいごく》攻めの戦況報告をするため、播磨《はりま》の戦陣を離れて安土に登城した。短い滞在であったが、そのとき七龍太は久々の再会を果たしている。

信長は石山本願寺を屈伏せしめたのち、その地へ安土を凌駕《りょうが》する新たな本拠を作る、というのが半兵衛の読みであった。

「凌いだとしても、なんだ、七龍太」

その先を、三蔵が促す。

「いや、なんでもない。それより、三蔵。まだ雪も深いのに、おぬしが危うきを冒して、わざわざ白川郷へまいったのはなぜだ」

「そうであった。川揚がりに圧倒されて、頭から飛んでおった」

実は、と三蔵の顔つきが痛ましげなものに変わる。

「半兵衛どのが病《やまい》に倒れられた」

七龍太の息は、しばし停《と》まった。

「重いのだな……」

ようやく、そう言った。声は掠《かす》れた。

「なればこそ、それがしはこれへまいった」

もともと竹中半兵衛は蒲柳《ほりゅう》の質で、労咳《ろうがい》（肺結核）持ちでもある。羽柴秀吉と同じ織田の部将でありながら、秀吉の側近として十余年、戦場往来を常とする日々に肉体が耐《た》えきれなくなった、と七龍太には想像された。

「いつ、どこで倒れられた」

「実は、昨年の冬の半ば、播磨三木《みき》城攻めの陣中にて」

随分と前のことである。

「わたしには知らせるなと仰せられたのだな」

知らせれば、七龍太は播磨へ飛んでくる。それでは白川郷における役儀に支障をきたす。半兵衛ならばそう考えるはず。

「そのときは、案じた筑前どのが、ご上洛のさいに半兵衛どのを輿《こし》で運ばれ、京畿《けいき》の名ある医者《くすし》たちに施療《せりょう》させた」

筑前とは、羽柴筑前守《かみ》秀吉である。

「そのまま療養いたすように、と半兵衛どのを京に留《と》めおかれたのだ」

「なれど、病をおして、ご出陣を」

と七龍太は、言われずとも察した。

「よう分かるな」

「そういう御方《おかた》だ」

「桜狩りしながら三木へまいろう、と仰せられたそうだ」

高地の飛騨ではまだまだ先のことだが、下界では桜が咲き始めている。風流人の半兵衛らしい。

三木城を望む平井山《ひらいやま》の秀吉本陣へ到着してすぐ、半兵衛は再び倒れた。倒れながらも、戦術の指示をつづけた。その命懸けの忠節に感涙に咽《むせ》んだ秀吉は、近くの民家を療養所にあて、手厚い看護をつけたのである。

「それでも、半兵衛どのは、かまえて七龍太には知らせるなと十助どのに釘《くぎ》を刺された」

当の喜多村十助は、しかし、半兵衛には畏まったと返辞をしておきながら、今回はすぐに三蔵へ書状を届けたのである。

「藤懸三蔵に知らせるなとは命ぜられていない。書状にはさようしたためられていた。おぬしの親《おや》父《じ》どのらしいわ」

「礼を申すぞ、三蔵」

七龍太と三蔵は、初対面からうまが合い、信長の妹・市《いち》を警固して、ともに命懸けで小谷《おだに》城を脱してからは、莫逆《ばくげき》の契《ちぎ》りを結んだ。

「礼なぞ、いい。すぐに、播磨へ発《た》て」

「なれど……」

「案ずるな。北国の一向一揆もいまはまだ雪で動けまいゆえ、七龍太には陣中見舞いをさせるがよい。さように上様は仰せられた」

「お許しをいただいたのか」

竹中家の直臣《じきしん》であっても、信長に仕《つか》えて織田の一族扱いの津田姓を賜《たまわ》っている七龍太である。役儀を中断するような行動をするときは、言うまでもなく信長の許可を得なければならない。しかし、親や子の死目《しにめ》に会えぬことなどめずらしくない乱世において、病気見舞いぐらいで大事の役目を離れるなど、簡単に許してくれる信長ではないはずだから、七龍太は驚いたのである。

「それだけ上様は、半兵衛どのは申すまでもなく、七龍太も格別の臣下と思《おぼ》し召《め》しておられるということだ」

「三蔵が口を利《き》いてくれたからだ」

「播磨に長居《ながい》してもかまわぬ。おぬしが戻ってくるまで、それがしは帰雲城に留まるよう、上様に命ぜられておる」

「かたじけない。されば、これより、内ケ嶋兵庫頭《ひょうごのかみ》どのに引き合わせよう」

七龍太は、三蔵とともに、城へ向かって雪の斜面を上り始めた。兵内と三蔵の従者たちもつづく。

七龍太の背を見送る紗雪は、どこか不安げであった。


東播磨で威をふるっていた別所《べっしょ》氏は、信長が足利義昭を奉《ほう》じて上洛したさい、これに加勢し、その後に属す。しかし、それ以前から交《まじ》わりのあった毛利氏が、信長に追放された義昭を庇護《ひご》下において織田氏と敵対し始めると、そちらへ寝返った。昨年の二月のことである。

信長より西国攻めを任されている羽柴秀吉は、ただちに別所氏の居城・三木城を攻撃したものの、美嚢川《みのうがわ》に張り出す台地上に築かれた城は、天然の要害で、攻略は容易ではなかった。別所方の支城にも手を焼いた。

その頃、摂津の荒木村重はまだ表立って信長に叛旗《はんき》を翻《ひるがえ》してはいなかったが、竹中半兵衛がすでに心事《しんじ》を疑っていた。いま村重に毛利方に属《つ》かれたら、秀吉の西国攻めは一層困難なものとなる。

そこで、半兵衛は秀吉へ進言した。

「まずは別所方の支城を悉《ことごと》く早々に潰して、三木城を孤立させるのがよろしいと存ずる」

「たやすきことのように申すが、策はあるのか」

「宇喜多和泉《うきたいずみ》をお味方になされよ」

「半兵衛。そちは何を申しておる」

秀吉は呆《あき》れた。

宇喜多和泉守直家《なおいえ》は、主家浦上《うらがみ》氏を滅ぼして、一時は備前《びぜん》・美作《みまさか》二ヶ国の大半に播磨の一部まで掌握した梟雄《きょうゆう》で、毛利方の大いなる戦力である。織田に鞍替《くらが》えするなど、考えられない。

「和泉は義を嗤《わら》い、欲のみにて動く男なれば、誰も信ぜず、また誰にも信ぜられており申さぬ。それゆえ、まことは孤独の人。こういう人間は、気を張って、おのれを韜晦《とうかい》しているだけに、存外、情に脆《もろ》い。ただ一人《いちにん》でよいのでござる、自分を心から信頼してくれる者が現れれば、必ずその者に尽くす」

「半兵衛。よもや、わしに、そのただ一人になれと申すのではあるまいな」

「こうした籠絡《ろうらく》は、殿が天性、得手《えて》とするところではござらぬか」

「おだてても、やらぬぞ」

「殿がおやりにならぬのなら、わたしがやり申そう。これより、岡山《おかやま》へまいる」

備前岡山が直家の居城である。

「あ……阿呆《あほう》なことを申すな。飛んで火に入る夏の虫ではないか」

「わたしに何かあったところで、ご懸念《けねん》には及び申さぬ。あとは、小寺官兵衛《こでらかんべえ》を重用《ちょうよう》なされよ」

播磨御着《ごちゃく》城の小寺氏の家老で、姫路《ひめじ》城を居城とする官兵衛は、その才幹が早くから播磨じゅうに鳴り響いており、織田と毛利の対決が迫ったとき、いち早く信長のもとへ参上し、主家をも織田に降《くだ》らせた。その後、秀吉の播磨入りにさいし、国衆《くにしゅう》より人質をとるのに、抵抗をうけることなく迅速《じんそく》に成し得たのも、官兵衛の奔走《ほんそう》のおかげである。

その官兵衛を心服せしめたのが、竹中半兵衛であった。ともに秀吉の帷幄《いあく》にあって、天才軍師の一挙手一投足《いっきょしゅいっとうそく》を学べることを、官兵衛は無上の悦《よろこ》びとした。

半兵衛のほうも、病弱な自分のあとを継いで、秀吉に存分の力をふるわせることができるのは、のちに黒田《くろだ》姓を称する小寺官兵衛しかいないとみている。

「官兵衛はまだまだそちには及ばぬ」

「いまはさように見えても、わたしがいなくなれば、かえって官兵衛は思うさま才覚をふるえましよう」

「半兵衛。ずるいぞ。わしがそちを死なせるはずがないと知っておる」

にわかに声を震わせ、涙まで浮かべる秀吉であった。

「やはり、殿には敵い申さぬ」

「なんのことじゃ」

「そのようにおやりになれば、宇喜多和泉もたやすく落ち申す」

このあと、秀吉はひそかに宇喜多直家と会い、毛利を裏切って織田につくことを承諾させてしまう。半兵衛が秀吉に稀代《きたい》の〝人たらし〟の才を駆使させた結果である。

直家は、病と称して、しばらく兵を動かさなかった。別所方が宇喜多勢の救援をうけられないその間に、秀吉は、敵の支城を各個撃破し、三木城を孤立させることに成功したのである。

その直後に、摂津で荒木村重が謀叛して有岡城に籠もったので、秀吉は三木城攻囲戦と摂津陣との二面策戦を余儀なくされた。

そいう中で、秀吉に凶事がつづく。村重への説諭使《せつゆし》として有岡城に乗り込んだ官兵衛は囚《とら》われの身となり、次いで、播磨陣中で半兵衛が病に倒れた。

さらに、秀吉の援軍であった織田信忠《のぶただ》軍も摂津陣へ回ったため、三木城の攻防は膠着《こうちゃく》状態に陥り、年を越してしまう。

そして、春になると、京で療養中であったはずの半兵衛が、播磨へ戻ってきた。

「小三郎《こさぶろう》どのは血気に逸《はや》っておられよう。近々にも、乾坤一擲《けんこんいってき》のいくさを仕掛けてまいられると存ずる」

帰陣するなり、半兵衛は秀吉にそう予言して、ただちに備えさせた。

三木城主の別所小三郎長治《ながはる》は、二十歳《はたち》そこそこである。幼い頃に父を失い、永く叔父たちの輔佐《ほさ》をうけてきたが、いまや自立心が芽生《めば》え、おのが意思を表すようになっていた。

すると、寝返りからちょうど一年後にあたるこの二月、城方より秀吉本陣の平井山へ奇襲戦が敢行されたのである。半兵衛の予言は的中した。予期していた羽柴勢は、奇襲軍を山麓で散々に破り、長治の弟をはじめ、およそ八百人を討ち取る。

この惨敗に意気消沈した長治は、その後は大胆《だいたん》な出撃を控え、これまで以上に城の防備を固め始めた。

秀吉も、策を転ずる。無理な城攻めは兵を損《そこ》なうばかりなので、毛利方から三木城への物資補給路を悉く断つことを急務とした。のちに、三木の干《ひ》殺《ごろ》し、とよばれることになる戦国期を代表する兵糧攻めである。

「毛利の船だな……」

「兵糧を積んでおるのでございましょう」

すっかり日も暮れて、沖合に点々と見える船明かりを眺めやりながら、七龍太・兵内主従は言った。播磨灘を望む明石《あかし》のあたりまでやってきたのである。

「さて……」

七龍太が、海の広がる南から、陸地の北へと視線を移した。五里ばかり北上すれば、平井山に着く。

「朝を待ったほうがよろしいかと存ずる」

あるじの心を読んで、兵内は先んじた。

いまや東播磨は織田方と毛利方が錯綜《さくそう》し、毎日どこかで戦闘が起こる危険地域となっている。夜《や》中《ちゅう》に移動すれば、何も見定められぬまま敵陣へ踏み入ってしまうかもしれない。明るくなってから織田方の城か陣地を見つけて、そこより平井山へ案内して貰うのが安全であろう。

「一刻《いっこく》も早くお顔を見たい」

陣中で病《びょう》臥《が》する半兵衛に会いにきた七龍太なのである。

「万一、敵に見つかったら、いかがなされまするか」

「いきなり斬《き》りつけてきはしまい。見つかれば、誰《すい》何《か》される。そのときの返辞の致し様《よう》で何とかなろう」

「半兵衛さまがここにおられれば、さような無策はお叱りをうけましょうぞ」

「昔、殿はかようにお教え下された。機に臨み変に応ずるのが、兵法。無策もまた無策という策」

七龍太の殿とは、半兵衛をさす。

「いま、思いつきで仰せられましたな」

信じていない兵内である。

「菩提山《ぼだいやま》か長浜に寄って、竹中家のご家来衆に、幾人かでも随従していただけばようございました」

美濃不破《ふわ》郡の菩提山城下と、秀吉の居城である近江長浜城の城下に、竹中家の留守居《るすい》の家来衆がいる。

「大事ない。兵内がおれば、わたしは安心だ」

「またさようなことを……」

「まいろう」

七龍太は、おのが乗馬《じょうめ》の轡《くつわ》をとって、足早に歩きだした。


暁闇《ぎょうあん》の頃合い。

七龍太・兵内主従は、美嚢川の支流の志染《しじみ》川の上流の水辺にいた。兵内は松明《たいまつ》を手にしている。

この川沿いに下れば、平井山の麓《ふもと》へ達する。

「捗《はか》が行《い》った。やはり兵内は頼りになる」

夜の道中における危険回避は、兵内の鋭い感覚によって成し得たのである。

「このあたりからは羽柴勢ばかりであろうとたかをくくってはなりませぬぞ。ご本陣に到着するまでは、くれぐれもご油断なきよう」

水を呑んでいた乗馬が、二頭とも、にわかに首を擡《もた》げ、鼻を鳴らした。何かの気配を感じたのであろう。

主従は、馬とともに木陰へ身を寄せた。

足音が聞こえてきた。

ひとり、ふたりではない。二十人か、三十人か、集団で走っており、灯火は見えないのに足音の拍子《ひょうし》は急であった。

「兵ではあるまい……」

暗がりを灯火なしで速く走るなど、常人のなせる業《わざ》ではない。それに、軍兵《ぐんぴょう》ならば、灯火の助けがあっても、具足《ぐそく》の重みも加わるから、どのみちさほど速く走れるはずもない。

兵ではないのに、不穏《ふおん》の気は強く伝わる。

「明かりを消せ」

七龍太に命じられ、兵内が松明を川水につけて火を消す。

木立《こだち》の向こうの小道を、影の一団が北へ向かって駆けてゆく。平井山の方面である。

「お味方ではございませぬな」

と兵内は見当をつけ、七龍太もうなずく。

「羽柴勢の陣地だらけのところへ、夜陰《やいん》に紛《まぎ》れて小勢《こぜい》で乗り込もうというからには、狙いはひとつであろう」

「筑前守どののお命」

「いちばん後ろのやつを捕《つか》まえて、吐かせよう」

「畏まった」

主従は、乗馬の手綱《たづな》を手早く木に結びつけてから、木立を駆け抜け、小道へ出るや、影の一団を追った。兵内はもとより、七龍太もまた、火急のときは闇《やみ》をものともせず走る。

主従にとって幸運にも、一団の最後尾の者がやや後れをとっていた。

背後から躍りかかった兵内は、片手で対手《あいて》の口を塞《ふさ》ぎながら、そのまま草地へ転がり込んだ。

七龍太は、耳を欹《そばだ》て、一団の動きに注意を払う。が、かれらに乱れはなく、そのまま走り去った。最後尾の脱落に気づいていないようだ。

「こやつは……」

夜目《よめ》の利く兵内は、捕《と》らえた者の着衣を手早く検めてみて、何か気づいた。

「いかがした」

七龍太が馳せ寄ると、その者の頭は袈裟《けさ》とおぼしいもので包まれているではないか。

その布の一部を、兵内が摑んで、七龍太に見せる。

暗がりの中でも、仄《ほの》かに光を放った。文字が刺繡《ししゅう》されている。しかとは見定められないものの、七龍太には分かった。

「血裏頭衆《ちかとうしゅう》……」

赤袈裟に金糸で刺繡の一文字〝叡《えい》〟。

「間違いないと存ずる」

と兵内も同意した。

織田勢に比叡山《ひえいざん》を焼き討たれたあと、生き残った大衆《だいしゅ》の一部で結団された血裏頭衆は、信長への復讐を誓う者らである。

「羽柴筑前守どののを討つつもりであろう」

兵内が、血裏頭衆の者の袈裟を剝《は》ぎ取り、喉頸《のどくび》へ刃《やいば》をあてた。

鼻柱に斜めの刀疵《かたなきず》の残るその男は、恐れるようすもなく、無言で睨み返してくる。

「見たところ、三十人に満たぬ小勢であったな。気の毒だが、ご本陣に近づくことすらできず、打ち揃うて返り討ちにされようぞ」

兵内からそう言われて、鼻疵男《はなきずおとこ》の唇の間から微《かす》かに黄色い歯が零《こぼ》れ出たのを、七龍太は見逃さない。

(嗤うたな)

平井山の秀吉本陣の警固は厳重、と藤懸三蔵は言った。兵内のことば通り、三十人足らずで襲撃して成功できる見込みなどあるまい。

(よもや……)

これも三蔵より聞いたことだが、秀吉が半兵衛の療養所にあてた民家は、山麓の静かな川辺にあって、羽柴勢の最も近い陣地からでも五丁《ちょう》ほど離れたところに建つという。

「そのほう、存じておるか……」

鼻疵男へ顔を寄せた七龍太は、そのあとの語をすぐには継がない。

対手の表情が不安げなものになる。

「……竹中半兵衛どのを」

鼻疵男はびくっとした。

「兵内。血裏頭衆が狙うは、わが殿のお命だ」

「違うわっ」

途端に、鼻疵男が否定の怒号を上げた。白状したも同然である。

竹中半兵衛の武名は諸国に喧伝《けんでん》されており、秀吉の西国攻めの成否も、その智略《ちりゃく》、智謀《ちぼう》にかかっていると言っても過言《かごん》ではない。毛利方でも最も警戒すべき者という認識であろうと察せられる。

「毛利に属《つ》いたか」

という兵内の詰問《きつもん》には、鼻疵男はこたえない。

「ほどなく払暁《ふつぎょう》と見える。わたしが馬を曳《ひ》いてこよう」

東の空をちらと眺めて言った七龍太が、早くも木立のほうへ身を翻《ひるがえ》している。明るくなれば、馬で追える。

「坊主どの。称名《しょうみょう》はあの世でいたせ」

七龍太が木立の中へ消えたのを見届けてから、兵内は囁《ささや》くように告げると、おもてを引き攣らせる鼻疵男の喉頸《のどくび》を掻《か》き斬った。

薄明かりの中に浮かぶ川辺の家は、木の香《か》が匂って真新しい。

半兵衛の療養所とするため、百姓の粗末な家を、秀吉が大工衆《だいくしゅう》に命じて、短時日で新築同然の家屋に建て替えさせたのである。

半兵衛は固辞したのだが、この建て替えは近在の村民たちもみずから参じて手伝っている。戦乱で苦しむ村々のために、様々な寄進をしてくれた半兵衛を、かれらが慕《した》ったからであった。

台所口から、衣類の汚れ物を入れた盥《たらい》を抱える端女《はしため》が出てきた。川で洗うのである。

半兵衛の療養所には、警固人が五名いる。竹中家の喜多村十助ほか二名と、秀吉が遣わしてくれた若き手錬者《てだれ》が二名であった。たとえ少人数であっても、病人の警固に戦力を割《さ》くなど、半兵衛自身が以《もっ》ての外《ほか》と口にしても、これより減らすことを秀吉は決して許してくれないのである。

ほかには、医者二名とその助手ら、食事の支度《したく》その他の雑用をこなす小者《こもの》と端女が合わせて十名である。

盥を抱えた端女が、川の畔《ほとり》にしゃがんだとき、後ろから口を塞がれ、もがく暇《いとま》さえ与えられず、黒光りする野太い腕で頸骨《けいこつ》を捩《ね》じ切られた。

女を無慈悲《むじひ》に殺したのは、蓬髪《ほうはつ》で、膚《はだ》に南蛮胴《なんばんどう》を直《じか》に着けた巨軀《きょく》である。

血裏頭衆の首領、黒蛾坊《こくがぼう》。

振り返って家をひとわたり眺めた黒蛾坊は、左腕を横へ突き出した。その手へ、寄ってきた手下が長い杖《じょう》を握《にぎ》らせる。

鎖分銅《くさりふんどう》付きで、杖の一方の端《はし》には折り畳み式の鎌《かま》も備えている。大勢の生き血を吸わせてきたこの武器を、黒蛾坊自身は、功徳杖《くどくじょう》と称す。

黒蛾坊は、いったん高く上げた右腕を、勢いよく振り下ろした。

すると、あちこちに潜みながら、近づきつつあった手下どもが、一斉に立ち上がり、家を包囲した。黒蛾坊を含め、総勢二十七人。

弓矢を持つ者が二人ずつ、家の四方のやや離れたところに控えた。家から逃れ出て羽柴陣へ急報しようとする者を狙い撃つ任である。

残りは皆、小走りに、家屋へ迫った。

そのとき、玄関の戸を開けて、のんびり出てきた武士が、起き抜けの背伸びをしようとして、出合い頭《がしら》の襲撃者たちに愕《ぎょ》っとした。

竹中家の家臣であるその武士は、左右から薙刀《なぎなた》を繰り出され、悲鳴を上げて仆《たお》れた。

「中江《なかえ》どのっ」

屋内から声がしたかと思うまに、別の武士が飛び出してきて、討たれた中江を抱え起こそうとする。

颯然《さつぜん》と薙刀が急迫した。これを、その武士は抜き討ちに撥ね上げ、返す一刀で、対手を斬り下げた。

見るからに若いが、遣い手である。

「汝《うぬ》ら、刺客《しかく》か。名乗れ」

ひょう、と風を切る音が聞こえた。若い武士は、しかし、飛来した矢を、慌てず両断する。

「殺すには惜しい腕よな。憶《おぼ》えておいてやる。先に名乗れ」

進み出た黒蛾坊が、若い武士へ顎《あご》を突き出す。

「羽柴筑前守が家臣、加藤虎之助《かとうとらのすけ》だ」

十八歳の加藤清正《きよまさ》であった。

「おれは、黒蛾坊。血裏頭衆のかしらよ」

「血裏頭衆だと……叡山の死に損ないどもだな」

これには、手下たちが憤怒《ふんぬ》し、次々と虎之助へ斬りかかった。

「虎。槍だ」

屋内からの声である。

「市松《いちまつ》。半兵衛どのを守れ」

「おうっ、心得た」

応じながらも、市松はいったん玄関口まで出てきて、槍を虎之助へ渡してから、引っ込んだ。秀吉の命で虎之助とともに半兵衛の警固についた福島正則《ふくしままさのり》、十九歳。

稍《やや》あって、屋内でも争闘が始まった。玄関口以外からも、血裏頭衆が強引に突入したのである。

「くっ……」

しばし縦横無尽《じゆうおうむじん》にふるっていた虎之助の槍の動きが停まった。功徳杖より繰り出された鎖分銅に巻きつかれた。

「死ねっ、小僧」

黒蛾坊は鎌を振り上げる。が、にわかに、反転して振り下ろした。飛んできた矢を払ったのである。

手下より弓矢を奪った者が、早くも第二矢《し》をつがえていた。

「七龍太どのっ」

この上ない助《すけ》っ人《と》に、おもてを輝かせる虎之助である。

兵内は、手近の赤袈裟たちを、ひとり、またひとりと斬り倒していく。

血裏頭衆を追尾してきた主従は、ぎりぎりで間に合ったのである。

第二矢が、黒蛾坊を襲う。

これも払った黒蛾坊だが、槍を手放して踏み込んできた虎之助の剣に、左の太腿《ふともも》の肉を割かれ、たまらず、その場に膝《ひざ》をついた。それでも、手下たちに助けられ、後退する。

「退《ひ》けいっ」

「退けっ、退けいっ」

首領ではなく、手下たちがそれぞれに喚《わめ》いた。最強の黒蛾坊が傷を負っては、分《ぶ》が悪い。

たちまち、屋内からも血裏頭衆がわらわらと走り出てくる。

「逃がさん」

「放っておけ。手負いは時に思わぬ力を出す」

追撃せんとする虎之助を制して、七龍太は屋内へ駆け込んだ。

「殿っ……」

玄関土間に、半兵衛は立っていた。右手に血刀《ちがたな》を提《さ》げ、十助に支えられながら。

「生臭《なまぐさ》とはいえ、坊主を斬るのは後味が悪い」

射し込む朝の光を受けて、弱々しい微笑みを浮かべる、すっかり窶《やつ》れた半兵衛に、七龍太の胸は張り裂けそうになった。


「そちがどれほど嫌《いや》がっても、決して兵を退かせぬ」

「二百は法外」

「少ないくらいじゃ。まことは、わしがみずから守りたい」

「ご武芸の下手《へた》な殿のご警固では、安《やす》んじて眠れませぬな」

「さような当言《あてごと》を申せるくらいなら、大事ないの」

枕辺《まくらべ》の血色のよい猿面《さるめん》は笑った。厭味《いやみ》や皮肉のことを当言という。

病床《びょうしょう》の窶れた美男も、つられて、微笑《ほほえ》む。

半兵衛が刺客の襲撃をうけたという急報に接するや、ただちに兵を率いて、平井山本陣から療養所へ馳せつけた秀吉は、今後は周囲に警固兵二百を常駐させることにしたのである。

「せめて、市松と虎之助は連れ帰っていただきたい」

と半兵衛が言ったので、敷居際に控える福島市松と加藤虎之助は、動揺の色をみせる。

「役に立たなんだか」

ちらりと両人を見やってから、秀吉は半兵衛に問い返す。

「それぞれ兵を与えて、いくさに存分にお用いなされよ。ふたりとも、必ず大いに手柄を立て申そう」

「市と虎は、さまで働くか」

「竹中半兵衛の見立てをお疑いあるな」

「聞こえたであろう」

秀吉が、あらためて、子飼《こが》いの両人に微笑みかける。

市松と虎之助は、進み出て、病床の半兵衛の足許に平伏し、感激のあまり、声を震わせた。

「未熟者のわれらには、身に余るご褒詞《ほうし》。まことにありがとう存じまする」

「われら、半兵衛どののご期待を決して裏切り申さぬ」

「ふたりともご主君譲りだな」

半兵衛が、困惑げに洩らす。

市松にも虎之助にも意味が分からない。

「声がでかい」

と言ったのは、秀吉より少し離れて、病床の近くに座す十助であった。その十助の傍《かたわ》らには七龍太が端座《たんざ》する。

「ご、ご無礼を」

大声は半兵衛の体に障る、と気づいた市松と虎之助は、慌てて揃って謝った。

「明日また、まいる」

秀吉が、辞去の一言を口にして、腰を上げた。

「そうじゃ、七龍太。平井山の麓あたりまで同道せぬか。道々、白川郷のことなど聞きたい」

「さして面白き話もございませぬ」

七龍太が十歳のとき、半兵衛の隠棲《いんせい》地の美濃栗原山《くりはらやま》へ、秀吉は連日のように押しかけてきた。騒々《そうぞう》しくて鬱陶《うっとう》しい男だと思った。

しかしながら、それは秀吉の表層の一部にすぎないことを、いまでは七龍太は知っている。たんに醜《みにく》いとも、愛嬌《あいきょう》たっぷりともいえる猿面は、羽柴秀吉という武将の複雑な本性《ほんしょう》を隠す堅固な鎧《よろい》であって、おそらく信長ですら脱がすことはできない。そこに恐ろしさを感じないわけにはいかなかった。

「それに、わが殿の身も案じられますゆえ」

秀吉へやんわりと断った七龍太だが、半兵衛に勧められてしまう。

「わたしなら、もう落ち着いた。大事ない」

「されば……」

やむをえず、半兵衛に辞儀をしてから、七龍太も立った。

「馬を並べよ」

戸外へ出ると、秀吉が言った。

「畏《おそ》れ多いことにて」

徒歩《かち》で供《とも》をするつもりの七龍太なのである。

「遠慮は無用。そのほうは、わしの家臣ではないのじゃ」

たしかに、七龍太は秀吉から、供をせよと命令されてはいない。同道せぬかと誘われたのである。

「では、無礼仕《つかまつ》ります」

秀吉が馬に跨《また》がるのを待ってから、七龍太も馬上の人となり、寄り添った。

「むこうは、春はまだかの」

ゆっくり乗馬を歩ませながら、秀吉が訊《き》いた。白川郷の春のことである。

「なかなかもって」

と七龍太はこたえた。

「よほどの山国のようじゃな」

「天離《あまさか》る鄙《ひな》の地にございます」

「ならば、余所《よそ》からの目はほとんど届かぬのではないか」

「そうやもしれませぬ」

「つまりは、何をやっても露見する恐れはない」

にいっ、と秀吉が意味ありげな笑顔をみせた。

心の内がざわつき始めた七龍太だが、とっさに、きまりの悪そうな表情をしてみせた。

「さよう。たとえば、わたしが猪《いのしし》追いや鹿追いで、臆《おく》してみっともない姿をさらしたことなど、織田の衆には伝わっておらぬと存じます」

あえて受け容《い》れ、他愛《たわい》もない話にすり替えて、心の内を韜晦《とうかい》したのである。

「いま、わしは知ったぞ」

「あ……これは、しくじりを……」

「七龍太はわが命よりも大事な半兵衛の愛弟子《まなでし》ゆえ、その儀については上様への讒訴《ざんそ》は控えよう」

戯言《ざれごと》っぽい秀吉の言いかたであった。

「畏れ入り奉る」

七龍太も笑いを含んで応じる。

「ところで、伝え聞くところによれば、白川郷の花は美しいそうだの」

「あまり人が踏み入らぬので、汚《けが》れることがないからにございましょう」

「さもありなん。いずれ見てみたいものじゃ、忍冬《すいかずら》などを」

前を向いたまま、依然として微笑を湛《たた》えながら、秀吉はそう言った。

（よもや、筑前どのは何もかもお見通しなのか……）

内ケ嶋氏では、隠し金銀山のことを、隠語で忍冬と称《よ》ぶ。

三年前、内ケ嶋氏の三ノ家老・川尻九左衛門が、信長の側近・菅屋長頼《すがやながより》から白川郷の隠し金山の存在を疑われたとき、七龍太は大胆な嘘をついた。かつて幾つもの金銀山があったことは事実だが、すべて採り尽くして閉山しており、新たに発見した天生《あもう》金山も敵襲《てきしゅう》により採掘不能に陥った、と。そして、三木自綱《みつきよりつな》の間者の目に触れた天生金山を、血裏頭衆《ちかとうしゅう》の仕業《しわざ》とみせて、七龍太らはみずから爆破した。

天生金山の惨状は自綱から安土へ伝えられたはずで、これにより、七龍太の嘘のすべてを長頼が信じたことは疑いない。その後、照蓮寺明了《みょうりょう》がひそかに内ケ嶋氏理《うじまさ》と結んで、本願寺をも欺《あざむ》いたので、そう簡単に露見するとは思われないのである。

（あるいは、筑前どのは事実の一部をご存じで、わたしに探りを入れておられるのか……）

軽々《けいけい》には判断できかねる七龍太であった。

「いかがした」

返辞のない七龍太へ、秀吉が視線を向ける。

「失礼ながら、筑前どのが花を愛《め》でられるとは、あまりに意外のことにて、声を失い申した」

「そうか……。どうやら、わしも口を滑らせたようだ。この羽柴筑前が花を愛でることなど、上様もご存じあそばされぬ。黙っておれよ」

「わが命に代えましても」

「さまで大層なことではないわ」

あはは、と秀吉は笑い声を立てた。

「それより、七龍太。こちらには長居せぬがよいぞ。上様のお心は川の瀬の如《ごと》く一日でお変わりになる。昨日おやさしかったかと思えば、きょうは鬼の如しということはめずらしゅうないゆえな。まあ、津田七龍太ほどの者なら、とうに分かっておろうが」

藤懸三蔵の願いを聞き届けて、半兵衛への陣中見舞いを許可してくれた信長だが、それで甘えてはならない。突然、一転して、奉公懈怠《けたい》と怒りだしかねないのも、信長の偏奇《へんき》さなのであった。そのあたりのことは、七龍太も承知しており、三蔵に迷惑をかけないためにも、飛騨へは早々に戻らねばならないと思っている。

「ご忠言、痛み入り申す」

七龍太は、平井山の登り口あたりまで同道してから秀吉と別れ、馬首を返した。

（一体どういうおつもりか、筑前どのは……）

白川郷の隠し金銀山が天生金山以外は実際には閉山されておらぬことに、秀吉は気づいている。そうみるほかない。

信長の知るところとなれば、内ケ嶋氏も領民も皆殺しにされよう。首謀者の七龍太は、鋸《のこぎり》引《び》きか八つ裂きの刑ぐらいは覚悟せねばなるまい。

しかし、信長に明かすつもりは、秀吉にはないらしい。

ことば通りを真《ま》に受けるのなら、秀吉にとってかけがえのない軍師・竹中半兵衛に免《めん》じて、ということであろう。

（いや……さように分かりやすいお人ではない。何か思惑《おもわく》がある）

よしんば、ことば通りであったとしても、もし半兵衛が卒すれば、秀吉の七龍太に対する接し方も変わるかもしれない。

七龍太は独自の策で白川郷における政教の均衡《きんこう》を保っており、それが結果的に信長に利している。あるいは、そう秀吉がみているとも考えられないことはない。秀吉というのは、信長への忠誠心には揺るぎがないものの、時に独断で事を運ぶ大胆さも持ち合わせているのである。

それとも、七龍太のやり方で平穏を維持する地に、わざわざ波風を立てて厄介事を増やすのは、いまは得策ではないと判断したのか。七龍太の絡《から》むこととなれば、信長から竹中家にも何らかの沙《さ》汰《た》が下されるであろうし、ひいては秀吉の西国攻めにも必ず影響を及ぼそう。

（何にせよ……）

恐ろしいのは、秀吉が天離る鄙の地まで目配りしていたことである。心しなければならない。


「気遣い無用ぞ。口をつけよ」

半兵衛が勧めた。

「されば……」

最初に酒盃《しゅはい》を手にとったのは十助である。それを見て、七龍太、次いで兵内も呑んだ。

秀吉の見舞いをうけたあと寝入って、宵《よい》の口に目覚《めざ》めた半兵衛は、気分が良くなったからと言って、書斎にあてている一間《ひとま》で、気の措《お》けない三人としばし酒を酌《く》み交《か》わすことにしたのである。病の当人ひとり、白湯《さゆ》であるが。

仄々《ほのぼの》としていながら、艶《つや》のある朧月《おぼろづき》が、窓の外に見える。やわらかな夜気《やき》は、春の野の芳香《ほうこう》を漂《ただよ》わせて、心地よい。

「そなたも受け容れよ」

半兵衛が、穏やかな笑みを泛《う》かべながら、七龍太を見た。自身の死期の近いことである。

「はい」

平常心を保とうとした七龍太だが、声は少し震えてしまう。

その愛弟子の盃《さかずき》へ、師匠みずから、提子《ひさげ》を手にとって注《そそ》ぎ入れる。七龍太は盃を両手で支えて受けた。

「なれど、受け容れずともよいことがある」

「は……」

正反対のことを言われて、ちょっと戸惑う七龍太である。

「存じておろうが、上様は酒を嗜《たしな》まれぬ」

織田信長が酒を呑まなかったことは、信長と直に幾度も接したポルトガル人宣教師フロイスが『日本史』に記している。茶の湯に淫《いん》したのは、ある意味、その反動であったのかもしれない。

「それだけに、弛《ゆる》みというものがない御方で、他者にも弛みをお赦しになられぬ」

実際、常に緊張を保って事にあたり、手柄を立てつづける者しか、信長の下では出世できない。信長の目に少しでも奉公を疎《おろそ》かにしたとみえた者は、厳しく処罰される。誅殺《ちゅうさつ》されることもめずらしくない。

「よほどに息苦しゅうなったら、受け容れず、上様のもとを去るがよい。朝露《あさつゆ》の如き人生をいつ果てるとも知れぬいくさばかりの日々のままに送るのは、つまらぬことよ」

「殿。さようなことを……」

あたりを気にしながら、十助がたしなめた。

「いまは、思うがままのことを申してもよかろう」

命旦夕《めいたんせき》に迫っている人間なのだ、と半兵衛は匂わせ、

「わたしは、叶えられなんだ」

と寂しげな吐息をつく。

七龍太は師匠の望みを知っていた。

秀吉の軍師という任を小寺官兵衛に譲り、剃髪《ていはつ》して高野山《こうやさん》に登りたい。そのために、とうに高野山へ寄進をし、支度も調《ととの》えてあった半兵衛なのである。

だが、秀吉から強く引き留められているうちに、官兵衛は有岡城に囚われの身となり、揚げ句、半兵衛自身の不治《ふじ》の病も悪化してしまったのである。

「そのときは、仰《おお》せの通りにいたします」

七龍太はうなずいてみせた。

師匠を悦ばせるための嘘ではない。常在戦場の生き方をつづけたいとは、自分も思っていないのである。

半兵衛が、胸前で茶碗《ちゃわん》を両掌《りょうて》に抱くように持ちながら、窓外の月を仰いだ。微笑みが一層、穏やかなものになる。

その姿は、七龍太の目には、菩薩《ぼさつ》のように見えた。

(殿……お師匠さまのお好きな勢至《せいし》菩薩……)

聖観音《しょうかんのん》菩薩と対《つい》になって阿弥陀如来《あみだにょらい》に侍《じ》する勢至菩薩は、智慧《ちえ》の光で一切を照らし、衆生《しゅじょう》に菩《ぼ》提心《だいしん》を起こさせるという。

半兵衛は、播磨の書写山円教寺《しょしゃざんえんぎょうじ》を本陣としたとき、阿弥陀如来・聖観音菩薩・勢至菩薩の三像を手に入れ、美濃岩手《いわて》の禅幢寺《ぜんとうじ》へ寄進している。禅幢寺は、菩提山城の近くに建つ竹中家の菩提寺である。

半兵衛が詠《うた》った。

　春の夜の　夢の浮橋《うきはし》　とだえして
　峰《みね》にわかるる　横雲の空

「藤原定家《ふじわらのていか》にございますね……」

言い当てた七龍太が、胸をつまらせた。

「夢の浮橋」「途絶《とだ》え」「別るる」。師匠からの別辞と感じたのである。

昔話に花を咲かせ、よく笑った半兵衛が、ようやく疲れて、ひとり先に就寝《しゅうしん》した。

それから、十助と七龍太は父子の語らいの時をもった。

水入らずの時を邪魔してはなるまいと退《さ》がろうとした兵内も、十助から、最後まで居よと言われて、留まった。

「さて……そなたに明かしておかねばならぬことがある」

しばし西国攻めの戦況を語ったあと、十助が徐《おもむろ》に切り出した。

言われた七龍太は居住《いず》まいを正し、従者の兵内も倣《なら》う。

「そなたの……」

いったんことばを切ってから、十助は覚悟をきめたように告げた。

「素生《すじょう》のことだ」

すると、七龍太がふっと笑ったので、何じゃ、と十助は眉を顰《ひそ》める。

「わたしは父上と母上の子ではない。そのことにございましょう」

「……」

声を失う十助である。

「やはり、さようでしたか」

十助の反応から、七龍太はひとり大きくうなずいた。

「あ……では、そなた、いま鎌をかけたのか」

「申し訳ありませぬ。薄々《うすうす》気づいていただけにて、確信があったわけではないので」

「いつからじゃ」

「幼き頃から」

「なんと……」

「わたしは、父上にも母上にも似ておりませぬゆえ。むしろ、畏れ多いことながら、殿に似ておるのではないかと」

「では、殿が父ではないかと疑《うたご》うたか」

「まさか」

七龍太はちょっと笑った。

「わが子を身近な者に託して知らぬ顔をする。殿はさように非情の御方ではあられませぬ」

「いまのは愚問《ぐもん》であった。赦せ」

「父上と母上は、わたしを心より慈《いつく》しみ育てて下された。それゆえ、悲しさも寂しさも一度も感じたことはございませぬ」

　十助の妻で、七龍太には育ての母である人は、七龍太が小谷《おだに》城で市に仕えていた頃、菩提山城において病で亡くなった。

「わたしが愛する実の親は、おふたりのほかにおられませぬ」

「親不孝者っ。父を泣かせるつもりか」

　十助の声は割れ、両の眼《まなこ》がたちまち潤《うる》んできた。

「なれど、いまはいささか悲しゅうございます。父上は、わたしに明かさずともよかったことを、なにゆえいまになって……」

「明かすつもりはなかったのだ」

　十助は、拳《こぶし》で涙を拭《ぬぐ》いながら言った。

「そなたと内ケ嶋の姫が想《おも》い合う仲になるまではな」

　七龍太は、ちらりと兵内を見た。

　白川郷における自身の行動は、兵内から半兵衛と十助に報《しら》されていることはむろん分かっていたし、当然だとも思う。が、紗雪との間柄については不確かなことだから、それまで報告するのは告げ口めいてはいないか。

　七龍太のその意を瞬時に察して、兵内は尻下《しりさ》がりに、ひたいを床にすりつけた。

「七龍太。兵内を責めるでない。わしが無理やり告げさせたのだ」

「わたしの素生と何か関わりがあるのでしょうか」

「有体《ありてい》に申すぞ」

「はい」

「そなたのまことの父は、内ケ嶋兵庫頭どのじゃ」

息を吞む音がした。兵内が発したものだ。

七龍太は、ただ茫然と十助を見ている。あまりのことに、思考が停《と》まってしまったのである。

十助は、待った。

ただでさえ心許《こころもと》ない短檠《たんけい》の明かりが、さらに萎《しぼ》んだ。油が足りなくなってきた。

この療養所では、蠟燭《ろうそく》は贅沢《ぜいたく》だから、と半兵衛が使わせていない。

兵内が灯油皿《とうゆざら》へ油を注《つ》ぎ足した。

もとの明るさに戻ったところで、少し落ち着いた七龍太が口を開いた。

「どうぞ」

話の先を、十助に促《うなが》したのである。

「殿とわしが白川郷でそなたを見つけたのは、永禄《えいろく》二年、いまから二十年前の春のことじゃ……」

当時、廻国修行中であった竹中半兵衛・喜多村十助主従は、飛天の城という異称をもつ帰雲城を一目見よう、と越中五箇山《ごかやま》から秘境の飛驒白川郷へ入ったところで、道に迷い、偶然、京《みやこ》ふうの山居を発見した。

屋内の産所にあてられていたと見える一間《ひとま》に、生まれて一年余りとおぼしい赤子《あかご》が放置され、まわりには血まみれの女たちが倒れていた。赤子は男児で、どうやら隠し間《ま》から自力で這《は》い出てきたようであった。

女たちのひとりにまだ息があったので、半兵衛が途切れ途切れの末期《まつご》のことばを聞き取った。

「この、子を……もとい丸を、お助け願いまする……たかのは……仕合《しあ》わせでした……ひょう……さま……」

そこまで口にして、女は息絶えた。

赤子の名は、もとい丸。

たかのという名であろう女は、赤子の生母なのか乳母《めのと》なのか、あるいは侍女《じじょ》のひとりなのか、いずれとも分からない。

ひょうさま、というのが、男の名であるとしたら、もとい丸の父親なのか何なのか、そして、女にとって夫なのか、たんに想い人なのか、それらも判然としなかった。

直後、賊が七人、戸外に姿を現し、聞こえてきたかれらの会話の内容から、少し状況が知れた。赤子は別にもうひとりいて、周辺を探してもふたりとも見つからないので、襲撃現場を再度捜索すべく、山居へ戻ってきたのである。赤子たちの命を狙う刺客とみて間違いなかった。

二対七である。子細を訊きだす問答などすべきでない、と半兵衛は即断した。時をかければ、人数の多い賊どもに余裕を与え、赤子という足手まといを抱える半兵衛らは不利になるからであった。いたいけな命を危険にさらすことはできない。

半兵衛・十助主従は、賊の機先を制して挟撃《きょうげき》し、瞬時に悉く斬り捨てた。

それから、しばらくの間、もうひとりの赤子を捜したが、まったくあてがない上、この地に長く留まっては、再びもとい丸への刺客が現れるやもしれぬので、発見を断念して、白川郷をあとにした。もうひとりも、もとい丸のように命冥《いのちみよう》加《が》であることを祈るほかない。

主従は美濃へ帰国し、十助がもとい丸をわが子として育てることにした。幼名も変えさせた。その生存を、刺客を放った何者かに知られてはならぬからである。

その後、十助は、それとなく、もとい丸の素生と事件の経緯を探った。しかし、天離る鄙の地のことで、しかも、あの山居は場所からして隠れ家《が》という趣《おもむき》でもあったから、たしかなことは分からなかった。それでも、知り得た断片を繋ぎ合わせると、おおよその輪郭《りんかく》は見えてきた。

半兵衛にもとい丸を託したたかのという女は、一条《いちじょう》とよばれていたらしい。素生を隠すために一条という偽名《ぎめい》を用いていたのだが、死に際におのがまことの名が口をついて出たのではないか、と半兵衛は推察した。

一条は、京のやんごとなき出自で、戦乱を逃れて地方へ下った者であろうという。それが、どこかで帰雲城主・内ケ嶋氏理に見初《みそ》められた。

半兵衛が、ひょうさま、としか聞き取れなかったのは、正しくは、兵庫頭さま、であったに違いない。氏理の官名である。

ところが、氏理の妻の茶之《ちゃの》は、異常なまでに嫉妬《しっと》深いことで知られていた。越中礪波《となみ》の瑞泉寺《ずいせんじ》証心《しょうしん》のむすめでもあり、真宗とうまく折り合う必要のある白川郷の領主として、氏理が決して蔑《ないがし》ろにしてはならぬ存在であった。

そこで氏理は、帰雲城より随分と離れた越中寄りの山中に、一条のための隠れ家を設けると、飛《ひ》越《えつ》の国境近くの支城、荻町《おぎまち》城へ出向く用を作っては、逢瀬《おうせ》を重ねたのである。

この経緯からして、もとい丸は、氏理と一条の子と考えるのが自然であった。

氏理の愛妾《あいしょう》の存在が妻に露見したのは、懐妊《かいにん》中の茶之が臨月を迎えた頃である。折しも、同じく一条も臨月の腹を抱えていた。

氏理と一条の間にはすでに男児がひとり存在することも知って、茶之はさらに激怒した。妾腹《しょうふく》の男子がいずれ内ケ嶋氏の家督にならぬとは断言できない。

妊娠中で気が立ってもいた茶之は、かくて、もとい丸、一条とそのお腹の子、この三人を殺害すべく、野盗《やとう》を装わせた刺客を放ったのである。

氏理が、茶之の暴挙を知って、件《くだん》の山居へ馳せつけたときには、そこには一条と侍女たち、及び刺客どもの斬殺《ざんさつ》死体が転がっているばかりで、もとい丸と、生まれたばかりと思われる赤子の姿はなかった。人さらいか、神隠しか、あるいは山の獣《けもの》の餌食《えじき》にでもなったのか。不可解であったそうな。

このあと、もうひとりの赤子の行方《ゆくえ》が知れたのかどうか、また氏理と茶之は関係をどのように修復したのか。そのあたりのことは、十助も探り得なかった。知り得たことでも曖昧《あいまい》なところがあって、すべてが事実や否やは判断できかねる。

しかしながら、七龍太は氏理と一条の間に生まれたもとい丸であり、紗雪は行方不明となった赤子と同じ頃に氏理と茶之の子として誕生した。十助が推量するに、この二点ばかりは確実であった。

とすれば、七龍太と紗雪は、同父異母の兄妹。もしこの先、ふたりが夫婦の契りを交《か》わすのなら、畜生道《ちくしょうどう》へ堕《お》ちることになる。

「……なればこそ、明かしたのじゃ」

と十助は告白を締《し》め括《くく》った。

七龍太の心が千々《ちぢ》に乱れているのは、その表情から察せられる。ふたたび、十助は待った。

兵内も悄然《しょうぜん》と肩を落としてしまう。

「思えば……」

七龍太がひとつ深く呼吸したのを見て、十助は口を開いた。

「そなたが上様より白川郷への使者を命ぜられたとき、殿もわしも、結句、人は運命《さだめ》から逃れられぬのだと痛感いたした。とはいえ、よもや父親を同じゅうする姫君と……そこまでは思い到《いた》らなんだ」

十助の声も沈んだ。

「わしを恨んでくれ、七龍太」

「何を仰せられる。紗雪姫とのことは、神ならぬ身に予見などできませぬ。殿と父上はわたしを守りつづけて下されたのだと知ったいま、おふたりへの一層の感謝の思いが湧くばかりにて、恨むなど……」

強く頭《かぶり》を振る七龍太であった。

「嬉しいぞ、七龍太」

また十助は涙ぐむ。

（そうであったのか……）

七龍太もおのが宿運《しゅくうん》というものを思わずにはいられない。

白川郷には初めて乗り込む前から惹《ひ》かれるものがあった。そのときは理由が分からなかったが、いまはもうはっきりしている。生まれ故郷だったのである。

内ケ嶋氏理の人柄と領主としての独自の生き方に魅力をおぼえたのも、そして、紗雪に対してごく自然に愛情を抱《いだ》くようになったのも、必然であった。実の父と妹なのだから。

「父上、お疲れにあられましょう。そろそろお寝《やす》みになられたほうが……」

墓場まで持っていくつもりであったに違いない秘事を、最愛の息子に明かさざるをえなかった十助は、断腸の思いであったろう。それを七龍太は気遣ったのである。

「うむ……。そなたも、ひとりで考えたいことがあろう」

十助のほうも、七龍太を気遣い、書斎を出ていった。

「いまの話は聞かなかったことにしてくれ」

七龍太が兵内へ、頼み入るように言った。

「まことのご素生を兵庫頭どのに明かすおつもりはない、との仰せにござろうや」

「そうだ」

「なれど、それでは……」

「内ケ嶋に家督争いが起こる」

反論しかけた兵内のことばを、七龍太はその一言で遮った。

すぐに兵内は察して、押し黙る。

氏理にはもちろん、内ケ嶋の家臣の大半にも、稀なる好漢《こうかん》とみられている七龍太であった。ましてや、いずれ天下人に上りつめるであろう信長の寵《ちょう》も受けている。そんな若者が氏理の子と分かれば、次の家督に、という話が持ち上がるのは必至《ひっし》と言わねばならない。

氏理の嫡男・氏行の母である茶之が、弟の瑞泉寺顕秀《けんしゅう》の力を借りて、これに烈《はげ》しく抵抗することは、火を見るより明らかである。顕秀は、敬愛する姉のために、越中の一向一揆を動かし、同時に照蓮寺明了に迫って、白川郷の門徒衆の決起も強要するであろう。平和な領内に血風が吹き荒れる。

七龍太自身も、いつでもどこでも刺客を警戒せねばならぬ日々を余儀なくされよう。七龍太が家督を固辞したとしても、茶之は決して黙過《もっか》せず、おそらく執拗《しつよう》にその命を狙いつづける。

白川郷と領民の平穏無事のために協力し合っている氏理、明了、七龍太にとって、なんとしても避けたい不幸なのである。

「されば、内ケ嶋の家督の儀はともかく、兵庫頭どのが紗雪姫を七龍太さまに嫁がせたいと期しておられることは、近しい者らはとうに察しており申す。姫ご自身も、口にこそ出さねど、待ち望んでおられること。七龍太さまとて……」

「兵内は、わたしのまことの素生を紗雪どのには告げよと申したいのか」

「七龍太さまへの想いと、夫婦になれるという期待が、この上、募《つの》っては、姫があまりに可哀相《かわいそう》にあられる。酷《むご》い真実は、深傷《ふかで》となる前にお明かしになるのが、お情《なさ》けと存ずる」

すると、七龍太は、ふっと力なく笑った。

「姫のご気象《きしょう》を考えよ」

これには、兵内も返すことばがない。

紗雪は野生児である。何事につけ、余人が予測し難い行動に走る。七龍太との恋は決して成就《じょうじゅ》しないと知れば、手のつけられないほど狂乱するやもしれぬ。結果、その原因は周囲にも露見するところとなろう。

いまは方策が思いつかぬ七龍太である。その懊悩《おうのう》を察する兵内も、もはや諫言《かんげん》はもとより、進言すべきことばももたなかった。

「ひとりにだけ、明かしておかねばならぬ……」

溜め息まじりに七龍太が洩らすと、兵内が先んじて言い当てる。

「おおさび、にございますな」

「兵内から伝えてくれ」

「畏まった」

何かの拍子に七龍太と氏理、紗雪との関係が暴かれたとき、野生児の行動を制禦《せいぎょ》できる人間は、おおさびしかいない。

翌早朝、七龍太が目覚めると、屋内に半兵衛の姿が見えなかった。

「早《はや》、具足《ぐそく》を着けられ、川辺《かわべ》で花人《はなびと》になっておられる」

と十助が沈痛な面持《おもも》ちで言った。桜の花を観《み》る人を、花人という。

「具足をお着けに……」

七龍太は驚いた。

「最後のご奉公をせねばならぬと仰せられてな……」

出家、隠棲が叶わぬ身となったからには、陣中で最期を迎えたい、というのが半兵衛のいまの胸中であるに相違ない。

「では、わたしも邪魔をしてはなりませぬでしょうか」

「いや。そなたならお悦びになる。殿にご相伴《しょうばん》して、花を愛でてまいれ」

七龍太も、手早く具足を着けて、川辺まで出た。師匠がいくさ支度であるのなら、弟子も同様にしなければならない。

そこには、桜木が一木《いちぼく》生《は》えており、花はかなり散っている。

（お師匠さまは、まさに花人……）

小具足姿で、花の散りゆく桜木を仰ぎ見る半兵衛の佇《たたず》まいに、七龍太は胸を打たれた。花人には、花のように美しい人、という意味もある。

「よき武者ぶりだな」

首《こうべ》を回した半兵衛が、七龍太の若々しい陣装《じんそう》姿に微笑んだ。

「お褒《ほ》めにあずかり、嬉しゅう存じます」

折り敷いて、顔を下向けている七龍太には、川の水面《みなも》を流れる花筏《はないかだ》が見える。

「武士はよく花に譬《たと》えられる。それゆえ、散りぎわも美しくあらねばならぬ、と」

半兵衛もまた、川面へ視線を落としながら呟《つぶや》く。

「武士は花ではない。人だ。人は、心と体で存分に生を楽しんでこそ美しい」

半兵衛が、振り向いて、七龍太の前にしゃがみ、一本の扇《おうぎ》を差し出した。

形見《かたみ》の品と察せられた七龍太は、一度、いやいやをするように頭《かぶり》を振った。

だが、半兵衛にそっと右手を摑まれ、掌《てのひら》に扇を載《の》せられてしまう。受け取るほかない。

「わが弟子よ、美しき人であれ」

息のかかる近さで、温かい一言を告げると、半兵衛は立って、ふたたび花人となった。

七龍太は、扇をゆっくり開いてみる。

扇紙に描かれているのは人物画であった。半兵衛自身の絵筆《えふで》による、と七龍太には分かる。

踊るような足取りの男が、天に向かって両腕を広げる幼子《おさなご》を、肩車《かたぐるま》している。ふたりとも笑顔が弾《はじ》け、男のひたいには「半」、幼子のそこには「七」の一文字。

画が、歪《ゆが》んで、ぼやけて見えなくなる。

涙を怺《こら》えることなど、できない。七龍太は哭《な》いた。

今生《こんじょう》の別れである。

この日のうちに飛驒への帰途についた七龍太が、師の竹中半兵衛にふたたび会うことはなかった。

夏になって、炎暑のさなかの六月十三日、三木城攻囲中の陣中で、竹中半兵衛重治《しげはる》は病没する。天正《てんしょう》七年のことである。

遺体は平井山の山中に葬《ほうむ》られた。享年《きょうねん》三十六であったという。白川郷に戻った七龍太は、以前と変わらぬ日々を送りつづけた。ところが、翌《あく》る天正八年、思いも寄らなかった者の手が伸ばされ、そこから七龍太と紗雪の運命は翻弄《ほんろう》されることとなる。

離愁《りしゅう》の刻《とき》

天正《てんしょう》七年の九月、荒木村重は、籠城《ろうじょう》中の摂津有岡城をひそかに脱して尼崎《あまがさき》城へ入り、そこに詰めている毛利の部将に、籠城勢の限界を超えた窮状《きゅうじょう》を訴え、早々の援軍派遣を要請したが、色好《よ》い返辞を得られず、そのままいたずらに時日を過ごした。

この間に、村重の重臣らが信長へ、籠城方の将兵と家族の助命を条件に、有岡・尼崎・花隈《はなくま》の三城を開くと申し出て、降伏してしまう。十一月のことである。

織田方へ有岡城を明け渡した重臣らは、主君を説得すべく尼崎城へ向かうが、村重は降伏を拒んだ。

すると、激怒した信長の命により、村重の妻子と一族郎党、合して数百人が刎首《ふんしゅ》、磔《はりつけ》、焼殺に処された。

他方、播磨戦線の羽柴秀吉も、有岡城より救出された小寺官兵衛という智謀《ちぼう》を取り戻すや、天正八年の一月、ついに三木《みき》城を落として、城主・別所長治《ながはる》を切腹せしめ、播磨平定を成就《じょうじゅ》する。竹中半兵衛の死目《しにめ》に会えなかった官兵衛は、墓前で秀吉とともに男泣きに泣いた。

三月には、村重が尼崎城を逃れ出て、毛利氏の本拠《ほんきょ》の安芸《あき》へ身を移す。

これらの織田方の攻勢に、毛利氏も石山本願寺との共同戦線に消極的となってゆく。

織田水軍の巨大鉄甲船《てっこうせん》による海上封鎖《ふうさ》につづいて、摂津と播磨の味方も失って孤立無援、敗色濃厚となった石山本願寺は、閏《うるう》三月、朝廷の斡旋《あっせん》をうけ、信長と和議を結んだ。翌月、法主《ほっす》顕如《けんにょ》は、断腸の思いで石山を退去《たいきょ》し、紀州雑賀《さいか》へ落ちていった。

信長と石山本願寺の十年戦争は、これで事実上、結着がついたといえる。

帰雲《かえりぐも》城では、本願寺の勝利を信じて疑わなかった茶之《ちゃの》が、怒り狂い、あれほど尊崇《そんすう》していた顕如を、弱腰と罵《ののし》った。

夫の氏理《うじまさ》のほうは、安土参上の支度《したく》を始めることにした。

「ようやく、晴れて上様にお願いできる」

信長が本願寺を敗退へ追い込んだいま、七龍太《しちろうた》と紗雪《さゆき》との縁組を申し出て、許可を得るという、かねての思惑《おもわく》を実行に移すときがきたのである。

「御方《おかた》さまには何と仰せられまするか」

氏理が安土へ行けば、城の留守《るす》を預かることになる尾神備前守は不安であった。

「ご戦捷《せんしょう》祝いである、と」

出立《しゅったつ》前に茶之に思惑を知られては、揉《も》めることは明らかである。本願寺を打ち負かした信長の言質《げんち》を先んじて得てしまえば、茶之も受け容《い》れざるをえまい。

そうして氏理が愛娘《まなむすめ》の仕合わせに向けて心を浮き立たせた矢先、水をさす出来事が白川郷へ伝わってくる。

聖地の明け渡しは親鸞《しんらん》の教えに背《そむ》くもの、と和議に反対する一部の過激派が、顕如の子の教如《きょうにょ》を新法主として担《かつ》ぎ、諸国の末寺・門徒にも支援を求め、なおも石山籠城をつづけているというのである。信長が機嫌を損《そこ》ねたことは想像に難《かた》くない。

「いったん見合わせるがよろしいかと存ずる」

不機嫌な信長へ鄙《ひな》の小領主が願い事をするなど、差し控えるべきであろう。

「そうじゃな」

氏理も、もっともなこと、と一ノ家老の進言を素直に容れてしまう。

この安土行きの延期が、のちに痛恨事《つうこんじ》になろうとは、氏理には思いもよらないことであった。

やがて、白川郷の短い夏が終わり、初秋の風が吹き始めた。

石山本願寺に留《とど》まりつづけていた新法主・教如とその一派も、日々激しさを増す信長の恫喝《どうかつ》に抗《あらが》いきれず、近々、退去を受け容れるらしいという風聞《ふうぶん》も伝わってきた。

「これは、嬉しいことづてだ」

帰雲城下の〈さかいや〉の囲炉裏端《いろりばた》で、擂粉木《すりこぎ》をせっせと回す七龍太が、満面を笑み崩した。

擂鉢《すりばち》の中身は自然薯《じねんじょ》。とろろ汁作りである。

とろろ汁は、飯《めし》がよく進むところから、飯《いい》やると言《い》い遣《や》る、つまり言伝《ことづ》てをかけて、洒落《しゃれ》でことづて汁と異称される。

「ごりょさんのほうが、出来《でき》がいいね」

「すりつぶし方が上手《じょうず》なんだ」

七龍太と紗雪、それぞれの擂鉢の中を見比べて、吉助《きちすけ》・小吉《こきち》兄弟が判定した。猟師《りょうし》の孫十《まごじゅう》の倅《せがれ》たちである。

紗雪は、ちょっと顎《あご》を上げて、わざと七龍太を見下すような仕種《しぐさ》をする。

「何をやっても紗雪どのには敵《かな》わないな」

笑顔であっさり認めた七龍太である。

「脾腎《ひじん》のくすり、気《き》虚《きょ》を補う。まことに体に良い食べ物にござる」

同じくとろろ汁作りをする十徳《じっとく》姿の白髪《しらが》の者が、おのが擂鉢から匙《かい》でひとすくいして食しながら、満足げに言う。医者《くすし》の翠溪《すいけい》である。

古来、ヤマノイモは山薬《さんやく》とも称《よ》ばれ、栄養価の高い健康食であった。

台所では、たきとしのばかりか、松右衛門もたすき掛けで料理に勤《いそ》しんでいる。

ほかにも、城下の人々が、山菜やら川魚やらを運んできて、あちこちで夕餉《ゆうげ》の支度中であった。兵内とおおさびも混《ま》じっている。

貴賤《きせん》上下なく、皆でともに楽しく食事をする。これも、七龍太の発案から始まったことで、いまでは恒例《こうれい》化《か》されつつあった。ときには、城主の氏理まで参加する。本夕は、いわば、とろろ汁の宴《うたげ》の開催である。

「七龍太どの。急ぎ、お城にお戻りいただきたい」

足早にやってきて告げたのは、氏理の近習であった。

「いかがした」

「佐々《さっさ》内蔵助《くらのすけ》どののご家臣が、織田さまのご書状を携えて訪れておられます」

「佐々家の家臣が上様の……」

七龍太は訝《いぶか》った。信長その人の書状を届けるのなら、通常は側近の吏《り》僚《りょう》か、母衣《ほろ》衆の者が遣わされるはず。ただ、佐々家が深く関わる儀ならば、その限りではないが。

「まいろう」

不審を抱きつつも、七龍太は立った。

すかさず、兵内が従う。

「七ノ丈《しちのじょう》は一緒に食べられないの」

と小吉が残念そうに紗雪に訊《き》く。

「時分《じぶん》になっても戻らねば、おらちゃが連れにゆく」

明るくこたえた紗雪だが、何やら胸の内がざわつくのを抑えられなかった。

「お久しゅうございます」

帰雲城の会所へ足を踏み入れた七龍太へ、座中から真っ先に笑顔で挨拶をしたのは、眉目《びもく》の整った若き武士である。

「お使者は金一郎《きんいちろう》どのであったか」

七龍太も破顔《はがん》する。

佐々成政の近習の岡島《おかじま》金一郎は、六年前、岐阜城中において、信長嫡男《ちゃくなん》の信忠《のぶただ》の馬廻《うままわり》衆から、成政が若き日の信長の暗殺を企《たくら》んだことを論《あげつら》われ、裏切り者の家来だと蔑《さげす》まれた。

信長暗殺未遂に関わったのは成政の父・蔵人佐《くらんどのすけ》であり、成政自身は無関係だった事件である。馬廻衆もその事実を承知の上であった。かれらは、美男と評判の金一郎をやっかんだにすぎない。

主君を侮蔑《ぶべつ》されたことに我慢ならなかった金一郎は、腰刀《こしがたな》の柄《つか》に手をかけた。抜く前に止めてくれたのが、通りがかった七龍太である。理由はどうあれ、信長の城の内で刃傷沙汰《にんじょうざた》はよろしくない。下手《へた》をすれば、成政も処罰される。

「相撲《すもう》で勝負しては」

と七龍太は提案した。

この前年、小谷《おだに》城より市と三姫を救出し、五人斬りで名を馳せていた七龍太の仲裁《ちゅうさい》だから、馬廻衆も四の五の言わなかった。信長が無類の好角家《こうかくか》なので、織田軍団では相撲が流行《はや》りだったこともある。

馬廻衆からは桜木伝七《さくらぎでんしち》という剛《ごう》の者が名乗りを挙げた。華奢《きゃしゃ》な金一郎は、相撲には自信がなかったが、取り組みの直前に、七龍太から耳打ちで技《わざ》を伝授された。

立ち合いではわざとおどおどしたようすをみせておき、行司役の「早《はや》、競《きそ》え」の合図と同時に、後世で言うところの猫だましで、対手《あいて》を一瞬怯《ひる》ませ、その隙《すき》に低く潜《もぐ》り込んで、両足を掬《すく》いあげる。

金一郎自身も、伝七ら馬廻衆も考えたこともないその戦法が、まんまと成功する。敗れた者らは、勝者の金一郎へ謝罪し、互いに恨みっこなしで結着した。

以後、金一郎は、年齢《とし》の変わらぬ七龍太を実の兄のごとく慕《した》っている。成政が北国戦線へ赴《おもむ》くようになってからは、ほとんど会っていないが、折に触れて書状の遣《や》りとりをしてきたので、いまなお互いに近しい存在であった。

「岡島は副使。正使は、この竹沢熊四郎《たけざわくましろう》」

金一郎と並んで座している者が、横柄《おうへい》な口調で言った。

七龍太は、竹沢熊四郎とは、これまで面識《めんしき》はないものの、名だけは聞き及んでいた。成政に重《ちょう》用《よう》されている佐々家の奉行人《ぶぎょうにん》である。

金一郎が、七龍太へ、ちょっと目配せした。熊四郎の非礼を、申し訳ない、と謝ったのである。

「されば、上様の御下知《おんげち》を伝える」

と熊四郎が言って、立ち上がった。腕下に状箱《じょうばこ》を抱えている。

応じて、首座の置畳《おきだたみ》から、城主の氏理は下座《げざ》した。

代わりに、熊四郎と金一郎が首座に直る。

熊四郎は、状箱より取り出した書状を、いったん両掌《りょうて》で捧《ささ》げ持って拝してから、徐《おもむろ》に披《ひら》き、読み上げ始めた。

内ケ嶋氏の君臣は、首《こうべ》を垂《た》れて、謹聴《きんちょう》する。七龍太も同様である。

信長から氏理への命令は、佐々成政が越中入りして平定戦を行うので、その指揮下に入るようにというものであった。

越中では、一時は国内最大勢力となった守護代の神保《じんぼ》氏が、上杉謙信の圧迫をうけて追放され、当主の長住《ながずみ》は信長を頼った。その後、謙信の突然の病死により、上杉方が動揺するや、信長は神保長住に兵を与えて越中へ討ち入らせ、各地で勝利を得る。ところが、支援の織田勢が加賀一向一揆との戦いや摂津陣加勢のため越中を離れると、長住は上杉方に押し返されるのが常であった。

教如が石山本願寺を退去すれば、織田は大規模な包囲網を解き、結果、余力を得るので、他の戦線に有力部将と多くの兵を投入できる。成政は、武功隠れもなき精鋭で編制される黒母衣衆の筆頭をつとめ、その指揮下の佐々鉄炮隊は信長の絶大な信頼を得ており、越中平定戦の大将に相応《ふさわ》しい。

「御下知、謹《つつし》んでお受け仕《つかまつ》る」

返答した氏理が、膝を進めて、恭《うやうや》しく書状を受け取った。

この件は、七龍太がすでに予期し、氏理と重臣らへ心積もりをしておくよう伝えておいたので、誰も慌てない。

ただ、七龍太の不審《ふしん》は拭われなかった。越中陣で佐々成政に属すようにという信長から氏理への命令は、やはりその側近が伝えるべきであろう。

「さて、上様の別儀の御書状が、これに……」

熊四郎が、状箱より、さらに一通取り出したので、列座は再度、居住《いず》まいを正す。

「竹沢どの。その儀のご披露は、内ケ嶋の奥方もご同席の上にて」

口を挟んだのは金一郎である。

「当主に告げれば済むことであろう」

熊四郎はちょっと気色《けしき》ばむ。

「竹沢どのは、殿が礼を失するなと仰せられたのを、お忘れか」

信長のことなら上様とよぶので、両人の殿というのは佐々成政をさす。

「ならば……さようにいたせ」

渋々《しぶしぶ》しながら、熊四郎は促した。

「兵庫頭《ひょうごのかみ》どの」

金一郎が氏理へ声をかける。

「お差し支えなくば、奥方をおよびいただけまいか」

「それはよろしゅうござるが……」

「奥方にも聞いていただかねばならぬ儀によって」

「相《あい》分かり申した」

氏理に目配せされた近習の矢野三五郎《やのさんごろう》が、ただちに座を外《はず》して、足早に去った。

列座の内ケ嶋の君臣に不安の気が漂う。

信長が嫌悪《けんお》する真宗の熱烈な信徒というだけでなく、越中一向一揆の在地指導僧のひとり、瑞泉《ずいせん》寺顕秀《じけんしゅう》の姉。それが茶之である。成政の越中入りの支障とならぬよう、事前に信長から何らかの処分命令が下されてもおかしくない。

書状の内容がそういうものであるとして、内ケ嶋氏に選択肢《せんたくし》はない。戦国武将として空前の版図《はんと》を手にし、最大の難敵というべき真宗をも屈服せしめた信長に、鄙の小領主が異を唱えるなど愚かであろう。

会所の一同は、茶之の登場を、黙して待った。

ところが、いっかな姿を見せないので、熊四郎が氏理へ苛立ちをぶつけた。

「奥方は何をしておる」

「お使者。無礼にござろう」

とっさに熊四郎を咎《とが》めたのは、氏理ではない。七龍太である。

「無礼は……」

そっちではないか、と熊四郎が言うより先に、

「女子《おなご》は」

と七龍太は鋭い一声で制した。

「人前へ出るときは、できうる限り美しくありたいと思うもの。それゆえ、化粧《けわい》と装いに時がかかるのは、やむをえざる仕儀。いましばらく、お待ちなされよ」

「さすが織田家中きって女子衆に人気《じんき》ありの津田七龍太どの。女子の心がようお分かりだ。感服《かんぷく》仕った」

すかさず、頭を下げてみせたのは、金一郎である。

「金一郎どの。買い被《かぶ》りだ。わたしは、ここでは女子の心が分からぬ男。それゆえ、兵庫どののご息女、紗雪どのによう撲《なぐ》られる」

これには、列座がどっと笑い、険悪になりかけた空気は一挙に和《なご》んだ。ひとり熊四郎だけが鼻白《はなじろ》んでいる。

そこへ、茶之をよびにいった三五郎が、ひとりで戻ってきた。困惑げで、復命を口ごもってしまう。

「御方さまはいかがなされた。はきと申せ」

尾神備前守が三五郎を叱りつける。

「は……」

それでも、三五郎は言いよどむ。

「じゃから、はきと申せ」

「織田が御方さまをいささかでも咎めるならば、御方さまはご自害し、泉尚侍《いずみのしょうし》ら女房《にょうぼう》衆も皆、殉《じゅん》ずる」

三五郎に向かって、そう言ったのは七龍太である。

「さよう脅《おど》されたのではないか」

「お……仰せの通りにございます」

助け船を出されて安堵した三五郎は、初めて明瞭《めいりょう》な声を出した。

列座は声を失う。

茶之への信長からの処分は、たったいま誰もが危惧したことだから、当人が恐れるのは無理もない。だからといって、信長の使者からの呼び出しに応ぜぬばかりか、自害まで口にするのは行き過ぎである。

「なんと愚かなことを……」

氏理が溜め息まじりに小さく洩らした。

「副使どの」

熊四郎がこめかみをひくひくさせるのを見た七龍太は、怒号が上げられる寸前で、金一郎へ大音《だいおん》に呼びかけた。

「何でござろう」

阿吽《あうん》の呼吸で、金一郎も即座に訊き返す。

「副使どのは、上様の御小姓《おこしょう》、森乱丸《もりらんまる》どのとご昵懇《じっこん》にあられよう。兵庫どのの奥方の説諭《せつゆ》をお願い申す」

金一郎が戸惑いの表情をみせたのは、一瞬のことにすぎない。すぐに七龍太の意図を察し、うなずき返した。

「承知致した」

力強く返辞をしてから、金一郎は熊四郎に告げる。

「竹沢どの。暫時《ざんじ》、お待ち下され。それがしが必ず、奥方を連れてまいる」

「連れてこれなんだときは、いかがする」

熊四郎の怒りの矛先《ほこさき》が、金一郎へ向いた。

「ご正使として、諸事、ご随意になされよ。それがし、すべて、従い申す」

「申したな」

「それでよろしいな」

金一郎が七龍太へ視線を振る。

「よろしゅうござる」

と七龍太は頭を下げる。

「兵庫頭どのも異はござらぬな」

同様に金一郎から釘《くぎ》を刺された氏理は、ちらりと七龍太を見やってから、応諾《おうだく》した。

「副使どのにお任せいたす」

訳のわからない氏理だが、七龍太にはこの場をうまく収める勝算があってのこと、と信じたのである。

座を立った金一郎が、三五郎の案内で、茶之が籠もっている奥へ向かった。

（頼んだぞ、金一郎）

二通目の書状の内容は奥方同席の上で告げるべき、と金一郎は言った。何が記されているのか、七龍太にも察せられない。しかし、真宗信徒としての茶之への処罰でないことだけは、たしかである。

（上様は……）

人々の神仏への信仰心というものを否定しない。信長が悪《にく》むのは、信仰の名の下に、刃《やいば》を向けてくる者らである。たとえ譜代《ふだい》の功臣でも、職務怠慢《たいまん》や越度《おちど》があれば迷わず厳罰に処す信長だが、さしたる影響力を持たない女人《にょにん》ひとりを、わざわざ処罰の対象になどしない。信長はきっと、氏理の室《しつ》の出自も知らぬし、知ったところで歯牙《しが》にもかけないであろう。

会所にふたたび沈黙が流れた。

熊四郎は、落ち着きなく、上体を揺らしたり、座り直したりを繰り返す。が、七龍太が涼しげな顔で、不安は微塵《みじん》もなさそうなようすなので、氏理も家臣たちも焦《じ》れることなく待った。

やがて、金一郎が戻ってきた。

熊四郎の顔は苦《にが》りきったものになる。茶之が同行してきたからである。泉尚侍ほか二名の侍女を従えている。

茶之の表情は硬いが、恐れの色はない。

金一郎が、首座へ直る前に、七龍太に向かって、穏やかな笑みをみせた。

（かたじけない）

七龍太は、心中で礼を言いながら、会釈《えしゃく》を返す。

森乱丸の名を出したのには、むろん理由がある。

美濃金山《かねやま》の森家の出身の乱丸は、弱冠十六歳にして、きわめて有能であった。小姓として常に信長の側近《そばちか》くに仕え、主君から命ぜられる前に意を察し、何事につけ先んじて万端調《ばんたんとと》えて待つことが、さりげなくできる。そればかりか、吏僚としても、信長に訊《たず》ねられれば鋭い異見を言上《ごんじょう》し、下知《げち》を賜《たまわ》るや誰よりも無駄なく迅速《じんそく》に職務を成し遂《と》げる。天才児というほかない。それゆえ、信長の重用《ちょうよう》にはひとかたならぬものがある。

その乱丸の生母・妙向尼《みょうこうに》が、真宗の熱烈な帰依者《きえしゃ》として、諸国の門徒衆にも知られている。そのため、門徒衆の中でも和平を望む者らより、織田が本願寺攻めを停止するよう、乱丸を介して信長に口利《くちき》きしてほしい、と以前から頼まれていた。

妙向尼から相談された乱丸は、もちろん突っぱねた。怨敵《おんてき》ともいえる石山本願寺をどう処するかは、信長一人《いちにん》が決めることであり、いかに主君の寵愛をうけていようと、その儀ばかりは諫言《かんげん》などしてはならない。

すると、妙向尼は、乱丸に無断で、金山から信長あての訴状を送ってしまった。本年の初めのことである。

実は、それより前、講和に向けた話し合いの準備のため、勅使《ちょくし》が大坂《おおざか》へ下っていた。そんなときに、いち家臣の母親が、本願寺攻めの停止を信長その人へ訴えるなど、僭上《せんしょう》も甚《はなは》だしい。剰《あまつさ》え、訴状の中で、夫と嫡男は信長に忠節を尽くして討死し、いまも長可《ながよし》、乱丸、坊丸《ぼうまる》、力丸《りきまる》という四人の息子が命懸けで奉公していることを縷々《るる》述べて、願いを聞き届けてもらえないのなら、乱丸以下を道連れに自害する、と妙向尼は記したのである。これは信長への脅迫状という解釈も成り立ち、森一族は皆殺しにされても文句を言えないほどの過激さといえた。

乱丸は、ただちに金山へ向けて安土を発《た》った。妙向尼の首を刎《は》ね、おのれもその場で自決し、これをもって兄弟と森一族には信長の寛大《かんだい》な処置を賜りたい、と考えたのである。しかし、安土城下を出てすぐ、追いかけてきた信長その人から引き戻された。

「一向宗に帰依していようといまいと、予《よ》のためにわが子を失《うしの》うた、あるいはこれから失うやもしれぬ母親ならば、誰しもあれくらいの恨み言《ごと》は抱えていよう。予が、赦《ゆる》せと申していた、と書状で伝えてやるがよい」

そう言って、信長は、妙向尼を一切咎めなかったのである。

この事件の顚末《てんまつ》は、諸国の真宗門徒衆にもあるていどは伝わっていよう。その子細を、乱丸と懇《こん》意《い》の金一郎の口から丁寧に語ってきかせれば、茶之もお付きの女房衆も軟化する、と七龍太は踏んだ。この場合、金一郎の優男《やさおとこ》ぶりが、層倍の効果をもたらすことも折り込み済みであった。

七龍太の期待通り、金一郎は見事にやってのけたらしい。

茶之は、氏理と並んで座した。

「されば、竹沢どの」

金一郎に促され、熊四郎は信長の二通目の書状を披《ひら》いて、腹立たしさを抑えるような声音《こわね》で読み始める。

今後、氏理が成政の麾下《きか》に入るにあたり、内ケ嶋、佐々両家の結びつきを固くすることが肝要である、という出だしであった。

「よって、内ケ嶋兵庫頭には、息女・紗雪を、佐々内蔵助へ嫁がせることを命ず」

一同からどよめきが湧いた。

紗雪の両親である氏理、茶之ばかりか、内ケ嶋の家臣らも誰ひとり予想だにしなかった縁談である。

成政の家臣が使者に立てられた理由はこれであったか、とようやく分かったものの、七龍太の心《しん》の臓《ぞう》も早鐘《はやがね》を打ち始めている。

(姫を内蔵助どのに……)

七龍太の知る限りでは、成政に室は幾人かいても、はっきり正室と認められた妻はいない。京都所司代《しょしだい》・村井《むらい》貞勝《さだかつ》のむすめが、最初の妻で、男子をひとり儲《もう》けたものの、長島《ながしま》合戦で亡《うしな》ってしまった。その後、女子は次々に誕生するものの、男子に恵まれず、後継候補の養子を迎えたはずである。

七龍太は、強い視線を感じて、はっとする。氏理と内ケ嶋の家臣衆から一斉に注視されていた。七龍太が異を唱えてくれる。氏理はもとより、大半がそう思っている。というより、期待の眼差《まなざ》しであった。

「お使者にお訊ねいたす」

真っ先に声を上げたのは、茶之である。

「どうぞ」

熊四郎はちょっと眉を顰《ひそ》めたが、金一郎が茶之に発言を促した。

「紗雪の輿《こし》入《い》れは、佐々内蔵助どのの正室として、ということなのや否や」

「それは……」

とこたえかけた金一郎を、手を挙げて制してから、熊四郎が応ずる。

「それは、ご息女しだい」

「紗雪しだいとは……」

「われらが殿のお世継ぎを儲けることができれば、あるいは、と申し上げておく」

「されば、いまひとつ」

「何か」

「佐々内蔵助どのは、織田さまにおいて、どれほどのお力がおありなのか」

「控えよ、奥《おく》。分《ぶん》を超えた請問《しょうもん》ぞ」

氏理に叱りつけられた茶之だが、かまわずに熊四郎へ向かって語を継いだ。

「よもやとは存ずるが、夫となる者が、あすなろう侍《さむらい》であっては、わがむすめの不幸」

戦国の世では、目立った働きがなく、意気地もないくせに、言うことだけは立派な侍をあすなろう侍と蔑んだ。

「無礼者」

茶之の語尾にかぶせるようにして、怒鳴りつけたのは金一郎である。

熊四郎は、思わず、金一郎の険《けわ》しい顔へ、視線を引き寄せられてしまう。

「われらがあるじ、佐々内蔵助は、織田家中でも、武功数多《あまた》の勇将として名を馳せておる。いわれなき侮《あなど》りは赦し難い」

ちらりと七龍太を一瞥《いちべつ》してから、片膝を立て、右手を腰刀の柄にかける金一郎であった。

泉尚侍と侍女らが、ひいっと身をのけぞらせる。金一郎がそれまでみせてきた物腰《ものごし》の柔《やわ》らかさは、にわかに失せ、恐ろしげになったからである。

「鎮《しず》まれ、岡島。女子を対手《あいて》に、おとなげない」

慌てて、正使が副使を宥《なだ》めにかかる。

(すまぬ、金一郎……)

と七龍太ひとり、心中で謝った。

金一郎が先に怒りを露《あら》わにしなければ、熊四郎がそうしていたはず。信長の正使という、この場で最も上に立つ者が、怒りをぶちまけて、もし茶之を手討ちにするとでも言い出せば、これは止め難い。熊四郎にしても、いったん口に出せば、後戻りはできまい。

ところが、思いもよらず、おのれを超える熱量で金一郎が茶之へ怒りをぶつけたものだから、その瞬間、熊四郎は驚き、次いで、何もそこまでと思い、ついには冷静になってしまった。

この流れを、金一郎がとっさの機転で作ったことを、七龍太は看破《かんぱ》し、なればこそ心中で謝ったのである。金一郎のとった行動は、本来なら自分がすべきであったのに、心が揺れ動いていたせいで、即座にそこまで気が回らなかった。

「これは……」

いまにも腰刀を抜かんとしているおのれの格好《かっこう》に、初めて気づいたかのように、金一郎は恥じ入るようすをみせ、

「お止めいただき、ありがとう存ずる」

と熊四郎へ礼を言った。

「よい、よい」

一転して、機嫌の良くなった熊四郎である。

「奥方のお訊ねの儀にこたえてしんぜよう。われらがあるじ、佐々内蔵助は、越中平定のあかつきには、上様より一国の仕置きをお任せいただくことと相《あい》なろう」

「もしや、国持ち大名になると……」

半信半疑の茶之へ、熊四郎はゆったりとうなずいてみせた。

「そう思うて貰《もろ》うてよい」

内ケ嶋の家臣衆の中には、途端《とたん》に眼《まなこ》を輝かせる者が少なくなかった。

紗雪を、妻合《めあ》せるのに、七龍太は好もしい若者であることを誰もが認めている。しかしながら、信長より織田一門の津田姓と扶持米《ふちまい》を賜っていても、いまだ所領も家臣も持たぬ身であることもまた、七龍太の現実であった。

一方、成政に嫁いで、男子を儲ければ、紗雪は越中国主の正室の座を得られる。となれば、氏理は次代の越中国主の外祖父《がいそふ》として、勢力を得ることも可能であろう。ひいては、内ケ嶋氏の大いなる発展につながる。さらには、姻戚《いんせき》となる佐々氏との交流から、内ケ嶋家臣にも出世の機会が増えるのではないか。

すると、茶之が、にわかに、首座へ向かって両手をついた。

「わがむすめ紗雪にとりましては、過分のご縁組。母として、しかと承《うけたまわ》りましてございまする。どうぞよしなに……」

「待て」

茶之に皆まで言わせず遮った氏理が、七龍太へ視線を振る。縋《すが》るような目色であった。

この縁組がたとえ信長の意であっても、恐れずに突っぱね、紗雪とはとうにそういう仲である、くらいの嘘も平然とつけるのが七龍太という若者。

そう氏理が期待していると分かるだけに、おのれのまことの素生《すじょう》を知る前ならば、七龍太も応《こた》えたであろう。が、いまは、ひたすら窮している。

（どうにもならない……）

いまでは養父と知れた喜多村十助が探りだしてくれた七龍太の素生は、紗雪と同じく、内ケ嶋氏理の血を享《う》けた子である。実の兄妹が夫婦《めおと》になれば、畜生道《ちくしょうどう》に堕《だ》する。ふたりが夫婦になれないからには、成政と紗雪の縁組に反対する理由が見つからない。

それどころか、天下布武に邁進《まいしん》する信長の有力部将に嫁ぎ、いずれは国主の正室、さらには次期国主の生母の座にも就《つ》けるやもしれぬというのは、鄙の小領主のむすめにとっては夢のような玉《たま》の輿《こし》といえよう。但《ただ》し、そのむすめが並の姫君ならばの話ではあるが。

紗雪は紗雪であり、ほかの武家の姫君とは何もかも違う。織田信長だの、国主の正室だの、玉の輿だの、そんなものはどうでもよい自然児なのである。

「されば、ご当主もよろしいな」

と熊四郎が氏理に応諾を求めた。異存などあろうはずがない、という顔つきである。

「その儀は……」

口ごもる氏理であった。七龍太が異を唱えてくれることを待っている。

「畏《おそ》れながら、お使者どのに申し上げる」

後方から声が上がった。

一同が一斉に振り向き、首座の熊四郎と金一郎はかれらの頭越しに見やる。

いつのまに参じたものか、松右衛門が敷居際で平伏していた。

「あれは誰か」

熊四郎が、眉を顰めながら、氏理に問う。

「紗雪の傅役《もりやく》の和田松右衛門と申す者にてござる」

紗雪に正式に傅役などつけてはいない氏理だが、松右衛門はそれ以上の存在といってよいし、傅役とでも言わなければ、権高《けんだか》な熊四郎が発言を許すとは思えないからである。

「何か。申せ」

熊四郎は、面倒くさそうに、松右衛門へ顎をしゃくってみせた。

「恥ずかしながら、それがしが育て方を誤ったばかりに、紗雪さまは、とても外へは出せぬばさらな女子になってしまわれた。かような者を娶《めと》れば、お使者のご主君、佐々内蔵助どのが恥をおかきになるのは必定《ひつじょう》と存ずる」

常識知らずで奔放《ほんぽう》、驕《おご》りたかぶって贅沢《ぜいたく》、人目を引く派手な振る舞いをすることなどをばさらという。かぶく、と同様の意である。

さらに、松右衛門は言い募る。

「よって、当家では、紗雪さまには婿《むこ》取りをすると決めており申す。白川郷にいる限りは、紗雪さまがどれほどばさらであろうと、これまでそうしてきたように、われら皆で抑えることができ申すゆえ」

「はて……」

金一郎が小首《こくび》を傾《かし》げた。

「二年前、それがしは、こちらのご息女がわが殿と話しておられるところを、間近で見申《みもう》したが、壺装束《つぼしょうぞく》と相俟《あいま》って大層お美しいばかりか、礼儀を弁《わきま》え、挙措《きょそ》もよろしく、殿に随従のわれら家臣、皆々、見とれたほど雅《みやび》な姫君にあられた」

「それは……」

視線を上げて首座を見た松右衛門は、安土で成政と出会ったことはすでに思い出していたが、あのときの家臣たちの顔までは憶《おぼ》えていない。いずれも甲冑《かっちゅう》姿であったせいであろう。

「あのときの姫は、何と申せばよいか、その、ご本性を……」

「ご本性を……」

「いや、どうあれこうあれ……」

ついに松右衛門は、思い切ったように、おもてを上げて、胸を反《そ》らせ、会所を圧する大音声《だいおんじょう》を発する。

「紗雪さまの婿に相応しきお人は、津田七龍太どの」

使者たちは呆気《あっけ》にとられ、列座はざわつく。

「お前さま。どういうことにございます」

茶之が氏理に詰め寄った。松右衛門と金一郎のやりとりにおいて、茶之には何かと腑《ふ》に落ちないことがある。

「そなたこそ、なにゆえ、わしが諾否を申す前に承《う》けてしもうたのだ」

「妾《わらわ》にとっては厄介払い、と申し上げては、お怒りか」

「ほかにも思惑があろう」

「さあ……」

空惚《そらとぼ》ける茶之であった。

「方々、お静かに。上様のお使者の御前にござる」

ようやく七龍太が口を開き、列座を鎮めた。熊四郎は皆を睨みつける。

「そのほうら、上様の御意を何と心得る」

「お使者どの。すべては、上様より内ケ嶋の目付《めつけ》を任されたこの津田七龍太が未熟ゆえのこと。お叱りは、わたし一身《いっしん》に」

「おぬし、小谷城の手柄のみで、いつまでも上様のお覚えめでたしと思うでないぞ。後見の竹中半兵衛どのも亡きいま、さしたる力もなき身と心得よ」

「竹沢どの。おことばが過ぎる」

横槍《よこやり》を入れた金一郎が、

「それに、姪御《めいご》さまのことをお忘れか」

と付け加えた一言には、要《い》らざることをとでも言いたげに、熊四郎はちょっと唇を尖《とが》らせる。

（なんのことか……）

七龍太は訝《いぶか》る。

「そこな傅役どの」

金一郎が松右衛門へ呼びかけた。

「津田七龍太どのをご当家の婿に迎えたいという思いは、それがしにもよう分かる。七龍太どのほど文武《ぶんぶ》に優《すぐ》れ、仁愛《じんあい》に溢れ、かつ男ぶりのよい者など、滅多《めった》にいるものではござらぬゆえな。なれど、お気の毒だが、それは叶わぬ」

「むろん、当家は上様の御意に逆《さか》らうつもりなど毛頭ござり申さぬ。この儀は、佐々家と内ケ嶋家とで……」

「いや、傅役どの。七龍太どのにはまた別儀があるのだ」

金一郎は、掌《てのひら》を下にして両手を前へ突き出し、松右衛門の発言を遮った。

「兵庫頭どのをはじめ、内ケ嶋の方々が七龍太どのを好《この》もしく思うておられるのは、よくよく伝わってまいる。それゆえ、このことはまだ上様のご内意なれど、いま方々の前で七龍太どのに明かすといたす」

金一郎が、膝を七龍太のほうへ向ける。

「これは、それがしが七龍太どのと友垣《ともがき》とご存じにあられる上様より、帰雲城へまいったら七龍太に伝えよ、と直々《じきじき》にお告げ下された儀にござる。おことば通りに伝え申す」

「謹んで承る」

と七龍太は、辞儀を返した。

「七龍太には二、三年のうちに城と所領をくれてやる、お茶々を付けてな」

列座はまたざわついた。ほとんどの者は、お茶々を付けてな、の意味が分からない。

しかし、当の七龍太はもとより、氏理にも備前守にも、そして松右衛門にもよく分かっている。

お茶々とは、信長の妹・市《いち》の長女、茶々のことである。

松右衛門は、二年前の夏、近江大溝《おおみぞ》城で茶々に会っている。当時、十歳を幾つも出ていないと思われたが、それでも、すでにして、溜め息の出るほどの美貌の母親とよく似た面差《おもざ》しの持ち主であった。

信長の姪という血がそうさせるのか、物怖《ものお》じしない大胆な姫君で、茶々は深夜にひとり、紗雪の宿所を訪れている。そこでの会話は、控えの間で宿直《とのい》をしていたおおさびが、すべて聞き取り、帰国後に氏理、備前守、松右衛門へ報告がなされた。

茶々は、七龍太は自分のものであり、いずれは伯父・信長より夫婦になる許しを得るつもりだから諦めよ、と紗雪に宣告した。自分が望めば、信長は飛驒の山奥の小領主など跡形もなく消してくれる、という恫喝も交《まじ》えてである。

このときの氏理らは、絶望感に打ちのめされ、紗雪の悲痛な胸の内を思って、おのが身を切られるような辛《つら》さを味わわされた。しかし、その後、七龍太に縁組話が持ち上がることもなく、また茶々が何かそれらしいことを口にしたとも、一切聞こえてこないので、あれはおとなになる前の夢見る姫君の淡い恋であり、一過性のものにすぎなかったのだ、と思えるようになった。

それがいま、紗雪を佐々家へ嫁がせよという命令と同時に、にわかに表へ出てきた。

「七龍太どの。これは、お茶々さまおんみずから望んで上様に願い上げ奉られ、上様もご快諾あそばされたこと」

満面の笑みの金一郎であった。敬愛する七龍太の慶事を素直に喜んでいる。

「果報者よな」

いまいましそうに吐き捨てたのは、熊四郎である。ここまで、信長の使者であるにもかかわらず、茶之、次に松右衛門の無礼の振る舞いにも、ぎりぎりで踏み止《とど》まったのは、いずれ七龍太が信長の姪の婿になるやもしれぬと知っていたからであった。

「身に余る栄誉《えいよ》。さよう上様に、また、お茶々さまにもお伝えいただきたい」

七龍太は深々と頭を下げた。

いまはこうするしかない。信長の意によって、この上なくめでたいことが重なったのである。固辞も拒否も、それらを微《かす》かでも匂わすようなことも、この場では口にしてはなるまい。

（なんということか……）

七龍太の姿を眺めながら、氏理は体じゅうの力が抜けてゆくのを、おぼえた。が、辛《かろ》うじて、床に手をついて踏ん張った。

備前守も松右衛門も放心の態《てい》である。

「お使者どの。暫時、失礼いたす。見苦しきことながら、昨日より腹を下《くだ》しており……」

突然、七龍太が、腹を押さえて立ち上がるや、足早に会所を出てゆく。

だが、厠《かわや》へ向かうふりをして、人目につかぬところで庭へ下りると、城内の奥へと走った。そのまま、塀《へい》に突き当たる勢いである。

七龍太は、高く飛び上がり、塀の屋根に手をかけて、躍り越えた。

城の裏手である。高さ百尺《しゃく》にも達する山毛欅《ぶな》の原生林に圧せられ、日中でも薄暗い。

灰色のなめらかな樹皮《じゅひ》の幹に手をかけながら、原生林の斜面を駆け上がる。

腕を伸ばし、逃げる人の手首を掴んだ。

会所の出入口近くの廊下に気配を感じた七龍太は、誰であるかを瞬時に察し、腹下しと偽って座を外《はず》したのである。

「おらちゃを……」

眸《ひとみ》を濡らし、唇を強く噛む紗雪であった。たちまち、切れて、血が滲んだ。

「おらちゃを、この場で犯《おか》してくれるのか」

一縷《いちる》の望みを期待する声音と眼差しが、七龍太の胸を抉《えぐ》った。

いま肉体を契《ちぎ》ってしまえば、紗雪は成政へ嫁がずに済み、七龍太も茶々の婿にならずともよい。

それは信長に叛《そむ》くことであり、ふたりとも誅殺《ちゅうさつ》を免れないとしても、心中《しんじゅう》の成就といえよう。

「紗雪どの……」

七龍太は、ゆっくり、頭《かぶり》を振った。紗雪には明かせないが、実の兄妹がしてはならぬことである。

「それなら、なぜ追ってきた」

紗雪が睨みつける。

愛《いと》しい人だから、と七龍太は言えない。

「放せ……」

吐息のように、紗雪が洩らした。

「放さねばならぬ手なのじゃろう」

紗雪の思いに何ひとつ応えられない七龍太である。愛しい人の手を放した。

紗雪は、背を向け、涙を飛ばしながら、ふたたび斜面を駆け上がる。その姿は、いつもの獣《けもの》と見《み》紛《まご》う野生児ではない。深い傷を負ったひとりの処女《おとめ》であった。

残された七龍太は、落日の光も届かぬ中で、山毛欅の幹に凭《もた》れかかり、ずるずると腰から頽《くずお》れてゆく。

〈下巻へつづく〉

初出
月刊文庫『文蔵』二〇一六年七月号〜二〇一九年十二月号
の連載に、加筆・修正したものです。

〈著者略歴〉

宮本昌孝（みやもと　まさたか）

1955年、静岡県浜松市生まれ。日本大学芸術学部卒業後、手塚プロダクション勤務を経て執筆活動に入る。

95年、『剣豪将軍義輝』で一躍脚光を浴び、以後、歴史時代小説作家として第一線で活躍。

2015年、『乱丸』にて、第四回歴史時代作家クラブ賞作品賞を受賞。

主な著書に、『風魔』『ふたり道三』『海王』『ドナ・ビボラの爪』『家康、死す』『藩校早春賦』などがある。

天《あま》離《さか》り果つる国（上）

2020年10月22日　第1版第1刷発行
2022年1月6日　第1版第3刷発行

著者　宮本昌孝
発行者　永田貴之
発行所　株式会社ＰＨＰ研究所
東京本部　〒135-8137　江東区豊洲5-6-52
第三制作部　☎03-3520-9620（編集）
普及部　☎03-3520-9630（販売）
京都本部　〒601-8411　京都市南区西九条北ノ内町11
PHP INTERFACE　https://www.php.co.jp/

組版　朝日メディアインターナショナル株式会社
印刷所
製本所　図書印刷株式会社

ISBN978-4-569-84760-3

PHP文芸文庫

運命の剣　のきばしら

中村隆資／鳴海　丈／火坂雅志／宮部みゆき
安部龍太郎／宮本昌孝／東郷　隆　著

鎌倉時代から昭和に至るまで、一振りの無銘剣がたどるドラマを、七人の作家がそれぞれの持ち味を発揮して描き継いだ連作小説の傑作。